ein Ullstein Buch

ein Ullstein Buch
Nr. 3441
im Verlag Ullstein GmbH,
Frankfurt/M – Berlin – Wien
Titel der Originalausgabe:
In Gallant Company
Aus dem Englischen
von Walter Klemm

Deutsche Erstausgabe

Umschlagentwurf: Jürgen Spohn
unter Verwendung einer
Farbillustration von Chris Mayger

Printed in Germany 1983
Gesamtherstellung:
Ebner Ulm
ISBN 3 548 03441 1

Februar 1983
38.–43. Tsd.

CIP-Kurztitelaufnahme
der Deutschen Bibliothek

Kent, Alexander
Zerfetzte Flaggen: Leutnant Richard
Bolitho in d. Karibik; Roman. –
Dt. Erstausg. – Frankfurt/M, Berlin,
Wien: Ullstein, 1978.
(Ullstein-Bücher; Nr. 3441)
Einheitssacht.: In gallant company ‹dt.›
ISBN 3-548-03441-1

Vom selben Autor
in der Reihe der
Ullstein Bücher:

Die Feuertaufe (3363)
Klar Schiff zum Gefecht (3376)
Die Entscheidung (3402)
Bruderkampf (3452)
Der Piratenfürst (3463)
Strandwölfe (3495)
Fieber an Bord (3522)
Nahkampf der Giganten (3558)
Feind in Sicht (20006)
Der Stolz der Flotte (20014)
Eine letzte Breitseite (20022)
Galeeren in der Ostsee (20072)
Kanonenfutter (20144)
Rendezvous im
Südatlantik (20318)
Kanonenboot (20302)

Alexander Kent

Zerfetzte Flaggen

Leutnant Richard Bolitho
in der Karibik

Roman

ein Ullstein Buch

FÜR WINIFRED

Unser Feind war keine Memme,
das sage ich Euch . . .
Sein Mut war von rauher englischer Art,
wie es ihn zäher und echter nie gab
und nie geben wird.

Walt Whitman

Inhalt

I Demonstration der Stärke

Der steife, ablandige Wind, der während des Tages ein wenig rückgedreht hatte auf Nordwest, fegte über die Reede von New York. Er brachte kein Nachlassen der grimmigen Kälte, sondern alle Anzeichen weiteren Schneefalls.

Heftig an seiner Ankerkette zerrend, lag dort Seiner Britannischen Majestät Schiff *Trojan,* bestückt mit achtzig Kanonen. Dem ungeschulten Auge einer Landratte mochte es wohl so vorkommen, als sei sie völlig unempfindlich gegen Wind und Seegang. Den Männern jedoch, die ständig ihre Arbeit an Deck oder hoch oben in der Takelage und auf den schlüpfrigen Rahen verrichteten, schien dies keineswegs so, und sie empfanden die schlingernden Bewegungen sehr deutlich.

Es war März 1777, doch der Offizier der Nachmittagswache, Leutnant Richard Bolitho, hatte das Gefühl, als sei es noch mitten im Winter. Es wird früh dunkel werden, dachte er, die Beiboote müssen noch überprüft, ihre Vertäuung verstärkt werden, bevor die Nacht kommt. Er fröstelte, weniger infolge der Kälte als bei dem Gedanken, daß es auch nachher in den Räumen unter Deck kaum wärmer sein würde. Denn trotz ihrer stattlichen Größe und ihrer starken Bewaffnung hatte die *Trojan* – ein Zweidecker-Linienschiff – ihrer Besatzung von sechshundertfünfzig Offizieren, Seeleuten und Seesoldaten, die alle in ihrem umfangreichen Rumpf lebten, nicht mehr als das Herdfeuer in der Kombüse zu bieten, allenfalls noch die eigene Körperwärme der Leute – gleichgültig, wie die Elemente tobten.

Auf dem Achterdeck richtete Bolitho sein Fernglas auf die bereits verschwimmende Küstenlinie. Während sein Blick die anderen vor Anker liegenden Linienschiffe, Fregatten und das übliche Gewirr kleinerer Versorgungsfahrzeuge streifte, hatte er Zeit, sich über die Veränderung klarzuwerden, die seit dem letzten Sommer stattgefunden hatte. Damals war die *Trojan* zusammen mit einem großen Flottenverband von hundertdreißig Schiffen hier bei Staten Island vor Anker gegangen. Nach dem anfänglichen Schock, den der Aufstand der amerikanischen Kolonien ausgelöst hatte, war die Besetzung New Yorks und Philadelphias, verbunden mit einer derartigen Demonstration der Stärke, den Beteiligten wie der Beginn einer Rückentwicklung, eines Kompromisses, vorgekommen.

Es war alles so einfach gewesen. General Howe hatte seine eingeschifften Truppen vor der gesamten Küste von Staten Island Posten beziehen lassen, war dann mit einer kleinen Infanterieeinheit gelandet und hatte alles in Besitz genommen. Die Verteidigungsvorbereitungen der örtlichen und der Festlandsmilizen waren buchstäblich ins Wasser gefallen, und selbst die vierhundert Mann starke Besatzung der Befestigungswerke von Staten Island, die unter General Washingtons Befehl stand und das Fort unter allen Umständen und ohne Rücksicht auf Verluste halten sollte, hatte brav das Kommando »Gewehr ab« befolgt und den Treueid auf die Krone geleistet.

Bolitho senkte das Fernglas, da eine Schneebö ihm die Sicht nahm. Es fiel ihm schwer, sich die damals grüne Insel und die bunte Zuschauermenge ins Gedächtnis zurückzurufen, die jebelnden Loyalisten, den schweigend und grimmig dreinblickenden Rest. Alle Farben waren jetzt einem tristen Grau gewichen. Das Land, das bewegte Wasser, selbst die Schiffe schienen ihren Glanz verloren zu haben in diesem zähen und hartnäckigen Winter.

Er ging ein paar Schritte auf und ab; an seinen nassen Kleidern zerrte der Wind. Er war jetzt zwei Jahre an Bord der *Trojan,* aber es kam ihm vor wie ein ganzes Leben. Wie viele andere in der Marine, so hatte auch er zuerst gemischte Empfindungen gehabt, als die Neuigkeit von der Revolution bekannt wurde: Überraschung, Schock, Sympathie und dann Zorn, vor allem aber das Gefühl der Hilflosigkeit.

Die Revolution, die angefangen hatte als ein Konglomerat individualistischer Ideale, hatte sich bald in eine durchaus reale Herausforderung entwickelt. Dieser Krieg war anders als alles, was sie vorher gekannt hatten. Große Linienschiffe wie die *Trojan* bewegten sich schwerfällig von einem Brennpunkt zum anderen und waren durchaus imstande, mit allem fertig zu werden, was leichtsinnig in den Bereich ihrer massiven Breitseite geriet. Aber der witkliche Krieg war eine Sache der Nachrichtenverbindungen und Versorgungswege, eine Angelegenheit der kleinen schnellen Fahrzeuge wie Korvetten, Briggs und Schoner. Während der langen Wintermonate, als die überbeanspruchten Schiffe des Küstengeschwaders mehr als fünfzehnhundert Meilen Küste zu überwachen hatten, war die Stärke der Kontinentalarmee, unterstützt von Britanniens altem Feind Frankreich, ständig gewachsen. Bisher hatte

Frankreich zwar nicht offen eingegriffen, aber vermutlich würde es nicht mehr lange dauern, bis die vielen französischen Kaperschiffe, deren Jagdgebiet sich von der kanadischen Küste bis ins Karibische Meer erstreckte, ihre wahre Flagge zeigten. Danach war es nur noch eine Frage der Zeit, bis auch Spanien, obwohl vielleicht ungern, dem feindlichen Bündnis beitrat. Die Handelswege zum spanischen Mutterland waren die längsten von allen, und angesichts der Spannungen zwischen Spanien und England würde es wohl dem Druck der anderen beiden Mächte nachgeben und den Weg des geringsten Widerstandes gehen.

All dies und noch mehr hatte Bolitho gehört und diskutiert, immer wieder, bis zum Überdruß. Ob gute oder schlechte Neuigkeiten eintrafen, die Rolle der *Trojan* wurde immer unbedeutender. Wie ein Felsblock lag sie nun schon seit Wochen hier im Hafen, mit gereizter Besatzung und Offizieren, die nur auf eine Gelegenheit hofften, von Bord gehen und ihr Glück auf kleineren, schnelleren und unabhängigeren Schiffen versuchen zu können.

Bolitho dachte an sein letztes Kommando, die mit achtundzwanzig Geschützen bestückte Fregatte *Destiny*. Selbst als ihr jüngster Leutnant und gerade erst vom Fähnrichslogis in die Offiziersmesse hinübergewechselt, hatte er unglaublich Aufregendes und Befriedigendes erlebt.

Er stampfte mit dem Fuß auf, so daß der Wachtposten auf der anderen Seite des nassen Decks herumfuhr. Jetzt war er Vierter Offizier dieses verankerten Riesen, und es sah so aus, als würde er das für die nächste Zeit auch bleiben.

Die *Trojan* wäre viel besser aufgehoben bei der Kanalflotte, dachte er: Manöver, Flaggezeigen bei den wachsamen Franzosen, und, wenn irgend möglich, an Land gehen in Plymouth oder in Portsmouth, alte Freunde aufsuchen . . .

Bolitho wandte sich um, als er wohlvertraute Schritte von achtern über das Deck kommen hörte. Es war Cairns, der Erste Offizier, wie die meisten von ihnen an Bord, seit die *Trojan* im Jahre 1775 nach einer längeren Aufliegezeit in ihrer Bauwerft in Bristol wieder in Dienst gestellt worden war. Cairns war groß, schlank und sehr verschlossen. Falls er sich ebenfalls nach der nächsten Sprosse seiner Karriere sehnte, nach einem eigenen Kommando vielleicht, so zeigte er das nicht. Er lächelte selten, war aber trotzdem ein Mann von großem Charme. Bolitho mochte ihn gern und respektierte ihn. Oft fragte er sich, was Cairns wohl vom

Kommandanten* hielt.

Cairns blieb stehen und biß sich auf die Unterlippe, während er zur Takelage, zu dem sich auftürmenden Gewirr von Wanten und laufendem Gut, hinaufschaute. Dünn mit klebrigem Schnee bedeckt, sahen die Rahen aus wie die Zweige ungeheurer Fichten.

Dann sagte er: »Der Kommandant wird bald zurückkommen. Ich bin auf Abruf bereit, also halte die Augen auf.«

Bolitho nickte. Cairns war achtundzwanzig, während er selbst knapp einundzwanzig Jahre zählte, aber der Abstand zwischen dem Ersten und dem Vierten Offizier war größer, als das Alter es ausdrückte. Er wartete ein wenig und fragte dann beiläufig: »Irgend etwas bekannt über des Captains Mission an Land, Sir?«

Cairns schien in Gedanken. »Ruf die Toppsgasten herunter, Dick, sie sind sonst so steifgefroren, daß sie nicht zupacken können, wenn das Wetter schlechter wird. Der Koch soll eine heiße Suppe ausgeben.« Er zog eine Grimasse. »Das wird dem geizigen Schmierlappen Freude machen.« Er blickte Bolitho an. »Welche Mission?«

»Nun, ich dachte, vielleicht bekommen wir neue Befehle.« Er hob die Schultern. »Oder so etwas Ähnliches.«

»Sicher, der Captain war beim Befehlshaber, aber ich bezweifle, daß wir etwas anderes zu hören bekommen als das übliche: erhöhte Wachsamkeit, Augen auf bei der Arbeit . . .«

»Verstehe.« Bolitho blickte zur Seite. Er wußte nie genau, wann Cairns völlig ernst war und wann nicht.

Dieser zog seinen Rock höher und hielt ihn über der Kehle zusammen. »Machen Sie weiter, Mr. Bolitho.«

Sie grüßten beide durch Handanlegen an den Hut, die Zwanglosigkeit für den Augenblick beiseite lassend, dann rief Bolitho: »Fähnrich der Wache!« Er sah, wie sich eine der im Schutz des Hängemattnetzes lehnenden Gestalten löste und auf ihn zulief.

»Sir!«

Es war Midshipman** Couzens, dreizehn Jahre alt, eines der neuen Besatzungsmitglieder, die kürzlich mit einem Transport aus England gekommen waren. Rundgesichtig, ständig fröstelnd, glich er seine Unkenntnis mit einem Eifer aus, den weder seine Vorgesetzten noch das Schiff brechen konnten.

* Kapitän eines Kriegsschiffes
** Seekadett bzw. Fähnrich zur See

Bolitho informierte ihn über die zu erwartende Rückkehr des Kommandanten sowie wegen des Kochs und ließ dann zur Wachablösung pfeifen. Diese Anweisungen gab er mechanisch, ohne sich dessen wirklich bewußt zu sein. Dafür betrachtete er Couzens, sah aber nicht diesen, sondern sich selbst im entsprechenden Alter. Auch er war damals an Bord eines Linienschiffes gewesen und wurde von jedermann gehetzt und schikaniert, so kam es ihm wenigstens jetzt in der Erinnerung vor. Einen aber hatte er wie einen Helden verehrt, einen Leutnant, der möglicherweise von seinem Vorhandensein kaum etwas wußte. Bolitho jedoch hatte sich auch später immer an ihn erinnert. Der war niemals grundlos wütend geworden, nahm auch nie seine Zuflucht zu Schikanen und Demütigungen, wenn er selbst vom Kommandanten getadelt worden war. Bolitho hatte gehofft, einmal so zu werden wie dieser Offizier. Er hoffte es noch immer.

Couzens antwortete eifrig und stramm: »Aye, aye, Sir.«

Auf der *Trojan* gab es neun Midshipmen, und Bolitho fragte sich mitunter, wie deren Leben später wohl verlaufen werde. Einige würden bis zum Flaggoffizier aufsteigen, andere dagegen vorher straucheln oder umkommen. Gewiß war unter ihnen auch die übliche Mischung von Tyrannen und echten Führernaturen, von Helden und Feiglingen.

Später, als die neue Wache schon unterhalb des Aufbaudecks gemustert wurde, rief einer der Ausgucksposten: »Boot in Sicht, Sir!« Dann nach einer kleinen Pause: »Der Kommandant!«

Bolitho warf rasch einen Blick nach unten auf das quirlende Durcheinander beim Antreten der neuen Wache. Der Kommandant hätte sich keinen ungünstigeren Augenblick aussuchen können.

Er rief hinunter: »Wahrschaut den Ersten Offizier! Fallreepsposten raus, dem Bootsmann Bescheid sagen!«

Gestalten flitzten in der Dunkelheit hin und her, und während die Marineinfanteristen schwerfällig zur Pforte stampften, ihre weißen, gekreuzten Brustriemen im schwachen Licht leuchtend, versuchten die Unteroffiziere, einigermaßen Ordnung in den Haufen der neuen Wache zu bringen.

Ein Boot tauchte auf aus dem Dunst und näherte sich rasch dem Fallreep; im Bug stand bereits kerzengerade der Bootsgast, Bootshaken bei Fuß.

»Boot ahoi?«

Sofort kam die laut gerufene Antwort des Bootssteurers: »*Trojan!*« Ihr Herr und Meister war also zurück. Der Mann, der – nächst Gott – jede Stunde und Minute ihres Lebens bestimmte, der belohnen, auspeitschen, befördern oder hängen konnte, entsprechend der jeweiligen Situation. Er weilte jetzt wieder unter ihnen, in ihrer überfüllten kleinen Welt.

Als Bolitho sich umsah, war Ordnung, wo vor kurzem noch Chaos zu herrschen schien. Die Seesoldaten waren angetreten, das Gewehr geschultert, kommandiert von dem sympathischen Hauptmann der Marineinfanterie d'Esterre, der mit seinem Leutnant vor der Front stand, anscheinend unempfindlich gegen Wind und Kälte.

Die Bootsmannsmaaten der Wache waren zur Stelle und feuchteten bereits die Lippen an, hatten die silbernen Pfeifen klar zum Seitepfeifen; Cairns, die Augen überall, wartete darauf, den Kommandanten zu empfangen.

Der Bootshaken griff in die Fallreepskette, die Gewehre wurden mit lautem Griff präsentiert, die Bootsmannsmaaten pfiffen ihren schrillen Salut. Des Kommandanten Kopf und Schultern tauchten auf, und während er seinen Zweispitz in Richtung Achterdeck hin lüftete, ließ er zugleich einen prüfenden Blick über das ganze Schiff schweifen, über seinen Kommandobereich.

Zum Ersten Offizier sagte er kurz: »Kommen Sie nach achtern, Mr. Cairns«, dann nickte er den Marineinfanteristen zu. »Gut gemacht, D'Esterre.« Er wandte sich abrupt um und fuhr Bolitho an: »Wieso sind *Sie* hier, Mr. Bolitho?«

Während er noch sprach, ertönten acht Glasen* von der Back her.

»Sie sollten doch schon abgelöst sein?«

Bolitho sah ihm ins Gesicht. »Ich nehme an, Mr. Probyn ist aufgehalten worden, Sir.«

»So, das nehmen Sie an?«

Der Kommandant hatte eine scharfe Stimme, die wie ein Entermesser in das Heulen des Windes und das Knarren der Stengen schnitt.

»Die Verantwortung des Wachegehens beginnt mit der Ablösung.« Er blickte in Cairns' unbeteiligtes Gesicht. »Das sollte doch nicht so schwer zu begreifen sein, denke ich.«

* in diesem Fall acht Uhr abends

Sie gingen nach achtern, und Bolitho atmete tief und langsam aus.

Leutnant George Probyn, sein unmittelbarer Vorgesetzter, kam öfter zu spät zur Wachablösung, übrigens auch zum sonstigen Dienst.

Er war ein Sonderling in der Messe, mürrisch, streitsüchtig, verbittert, aber aus welchem Grund, das hatte Bolitho noch nicht herausgefunden. Er sah ihn die Steuerbord-Schanztreppe heraufkommen, vierschrötig, unordentlich, sich argwöhnisch umschauend.

Bolitho trat ihm entgegen. »Die Wache ist achtern angetreten, Mr. Probyn.«

Probyn wischte sich das Gesicht und schneuzte dann in ein rotes Taschentuch.

»Ich nehme an, der Captain hat nach mir gefragt?« Selbst diese paar Worte klangen bei ihm feindselig.

»Er hat gemerkt, daß Sie nicht da waren.« Bolitho roch Branntwein und fügte hinzu: »Aber er hat sich damit zufriedengegeben.«

Probyn winkte den wachhabenden Steuermannsmaaten herbei und sah flüchtig das Logbuch durch, das dieser ihm unter eine Laterne hielt.

Bolitho sagte müde: »Keine besonderen Vorkommnisse. Ein Seemann ist verletzt und ins Lazarett gebracht worden. Er fiel vom Bootsdavit.«

Probyn schnaubte verächtlich. »Schande.« Er klappte das Buch zu. »Sie sind abgelöst.« Finster brütend blickte er Bolitho nach und fügte drohend hinzu: »Wenn ich glauben müßte, daß mir jemand hinter meinem Rücken Schwierigkeiten macht . . .«

Bolitho drehte sich um und verbarg seinen Ärger. Meckere nicht, du Trunkenbold, die machst du dir schon selbst, dachte er.

Probyns grobe, polternde Stimme folgte ihm auf der Schanztreppe, als dieser seiner Wache die üblichen Anweisungen gab.

Während er leichtfüßig den Niedergang hinablief und dann weiterging zur Messe, überlegte Bolitho, was der Kapitän wohl mit Cairns zu besprechen habe.

Einmal unter Deck, umfing ihn die *Trojan* und hüllte ihn ein mit ihrer ganzen Vertrautheit. Die Gerüche nach Teer, Hanf, Bilge und Menschenleibern gehörten genauso zu ihr wie ihre Bordwände.

Mackenzie, der dienstälteste Messesteward, begegnete ihm mit aufmunterndem Lächeln. Er hatte seinen Dienst als Toppsgast aufgeben müssen, als er aus der Takelage fiel und infolge eines dreifachen Beinbruches fürs Leben zum Krüppel wurde. Mackenzie genoß es, von jedermann bemitleidet zu werden, und seine Verletzung hatte ihm immerhin zu einer so bequemen Stellung verholfen, wie manch einer auf des Königs Schiffen sie sich gewünscht hätte.

»Ich habe noch etwas Kaffee, Sir, kochend heiß!« Er hatte denselben weichen, schottischen Akzent wie Cairns. Bolitho schälte sich aus seinem Überrock und reichte diesen samt seinem Hut dem Schiffsjungen Logan, der den Messestewards half.

»Nehme ich gern, danke.«

Die Offiziersmesse, die sich am Heck über die ganze Schiffsbreite erstreckte, war voll ziehender Rauchschwaden und roch nach dem ihr eigentümlichen Gemisch von Wein und Käse. Die großen Heckfenster ganz achtern waren schon in Dunkelheit getaucht, nur beim Überholen sah man gelegentlich ein Licht auftauchen wie einen verirrten Stern.

Kleine Kabinen säumten die Seiten, Verschlägen ähnlich, kaum mehr als Schutzwände, die man abriß, wenn das Schiff gefechtsklar gemacht wurde: winzige Schutzhäfen der Privatsphäre, die des Eigners Koje, Seekiste und ein bißchen Platz zum Aufhängen der Garderobe enthielten. Außer den Arrestzellen waren dies die einzigen Räume des Schiffes, in denen man einmal für sich allein sein konnte.

Direkt darüber, in einer Kabine, die in ihrer Größe etwa dem Gesamtraum der übrigen Offizierskabinen entsprach, lag das Reich des Kommandanten. Im selben Deck waren auch der Erste Offizier und der Navigationsoffizier untergebracht, damit sie in der Nähe des Achterdecks und des Ruders logierten.

Aber hier in der Messe verbrachten sie alle gemeinsam ihre wachfreie Zeit, diskutierten ihre Probleme, ihre Hoffnungen, ihre Befürchtungen, nahmen ihre Mahlzeiten ein und tranken ihren Wein: die sechs Wachoffiziere, zwei Marineinfanterieoffiziere, der Navigationsoffizier, der Zahlmeister und der Arzt. Die Messe war sicherlich sehr eng für so viele Menschen, aber verglichen mit den Quartieren unter der Wasserlinie, in denen die Kadetten, Fähnriche, Deckoffiziere und Spezialisten wohnten – ganz zu schweigen von der Unterbringung der gemeinen Seeleute und Seesoldaten – war sie geradezu luxuriös.

Dalyell, der Fünfte Offizier, saß mit gekreuzten Beinen, die Füße auf einem kleinen Faß, unter den Heckfenstern. In einer

Hand hielt er eine lange Tonpfeife.

»George Probyn war wohl wieder blau, Dick?«

Bolitho grinste. »Es wird allmählich zur Gewohnheit.«

Sparke, der Zweite Offizier, ein Mann mit strengem Gesicht und einer münzgroßen Narbe auf der Wange, sagte: »Ich würde ihn vor den Captain bringen, wenn ich hier der Senior wäre.« Er wandte sich wieder seinem zerlesenen Zeitungsblatt zu und fuhr dann heftig fort: »Diese verdammten Rebellen scheinen zu machen, was sie wollen! Zwei weitere Transporte überfallen, genau vor den Nasen unserer Fregatten, eine Brigg aus dem Hafen verschleppt, durch eins ihrer verdammten Kaperschiffe! Wir gehen viel zu sanft mit ihnen um!«

Bolitho setzte sich und streckte die Beine aus, dankbar, nicht mehr dem kalten Wind ausgesetzt zu sein, obgleich er wußte, daß die Illusion von Wärme bald wieder schwinden würde.

Sein Kopf sackte vornüber, und als Mackenzie den Kaffee brachte, mußte er ihn an der Schulter wachrütteln.

In geselligem Schweigen entspannten sich hier die Offiziere der *Trojan* und taten, wozu sie Lust hatten. Einige lasen, andere schrieben nach Hause – Briefe, die möglicherweise den Empfänger nie erreichten.

Bolitho trank den Kaffee und bemühte sich, den Schmerz in seiner Stirn zu ignorieren. Gedankenversunken strich er sich die widerspenstige Stirnlocke vom rechten Auge. Das schwarze Haar verdeckte eine bläuliche Narbe, die Ursache seines Kopfschmerzes. Er hatte sie sich während seiner Zeit auf der *Destiny* geholt. Oft kam es wieder über ihn, in Augenblicken wie diesem: die Illusion von Sicherheit, dann das plötzliche Getrappel von Füßen, das Schlagen und Hacken von Waffen. Der heftige Schmerz, das Blut, die jähe Nacht ...

Es klopfte an die äußere Tür, und kurz darauf sagte Mackenzie zu Sparke, dem dienstältesten anwesenden Offizier: »Verzeihung, Sir, der Fähnrich der Wache ist hier.«

Dieser stapfte so vorsichtig in die Messe, als schritte er über kostbare Seidenteppiche.

Sparke fragte kurz angebunden: »Was gibt es, Mr. Forbes?«

»Der Erste Offizier bittet alle Offiziere um zwei Glasen* in die Kommandantenkabine.«

* in diesem Fall neun Uhr abends

»Ist gut.« Sparke wartete, bis die Tür geschlossen war. »Jetzt werden wir's erfahren, meine Herren. Vielleicht gibt es Wichtiges für uns zu tun.«

Anders als Cairns konnte der Zweite Offizier das plötzliche Aufleuchten seiner Augen nicht verbergen: dies bedeutete Beförderung, Prisengeld oder auch nur die Aussicht auf eigenen Einsatz, anstatt immer nur von anderen darüber zu hören.

Er sah Bolitho an. »Ich rate Ihnen, ein reines Hemd anzuziehen. Der Captain scheint Sie besonders im Auge zu haben.«

Bolitho streifte beim Aufstehen mit dem Kopf den Decksbalken. Zwei Jahre war er jetzt an Bord, aber außer bei einem Essen in der Kajüte zur Feier der Wiederindienststellung des Schiffes in Bristol hatte er die soziale Barriere zum Kommandanten nie überschritten: einem strengen, verschlossenen Mann, der trotzdem eine geradezu unheimliche Kenntnis von allem zu besitzen schien, was sich in den verschiedenen Decks seines Schiffes abspielte.

Dalyell klopfte sorgfältig seine Pfeife aus und bemerkte: »Vielleicht mag er dich wirklich, Dick.«

Raye, der Leutnant der Marineinfanterie, gähnte.

»Ich glaube nicht, daß er überhaupt menschlicher Regungen fähig ist.«

Sparke eilte in seine Kabine, es widerstrebte ihm, in die Kritik an der Obrigkeit hineingezogen zu werden. »Er ist der Kommandant, er bedarf keiner menschlichen Regungen«, stellte er abschließend fest.

Kapitän zur See Gilbert Brice Pears las die letzte Eintragung im Logbuch und setzte dann seine Unterschrift darunter, die von Teakle, seinem Sekretär, hastig getrocknet wurde.

Draußen, außerhalb der Heckfenster, schienen Hafen und Stadt weit entfernt und ohne die geringste Verbindung zu dieser geräumigen, hell erleuchteten Kajüte. Sie war geschmackvoll möbliert, und im angrenzenden Speiseraum war schon zum Abendessen gedeckt. Foley, der Kommandantensteward, stand, adrett in blauem Jackett und weißer Hose bereit, seinen Herrn zu bedienen.

Kapitän Pears lehnte sich im Sessel zurück und betrachtete die Kabine, jedoch ohne sie wirklich zu sehen. Nach zwei Jahren kannte er sie genau.

Er war zweiundvierzig Jahre alt, wirkte aber älter. Untersetzt, ja sogar vierschrötig, war er genauso mächtig und beeindruckend wie die *Trojan* selbst.

Er hatte Gerede unter seinen Offizieren gehört, das schon fast auf Unzufriedenheit hinauslief. Der Krieg – als solcher mußte er jetzt wohl angesehen werden – schien sie zu übergehen. Pears war jedoch Realist und wußte, daß die Zeit noch kommen würde, da er und sein Schiff so eingesetzt werden würden, wie es beabsichtigt gewesen war, als *Trojans* stattlicher Kiel vor genau neun Jahren zum ersten Mal Salzwasser gekostet hatte. Kaperschiffe und Stoßtruppunternehmen waren eine Sache, wenn aber die Franzosen offen in den Konflikt eingriffen und ihre Linienschiffe in diesen Gewässern operierten, war dies etwas ganz anderes; die *Trojan* und ihre schweren Schwesterschiffe konnten dann ihren wahren Wert zeigen.

Er blickte auf, als der vor der Kajütstür Posten stehende Seesoldat die Hacken zusammenknallte; einen Augenblick später trat der Erste Offizier ein.

»Ich habe in der Messe Bescheid sagen lassen, Sir. Alle Offiziere werden pünktlich hier sein.«

»Gut.«

Pears brauchte seinen Steward kaum anzusehen, und schon war dieser bei ihm und schenkte zwei große Gläser Bordeaux ein.

»Tatsache ist, Mr. Cairns –«, Pears hob prüfend sein Glas gegen die nächste Lampe –, »daß man einen Krieg auf die Dauer nicht defensiv führen kann. New York ist ein Brückenkopf in einem Land, das täglich rebellischer wird. In Philadelphia liegen die Dinge kaum anders. Stoßtruppunternehmen, Geplänkel, wir verbrennen hier ein Fort, dort einen Außenposten, sie fangen einen unserer Transporte ab oder locken eine Patrouille in den Hinterhalt. Was ist New York? Eine belagerte Stadt. Eine Oase auf Zeit. Wie lange noch?«

Cairns schwieg und nippte an seinem Bordeaux, in Gedanken mehr bei den Geräuschen außerhalb der Kajüte, dem Heulen des Windes in der Takelage, dem Ächzen der Stengen und Rahen.

Pears sah seinen abwesenden Gesichtsausdruck und lächelte in sich hinein. Cairns war ein guter Erster Offizier, vielleicht der beste, den er je hatte. Er hätte ein eigenes Kommando verdient – eine Chance, die sich nur im Kampf bot.

Aber Pears war sein Schiff wichtiger als alle Hoffnungen oder Träume. Der Gedanke, daß Sparke dann als Erster Offizier nachrücken würde, schien ihm wie eine Drohung. Sparke war ein tüchtiger Offizier und widmete sich ganz seinen Geschützen und sonstigen Aufgaben, aber er war phantasielos. Pears dachte an Probyn und verwarf diesen Gedanken sofort wieder. Dann war da noch Bolitho, der Vierte Offizier, seinem Vater sehr ähnlich, obwohl er bisweilen seine Pflichten ein wenig zu leicht nahm. Aber seine Leute schienen ihn zu mögen, und das bedeutete in diesen harten Zeiten eine ganze Menge.

Pears seufzte. Bolitho fehlten immer noch ein paar Monate am einundzwanzigsten Lebensjahr. Man brauchte erfahrene Offiziere, um ein Linienschiff wie dieses zu handhaben. Er rieb sich das Kinn und verbarg dadurch seinen Gesichtsausdruck. Vielleicht war es bei Bolithos Jugend nur sein eigenes, fortgeschrittenes Alter, das ihm diese Bedenken eingab.

Er fragte abrupt: »Sind wir in jeder Beziehung seeklar?«

Cairns nickte. »Aye, aye, Sir. Ich könnte wohl noch ein weiteres Dutzend Leute gebrauchen, wegen der Krankheitsausfälle und Verletzungen, aber das ist heutzutage ja eine geringe Differenz.«

»Das ist es in der Tat. Ich habe erlebt, daß Erste Offiziere graue Haare bekamen, weil sie einfach nicht genügend Leute anwerben, pressen oder kaufen konnten, um überhaupt die Anker zu lichten.«

Zur festgesetzten Zeit wurden die Türen geöffnet, und die Offiziere der *Trojan* – mit Ausnahme der Kadetten und der jüngeren Deckoffiziere – traten nacheinander ein.

Es war kein alltägliches Ereignis, daher dauerte es einige Zeit, bis alle einen Sitzplatz auf den Stühlen gefunden hatten, die Foley und Hogg, des Kommandanten Bootssteurer, eifrig herbeischafften. Diese Verzögerung gab Pears Gelegenheit, die Offiziere und ihre verschiedenen Reaktionen zu beobachten.

Probyn, durch einen Steuermannsmaat abgelöst, hatte ein gerötetes Gesicht und auffällig glänzende Augen. Sein Auftreten wirkte zu betont sicher, um echt zu sein.

Sparke, etwas gedrechselt und steif in seiner strengen Korrektheit, und der junge Dalyell saßen neben dem sechsten und jüngsten Leutnant, Quinn, der vor fünf Monaten noch Fähnrich gewesen war.

Dann kam Erasmus Bunce, der Navigationsoffizier, Sailingmaster oder auch kurz »Master«, eine beeindruckende Erscheinung. Hinter seinem Rücken nannte man ihn »den Weisen«. Über ein Meter achtzig groß, breitschultrig, mit widerspenstigem, grauem Haar, hatte er tiefliegende, klare Augen, die so schwarz waren wie seine buschigen Brauen. Seine Spezialkenntnisse der Seemannschaft – schon manche hervorragende Persönlichkeit war durch diese geprägt worden – hatten auch ihm ihren Stempel aufgedrückt. Pears beobachtete, wie der Master sich unter den Decksbalken rechtzeitig bückte, und war beruhigt. Bunce genoß zwar seinen Rum, aber die *Trojan* liebte er wie eine Frau. Unter seiner navigatorischen Führung hatte sie wenig zu fürchten.

Dann kam Molesworth, der Zahlmeister, ein blasser, nervös blinzelnder Mann, was Pears auf eine unaufgedeckte Unterschlagung zurückführte, und Thorndike, der Schiffsarzt, der stets zu lächeln schien. Er wirkte mehr wie ein Schauspieler als wie ein Knochenflicker. Die beiden leuchtend scharlachroten Flecken auf der Backbordseite waren die Offiziere der Marineinfanterie, d'Esterre und Leutnant Raye: Nicht gebeten waren all die Deckoffiziere und Spezialisten, der Bootsmann, der Stückmeister, die Steuermannsmaaten und die Zimmerleute. Pears kannte sie alle vom Sehen und Hören und kannte vor allem ihre Fähigkeiten.

Probyn fragte laut flüsternd: »Mr. Bolitho scheint noch nicht hier zu sein?«

Pears runzelte die Stirn über Probyns Scheinheiligkeit, die er verachtete.

Cairns schlug vor: »Ich werde jemanden nach ihm schicken, Sir.«

Die Tür öffnete sich und schloß sich ebenso rasch wieder, und Pears sah Bolitho auf einen freien Stuhl neben d'Esterre schlüpfen.

»Aufstehen, der Offizier dort!« Pears' sonst so schroffe Stimme klang beinahe freundlich. »Ah, Sie sind es, Sir. Endlich.«

Bolitho stand still, nur sein Oberkörper glich die langsamen Bewegungen des Schiffes aus.

»Ich . . . Ich bitte um Entschuldigung, Sir.« Er sah das Grinsen auf Dalyells Gesicht, als Wasser unter seinem Rock hervor auf den mit schwarzweiß kariertem Segeltuch bespannten Boden tropfte.

Pears sagte milde: »Ihr Hemd scheint noch ziemlich feucht zu sein, Sir!« Dann wandte er sich um und befahl dem Steward: »Foley, etwas Segeltuch unter diesen Stuhl. Solche Dinge lassen sich nur schwer hier draußen ersetzen.«

Bolitho setzte sich mit einem Plumps und wußte nicht, ob er zornig sein oder sich gedemütigt fühlen sollte.

Er vergaß jedoch Pears' ätzenden Ton und sein Hemd, das er

soeben klitschnaß von der Leine genommen hatte, als Pears mit wieder normalem Tonfall sagte: »Wir segeln beim ersten Tageslicht, meine Herren. Der Gouverneur von New York hat eine Information erhalten, daß der von Halifax erwartete Konvoi wahrscheinlich angegriffen wird. Es ist ein großer Geleitzug, von zwei Fregatten und einem Kanonenboot gesichert. Bei diesem Wetter könnten die Schiffe jedoch leicht die Fühlung verlieren, wobei dann das eine oder andere Fahrzeug zur Standortbestimmung dichter unter Land geht.« Seine Finger schlossen sich zur Faust. »Das ist dann der Augenblick, in dem der Feind zuschlägt.«

Bolitho lehnte sich vor und ignorierte das unangenehme Gefühl der Nässe um seine Körpermitte.

Pears fuhr fort: »Ich sagte schon zu Mr. Cairns, man kann keinen defensiv geführten Krieg gewinnen. Wir haben die Schiffe, aber der Feind hat die Ortskenntnis und kann dadurch kleinere, schnellere Fahrzeuge einsetzen. Um einigermaßen Aussicht auf Erfolg zu haben, müssen wir sämtliche Nachschubwege offenhalten, jedes verdächtige Schiff durchsuchen oder aufbringen, unsere Anwesenheit ständig fühlen lassen. Kriege werden schließlich nicht mit Idealen, sondern mit Pulver und Blei gewonnen, und *das* hat der Feind nicht in ausreichendem Maße. *Noch* nicht.«

Finster blickte er in die Runde.

»Der Konvoi aus Halifax bringt in erster Linie Pulver und Munition, auch Geschütze für die Garnisonen von Philadelphia und New York. Wenn auch nur ein einziges von diesen Schiffen mit seiner wertvollen Ladung in die Hände des Feindes fällt, würden wir die Auswirkungen in den kommenden Monaten zu spüren bekommen.« Er sah sich noch einmal mit scharfem Blick um. »Irgendwelche Fragen?«

Sparke stand als erster auf.

»Wieso wir, Sir? Natürlich bin ich äußerst dankbar, auslaufen zu können und im Dienste meines Vaterlandes eingesetzt zu werden, um einiges von dem . . .«

Pears sagte kurz: »Bitte kommen Sie zur Sache.«

Sparke schluckte, seine Narbe auf der Wange wurde plötzlich blutrot. »Warum werden keine Fregatten geschickt, Sir?«

»Weil nicht genug da sind, nie genug da sein werden. Auch ist der Admiral der Ansicht, daß eine Demonstration der Stärke not tut.«

Bolitho sah auf, als hätte er etwas überhört. Es war der Tonfall des Kommandanten. Lag darin nicht eine leise Andeutung von Zweifel? Er blickte seine Kameraden an, entdeckte aber nichts in ihren Mienen. Vielleicht bildete er es sich nur ein oder suchte einen Ausgleich für sein vorheriges Unbehagen über Pears' Ton.

Dieser fuhr fort: »Was diesmal auch passieren mag, wir dürfen in unserer Wachsamkeit nie nachlassen. Dieses Schiff ist unsere Hauptverantwortung, das müssen wir uns immer wieder vor Augen halten. Der Krieg ändert sich von Tag zu Tag. Wer gestern noch ein Verräter war, ist morgen ein Patriot. Ein Mann, der dem Ruf seines Vaterlandes gefolgt ist –«, ein schiefes Lächeln in Sparkes Richtung –, »wird jetzt Loyalist genannt, als ob er und nicht die anderen Ausgestoßene seien.«

Der Navigationsoffizier, Master Erasmus Bunce, stand langsam auf; seine Augen starrten unter einem Decksbalken hervor wie zwei glühende Kohlen. »Ein Mann muß handeln, wie ihm sein Gewissen befiehlt, Sir. Gott allein wird entscheiden, auf wessen Seite in diesem Konflikt das Recht ist.«

Pears lächelte ernst. Der alte Bunce war bekannt für seinen Glauben. In Portsmouth hatte er einmal einen Seemann ins Wasser geworfen, nur weil dieser in der Trunkenheit ein Spottlied gesungen hatte, in dem der Name des Herrn verunglimpft wurde.

Bunce stammte aus Devonshire und war im Alter von neun oder zehn Jahren zur See gegangen. Angeblich war er jetzt über sechzig, aber Pears konnte sich nicht vorstellen, daß er jemals jung gewesen war.

Er sagte: »Genauso ist es, Mr. Bunce. Das war gut gesagt.«

Cairns räusperte sich und blickte den Master nachsichtig an. »War das alles, Mr. Bunce?«

Dieser setzte sich mit verschränkten Arme. »Es sei genug.«

Der Kapitän gab Foley ein Zeichen. Dafür brauchte es keine Worte, dachte Bolitho.

Gläser und Weinkrüge wurden herumgereicht, dann sagte Pears: »Einen Toast, meine Herren. Auf das Schiff, und Verderben allen Feinden des Königs!«

Bolitho beobachtete Probyn, der nach einem der Krüge Ausschau hielt, da sein Glas bereits wieder leer war.

Er dachte an des Kommandanten Stimme, als dieser von dem Schiff gesprochen hatte. Gott gnade George Probyn, wenn der die *Trojan* eines Tages auf Dreck setzen sollte, weil er ein Glas zuviel getrunken hatte.

Bald darauf war die Versammlung beendet, und Bolitho stellte fest, daß er dem Kommandanten noch immer nicht nähergekommen war – außer durch eine Rüge.

Er seufzte. Als Fähnrich glaubte man, das Leben eines Offiziers spiele sich in einer Art Himmel ab. Aber vielleicht hatten selbst Kommandanten immer noch jemanden, den sie fürchten mußten, obgleich es im Augenblick schwierig war, dies zu glauben.

Die Morgendämmerung kam, das Wetter wurde ein wenig sichtiger, aber nicht viel. Der Wind blies weiter steif aus Nordwest, und das Schneegestöber wurde bald von Nieselregen abgelöst, der sich mit dem verwehten Gischt mischte und Decks wie Takelage matt glänzen ließ.

Bolitho hatte mehr Auslaufmanöver erlebt, als er sich erinnern konnte, aber noch immer bewegte und erregte ihn die Art und Weise, wie sich jeder in die Kommandokette einfügte und dadurch das Schiff zu einem lebenden Wesen machte, zu einem vollkommenen Instrument.

Jeder Mast hatte seine eigene Abteilung von Seeleuten, vom flinken Toppsgast bis zu den älteren, weniger beweglichen Männern, die an Deck die Brassen und Fallen bedienten. Wenn die Kommandos und Pfeifsignale ertönten und die Seeleute dann durch die Luken und durch die Niedergänge an Deck strömten, schien es unglaublich, daß der Rumpf der *Trojan*, der von der Galionsfigur bis zur Heckreling siebzig Meter maß, so viele Menschen enthielt. Jedoch in Sekundenschnelle formierten sich diese dahinhuschenden Gestalten von Männern, Jungen und Seesoldaten zu Gruppen, deren jede von Unteroffizieren mit Stentorstimmen aufgerufen und kontrolliert wurde.

Das große Ankerspill drehte sich bereits, genau wie sein Zwilling ein Deck tiefer, und unter seinen Füßen meinte Bolitho des Schiffes Erregung zu verspüren, seinen Eifer, Kurs auf die offene See zu nehmen.

Genau wie die Seeleute und Seesoldaten waren auch die Offiziere auf ihren Stationen. Probyn war, unterstützt von Dalyell, auf der Back für den Fockmast verantwortlich. Sparke hatte das Kommando auf dem oberen Batteriedeck und war für den Großmast verantwortlich, der die eigentliche Stärke des Schiffes ausmachte – mit all seinen Spieren, Stagen, der Leinwand und den Meilen von Tauwerk, die zusammen dem Schiffsrumpf darunter erst Leben gaben. Der Besanmast endlich wurde in erster Linie von den Achtergasten bedient, wo der junge Quinn mit dem Marineleutnant und dessen Leuten Cairns' Anordnungen ausführte.

Bolitho blickte hinüber zu Sparke: kein einfacher Vorgesetzter, aber es war ein Vergnügen, ihn bei der Arbeit zu beobachten. Er beherrschte seine Seeleute, seine Brassen und Fallen mit der Erfahrung und Leichtigkeit eines begabten Dirigenten.

Eine plötzliche Stille schien sich über das Schiff zu legen; Bolitho sah den Kommandanten achtern zur Schanzreling gehen, dem alten Bunce zunicken und dann leise mit dem Ersten Offizier sprechen.

Hoch über dem Deck stand der rote Wimpel vom Flaggenkopf des Großtopps so steif, als wäre er aus Metall; eine gute Segelbrise. Aber Bolitho war froh, daß nicht er, sondern der Kommandant und der alte Bunce die *Trojan* durch das Gewimmel der vor Anker liegenden Schiffe manövrieren mußten.

Er blickte zu den anderen Fahrzeugen hinüber und überlegte, wer ihr Auslaufen wohl beobachtete: Freunde, vielleicht auch Spione, die bereits in diesem Augenblick Washingtons Agenten benachrichtigten? Ein weiteres Kriegsschiff geht Anker auf, wohin? Zu welchem Zweck?

Seine Gedanken und seine Aufmerksamkeit wandten sich den Vorgängen an Bord zu, schweiften dann aber wieder ab. Wenn die Hälfte von dem, was er gehört hatte, stimmte, dann wußte der Feind möglicherweise besser Bescheid als sie selbst. Es sollte viele lose Zungen in New Yorks Zivil- und Militärkreisen geben.

Cairns hob sein Sprachrohr. »Mehr Tempo, Mr. Tolcher!«

Tolcher, der vierschrötige Bootsmann, zückte seinen Rohrstock und brüllte: »Mehr Leute ans Spill! Hiev rund, Jungs!« Er starrte zum Shantymann mit seiner Fiedel hinüber. »Spiel, du Hurensohn, oder ich steck dich in den Kettenkasten!«

Von der Back kam der Ruf: »Anker ist kurzstag, Sir!«

»Enter auf! Toppsegel los!« Cairns' Stimme, vervielfältigt durch den Trichter, verfolgte und trieb sie. »Vorsegel los!«

Dem Wind ausgesetzt, riß sich das Segeltuch los und fing an, wild zu schlagen, während die Seeleute auf den schwankenden Rahen kämpften, um es bis zum richtigen Augenblick unter Kontrolle zu bringen.

Sparke schrie: »An die Brassen! Mr. Bolitho, stellen Sie den Namen dieses Mannes fest!«

»Aye, Sir!«

Bolitho lächelte in den Nieselregen hinein. Es war immer dasselbe mit Sparke: »Stellen Sie den Namen dieses Mannes fest!« In Wirklichkeit war da niemand, dessen Name festzustellen gewesen wäre, aber es erweckte bei den Seeleuten den Eindruck, als habe Sparke seine Augen überall.

Wieder die rauhe Stimme vom Bug: »Kette ist auf und nieder, Sir!«

Befreit vom Grund – der erste Anker war bereits auf und gekattet –, drehte die *Trojan* heftig zur Seite, ihre Segel füllten sich mit einem Donner wie von Kanonenschüssen, während die Männer an den Brassen zogen, die Körper nach hinten gebogen, bis sie fast das Deck berührten.

Rund und rund schwangen die Rahen, die Segel füllten sich eins nach dem anderen, wurden hart und steif wie Brustpanzerplatten, bis das Schiff seine Flanken in den Gischt tauchte, die Leegeschützpforten bereits zeitweilig unter Wasser.

Bolitho rannte von einer Gruppe zur anderen, sein Hut saß schief, seine Ohren dröhnten vom Quietschen der Blöcke und vom Donnern der Segel, und über allem hing der ächzende Chor der vibrierenden Stagen und Wanten.

Als er pausierte, um Atem zu holen, sah er die Umrisse von Sandy Hook querab vorbeigleiten. Ein paar Menschen warteten in einer kleinen Yawl und winkten, als das große Schiff fast über ihnen stand.

Er hörte wieder Cairns' Stimme: »Bramsegel setzen!«

Bolitho blickte zum Großtopp hinauf, mit seinen unter dem Druck der Segel gebogenen Rahen. Seeleute und Fähnriche wetteiferten miteinander beim Setzen weiterer Segel. Als er sich wieder nach achtern wandte, sah er Bunce, die Hände auf dem Rücken, das Gesicht wie aus Stein gemeißelt, während er sein Schiff und die Segelstellung musterte. Dann nickte er langsam. Dies kam so nahe an Zufriedenheit heran, wie Bolitho es noch nie bei ihm gesehen hatte.

Er stellte sich vor, welchen Eindruck die *Trojan* wohl vom Land aus machte: die Galionsfigur – der grimmig blickende trojanische Krieger – Bugspriet und Klüverbaum, ja die ganze Back vom Gischt übersprüht; der massige, schwarz und lederfarben glänzende Rumpf, der die vorbeizischenden weißen Schaumkronen widerspiegelte, als wolle er sich vom Lande reinwaschen.

Probyns grobe Stimme ertönte von vorn, wo er seinen Leuten beim Katten des zweiten Ankers Anweisungen zuschrie. Er würde nach diesem Geschrei viel trinken müssen, dachte Bolitho.

Er blickte nach achtern, hinweg über seine eigenen Seeleute, die teils an den Stagen herunterrutschten, teils aus den Wanten herabsprangen und unten vor dem Mast wieder antraten. Dann sah er, daß der Kommandant ihn beobachtete. Über das halbe Schiff hinweg, durch all das Gewühl und Gehaste, schienen ihre Blicke sich zu begegnen.

Verlegen griff Bolitho nach oben und rückte seinen Hut zurecht; er meinte, ein kleines, aber nachdrückliches Nicken des Kommandanten bemerkt zu haben.

Aber die träumerische Stimmung war bald wieder verflogen, die *Trojan* ließ keinem Zeit für Phantastereien.

»An die Brassen! Klar zum Wenden!«

Sparke rief: »Mr. Bolitho!«

Bolitho legte die Hand an den Hut. »Aye, Sir, ich weiß. Notieren Sie den Mann da!«

Als das Wendemanöver zu des Kommandanten und auch zu Bunces Zufriedenheit ausgeführt, das Schiff über Stag gegangen und auf den neuen Kurs eingesteuert war, hatten Regen und Dunst das achteraus liegende Land bereits verschluckt.

II Ein verwegener Plan

Leutnant Richard Bolitho ging zur Luvseite des Achterdecks und griff in das Mattennetz, um das Gleichgewicht nicht zu verlieren. Über und vor ihm türmten sich die gewaltigen Pyramiden der Segel, beeindruckend selbst für jemanden, der diesen Anblick gewohnt war. Besonders nach all der Enttäuschung und Mühe der letzten viereinhalb Tage, dachte er.

Der Wind, der ihnen von Sandy Hook aus so vielversprechend gefolgt war, hatte innerhalb weniger Stunden gedreht, als habe der Teufel selbst die Hand im Spiel. Ohne Warnung sprang er um, schralte, frischte auf oder flaute ab, so daß keine Wache ohne wenigstens ein Alle-Mann-Manöver auskam, um Segel zu reffen, zu bergen oder wieder zu setzen. Ein ganzer Tag war nötig gewesen, um die gefürchteten Nantucketbänke zu umrunden. Die See kochte unter dem Klüverbaum, als würde sie von der Hölle angeheizt.

Als sie dann allmählich wieder vier, ja fünf Knoten Fahrt machten, hatte der Wind erneut gedreht und aufgefrischt. In den heulenden, orgelnden Böen kämpften die atemlosen Seeleute mit dem von der Nässe steifen Segeltuch, packten mit schwieligen Fäusten hinein, um zu reffen, während die stampfende Welt um sie herum, hoch über dem Deck, verrückt spielte.

Aber jetzt war es anders. Die *Trojan* steuerte beinahe rechtweisend Nord, die Rahen hart angebraßt, um so viel wie möglich vom Wind auszunutzen, und auf ihrer Leeseite schäumte das Wasser als Beweis ihrer beachtlichen Fahrt.

Bolitho ließ den Blick über das obere Batteriedeck schweifen. Unter der Schanzreling lungerten die Leute herum und schwatzten wie immer, wenn sie gespannt darauf warteten, was der Koch ihnen wohl zu Mittag vorsetzen würde. Aus dem fettigen Qualm, der aus dem Kombüsenschornstein quoll und nach Lee davonzog, schloß Bolitho, daß es wieder einmal das Gebräu aus gehacktem Salzfleisch war, herausgekratzt aus den verkrusteten Fässern, gemischt mit feucht gewordenem, glitschigem und muffigem Schiffszwieback, Hafermehl und den Resten vom Vortag. George Triphook, den Chefkoch, haßte jeder mit Ausnahme einiger Speichellecker, aber im Gegensatz zu den meisten anderen Menschen schien er diesen Haß und die gegen ihn laut werdenden Flüche von Herzen zu genießen.

Bolitho spürte plötzlich Heißhunger; aber ihm war klar, daß das Essen, das ihn nach seiner Ablösung in der Messe erwartete, kaum besser sein würde als dieser Fraß hier.

Dann dachte er an seine Mutter und an das große graue Haus in Falmouth. Er ging ein paar Schritte zur Seite und ließ Couzens stehen, seinen aufmerksamen Midshipman, der ihm sonst auf Schritt und Tritt folgte.

Wie furchtbar der Schlag gewesen war! In der Marine riskierte man sein Leben wohl ein dutzendmal am Tage auf die verschiedenste Weise: durch Krankheit, Schiffbruch, Kanonendonner. Die Wände der Kirche in Falmouth hingen voller Gedenktafeln mit den Namen und Taten von Seeoffizieren – Söhnen der Stadt Falmouth –, die mit ihren Schiffen ausgelaufen waren, um nie mehr zurückzukommen.

Aber seine Mutter! Bei ihr dachte man nicht an so etwas. Sie war immer jugendlich und voller Leben gewesen, immer bereit, einzuspringen und die Verantwortung für die Familie auf ihre

Schultern zu laden, die Verantwortung für Haus und Land, wenn der Vater, Kapitän James Bolitho, nicht daheim war. Und das war oft der Fall.

Bolitho und sein Bruder Hugh, seine beiden Schwestern Felicity und Nancy, sie alle hatten die Mutter geliebt, jeder auf seine Weise. Als er von der *Destiny* nach Hause gekommen war, noch an den Folgen seiner Verwundung leidend, hätte er sie nötiger gebraucht denn je. Aber sie war tot. Er konnte sich auch jetzt noch nicht vorstellen, daß sie nicht daheim war in Falmouth, die See unter Pendennis Castle mit einem Lachen beobachtete, das anstekkend wirkte und alle Niedergeschlagenheit beiseite fegte.

Eine Erkältung, hatten sie gesagt, dann ein plötzliches Fieber. In wenigen Wochen war es zu Ende gewesen.

Er konnte sich seinen Vater vorstellen, jetzt, in diesem Augenblick: Captain James, unter diesem Namen kannte und schätzte man ihn daheim. Er war ein angesehener Friedensrichter, seit er seinen Arm verloren hatte und aus dem aktiven Dienst ausscheiden mußte. Das Haus im Winter, die schlammigen, heckengesäumten Wege, auf denen die Neuigkeiten immer etwas verspätet eintrafen, die Landbevölkerung war viel zu beschäftigt mit ihren eigenen Sorgen, mit der Kälte, der Nässe, verlorenen Tieren, räubernden Füchsen und anderem, um sich für den weit entfernten Krieg zu interessieren. Aber sein Vater tat es. Wie ein Kriegsschiff, das bei Carrick Roads vor Anker lag, so brütete er vor sich hin und sehnte sich nach dem Leben, das ihn ausgestoßen, ihn zurückgewiesen hatte. Nun war er vollständig allein.

Für ihn muß es tausendmal schwerer sein, dachte Bolitho traurig.

Cairns erschien an Deck und kam nach einem prüfenden Blick auf Kompaß und Schiefertafel, wo der Steuermannsmaat der Wache seine halbstündlichen Eintragungen machte, herüber zu Bolitho.

Dieser berührte grüßend seinen Hut. »Sie liegt stetig, Sir. Nord bei Ost, voll und bei.«

Cairns nickte. Er hatte sehr helle Augen, die durch einen hindurchsehen konnten.

»Wir müssen wohl reffen, wenn es noch mehr auffrischt. Trotzdem lassen wir soviel wie möglich stehen.«

Er hielt die Hand über die Augen, als er jetzt nach Backbord blickte, denn obwohl die Sonne nicht schien, war die Strahlung intensiv und blendete. Es war schwierig, die Grenze zwischen Himmel und Wasser zu erkennen, die See wirkte wie eine Wüste ruhelosen, grau glänzenden Stahls. Aber der Abstand zwischen den einzelnen Brechern war jetzt größer, sie rollten unter *Trojans* fettem Heck hinweg, lüfteten es und verursachten noch mehr Schlagseite. Gelegentlich brach sich einer von ihnen an der Luvpforte, bevor er zum jenseitigen Horizont weiterrollte.

Sie hatten den gesamten Seeraum für sich allein, denn seit sie Nantucket gerundet und Kurs auf die Einfahrt der Massachusetts Bay genommen hatten, waren sie nicht nur frei von Land, sondern auch von der örtlichen Küstenschiffahrt. Irgendwo in Luv, rund sechzig Meilen entfernt, lag Boston. An Bord der *Trojan* konnten sich nicht wenige noch an die Stadt erinnern, wie sie einmal gewesen war, bevor aus Spannung und Verbitterung offener Haß und Blutvergießen wurde.

Die Bucht selbst mieden alle außer den verwegensten britischen Seefahrern. Hier waren einige der fähigsten Kaperkapitäne beheimatet, und Bolitho überlegte nicht zum ersten Male, ob man wohl den mächtigen Zweidecker bereits belauerte.

Cairns, der einen Wollschal um den Hals geschlungen hatte, fragte: »Was hältst du vom Wetter, Dick?«

Bolitho sah zu, wie die Leute auf ihrem Weg zur Kombüse aus den Niedergängen und dann wieder zurück in ihre überfüllten Mannschaftsräume strömten.

Er ging die Wache selbst, da Bunce streng darauf achtete, daß die Mittagsbreite genommen wurde, was bei dieser schwachen Sicht mehr ein routinemäßiges Ritual war. Die Fähnriche standen bereits mit ihren Sextanten in der Hand in einer Linie da, und die Steuermannsmaaten überwachten ihre Fortschritte beziehungsweise den Mangel daran.

Bolitho sagte ruhig: »Wir bekommen Nebel.«

Cairns starrte ihn verblüfft an. »Ist das eine deiner keltischen Halluzinationen, Dick?«

Bolitho lächelte. »Der Master sagt Nebel.«

Der Erste Offizier seufzte. »Dann gibt es auch Nebel. Obgleich ich bei diesem halben Sturm keine Chance dafür sehe.«

»An Deck!«

Sie blickten hoch, ein wenig achtlos geworden nach ihrer tagelangen Einsamkeit. Bolitho sah die verkleinerte Gestalt des Ausgucks im Großtopp, eine winzige Figur vor den tiefhängenden

Wolken. Schon das Hinaufschauen machte ihn schwindlig.

»Segel in Luv querab, Sir!«

Die beiden Offiziere ergriffen ihre Fernrohre und kletterten in die Wanten. Aber es gab nichts zu sehen als Wellenkämme – steiler, drohender in der Vergrößerung – dazu das intensive, grellweiße Licht.

»Soll ich den Kommandanten informieren, Sir?«

Bolitho beobachtete Cairns' Gesicht, als er wieder an Deck sprang. Er konnte beinahe seinen Verstand arbeiten sehen. Ein Segel! Was bedeutete es? Kaum anzunehmen, daß es befreundet war. Selbst ein verirrter und verwirrter Handelsschiffskapitän mußte die Gefahren hier draußen kennen.

»Noch nicht.« Cairns blickte vielsagend nach achtern. »Er wird die Meldung ohnehin gehört haben und erst darauf reagieren, wenn wir dazu bereit sind.«

Bolitho dachte darüber nach. Ein weiterer Aspekt von Kapitän Pears, den er noch nicht in Betracht gezogen hatte. Aber es stimmte: Er rannte niemals gleich an Deck wie manche Kapitäne, voller Angst um ihr Schiff, ungeduldig auf Antworten wartend, die noch nicht zu geben waren.

Er betrachtete nochmals Cairns' ruhiges Gesicht. Es stimmte natürlich auch, daß Cairns solches Vertrauen rechtfertigte.

Bolitho fragte: »Soll ich nach oben und selbst nachsehen?«

Cairns schüttelte den Kopf. »Nein, ich gehe. Der Kommandant will zweifellos einen vollständigen Bericht.«

Bolitho sah zu, wie der Erste Offizier aufenterte, das Teleskop wie ein Gewehr über die Schulter geschlungen; hinauf und immer höher kletterte er hinauf, über die Marspüttings, vorbei an dem bezogenen Schwenkgeschütz auf dem Mars zur Bramstenge und weiter zur Bramsaling, wo der Ausguck so ruhig saß wie auf einer bequemen Dorfbank.

Er wandte den Blick von Cairns ab. Das war etwas, woran er sich nie gewöhnen, was er nie überwinden konnte: sein Schauder vor der Höhe. Jedesmal, wenn er nach oben mußte, was glücklicherweise selten der Fall war, überkam ihn dieselbe Übelkeit, fürchtete er abzustürzen.

Er sah eine vertraute Figur auf dem Batteriedeck unter der Schanzreling und fühlte etwas wie Zuneigung zu dem großen plumpen Mann in kariertem Hemd und flatternder weißer Hose. Ein weiteres Verbindungsglied zu der kleinen *Destiny:* Stockdale, der muskulöse Preisboxer, den er von einem marktschreierischen Schausteller befreit hatte, als er und sein entmutigter Rekrutierungstrupp versucht hatte, Freiwillige für das Schiff anzuwerben.

Stockdale war der geborene Seemann. So stark wie fünf Männer, hatte er niemals diese Kraft mißbraucht und war gutmütiger als alle anderen an Bord. Der wütende Schausteller hatte ihn mit einer Kette geprügelt, weil er den Kampf gegen einen Mann Bolithos verloren hatte. Der Betreffende mußte wohl irgendwie gemogelt haben, denn Bolitho hatte danach niemals mehr eine Niederlage Stockdales erlebt.

Er sprach sehr wenig, und wenn, dann nur mit Anstrengung, da seine Stimmbänder in zahllosen Faustkämpfen auf fast allen Jahrmärkten des Landes grausam zugerichtet worden waren.

Als er ihn damals gesehen hatte, entblößt bis zum Gürtel, mit tiefen Platzwunden auf dem Rücken, war es zuviel gewesen für Bolitho. Er fragte Stockdale, ob er sich anwerben ließe, und dieser hatte nur genickt, seine Sachen genommen und war ihm auf das Schiff gefolgt.

Wenn Bolitho jemals Hilfe brauchte oder in Not geriet, dann war Stockdale immer zur Stelle. Wie beispielsweise, als Bolitho den schreienden Wilden mit einem Entermesser auf sich losstürzen sah, das er einem sterbenden Seemann entrissen hatte. Später hatte man ihm erzählt, wie Stockdale die sich zurückziehenden Seeleute gesammelt, ihn selbst aufgehoben und wie ein Kind in Sicherheit gebracht hatte.

Nach Bolithos Versetzung auf die *Trojan* nahm er zunächst an, daß dies das Ende ihrer seltsamen Beziehung war; aber irgendwie hatte Stockdale es geschafft, auch an Bord zu kommen.

Er krächzte: »Eines Tages, Sir, werden Sie Captain, und ich schätze, daß Sie dann einen Bootssteurer brauchen.«

Bolitho lächelte jetzt zu ihm hinunter. Stockdale konnte beinahe alles, spleißen, reffen und auch steuern, aber hauptamtlich war er Geschützführer an einem von den dreißig Achtzehnpfündern in der oberen Batterie. Und natürlich in Bolithos Abteilung.

»Was halten Sie davon, Stockdale?«

Des Mannes zerschlagenes Gesicht zeigte ein breites Grinsen. »Die beobachten uns, Mr. Bolitho.«

Er sah die mühsamen, krampfhaften Bewegungen des Kehlkopfes. Die scharfe Seeluft machte es für Stockdale besonders schwer.

»Meinen Sie?«

»Aye.« Es klang sehr bestimmt. »Die wissen, was wir vorhaben und wo wir hin wollen. Ich möchte sogar wetten, daß da noch ein zweites Fahrzeug ist, außer Sichtweite für uns.«

Cairns' Füße prallten aufs Deck, als er mit der Leichtigkeit eines Fähnrichs eine Pardune heruntergerutscht kam.

Er sagte: »Ein Schoner, nach Art der Takelung zu schließen. Ich kann ihn kaum ausmachen, es ist so verdammt diesig.« Dann, als er das Lächeln sah, mit dem Bolitho auf Stockdales Äußerung reagiert hatte, fragte er: »Kann auch ich den Witz hören?«

»Stockdale meinte, daß wir von dem anderen Schiff beobachtet werden, Sir. Es hält sich wohlweislich in Luv.«

Cairns öffnete den Mund, um zu widersprechen, sagte dann aber: »Ich fürchte, er hat recht. Statt einer ›Demonstration der Stärke‹ führt die *Trojan* das Rudel möglicherweise erst hin zu der Beute, die wir beschützen sollen.« Er rieb sich das Kinn. »Verdammt, das ist ein bitterer Gedanke. Ich habe einen Angriff auf die üblichen Nachzügler des Konvois erwartet, von achtern, bevor die Geleitfahrzeuge eingreifen können.«

»Trotzdem«, er rieb sich das Kinn noch stärker als vorher, »werden sie einen Angriff fast in Reichweite unserer Breitseiten nicht riskieren.«

Bolitho erinnerte sich an Pears' Stimme bei der Besprechung, an die Andeutung eines Zweifels. Sein Verdacht hatte jetzt konkretere Formen angenommen.

Cairns blickte nach achtern, hinweg über die beiden Rudergänger, die breitbeinig an dem großen Doppelrad standen, ihre Augen bald auf dem Kompaß, bald auf den Segeln.

»Es ist nicht viel, was wir dem Kommandanten erzählen können, Dick. Er hat seine Befehle. Die *Trojan* ist keine Fregatte. Wenn wir mit sinnlosen Manövern Zeit verlieren, werden wir wahrscheinlich den Konvoi nicht mehr rechtzeitig erreichen. Sie haben ja die perverse Art des Windes hier selbst erlebt.«

Bolitho sagte ruhig: »Denken Sie daran, was der Weise gesagt hat: Nebel.« Er beobachtete, wie das Wort bei Cairns einschlug. »Wenn wir beidrehen müssen, nützen wir niemandem etwas.«

Cairns betrachtete ihn nachdenklich. »Das hätte ich voraussehen müssen. Diese Kaperkapitäne wissen mehr über die örtlichen Verhältnisse als irgendeiner von uns.« Er lächelte etwas schief: »Außer dem Weisen, natürlich.«

Leutnant Quinn kam an Deck und tippte grüßend an seinen

Hut. »Ich soll Sie ablösen, Sir.«

Er blickte von Bolitho zu der prallen Masse der Segel auf. Bolitho beabsichtigte, nur rasch zum Essen hinunterzugehen, besonders da er auf Pears' Reaktion gespannt war. Für den Sechsten Offizier jedoch – achtzehn Jahre alt – bedeutete dies eine endlose Zeit furchteinflößender Verantwortung, denn er hatte das Geschick der *Trojan* in Händen, so lange er als Wachhabender auf dem Achterdeck auf und ab ging.

Bolitho wollte ihn beruhigen, nahm dann aber davon Abstand. Quinn mußte lernen, auf eigenen Füßen zu stehen. Jeder Offizier, der sich in brenzligen Situationen auf die Hilfe anderer verließ, war später auch in wirklichen Krisen hilflos.

Er folgte Cairns zum Niedergang, während Quinn sich mit dem Überprüfen des Logbuchs und beim Kontrollieren des Kompasses wichtig tat.

Cairns sagte leise: »Er wird später ganz in Ordnung sein, braucht halt noch Zeit.«

Bolitho saß an der Messetafel, während Mackenzie und Logan sich bemühten, das Mahl einigermaßen ansehnlich erscheinen zu lassen: Salzfleisch, zusammengekocht mit Haferbrei, dazu Schiffszwieback mit schwarzem Sirup und so viel Käse, wie jeder vertragen konnte. Außerdem gab es eine großzügige Zuteilung von Rotwein, der mit dem letzten Konvoi in New York angekommen war. Nach Probyns gerötetem Gesicht zu urteilen, hatte er ihm fleißig zugesprochen.

Jetzt starrte er hinüber zu Bolitho und fragte heiser: »Was war das für ein Gequatsche über Segel? Da ist wohl jemand nervös geworden und hat Gespenster gesehen, was?« Er lehnte sich vor und sah sich beifallheischend um. »Mein Gott, wie hat sich die Flotte verändert!«

Bunce saß am Kopf der Tafel und sprach mit tiefer Stimme, ohne aufzublicken: »Es ist nicht Sein Werk, Mr. Probyn. ER hat keine Zeit für die Gottlosen.«

Sparke sagte unbeteiligt: »Dieser verdammte Fraß ist Schweinefutter. Ich werde einen neuen Koch auftreiben, bei erster Gelegenheit. Dieser Schurke müßte am Strick baumeln, anstatt uns zu vergiften.«

Das Schiff holte stark über, und alle hielten Teller und Gläser fest, bis es sich wieder aufrichtete.

Bunce zog seine Uhr aus der Tasche und sah nach, wie spät es war. Bolitho fragte ruhig: »Der Nebel, Mr. Bunce – wird er kommen?«

Thorndike, der Schiffsarzt, hörte es und lachte schallend. »Wirklich, Erasmus! Nebel, bei diesem Wind!«

Bunce ignorierte ihn. »Morgen. Wir müssen beidrehen, hier ist's zu tief zum Ankern.« Er schüttelte sein mächtiges Haupt. »Zeit verloren, nicht wieder einzuholen.«

Er hatte genug gesprochen und erhob sich. Als er an Probyns Stuhl vorbeikam, sagte er mit seiner tiefen Stimme: »Dann werden wir Zeit haben und sehen, wer nervös wird.«

Probyn schnippte mit den Fingern nach mehr Wein und rief ärgerlich: »Er wird auf seine alten Tage wunderlich!« Er lachte laut, aber niemand stimmte ein.

Hauptmann d'Esterre musterte Probyn kalt. »Wenigstens scheint er den Herrn auf seiner Seite zu haben. Was haben Sie vorzuweisen?«

In seinem Salon darüber saß Kapitän Pears an der großen Tafel, eine Serviette in sein Halstuch gesteckt. Er hörte den Ausbruch des Gelächters aus der Messe und sagte zu Cairns: »Sie sind fröhlicher auf See, nicht?«

Cairns nickte. »Scheint so, Sir.« Er beobachtete Pears' gebeugten Kopf und wartete auf dessen Schlußfolgerungen oder Gedanken.

Dieser sagte: »Allein oder im Verband, der Schoner ist eine Bedrohung für uns. Wenn wir doch wenigstens als Sicherung eine Brigg oder ein Kanonenboot hätten, um uns diese Wölfe vom Hals zu halten. So wie es jetzt ist . .«. Er hob die Schultern.

»Darf ich einen Vorschlag machen, Sir?«

Pears schnitt sich ein kleines Stück Käse ab und betrachtete es zweifelnd.

»Deswegen sind Sie ja wohl zu mir gekommen.« Er lächelte. »Schießen Sie los.«

Cairns legte die Hände auf den Rücken, seine Augen glänzten sehr hell.

»Sie haben des Masters Meinung über die Aussicht auf Nebel gehört, Sir?«

Pears nickte. »Ich kenne diese Gewässer auch. Nebel ist hier häufig genug, obwohl ich es nicht wagen würde, im Augenblick eine so bestimmte Voraussage zu machen.« Er schob den Käse beiseite. »Aber wenn der Master so etwas sagt, trifft es gewöhnlich zu.«

»Wir werden also beigedreht liegen müssen, bis es wieder aufklart.«

»Ich habe das schon in Betracht gezogen. Verdammter Mist!«

»Aber genau das wird auch unser Bewacher tun, einmal zu seiner eigenen Sicherheit, dann auch aus Angst, uns zu verlieren. Der Nebel könnte unter Umständen ein Bundesgenosse für uns sein.« Er zögerte, um des Kommandanten Reaktion zu ergründen. »Wenn wir ihn aufspüren und entern . . .« Er schwieg.

»Was, um Gottes willen, Mr. Cairns, schlagen Sie da vor? Daß ich Boote aussetzen, sie mit ausgebildeten Leuten bemannen und dann in diesen gottverdammten Nebel hinausschicken soll? Nein, Sir, sie würden in den sicheren Tod fahren!«

»Wahrscheinlich liegt da außer dem Schoner noch ein weiteres Fahrzeug.« Cairns sprach mit plötzlicher Dickköpfigkeit. »Sie werden also Lichter zeigen. Mit der nötigen Vorsicht und mit einem guten Bootskompaß müßte ein Angriff Aussicht auf Erfolg haben.« Er machte eine Pause, da er Zweifel in Pears' Augen sah. »Er brächte uns ein zusätzliches Schiff ein, wahrscheinlich auch Informationen über die Tätigkeit oder die Absichten der Kaperer.«

Pears lehnte sich zurück und starrte ihn grimmig an. »Sie sind ein Mann mit Ideen, das muß ich sagen.«

Cairns entgegnete: »Der Vierte Offizier hat mir diese Idee in den Kopf gesetzt, Sir.«

»Das hätte ich mir denken können.« Pears stand auf und trat an eins der Fenster; seine stämmige Figur bildete dabei einen Winkel zum Deck, der der Krängung des Schiffes entsprach. »Verdammtes Pack aus Cornwall! Alles Piraten und Strandräuber! Wußten Sie das nicht?«

Cairns' Gesicht blieb unbewegt. »Meines Wissens war Falmouth, Mr. Bolithos Heimatort, die letzte Stadt, die für König Charles gegen Cromwell und das Parlament kämpfte, Sir.«

Pears lächelte grimmig. »Guter Einwand! Aber dieser Plan ist mehr als gefährlich. Wahrscheinlich finden wir die Boote nie wieder, oder sie können den Feind nicht erreichen, geschweige denn ihn kapern.«

Cairns beharrte auf seiner Version. »Der Nebel muß das andere Schiff lange vor uns erreichen. Ich würde vorschlagen, daß wir dann so nahe wie möglich aufschließen, und zwar mit jedem Fetzen Tuch, bevor es gänzlich abflaut.«

»Aber wenn der Wind gegen uns dreht?« Pears hob die Hand. »Stopp, Mr. Cairns. Ich sehe die Enttäuschung in Ihrem Gesicht, aber es ist *meine* Verantwortung. Ich muß alle Möglichkeiten in Betracht ziehen.«

Auf Deck und vor den Kajütstüren ging das Leben seinen gewohnten Gang. Das Rasseln einer Pumpe, das Scharren von Füßen über ihren Köpfen, wenn die Leute der Wache beim Brassen hin und her liefen.

Dann meinte Pears langsam: »Immerhin hat der Plan das Überraschungsmoment für sich.« Er überlegte. »Bitte sagen Sie dem Master, er möchte zu uns in den Kartenraum kommen.« Er lachte leise in sich hinein. »Obwohl er schon dort ist, wie ich ihn kenne.«

Auf dem vom Wind gepeitschten Achterdeck beobachtete Bolitho mit vom Salzwasser schmerzenden Augen die Leute bei der Arbeit in der Takelage. Bald Zeit zum Reffen, dachte er. Muß dem Captain Bescheid sagen. Vorhin hatte er Pears und Cairns in den Kartenraum gehen sehen, der neben Bunces Kabine lag.

Einen Augenblick später trat Cairns wieder in den Sprühregen heraus, zu Bolithos Erstaunen ohne Hut, etwas ganz Ungewöhnliches, da er sonst immer peinlich korrekt gekleidet war.

»Weitere Meldungen vom Ausguck?«

»Aye, Sir.«

Bolitho duckte sich, als eine Bö den Gischthagel eines Brechers über das Schiff peitschte, der sie beide durchnäßte. Cairns nahm kaum Notiz davon.

Bolitho berichtete rasch, bevor der nächste Brecher sie erreichte: »Wie vorher. Der Fremde hält sich in Luv von uns, Peilung unverändert.«

»Ich werde dem Kommandanten berichten«, sagte Cairns und fügte dann hinzu: »Nicht nötig, da ist er ja.«

Bolitho wollte zur Leeseite hinüber, wie üblich, wenn der Kommandant an Deck erschien, aber Pears' Stimme rief ihn zurück.

»Bleiben Sie, Mr. Bolitho.« Pears kämpfte sich zur Luvreling, den Hut tief in die Augen gezogen. »Sie haben da mit dem Ersten Offizier einen verwegenen Plan ausgebrütet!«

»Sir, ich . . .«

»Verrückt.« Pears beobachtete das steife Großsegel. »Aber mit einem Körnchen, einem *winzigen* Körnchen Wert.«

Bolitho starrte ihn an. »Besten Dank, Sir!«

Pears ignorierte ihn und sagte zu Cairns: »Die beiden Kutter müssen genügen. Ich möchte, daß Sie jeden Mann selbst auswählen. Sie wissen, welche Leute wir für diese Aufgabe brauchen.«

Dann blickte er Cairns ins Gesicht und sagte beinahe sanft: »Aber Sie gehen nicht mit!«

Als Cairns protestieren wollte, fügte Pears hinzu: »Ich kann Sie nicht entbehren. Ich könnte morgen umkommen, und wenn auch Sie ausfallen, was sollte dann aus der *Trojan* werden?«

Bolitho beobachtete beide und kam sich wie ein Eindringling vor, als er die Enttäuschung in Cairns' Gesicht sah.

Dann erwiderte dieser: »Aye, Sir, ich werde mich danach richten.«

Als er wegging, sagte Pears barsch: »Aber Sie können *den* hier mitschicken, den wird man nicht vermissen!«

Pears ging nach achtern, wo Bunce auf ihn wartete, das störrische Haar im Winde flatternd. Im Weggehen rief er: »Der Zweite Offizier soll zu mir kommen.«

Bolitho überlegte. *Er würde also mitgehen.* Und Sparke. *Stellen Sie den Namen dieses Mannes fest.*

Er dachte an Cairns, dem diese einmalige Chance, seinen Mut und seine Tüchtigkeit zu beweisen, genommen wurde. Es war auch wieder typisch für ihn, dachte er. Mancher Erste Offizier hätte den Plan, das feindliche Schiff zu entern, für seinen eigenen ausgegeben und alles Lob dafür eingeheimst.

Es wurde früh dunkel, die tiefhängende Wolkendecke und der Sprühregen trugen das Ihrige dazu bei.

Cairns erwartete Bolitho, als dieser von der Wache kam, und sagte: »Ich habe ein paar gute Leute für dich ausgewählt, Dick. Der Zweite Offizier übernimmt das Kommando, unterstützt von Frowd, dem fähigsten unserer Steuermannsmaaten, dazu Midshipman Libby. Zu deiner Unterstützung gehen Mr. Quinn und Midshipman Couzens mit.«

Bolitho begegnete seinem ruhigen Blick. Außer Sparke, Frowd und bis zu einem gewissen Grade ihm selbst, waren alle anderen halbe Kinder und nicht geeignet für ein solches Unternehmen. Er bezweifelte, daß der nervöse Quinn oder der willige Couzens jemals das Abfeuern eines Schusses erlebt hatten, außer vielleicht bei der Entenjagd.

Er sagte jedoch: »Danke, Sir«, womit er dieselbe Haltung zeigte wie Cairns sie gegenüber dem Kommandanten an den Tag gelegt hatte.

Cairns faßte ihn am Arm. »Sieh zu, daß du etwas Trockenes zum Anziehen findest.« Dann, während er sich seiner Kabine zuwandte, fügte er hinzu: »Du hast natürlich auch den Unhold Stockdale in deinem Kutter. Ich hätte nie den Mut aufgebracht, ihn davon abzuhalten!«

Bolitho durchquerte die Messe und betrat seine eigene, kleine Kabine. Dort zog er sich nackt aus und frottierte sich die feuchten, kalten Gliedmaßen, bis er so etwas wie Wärme verspürte.

Dann saß er auf dem Rand seiner schwankenden Koje und lauschte auf die Geräusche des großen Schiffes, das Ächzen beim Überholen, das Beben beim Aufprall eines Brechers, das anschließende Prasseln der über Deck peitschenden Gischt.

Morgen um diese Zeit war er vielleicht auf dem Weg in sein Unheil, wenn nicht sogar schon tot. Er fröstelte und frottierte sich heftig die Bauchmuskeln, um die plötzlich aufkommende Verzagtheit zu überwinden.

Aber wenigstens würde er etwas unternehmen, und das war besser als diese ewige Untätigkeit. Er zog sich ein sauberes Hemd über den Kopf und langte nach seiner Hose.

Er war kaum damit fertig, als er schon das näherkommende Geschrei hörte:

Alle Mann an Deck, Marssegel reffen!

Er stand abrupt auf und stieß mit dem Kopf gegen einen Ringbolzen.

Verdammt!

Aber dann war er auf und eilte wieder in jene andere Welt des Windes und des Lärms, gehorsam den Forderungen der *Trojan,* die immer erfüllt werden mußten.

Als er an Probyns unordentlicher Erscheinung vorbeilief, grinste der ihn an. »Nebel, wie?«

Bolitho grinste zurück. »Geh zur Hölle!«

Es dauerte zwei volle Stunden, bis das Reffen zu des Kommandanten Zufriedenheit ausgeführt und die *Trojan* für die Nacht klargemacht worden war. Die Nachricht über den beabsichtigten Angriff hatte sich im Schiff wie ein Lauffeuer verbreitet, und Bolitho hörte, wie überall Wetten abgeschlossen wurden: des Seemanns enger Spielraum zwischen Leben und Tod.

Möglicherweise würde es überhaupt zu nichts kommen, wie schon so oft während dieses Einsatzes. Große Vorbereitungen, und dann die Enttäuschung.

Bolitho wußte, daß es ein beinahe unmögliches Unterfangen war, das andere Schiff zu finden und zu kapern. Gleichzeitig wußte er aber auch, daß er sich betrogen vorkommen würde, falls es abgeblasen werden sollte.

Er kehrte in die Messe zurück und stellte fest, daß die meisten Offiziere schon in die Koje gegangen waren – verständlich nach diesem stürmischen und arbeitsreichen Tag. Lediglich der Arzt und der Hauptmann d'Esterre spielten im Licht einer einzelnen Lampe Karten, während unter den überfluteten Heckfenstern Leutnant Quinn saß und auf den vibrierenden Ruderkopf starrte.

Im schwankenden Lampenschein sah er noch jünger aus als sonst.

Bolitho setzte sich neben ihn und schüttelte den Kopf, als Logan, der Messejunge, mit einem Weinkrug auftauchte.

»Fühlst du dich nicht wohl, James?«

Quinn blickte ihn überrascht an. »Doch, danke, Sir.«

Bolitho lächelte. »Richard oder Dick, wenn dir das lieber ist.« Er beobachtete des anderen Verzweiflung. »Dies ist nicht das Fähnrichslogis, wie du weißt.«

Quinn warf einen raschen Blick auf die Kartenspieler, auf den wachsenden Stapel von Münzen neben dem scharlachroten Ärmel d'Esterres und den dahinschwindenden seines Gegenübers.

Dann sagte er ruhig: »Sie haben so etwas schon früher gemacht, Sir – ich meine, Dick!«

Bolitho nickte. »Ein paarmal.«

Er wollte nicht Quinns Vertrauen durch eine Unterbrechung riskieren, nun, da dieser zu sprechen begann.

»Ich ... Ich dachte, es würde an Bord sein, wenn es dazu käme.« Er machte eine hilflose Armbewegung, die die Messe und die angrenzenden Kabinen umfaßte. »All seine Freunde weiß man in der Nähe. Ich glaube, hier könnte ich es zum erstenmal, das Kämpfen.«

Bolitho sagte: »Ich weiß. Das Schiff ist unsere Heimat. Es hilft.«

Quinn rang die Hände. »Meine Familie ist im Lederhandel in der City von London. Mein Vater wollte nicht, daß ich zur Marine ging.« Sein Kinn hob sich ein wenig. »Aber ich war entschlossen. Ich hatte oft genug ein Kriegsschiff den Fluß herunterfahren und in See stechen sehen. Ich wußte, was ich wollte.«

Bolitho konnte den Schock nachempfinden, den Quinn erlitten haben mußte, als er zum ersten Mal der rauhen Wirklichkeit an Bord eines Kriegsschiffes begegnete, mit all der harten Disziplin und dem Gefühl, daß man als neuer Fähnrich an Bord der einzige ist, der völlig nutzlos zu sein scheint und von nichts eine Ahnung hat.

Bolitho war damit aufgewachsen. Die dunklen Porträts an den Treppenhauswänden seines Elternhauses in Cornwall waren eine ständige Erinnerung an alle, die vor ihm diesen Weg gegangen waren. Jetzt setzten er und sein Bruder Hugh die Tradition fort. Hugh fuhr auf einer Fregatte, wahrscheinlich im Mittelmeer, während er hier im Begriff war, sich einzuschiffen für ein Unternehmen, wie es oft in den Kneipen von Falmouth geschildert wurde, wenn die Seeleute ihr Garn sponnen.

Er sagte: »Es wird alles klargehen, James. Mr. Sparke führt uns.«

Zum ersten Mal sah er Quinn lächeln, als dieser sagte: »Ich muß zugeben, vor dem habe ich mehr Angst als vorm Feind!«

Bolitho lachte und fragte sich, wieso Quinns Angst ihm selbst irgendwie Mut einflößte.

»Geh jetzt in die Koje und versuch zu schlafen. Sag Mackenzie, du möchtest ein Glas Brandy, George Probyns Allheilmittel.«

Quinn stand auf und wäre beinahe gefallen, als das Schiff mit einem Ruck überholte.

»Nein, ich muß noch einen Brief schreiben.«

Als er wegging, verließ d'Esterre den Tisch, steckte seinen Gewinn ein und gesellte sich zu Bolitho an den Heckfenstern.

Der Arzt wollte ihm folgen, aber d'Esterre sagte: »Schluß, Robert. Dein stümperhaftes Spiel würde auf die Dauer mein eigenes Können beeinflussen und abstumpfen.« Er lächelte. »Hebe dich hinweg zu deinen Flaschen und Pillen!«

Der Arzt antwortete nicht mit seinem sonstigen Lächeln, sondern ging still von dannen, mit den Händen nach einem Halt suchend.

D'Esterre deutete auf Quinns Kabine. »Ist er aufgeregt?«

»Ein bißchen.«

Der Marineinfanterist zerrte an seinem engen Halstuch. »Ich wünschte bei Gott, ich könnte mitkommen. Wenn ich meine Jungs nicht bald in einen Kampf führe, werden sie rostig wie alte Nägel!«

Bolitho gähnte herzhaft. »Ich bin für Schlafengehen.« Er schüttelte den Kopf, als d'Esterre über die Karten strich. »Ich würde ohnehin nicht mit dir spielen. Du hast den Trick raus, wie man gewinnt.«

Als er mit hinter dem Kopf verschränkten Händen in der Koje lag, lauschte Bolitho auf die Geräusche des Schiffes und identifizierte jedes einzelne, wie es sich in das große Ganze einfügte.

Die Leute der Freiwache lagen unten in ihren Hängematten wie Erbsen in den Schoten; bei den gegen die See dichtgeschlossenen Stückpforten und dem aus den Bilgen aufsteigenden Gestank war die Luft entsetzlich. Alles triefte vor Nässe, von den Decksbalken tropfte es, dazu kam das eintönige Rasseln der Pumpen, wenn die *Trojan* besonders stark überholte.

Im Orlopdeck, dem Deck unter der Wasserlinie, würde der Schiffsarzt in seinem Lazarett vermutlich bald eingeschlafen sein. Er hatte zur Zeit nur eine Handvoll Kranker und Verletzter zu betreuen; es war nur zu hoffen, daß es so blieb.

Weiter vorn im Fähnrichslogis war alles ruhig, wenn auch vielleicht ein gelegentlicher Lichtschimmer verriet, daß einer der jungen Leute verzweifelt an einem schwierigen navigatorischen Problem arbeitete, dessen Lösung er am Morgen Bunce vorlegen sollte.

Ihre eigene Welt: Seeleute und Seesoldaten, Anstreicher und Kalfaterer, Seiler und Segelmacher, Klempner und Toppsgasten, Geschützführer und Zimmerleute – eine Mischung, wie man sie sonst in einer ganzen Stadt antraf.

Und achtern, zweifellos noch an seinem großen Schreibtisch sitzend, der eine, der über sie alle herrschte: der Kommandant.

Bolitho blickte in der Dunkelheit nach oben, wo ein Deck höher, ziemlich genau über ihm, Pears jetzt wohl saß, den aufmerksamen Foley in seiner Nähe, ein Glas Wein neben sich. So würde er jetzt noch einmal die Ereignisse des Tages sowie das für morgen geplante Unternehmen überdenken.

Das war der Unterschied, dachte Bolitho. Wir gehorchen und führen die Befehle aus, so gut wir können. Aber er muß sie geben, und Lob oder Tadel ruhen immer auf *seinen* Schultern.

Dann rollte er sich auf die Seite und vergrub das Gesicht in dem muffigen Kissen. Es hatte doch manches für sich, noch ein Leutnant zu sein.

Der folgende Tag unterschied sich kaum von den vorangegangen. Im Laufe der Nacht hatte der Wind ein wenig rückgedreht und viel an Stärke verloren, so daß die großen, vor Nässe triefenden Segel sich abwechselnd blähten oder durchsackten, wobei sie mit ihrem Knallen noch zu der allgemein spürbaren Spannung beitrugen.

Gegen Mittag – der Sprühregen war genauso heftig wie an den Vortagen, die See ein grenzenloses, schmutziges Grau – erschollen die üblichen Pfeifsignale:

»Alle Mann nach achtern zur Bestrafung!« Das Auspeitschen eines Mannes war bei der straffen Disziplin an Bord nicht gerade selten und rief in normalen Zeiten wenig Erregung hervor. Die privaten Prügel, die beispielsweise im Falle von Kameradendiebstahl verabfolgt wurden, konnten erheblich schlimmer ausfallen.

Aber heute war es anders. Nach all den Wochen und Monaten vergeblichen Wartens, nachdem man im Hafen unter kärglichen Bedingungen wie auf einem Gefangenenschiff gelebt oder in fruchtloser Mission vor den Küsten patrouilliert hatte, versprach man sich hiervon ein wenig Abwechslung.

Das Wetter trug nicht gerade zur Aufmunterung bei. Während Bolitho sich zu den anderen Offizieren gesellte und die Marineinfanteristen in zwei leuchtend roten Reihen aufmarschierten, eilte die Besatzung nach achtern. Sie mußten die Augen zusammenkneifen gegen den böigen Wind, der ihnen Gischt und Regen ins Gesicht peitschte. Ein trüber, unglückseliger Auftakt, dachte Bolitho.

Der Delinquent kam über die Backbordtreppe, flankiert von Paget, dem dunkelhäutigen Wachtmeister, und Tolcher, dem Bootsmann. Paget war ein schmallippiger, grimmiger Mann. Neben ihm und dem vierschrötigen Bootsmann nahm sich der Gefangene direkt harmlos aus.

Bolitho betrachtete ihn, einen jungen Schweden namens Carlsson. Er hatte ein gutgeschnittenes, schmales Gesicht und langes, flachsblondes Haar. Wie verwundert blickte er um sich, als habe er das Schiff noch nie gesehen. Nach Bolithos Meinung war er typisch für die gemischte Besatzung der *Trojan,* wo man nie wußte, welche Rassen man treffen, welche Zungen man hören würde, so viele verschiedene Besatzungsmitglieder lebten seit nunmehr zwei

Jahren in ihrem Rumpf, zusammengewürfelt und doch bereits nach kurzer Zeit mit dem Schiff verwachsen.

Bolitho haßte die Auspeitschungen, obwohl sie zum Seemannsdasein gehörten. Es gab schließlich keine Alternative für einen Kommandanten, um die Disziplin aufrechtzuerhalten, wenn er weitab von höheren Vorgesetzten oder anderen Schiffen operierte.

Die Gräting, ein Lattenrost, wurde neben dem Fallreep aufgestellt, und ein muskulöser Bootsmannsmaat namens Balleine stand wartend daneben, einen Flanellbeutel an seiner Seite.

Cairns überquerte die Schanze, als der Kommandant an Deck erschien.

»Mannschaft versammelt, Sir.« Sein Gesicht war ausdruckslos.

»Danke.«

Pears blickte auf den Kompaß und ging dann schwerfällig nach vorn zur Schanzreling. Schweigen senkte sich über die Menge, die sich auf Deck, ja sogar in den Wanten drängte.

Bolitho betrachtete die Gruppe der Midshipmen neben den älteren Deckoffizieren. Ihm selbst war einmal schlecht geworden, als er in seiner Fähnrichszeit einer Auspeitschung hatte beiwohnen müssen.

Er dachte an Carlsson. Man hatte ihn auf Wache schlafend gefunden, nach einem langen Tag des Kampfes gegen Wind und störrisches Segeltuch.

Bei anderen Offizieren wäre es vielleicht glimpflicher abgelaufen, aber Sparke kannte kein Mitgefühl. Bolitho überlegte, ob er wohl jetzt darüber nachdachte. Weil es doch etwas wie einen Pesthauch ausgerechnet über diesen Tag senkte, an dem er den Bootsangriff führen sollte. Bolitho musterte Sparkes Gesicht, aber es zeigte nichts anderes als den üblichen Ausdruck verkniffener Strenge.

Pears nickte. »Ausziehen!« Dann nahm er den Hut ab und klemmte ihn unter den Arm, während die anderen Offiziere seinem Beispiel folgten.

Bolitho blickte nach Backbord zum Horizont, als erwarte er, dort die Segel ihres getreuen Schattens auftauchen zu sehen. Im Laufe der Nacht hatte der Schoner dichter aufgeschlossen und war jetzt schon vom Unterwant aus sichtbar, jedoch noch nicht von Deck. In der einfachen Denkweise eines Seemannes mußte das die Bestrafung noch härter erscheinen lassen – ein Yankeeschiff kreuzte hier herum, wie es ihm gefiel, und einer der eigenen Leute wurde ausgepeitscht!

Der Kommandant schlug die Kriegsartikel auf und verlas die entsprechenden Paragraphen mit einer Stimme, die sich in nichts von seinem normalen Tonfall unterschied. Er schloß mit den Worten: ». . . soll bestraft werden gemäß den Vorschriften des Gesetzes für einen solchen Fall auf See.« Dann setzte er den Hut wieder auf und fügte hinzu: »Zwei Dutzend Hiebe.«

Der Rest der Prozedur wickelte sich rasch ab. Carlssons Oberkörper wurde entblößt, er selbst an der Gräting festgebunden, die Arme wie bei einer Kreuzigung ausgebreitet.

Balleine hatte seine neunschwänzige Katze aus dem roten Flanellbeutel geholt und ließ sie durch die Finger gleiten, die Stirn in grimmige Falten gelegt. Er war Bolithos Bootsbesatzung zugeteilt. Was mochte er jetzt wohl denken?

Pears befahl mit harter Stimme: »Tun Sie Ihre Pflicht!«

Balleines kräftiger Arm holte aus und schlug zu, die Peitsche klatschte dumpf auf des Mannes nackten Rücken. Bolitho hörte ihn keuchen, als die Luft aus seinen Lungen entwich.

»Eins«, zählte der Wachtmeister.

In der Nähe warteten der Arzt und seine Gehilfen, um sich des Mannes anzunehmen, falls er zusammenbrechen sollte.

Bolitho zwang sich, das Ritual der Bestrafung zu verfolgen, obwohl sein Herz so schwer war wie Blei. Alles schien so unwirklich: das graue Licht, das heftig schlagende Großsegel mit den deutlich erkennbaren Flicken, vom Segelmacher kürzlich erst aufgenäht. Die Peitsche hob sich und zischte nieder, die Striemen auf dem Rücken des Schweden schwollen an und wurden bald zu einer blutigen Masse zerfetzten Fleisches, als das Auspeitschen andauerte. Etwas Blut war in das blonde Haar des Mannes gespritzt, der Rest floß herab und mischte sich, blasser werdend, mit dem Sprühregen auf den Decksplanken.

»Einundzwanzig!«

Bolitho hörte das leise Schluchzen eines Fähnrichs und sah Forbes, den Jüngsten an Bord, sich am Arm seines Nebenmannes festklammern.

Carlsson hatte kein einziges Mal geschrien, aber als der letzte Hieb auf seinen zerfetzten Rücken krachte, brach er zusammen und begann zu stöhnen.

»Abschneiden!«

Bolitho blickte von Pears' Profil in die Gesichter der Besatzung.

Zwei Dutzend Hiebe waren nichts im Vergleich zu dem, was manche anderen Kommandanten verhängten. Aber in diesem Falle konnte es ausreichen, um den Mann zu zerbrechen. Er bezweifelte, daß Carlsson mehr als höchstens ein paar Worte der Kriegsartikel verstanden hatte.

Die Gehilfen des Arztes traten jetzt heran und trugen den schluchzenden Mann nach unten, zwei Seeleute wischten das Blut auf, einige andere schlugen auf Tolchers Geheiß die Gräting ab und verstauten sie.

Die Seesoldaten marschierten in zwei Kolonnen die Treppen hinunter, und Hauptmann d'Esterre steckte seinen glänzenden Säbel in die Scheide, während die Mannschaft abrückte, um ihre jeweiligen Arbeiten wieder aufzunehmen.

Sparke sagte zu Bolitho: »Wir sollten den Angriff nochmals durchsprechen, damit jeder weiß, was er zu tun hat.«

Bolitho hob die Schultern. »Aye, Sir.«

Vielleicht war Sparkes Haltung die richtige. Bolitho mochte Carlsson, er war gehorsam, freundlich und ein guter Arbeiter. Aber angenommen, man hätte einen der wirklichen Unruhestifter beim Schlafen auf Wache erwischt. Hätte er dann wohl das gleiche Unbehagen verspürt?

Sparke stützte sich auf die Schanzreling und blickte auf die beiden Kutter, die schon aus der Reihe der anderen Boote ausgesondert und klar zum Ausschwingen gemacht worden waren.

Dann sagte er: »Ich habe nicht allzuviel Hoffnung«, und indem er auf die vibrierenden Wanten und Pardunen zeigte, fuhr er fort: »Mr. Bunce hat im allgemeinen recht, aber diesmal . . .«

Aus dem Großtopp ertönte ein Ruf: »An Deck! Das andere Schiff fällt ab, Sir!«

Dalyell, der Wache hatte, ergriff ein Glas und stieg in die Luvwanten.

Nach kurzer Zeit schrie er: »Bei Gott. Es stimmt. Der Schoner fällt ab, nicht viel, aber er wird bald für alle an Deck sichtbar sein!«

Er lachte Bolitho ins Gesicht. »Dieser Schuft besitzt allerhand Dreistigkeit!«

Bolitho beschattete die Augen gegen das diffuse Licht und sah ein kurzes Aufleuchten über dem bewegten Wasser. Vielleicht glaubte der Kapitän des Schoners wie Bunce an Nebel und schloß näher heran, um das große Wild nicht aus den Augen zu verlieren. Oder er versuchte lediglich, den Kommandanten zu einer törichten

Affekthandlung zu provozieren. Als sich Bolitho jedoch an dessen Gesicht beim Verlesen der Kriegsartikel erinnerte, verwarf er diesen Gedanken. Dazu bestand keinerlei Aussicht.

Sparke führte weiter aus: »Es muß blitzschnell gehen. Vielleicht haben sie Enternetze ausgebracht, aber ich glaube es nicht. Sie würden ihre Leute mehr behindern als uns.«

Er denkt laut, sieht bereits seinen Namen und den Bericht in der *Gazette,* folgerte Bolitho. Man konnte es am Funkeln seiner Augen erkennen, sie glänzten wie im Fieber.

»Ich gehe noch mal zum Master.« Sparke eilte von dannen, das Kinn vorgeschoben wie den Bug einer Galeere.

Stockdale tauchte von irgendwoher auf und rieb sich die Stirn.

»Ich habe die Waffen überprüft, Sir, habe alle Entermesser und Enterbeile noch mal über den Schleifstein gezogen«, keuchte er. »Wir fahren doch, Sir?«

Bolitho schritt zur anderen Seite und ließ sich vom Fähnrich der Wache dessen Glas geben.

»Hoffentlich.«

Dann sah er, daß der Fähnrich Forbes war, der sich während des Auspeitschens an seinem Freund festgehalten hatte.

»Alles in Ordnung, Mr. Forbes?«

Der Junge nickte unglücklich und schluckte. »Aye, Sir.«

»Gut.« Bolitho schob das Glas durch die Maschen des Netzes. »Es ist hart, einen Mann so bestraft zu sehen. Also müssen wir ständig aufpassen, daß keiner Grund zur Bestrafung gibt.«

Er hielt den Atem an, als die Toppsegel des anderen Schiffes über dem Horizont auftauchten, als sei der Rumpf unter Wasser. Ein rotes Viereck war auf das Großsegel genäht – ein Behelfsflicken oder ein Erkennungssignal? Er fröstelte, als der Regen ihm in den Kragen sickerte und ihm das Haar an die Stirn klebte. Es war unheimlich, diese rumpflosen Masten zu sehen, nichts von dem Schiff und seiner Besatzung zu wissen.

Als er sich nach Stockdale umwandte, war dieser verschwunden, so lautlos, wie er aufgetaucht war.

Dalyell kämpfte sich das schrägliegende Deck hinauf und sagte heiser: »Sieht so aus, als ob du uns erhalten bleibst, Dick.« Er grinste ohne Mitgefühl. »Bin nicht traurig darüber. Ich habe keine Lust, George Probyns Arbeit zu tun, wenn er einen Rausch hat!«

Bolitho grinste. »So sieht es jeder aus einem anderen Blickwinkel. Ich gehe nach unten.« Er warf noch einen Blick auf den lustlos pendelnden Wimpel im Großtopp. »Sieht wirklich so aus, als müßte ich noch die Nachmittagswache gehen.«

Der Kommandant war jedoch anscheinend anderer Meinung und immer noch voll Vertrauen zu seinem Master. Bolitho wurde vom Wachegehen dispensiert und verbrachte die meiste Zeit damit, einen Brief an seinen Vater abzufassen. Er schrieb ständig weiter an demselben langen Brief, sobald er Zeit dazu hatte, und brach ihn abrupt ab, wenn sich eine Gelegenheit zum Absenden in die Heimat bot. Dadurch hielt er Verbindung mit seinem Vater, wenngleich es für diesen bestimmt schwer war, über die täglichen Ereignisse auf See, das Sichten von Schiffen oder Inseln, zu lesen – alles Dinge, die es im Leben von Kapitän James nicht mehr gab.

So saß Bolitho also auf seiner Seekiste und überlegte, was er Neues berichten könnte.

Kälte schien ihm plötzlich über den Rücken zu kriechen, als hätte ein Geist die kleine Kabine betreten. Er blickte überrascht auf und sah die Deckenlampe flackern. Aber stimmte das auch? Er starrte seine Sachen an, die ruhig von der Stange herabhingen, obwohl sie einen Augenblick vorher noch geschwankt und gequietscht hatten.

Er stand auf, dachte rechtzeitig daran, den Kopf einzuziehen, und lief in die Messe. Die Heckfenster waren stumpf und grau, gestreift von getrocknetem Salz.

Er preßte das Gesicht dagegen und rief aus: »Mein Gott, der Weise hatte recht!«

Schnell eilte er an Deck, wo er sofort der stillen Gestalten gewahr wurde, die in den undurchdringlichen Nebel starrten, während die Segel lustlos herabhingen und sich kaum noch blähten.

Cairns, der Wache hatte, blickte ihn ernst an. »Da ist er, Dick, der Nebel.«

Bolitho beobachtete, wie sich die Dünung zu glätten schien, kaum waren noch Wellenkämme zu sehen.

»An Deck! Der Schoner ist außer Sicht, Sir!«

Pears' Stimme beendete alle Spekulationen: »Zwei Strich höher, Mr. Cairns!«

Schrille Rufe ertönten: »An die Brassen!«

Pears sagte zu allen, die ihn umstanden: »Wir gewinnen so noch etwa eine Kabellänge.*

* Zehntel einer Seemeile = 185 Meter

Das Rad ächzte, die Rahen gehorchten den Brassen und schwangen herum. Mit ihrer großen Segelfläche rang die *Trojan* dem sterbenden Wind noch ein wenig Fahrt ab und drehte den Bug gehorsam nach Luv. Über das Schlagen der Segel und Blöcke, über die schrillen Rufe der Unteroffiziere hinweg hörte man Pears' Stimme, als er zu seinem Segelmeister sagte: »*Gut gemacht,* Mr. Bunce!«

Dieser wandte den Blick vom Mann am Ruder und der schwankenden Kompaßrose; im trüben Licht sah man nur seine Augen und Brauen. »Es war Sein Wille, Sir«, sagte er ehrfürchtig.

Pears blickte weg, wie um ein Lächeln zu verbergen. Dann rief er: »Mr. Sparke nach achtern! Mr. Bolitho, lassen Sie die Kutter ausschwenken!«

Stahl klirrte, Leute strömten zu den Booten, die Arme voller Entermesser, Beile, Spieße und Gewehre.

Bolitho beobachtete auf dem Batteriedeck, wie der schwarzgestrichene Rumpf des zweiten Kutters sich hob. Als er einmal nach achtern blickte, stellte er fest, daß die Schanzreling nur noch verschwommen zu sehen war.

Er schrie: »Lebhaft, Jungs, sonst finden wir unseren Weg nicht mehr über die Reling!« Dies rief einiges Gelächter hervor.

Pears hörte es und sagte nüchtern zu Sparke: »Hören Sie gut zu, was der Master Ihnen über die Stromverhältnisse hier sagt. Es kann Ihnen eine Meile unnötigen Pullens ersparen, womit Sie nicht so erschöpft ankämen, daß Ihre Leute keine Klinge mehr heben können.« Er beobachtete Sparkes Augen. »Und seien Sie vorsichtig. Wenn Sie nicht entern können, dann warten Sie ab, bis der Nebel sich lichtet. Wir werden nicht sehr weit auseinanderdriften.«

Dann befahl er: »Kürzen Sie Segel, Mr. Cairns, und drehen Sie bei!«

Weitere Kommandorufe, und wenige Augenblicke später, als die Unter- und Marssegel aufgegeit unter ihren Rahen hingen, lösten sich die beiden Boote aus ihren Klampen, schwangen hoch und über die Reling.

Bolitho kam nach achtern, berührte grüßend seinen Hut und meldete: »Die Leute sind gemustert und bewaffnet, Sir.«

Sparke übergab ihm einen Notizzettel. »Geschätzter Kurs. Mr. Bunce hat Strom und Abdrift des Schoners berücksichtigt.« Dann blickte er den Kommandanten an. »Melde mich von Bord, Sir!«

Pears sagte: »Danke, Mr. Sparke.« Er wollte hinzufügen: »Viel

Glück«, aber angesichts Sparkes strenger Miene schien dies überflüssig.

Zu Bolitho jedoch sagte er: »Verirren Sie sich nicht, Sir. Ich habe keine Lust, ein ganzes Jahr lang die Massachusetts Bay nach Ihnen abzusuchen!«

Bolitho lächelte. »Ich werde mein Bestes tun, Sir.« Als er nach unten lief, sagte Pears zu Cairns: »Junger Halunke!«

Aber Cairns beobachtete die längsseits stampfenden Boote voller Menschen und wartete darauf, daß Sparke und Bolitho ablegten. Sein Herz war bei ihnen. Es tröstete ihn nicht, daß des Kommandanten Entscheidung wahrscheinlich die richtige war.

Pears beobachtete die schwarzen Bootskörper, das etwas unordentliche Einsetzen der Riemen bis zum Aufnehmen des gleichmäßigen Schlages, der sie rasch in den alles verhüllenden Nebel entführte.

»Verdoppeln Sie die Wachen an Deck, Mr. Cairns. Lassen Sie die Schwenkgeschütze laden und bereiten Sie alles vor, um einen eventuellen Enterangriff abzuschlagen.«

»Was werden Sie jetzt tun, Sir?«

Pears blickte über sein Schiff. Jedes Segel war entweder aufgegeit oder bewegungslos, die *Trojan* rollte heftig in der gleichmäßigen Dünung.

»Tun?« Er gähnte. »Ich gehe essen.«

Bolitho stand im Heck des Bootes und hielt sich an Stockdales Schultern fest. Durch das karierte Hemd hindurch fühlten sich dessen Muskeln an wie warmes Holz.

Der Nebel wirbelte in ihr Boot, hing an ihren Armen, im Gesicht und ließ das Haar glitzern, wie bereift.

Bolitho lauschte dem gleichmäßigen, ruhigen Pullen der Riemen. *Hast ist sinnlos, spart eure Kräfte für später.*

Zu Stockdale sagte er: »Steuern Sie genau Nordwest, das ist der Kurs, den wir einhalten müssen.«

Er dachte an Bunces wilde Augen. Konnte man einen anderen Kurs steuern als den von ihm empfohlenen?

Dann ließ er Stockdale an der Pinne sitzen, über den Bootskompaß gebeugt, und bahnte sich seinen Weg langsam nach vorn. Er stieg über Duchten und grunzende Seeleute, kletterte über Waffen und über die Füße der zusätzlichen Passagiere.

Der neun Meter lange Kutter hatte in normalen Zeiten eine

Besatzung von acht Mann und dem Bootssteurer. Jetzt enthielt er außer der Crew noch achtzehn Leute.

Er fand Balleine, den Bootsmannsmaaten, am Bug vorgebeugt wie eine Galionsfigur und in den Nebel starrend, eine Hand hinter dem Ohr, um das leiseste Geräusch aufzufangen, das von einem Schiff oder einem anderen Boot verursacht werden könnte.

Bolitho sagte leise: »Ich kann den Kutter des Zweiten Offiziers nicht sehen, also müssen wir uns auf uns selbst verlassen.«

»Aye, Sir.« Die Antwort war barsch.

Bolitho dachte, Balleine grüble noch über das Auspeitschen nach oder fühle sich übergangen, weil er nur den Ausguckposten erhalten hatte, Stockdale dagegen an der Pinne saß. Deshalb sagte er: »Ich verlasse mich heute auf Ihre Erfahrung.« Als er sah, wie der Mann nickte, fühlte er, daß er den richtigen Ton getroffen hatte. »Ich fürchte, wir sind sonst ein wenig knapp daran.«

Der Bootsmannsmaat grinste. »Mr. Quinn und Mr. Couzens, Sir? Ich werde auf die beiden aufpassen.«

»Das wußte ich.«

Er berührte des Mannes Arm und tastete sich dann wieder nach achtern. Dabei nahm er vereinzelte Gesichter und Figuren wahr, so Dunwoody, einen Müllerssohn aus Kent, dann einen dunkelhäutigen Araber namens Kutbi, der in Bristol angeworben worden war und von dem auch heute noch niemand Näheres wußte. Dann Rabbett, ein zäher, kleiner Mann aus dem Hafenviertel von Liverpool, ferner Varlo, der in der Liebe Schiffbruch erlitten hatte und von dem Preßkommando aufgelesen worden war, als er in einer Kneipe seinen Kummer ersäufen wollte. Diese und viele andere kannte Bolitho allmählich, andere dagegen hielten sich abseits und verschanzten sich hinter der Barriere zwischen Back und Achterdeck.

Er erreichte den duchtfreien Raum im Heck des Bootes und setzte sich zwischen Quinn und Couzens. Ihre drei Lebensalter zusammen ergaben gerade zweiundfünfzig Jahre. Dieser Gedanke ließ ihn kichern, und er merkte, wie die anderen sich ihm zuwandten.

Sie denken, daß ich schon die Nerven verliere. Ich habe Sparke aus den Augen verloren und steure vielleicht in eine völlig falsche Richtung.

Er erklärte ihnen: »Tut mir leid, es war nur ein Gedanke.« Danach atmete er tief die nasse, salzige Luft ein. »Aber vom Schiff einmal weg zu kommen, ist schon Freude genug.« Er breitete die Arme aus und sah Stockdales schiefes Grinsen. »Freiheit zu tun, was *wir* wollen, ob richtig oder falsch.«

Quinn nickte. »Ich verstehe.«

Bolitho entgegnete: »Dein Vater wird danach stolz auf dich sein. *Wenn wir so lange leben.*«

Cairns hatte ihm erklärt, was Quinn damit meinte, daß seine Familie im Lederhandel tätig sei. Bolitho hatte sich vorgestellt, es seien kleine Gerber, wie es sie in Falmouth gab, die Zügel und Sättel, Schuhe und Riemen herstellten. Cairns hatte beinahe gelacht. »Mann, sein Vater gehört einer allmächtigen Gesellschaft in London an. Er hat Heereskontrakte und überall Einfluß! Wenn ich mir den jungen Quinn ansehe, wundere ich mich mitunter über seine Kühnheit, all diese Macht und das Geld auszuschlagen. Er muß entweder tapfer oder verrückt sein, das alles gegen dies hier einzutauschen!«

Ein großer Fisch sprang dicht am Boot aus dem Wasser und schlug klatschend auf, worüber Couzens und ein paar von den anderen erschraken.

»Auf Riemen!« Bolitho hob den Arm, um Schweigen zu gebieten.

Wieder war er sich der Weite der See und ihrer Einsamkeit bewußt, als die Riemen bewegungslos und tropfend auf dem Dollbord lagen. Er hörte das Gurgeln des Wassers um das Ruder herum, als das Boot in der Dünung noch langsame Fahrt machte. Dann das Klatschen eines weiteren Fisches, das schwere Atmen der Ruderer.

Schließlich flüsterte Quinn: »Ich höre den anderen Kutter, Sir!«

Bolitho nickte und wandte das Gesicht nach Steuerbord. Nun hörte auch er das gedämpfte Quietschen von Riemen in ihren Dollen. Sparke hatte etwa die gleiche Schlagzahl und war auf einer Höhe mit ihnen. Also kommandierte er leise: »Ruder an!«

Couzens neben ihm hustete nervös und fragte: »Wie – wie viele Mann wird der Feind haben, Sir?«

»Das kommt darauf an. Wenn sie schon eine oder gar mehrere Prisen gekapert haben, werden es nicht allzu viele sein. Wenn nicht, haben wir etwa die doppelte Anzahl gegen uns – oder auch mehr.«

»Verstehe, Sir.«

Bolitho wandte sich ab, Couzens verstand es bestimmt nicht,

aber er war imstande, wie ein Veteran darüber zu reden.

Er fühlte den Nebel in seinem Gesicht wie einen kalten Hauch. Bewegte er sich rascher als vorher? Vor ihm erstand eine Vision aufkommenden Windes, der den Nebel wegtreiben und sie hilflos den Kanonen des Schoners ausliefern würde. Schon eines der kleinen Schwenkgeschütze konnte die Besatzung zerfetzen, noch bevor es zum Handgemenge kam.

Er blickte langsam über die Reihen der sich abmühenden Ruderer und über die anderen im Boot, die auf ihren Einsatz warteten. Wie viele von ihnen würden die Seite wechseln und überlaufen, wenn das geschähe? Es war schon oft genug vorgekommen, wenn britische Seeleute auf Kaperschiffen gefangengehalten wurden. Die *Trojan* hatte einige Leute in ihrer Besatzung, die während der letzten zwei Jahre gefangengenommen worden waren, sei es an Land oder auf See. Sie hatten es vorgezogen, auf seiten des Feindes zu kämpfen, als das Risiko von Krankheit oder möglichem Tod auf einem Gefangenenschiff einzugehen. Wo Leben war, gab es immer Hoffnung.

Er rieb seine Narbe, die so stark schmerzte, als wolle sie wieder aufplatzen.

Stockdale öffnete die Klappe seiner Laterne ein wenig und blickte auf den Kompaß.

»Kurs liegt an, Sir«, sagte er. Es schien ihn zu amüsieren.

Weiter und weiter ging es, die Leute an den Riemen wurden ausgewechselt, alles lauschte auf die Geräusche von Sparkes Kutter oder auf irgendein Zeichen von Gefahr.

Bolitho überlegte, daß der Schonerkapitän mit seiner Kenntnis der örtlichen Verhältnisse rechtzeitig mehr Segel gesetzt und somit den Nebel ausgesegelt haben konnte, daß er jetzt, schon Meilen entfernt, sich ins Fäustchen lachte, während sie langsam und qualvoll pullten, bis sie an irgendeiner Stelle von Neuenglands Küste landeten.

Er malte sich aus, was danach sehr rasch Wirklichkeit werden konnte: Sie kämen vielleicht unbemerkt an Land und würden versuchen, ein kleines Schiff zu stehlen und sich unter Segel davonzumachen. Aber was dann?

Balleines heiserer Ruf ertönte: »So etwas wie ein Lichtschimmer voraus, Sir!«

Bolitho stolperte nach vorn, alles andere war vergessen.

»Dort, Sir.«

Bolitho strengte seine Augen an und starrte in die Dunkelheit. Ein Schimmer, das war die richtige Beschreibung, wie ein Kneipenfenster im Hafennebel. Keine Form, kein Mittelpunkt.

»Eine Laterne.« Balleine feuchtete seine Lippen an. »Hängt sehr hoch. Es ist also noch so ein Strolch in der Nähe.«

Bunces Berechnung war sehr genau gewesen, sonst hätten sie leicht das Schiff oder das Licht passieren können, ohne im Nebel etwas davon zu sehen. Der Abstand betrug eine knappe Meile.

»Auf Riemen!« Als er ins Bootsheck zurückkehrte, sagte er: »Dort vorn liegt er, Jungs! Entweder Bug oder Heck uns zugewandt. Wir nehmen, was kommt.«

Quinn rief heiser: »Mr. Sparke holt uns ein, Sir.«

Sie hörten Sparke rufen: »Sind Sie bereit, Mr. Bolitho?« Es klang ungeduldig, seine vorherigen Zweifel schienen vergessen.

»Aye, Sir.«

»Wir greifen an beiden Enden an.« Sparkes Boot wurde durch den Nebel undeutlich sichtbar, sein weißes Hemd und die Breeches trugen noch zu der geisterhaften Erscheinung bei. »Auf diese Weise können wir die Besatzung spalten.«

Bolitho sagte nichts, aber sein Herz wurde schwer. Von beiden Enden – also lief das Boot, das am weitesten pullen mußte, Gefahr, gesehen zu werden, bevor seine Besatzung aufentern konnte.

Sparke ließ wieder anrudern und rief: »Ich übernehme das Heck.«

Bolitho wartete ab, bis das andere Boot frei von ihnen war, und ließ dann ebenfalls anrudern.

»Weiß jeder, was er zu tun hat?«

Couzens nickte, das Gesicht konzentriert. »Ich bleibe im Boot, Sir.«

Quinn stieß hervor: »Ich unterstütze Sie, Sir . . . äh . . . Dick, und übernehme das Vordeck.«

Bolitho nickte. »Und Balleine hält seine Leute zurück, bis sie die Musketen benützen können.«

Cairns hatte richtigerweise hierauf bestanden. Irgendein Narr konnte seine Muskete zu früh abfeuern, wenn die Gewehre von Anfang an geladen und gespannt gewesen wären.

Bolitho zog seinen Degen aus der Lederscheide und ließ diese auf die Bodenbretter fallen. Dort konnte sie warten, bis er sie wieder brauchte. Wenn er sie beim Angriff trug, konnte er sich daran verfangen und womöglich unter ein Entermesser fallen.

Er fuhr mit dem Daumen über die Klinge, hielt aber die Augen fest auf das flackernde Licht vor ihnen gerichtet. Je näher sie kamen, desto kleiner wurde es, da sein Hof im Nebel schrumpfte.

Im Augenwinkel meinte Bolitho eine Reihe von Spritzern zu sehen; offensichtlich beschleunigte Sparke den Schlag und setzte zum Angriff an.

Mit überraschender Plötzlichkeit tauchten die Masten und Gaffeln des Schoners wie schwarze Stangen aus dem Nebel, und der Schein der Laterne verschärfte sich zu einem einzigen klaren Licht.

Stockdale berührte Couzens' Arm, und der Junge fuhr auf, als sei er gestochen worden.

»Hier, die Pinne, Sir.« Er führte Couzens' Hand, als sei dieser erblindet. »Übernehmen Sie, wenn ich's sage.« Mit der anderen Hand ergriff er sein altmodisches Entermesser, das doppelt so schwer war wie die modernen.

Bolitho hob den Arm, die Riemen hoben sich aus dem Wasser und verharrten wie federlose Schwingen. Er hielt den Atem an und beobachtete die Richtung des Stromes und die Ruderwirkung. Sie trieben genau auf des Schoners überhängenden Vordersteven zu, unter dem Bugsprit hindurch.

»Riemen ein!« Er sprach in grimmigem Flüsterton, obwohl seine Herzschläge sicherlich bis Boston zu hören waren. Seine Lippen waren wie in einem unkontrollierten, wilden Grinsen erstarrt. Verrücktheit, Verzweiflung, Angst, alles lag darin.

»Klar bei Enterhaken!«

Er beobachtete, wie der schlanke Bug über sie hinwegfegte, als wolle der Schoner sie mit voller Fahrt rammen. Dann sah er Balleine mit dem Enterhaken in der Hand aufstehen, den richtigen Augenblick abwartend, während er sich unter dem Wasserstag duckte, das ihm den Kopf abzureißen drohte.

Plötzlich ertönte ein Knall, gefolgt von einem langgezogenen Schrei. Bolitho sah und hörte alles im selben Augenblick: das Aufblitzen, das von der See selbst herzukommen schien, die Antwortschreie vom Schiff über ihnen, die plötzliche Bewegung, mehr Explosionen, die die Wasseroberfläche aufpflügten.

Wütend sprang er auf. »Los, Jungs!«

Sparke strich er aus seinem Gedächtnis. Der Narr hatte jemandem gestattet, das Gewehr zu laden, es war vorzeitig losgegangen und hatte einen der eigenen Männer getroffen. Es war zu spät. Für sie alle.

Er riß den Arm hoch und packte die sich straffende Bootsleine, als der Enterhaken mit einem dumpfen Geräusch im Bugsprit gefaßt hatte und den Kutter längsseit schleuderte.

»Auf sie, Jungs!«

Mit Händen und Füßen kämpfte er sich aufwärts, den Degen am Handgelenk baumelnd, und sprang auf das von Explosionen blitzartig erleuchtete Deck. Am anderen Ende des Schoners knatterte heftiges Gewehrfeuer, und während Bolithos Leute über die Back stolperten, geblendet gegen unbekanntes Gerät stießen und stürzten, hämmerten Aufschläge rings um sie her ins Deck oder heulten über den schwankenden Kutter wie irre Geister.

Er hörte Quinn neben sich keuchen und stolpern; Stockdales breite Gestalt war schon etwas weiter vorn, er hielt das Entermesser vor sich, als solle es den Feind wittern wie ein Hund.

Etwas flog aus dem Dunkel heran, und ein Mann stürzte schreiend zu Boden, eine Lanze in der Brust.

Weiteres Krachen, und noch zwei von Bolithos Leuten stürzten.

Aber sie waren jetzt näher dran. Bolitho ergriff seinen Degen und schrie: »Im Namen des Königs, ergebt euch!«

Wie erwartet antwortete ein Chor von Flüchen und höhnischen Rufen. Aber es gab ihnen die paar Sekunden, die sie benötigten, um mit den Rufern ins Handgemenge zu kommen. Er schlug jemandem den Säbel aus der Hand. Als der Mann hinlief, um ihn aufzuheben, drang ihm Stockdales Entermesser krachend in den Kopf.

Dann kämpften sie alle Brust an Brust, Klinge an Klinge. Hinter sich hörte er Balleine fluchen, und dann das sporadische Knallen von Musketen, als er es schaffte, ein paar Schüsse in die Wanten abzufeuern, von wo aus Scharfschützen ihr Ziel suchten.

Ein bärtiges Gesicht tauchte vor ihm auf, und Bolitho spürte, wie seine Klinge mit metallischem Klang gegen des Mannes Schwert schlug, als sie jeweils parierten und sich freischoben von der Menge, um Platz zum Kämpfen zu gewinnen. Um sie herum taumelten und torkelten Gestalten wie Trunkenbolde, ihre Entermesser sprühten Funken, die Stimmen klangen wild und verzerrt von Haß oder Angst. Bolitho duckte sich, traf den Mann am Brustkorb, und als dieser zurücktaumelte, schlug er ihm den Degen mit solcher Wucht ins Genick, daß sein Handgelenk wie betäubt war.

Aber sie wurden trotzdem gegen die Back zurückgedrängt. Irgendwo, scheinbar hundert Meilen entfernt, hörte er einen Kanonenschuß, und in seinem benommenen Gehirn zuckte der Gedanke auf, dies sei ein weiteres Schiff, das dem Schoner zu Hilfe eile.

Er rutschte in einer Blutlache aus, und ein sterbender Seemann, getreten und zerstampft von den Kämpfenden über ihm, versuchte, seinen Knöchel zu packen.

Ein anderer Mann schrie und fiel aus den Wanten, von einer Kugel getötet, bevor er an Deck aufschlug.

Bolitho sah jetzt ein Paar weißer Hosenbeine vor der dunklen Verschanzung und wußte, daß es Quinn war. Dieser wurde von zwei Männern zugleich angegriffen, und obgleich Bolitho einen von ihnen auf die Schulter schlug und den schreienden Mann beiseite riß, keuchte Quinn und brach in die Knie, beide Hände auf die Brust gepreßt.

Sein Angreifer war so blind vor Kampfeseifer, daß er Bolitho nicht bemerkte. Er stand über Quinn und holte zum Todesstreich aus. Bolitho konnte ihn am Ärmel packen und herumreißen, und durch die Wucht seines eigenen Schwertstreiches stürzte der Mann zu Boden. Bolitho schlug ihm den Handschutz seines Degens mit voller Wucht ins Gesicht, des Schmerzes im Handgelenk nicht achtend.

Sein Gegner taumelte wieder hoch, spuckte Zähne aus und griff von neuem an.

Plötzlich stand er stocksteif, seine Augen leuchteten im Dämmerlicht so weiß wie Kieselsteine, dann drehte er sich um seine eigene Achse und sackte zusammen. Balleine zog so ruhig sein Enterbeil aus des Mannes Rücken, als zöge er es aus einem Holzklotz.

Da ging Bewegung durch die Reihen der Angreifer, und einen Augenblick später hörten sie Sparkes durchdringende Stimme: »Hierher, *Trojaner*, zu mir!«

Von beiden Seiten angegriffen, mit weiteren Booten in der Nähe rechnend, beendete die Besatzung des Schoners den Kampf so jählings, wie er begonnen hatte.

Nicht einmal Flüche wurden gegen die britischen Seeleute laut. Die Männer der *Trojan* waren so wild und erbittert durch den Nachkampf, bei dem sie Tote und Verwundete zu beklagen hatten, daß sie nicht auch noch Beleidigungen hingenommen hätten. Die Schonerbesatzung schien das zu spüren und ließ sich widerstandslos entwaffnen, durchsuchen und dann in zwei überschaubare Gruppen zusammentreiben.

Sparke, in jeder Hand eine Pistole, stand inmitten der Toten und wimmernden Verwundeten, und als er Bolitho sah, knurrte er kurz: »Hätte schlimmer sein können.« Er konnte seinen Stolz nicht verbergen. »Hübsches kleines Fahrzeug! Sehr hübsch!« Er sah Quinn und beugte sich über ihn. »Steht es schlimm?«

Balleine, der des Leutnants Hemd aufgerissen hatte und das Blut zu stillen versuchte, sagte: »Seine Brust ist ganz aufgeschlitzt, Sir, aber wenn wir ihn zu . . .«

Doch Sparke war schon gegangen und rief in bellendem Ton nach Frowd, dem Steuermannsmaaten, der das Schiff gleich bei der geringsten Brise unter Segel bringen sollte.

Bolitho lag auf den Knien und hielt Quinns Hände von der Wunde fern, während Balleine sein Möglichstes tat, um einen Behelfsverband anzulegen.

»Ruhig, James.« Er sah Quinns Kopf nach hinten fallen, seine Anstrengung, dem Schmerz nicht nachzugeben. Quinns Hände waren wie Eis, Blut glänzte überall. »Du wirst wieder gesund, ich verspreche es dir!«

Sparke kehrte zurück. »Kommen Sie, Mr. Bolitho, es gibt eine Menge zu tun. Ich wette, daß wir früher als uns lieb ist Gesellschaft bekommen.«

Plötzlich dämpfte er seine Stimme, und Bolitho sah sich einem Sparke gegenüber, wie er ihn noch nicht erlebt hatte.

»Ich weiß, wie Ihnen Quinns wegen zumute ist. Aber Sie dürfen es nicht zeigen. Vor allem nicht vor den Leuten. Jetzt, da der Kampf vorüber ist, fühlen sie den Schock. Sie blicken auf uns. Deshalb müssen wir unser Mitgefühl für später aufbewahren.«

Er wandte sich wieder ab. »Los, Jungs, die Kutter nach achtern und die Fangleinen festmachen. Überprüft die Geschütze und seht zu, daß sie geladen sind, um einen Angriff abzuschlagen: mit Kartätschen, Kugeln, allem, was ihr finden könnt.« Er suchte in der nebligen Dunkelheit nach jemandem. »Sie, Archer! Richten Sie ein Schwenkgeschütz auf die Gefangenen. Beim geringsten Anzeichen, daß sie das Schiff zurückerobern wollen, wissen Sie, was Sie zu tun haben!«

Stockdale wischte sein Messer am Hemdfetzen eines Unglücklichen sauber.

»Ich werde auf Mr. Quinn achten, Sir.« Er rieb das Messer noch einmal ab und steckte es dann in den Gürtel. »Ein kräftiger Schluck würde ihm jetzt guttun, denke ich.«

Bolitho nickte. »Ja, sehen Sie zu, was Sie machen können.« Damit ging er. Das Schluchzen und Stöhnen im Dunkel gab ein anschaulicheres Bild der Szene, als die klare Sonne es vermocht hätte.

Bolitho sah Dunwoody, den Müllerssohn, eine bewegungslose Gestalt abtasten. Der Seemann sagte mit gebrochener Stimme: »Das ist mein Freund, Sir, Bill Tyler.«

Bolitho antwortete: »Ich weiß, ich sah ihn fallen.« Dann rief er sich Sparkes Rat ins Gedächtnis und fügte hinzu: »Hol' die Laterne runter, sofort! Wir wollen keine Motten anlocken, oder?«

Dunwoody stand auf und wischte sich das Gesicht. »Nein, Sir, sicher nicht.« Er eilte von dannen, blickte sich aber noch einmal ungläubig nach seinem toten Freund um.

Sparke war überall, und als er beim Ruder wieder auf Bolitho stieß, sagte er lebhaft: »Es ist die *Faithful*, Eigner sind die Brüder Tracy aus Boston, bekannte Kaperkapitäne, und sehr erfolgreiche dazu.«

Bolitho wartete, seine Hände zitterten vor Anstrengung.

Sparke fuhr fort: »Ich habe die Kajüte durchsucht, da fand sich ein ganzer Stapel von Informationen!« Er sprudelte über vor Begeisterung. »Kapitän Tracy ist tot.« Er deutete auf die blicklosen weißen Augen des Mannes, der von Balleines Enterbeil gefällt worden war. »Das ist er. Der andere Tracy, sein Bruder, befehligt eine Brigg, die *Revenge*, die sie letztes Jahr von uns gekapert haben. Sie hieß damals *Mischief*.«

»Aye, Sir, ich erinnere mich. Sie wurde vor Cape May gekapert.« Es war erstaunlich, daß er so ruhig sprechen konnte, als wären sie beide auf einem Spaziergang und nicht inmitten eines Blutbades.

Sparke betrachtete ihn neugierig. »Sind Sie jetzt ruhiger?« Er wartete die Antwort nicht ab. »Gut. Das ist der einzige Weg.«

Bolitho fragte ihn: »Ist Ladung an Bord, Sir?«

»Nein. Die wollten sie sich offenbar von unserem Konvoi holen.« Er blickte zu den kahlen Masten hinauf. »Lassen Sie ein paar Mann das Deck aufklaren. Es sieht hier ja aus wie in einem Schlachthaus. Die Leichen müssen über Bord und die Verwundeten nach unten. Dort herrscht zwar auch nicht viel Komfort, aber es ist etwas wärmer als an Deck.«

Als Bolitho davoneilen wollte, fügte Sparke noch hinzu: »Außerdem möchte ich, daß alles so ruhig wie möglich abläuft. Eventuell sind fremde Boote in der Nähe, und ich beabsichtige, dieses Schiff als Prise zu behalten.«

Bolitho suchte nach seinem Hut, der ihm während des Kampfes vom Kopf gefallen war. Das sah Sparke ähnlicher, dachte er grimmig. Einen Augenblick hatte er geglaubt, Sparkes Anweisung, die Verwundeten nach unten zu schaffen, beruhe auf reiner Menschlichkeit. Er hätte es besser wissen müssen.

Die Aufgaben wurden sofort in Angriff genommen. Die Gesunden verrichteten die schwereren Arbeiten, die Leichtverletzten bewachten die Gefangenen. Die Schwerverwundeten – darunter der Mann, der törichterweise seine Muskete vorzeitig abgefeuert und dabei eine Gesichtshälfte verloren hatte – halfen, soweit sie dazu in der Lage waren.

Sparke hatte diesen Zwischenfall nicht erwähnt, ohne den die Verluste erheblich reduziert worden, wahrscheinlich sogar minimal geblieben wären. Die Schonerbesatzung war gewiß tapfer gewesen, aber ohne diesen Warnschuß hätte es wohl nur ein paar blutige Nasen gegeben, zumal ihnen die eiserne Disziplin der *Trojaner* fehlte. Auch Sparke mußte sich das überlegt haben, doch hoffte er wohl, daß Pears nur die Prise sehen und darüber alles andere vergessen würde.

Einige Male stieg Bolitho in die Kapitänskajüte hinunter, wo der gefallene Kapitän Tracy gelebt und seine Pläne gemacht hatte. Quinn lag dort blaß auf einer rohen Koje, den Verband blutgetränkt, die Lippen vor Schmerz zerbissen.

Bolitho fragte Stockdale nach seiner Meinung; der antwortete ohne Zögern: »Er hat den Willen zum Leben, aber viel Hoffnung besteht nicht.«

Die ersten Anzeichen der Morgendämmerung kamen, der Nebel lichtete sich.

Aus des Schoners Lazarett hatten alle eine großzügige Rumzuteilung erhalten, auch die beiden jungen Fähnriche.

Aus der gesamten Gruppe von sechsunddreißig Seeleuten waren zwölf gefallen oder lagen im Sterben, und von den Überlebenden hatten einige so schwere Wunden, daß sie im Augenblick kaum von Nutzen waren.

Bolitho beobachtete den sich lichtenden Nebel, in dem der Schoner langsam Gestalt annahm. Er sah Couzens und Midshipman Libby von Sparkes Boot auf die großen Blutflecken an Deck starren. Möglicherweise wurde ihnen erst jetzt klar, was sie hinter sich hatten.

Mr. Frowd, der Steuermannsmaat, wartete am Ruder und beobachtete die schlaffen Segel, die Bolithos Leute losgemacht hatten, klar für die erste aufkommende Brise. Die einzigen Geräusche waren das Schlagen der Blöcke und das Quietschen der Gaffeln und Bäume beim heftigen Rollen des Schiffes in der Dünung.

Mit dem Morgengrauen kam das Gefühl der Gefahr, wie es wohl ein Fuchs beim Überqueren offenen Geländes bei Büchsenlicht empfindet.

Die *Faithful*, das sah Bolitho jetzt, hatte acht Sechspfünder und vier Drehbassen, Schwenkgeschütze, die alle in Frankreich hergestellt waren. Dieser Umstand, dazu die Entdeckung frisch verpackten, erstklassigen Cognacs deutete auf enge Verbindung mit den französischen Kaperschiffen hin.

Es war ein handliches kleines Fahrzeug von ungefähr zwanzig Meter Länge, das höher an den Wind gehen konnte als die meisten anderen Schiffe, und das bestimmt jeden Rahsegler ausstechen würde.

Wer Kapitän Tracy auch gewesen sein mochte, er hatte in seine Pläne sicher nicht die Möglichkeit einbezogen, daß er am frühen Morgen nicht mehr am Leben sein würde.

Der Baum des Großsegels quietschte laut, und im Deck verspürte man ein Vibrieren.

Sparke rief: »Lebhaft, Leute, hier kommt der Wind!«

Bolitho sah sein Gesicht und schrie: »Klar bei Vorsegelfallen!« Dann winkte er Balleine: »Heiß Klüver und Stagsegel!« Des Schoners zurückkehrendes Leben schien auch ihn zu beeinflussen. »Einen guten Mann ans Ruder, Mr. Frowd!«

Frowd zeigte grinsend seine Zähne. Er hatte längst einen Rudergänger ausgesucht, verstand aber Bolithos Stimmung. Er diente in der Marine schon so lange, wie der Vierte Offizier an Jahren zählte.

Jeder von ihnen verrichtete die Arbeit von mindestens zwei Männern, beobachtet von den schweigenden Gefangenen, schufteten sie auf dem engen Deck, als hätten sie seit Monaten nichts anderes getan.

»Sir! Mastspitzen an Steuerbord!«

Sparke fuhr herum, als Bolitho auf die davonziehende Nebelbank wies. Zwei Masten stießen durch diese hindurch, einer mit schlaff hängendem Wimpel; es war klar zu erkennen, daß es sich um ein größeres Schiff als die *Faithful* handelte.

Die Blöcke klapperten und quietschten, als die Seeleute keuchend die Fock und dann das umfangreiche Großsegel mit dem seltsamen roten Flicken darauf hißten. Das Schiff holte über, und der Rudergänger meldete mit rauher Stimme: »Schiff steuert wieder, Sir!«

Sparke blickte auf den Kompaß. »Windrichtung wie bisher, Mr. Frowd. Lassen Sie etwas abfallen, denn nach Möglichkeit wollen wir vor dieser Augenweide dort den Windvorteil nutzen, aber wenn nötig, hauen wir ab.«

Die beiden großen Segel blähten sich, als die Bäume nach außen schwangen, und schüttelten den Regen des Vortages ab, wie Hunde, die aus dem Wasser steigen.

Bolitho rief: »Mr. Couzens, nehmen Sie sich drei Leute, und helfen Sie Balleine bei den Stagsegeln!«

Als er sich wieder umwandte, sah auch er, was Sparke gesehen hatte. Aus dem nach Lee abziehenden Nebel trat wie eine Erscheinung das andere Schiff hervor, eine Brigg. Von der Gaffel wehte, noch ein wenig schlaff in der erst aufkommenden Brise, die Unionsflagge mit ihren Sternen und Streifen.

Etwas wie ein Seufzer der Erleichterung entrang sich den zuschauenden Gefangenen; einer von ihnen rief: »Jetzt bekommt ihr gleich Blei zu spüren, bevor sie euch über Bord werfen!«

Sparke fuhr auf: »Stopft dem Kerl das Maul oder jagt ihm eine Kugel in den Kopf!« Dann, zu Frowd gewandt: »Fallen Sie noch zwei Strich ab!«

»Nordost liegt an!«

»Soll ich die Sechspfünder ausrennen lassen?«

Sparke hatte ein Fernrohr gefunden und richtete es auf die Brigg. »Es ist die alte *Mischief*. Ah, ich sehe ihren Kapitän. Das muß der andere Tracy sein.« Er blickte Bolitho an. »Nein. Denn wenn wir so dicht herangehen, daß wir diese kleinen Kanonen abfeuern können, verwandeln sie uns in Kleinholz. Wendigkeit und Schnelligkeit ist alles, was wir einsetzen können.«

Dann zog er die Uhr und blickte nicht einmal auf, als ein Geschütz bellte und im nächsten Augenblick eine Kugel die Fock durchschlug wie eine unsichtbare Faust.

Gischt peitschte jetzt über den Bug und prasselte auf die dort arbeitenden Seeleute. Der Wind frischte auf, während der Nebel vor dem Schoner zurückwich, als fürchte er, vom Klüverbaum aufgespießt zu werden.

Die Brigg hatte jetzt Marssegel und Fock gesetzt und war ihnen hart auf den Fersen. Sie versuchte offensichtlich, den Schoner in einem langen Schlag auszuluven. Ihre beiden Buggeschütze feuerten Schuß auf Schuß, die Luft war erfüllt von schauerlichem Geheul, was auf die Verwendung von Kartätschen oder Kettenkugeln hindeutete. Traf auch nur eine einzige von ihnen einen Mast, so war dies der Anfang vom Ende.

Ein weiteres Geschütz mußte jetzt auf die flüchtende *Faithful* gerichtet sein, denn eine Kugel fegte über das Achterdeck, zerfetzte Tauwerk und traf beinahe einen Gefangenen, der sich aufgerichtet hatte, um besser sehen zu können.

»Siehst du, Freund, das Yankeeblei ist für euch genauso gefährlich«, höhnte ein Seemann.

Ein weiterer Einschlag dicht neben der Bordwand überschüttete sie mit Spritzwasser.

Balleine kam nach achtern gerannt und fragte: »Soll ich die Bootsleinen kappen, Sir? Das macht uns sicher eine halbe Meile schneller.«

Plötzlich schrie ein Seemann ungläubig: »Der Yankee geht über Stag, Sir!«

Sparke gestattete sich ein kurzes Lächeln der Genugtuung. Durch den sich immer mehr lichtenden Nebel tauchte wie ein Geist die *Trojan* auf, unter vollen Segeln und mit bereits ausgefahrener Breitseite, zwei Linien schwarzer Mündungen.

Sparke rief: »Mr. Bolitho! Sie wird *uns* aufs Korn nehmen, wenn wir nicht vorsichtiger sind!«

Midshipman Libby flitzte bereits wie ein Kaninchen nach achtern, und Sekunden später wehte die britische Flagge frei von der Gaffel, so leuchtend rot wie die über dem vergoldeten Heck der *Trojan*.

Unten in der winzigen Kabine wischte Stockdale Quinns Stirn mit einem feuchten Tuch ab und blickte hinauf zum Oberlicht.

Langsam bewegte Quinn die trockenen Lippen. »Was war das für ein Geräusch?«

Stockdale betrachtete ihn traurig. »Hurrarufe, Sir. Sie scheinen die gute alte *Trojan* gesichtet zu haben!«

Dann verlor Quinn wieder das Bewußtsein, hinweggeschwemmt von einer Woge Schmerz. Wenn er am Leben blieb, dachte Stockdale, war er wohl nie wieder derselbe wie vorher. Dann dachte er wieder an das Klatschen, mit dem die Leichen, Freund wie Feind, über Bord gegangen waren, und er sagte sich, daß Quinn immer noch besser dran war.

IV Rendezvous

Bolitho schritt nach achtern und hielt vor der Treppe zur Schanze inne. Er fühlte die vielen Augen auf sich gerichtet, die ihm schon auf dem Weg über das Deck gefolgt waren, nachdem er an Bord gekommen war. Er war sich auch seines schmutzigen und abgerissenen Aufzuges bewußt, des Loches im Ärmel, der getrockneten Blutflecken auf seinen Breeches.

Noch einmal blickte er sich um und betrachtete die Prise, die aus dieser Entfernung noch hübscher wirkte, wie sie da schmuck an *Trojans* Leeseite lag. Nur schwer konnte er sich vorstellen, was sich letzte Nacht auf ihr abgespielt, noch schwerer, daß er es überlebt hatte.

Sparke war sofort auf die *Trojan* übergestiegen, nachdem zwischen beiden Schiffen Signalkontakt bestand, und hatte Bolitho den Transport der Verwundeten und die Bestattung des Unglücksschützen mit der weggerissenen Gesichtshälfte überlassen, der inzwischen seinen Verletzungen erlegen war.

Bevor er sich beim Kommandanten meldete, war Bolitho ins Lazarett hinabgestiegen, voller Angst, was er dort vorfinden würde. Wieder empfand er seine Verantwortung für das Geschehene, als er die wie gekreuzigt auf dem Operationstisch liegende Gestalt erblickte, die im Licht der schwankenden Decklampen wie ein Leichnam schimmerte. Quinn war nackt, und als Thorndike den verfilzten Verband entfernt hatte, sah Bolitho zum erstenmal die klaffende Wunde. Von Quinns linker Schulter lief sie diagonal über die Brust, öffnete sich wie ein obszöner Mund.

Quinn war bewußtlos; Thorndike hatte kurz gesagt: »Nicht schlecht, aber wir müssen abwarten.«

Auf Bolithos Frage: »Können Sie ihn retten?« hatte sich Thorndike in seiner blutigen Schürze ihm zugewandt und geknurrt: »Ich tue, was ich kann. Einem Mann habe ich bereits ein Bein abgenommen, ein anderer hat einen Splitter im Auge.«

Bolitho hatte verlegen geantwortet: »Tut mir leid, ich werde Sie nicht länger aufhalten.«

Jetzt, auf dem Weg zur Kajüte, wo ein scharlachrot gekleideter Seesoldat stand, fühlte Bolitho dumpfen Schmerz von Selbstvorwürfen und Verzweiflung. Sie hatten eine Prise genommen, aber der Preis dafür war zu hoch.

Der Seesoldat knallte seine Stiefel zusammen, und Foley, adrett wie immer, öffnete die äußere Tür. Seine Augen weiteten sich in offensichtlicher Mißbilligung, als er Bolithos abgerissene Erscheinung wahrnahm.

In der Kajüte saß Kapitän Pears an seinem papierübersäten Schreibtisch, ein großes Glas Wein in der Hand.

Bolitho starrte Sparke an. Der war so sauber gekleidet, gewaschen und rasiert, als hätte er das Schiff niemals verlassen.

Pears befahl: »Wein für den Vierten Offizier!«

Er beobachtete Bolitho, als dieser dem Steward das Weinglas abnahm, sah die Überanstrengung, die bleierne Müdigkeit in seinem Gesicht.

»Mr. Sparke hat mir von Ihren eindrucksvollen Taten erzählt, Mr. Bolitho.« Pears' Miene blieb ausdruckslos. »Der Schoner ist ein guter Fang.«

Bolitho ließ sich vom Wein den Magen wärmen, den Schmerz in seiner Seele lindern. Sparke war schon früher an Bord gekommen, hatte sich gewaschen und frisch gemacht, bevor er sich beim Kommandanten meldete. Wieviel hatte er ihm wohl über den ersten Teil des Unternehmens erzählt? Über den unglückseligen Gewehrschuß, der so viel zur Erhöhung ihrer Verluste beigetragen hatte?

Pears fragte: »Wie geht es übrigens Mr. Quinn?«

»Der Arzt hat Hoffnung, Sir.«

Pears betrachtete ihn seltsam. »Gut. Icn hörte, daß sich auch beide Fähnriche wacker gehalten haben.«

Er wandte seine Aufmerksamkeit wieder den Papieren auf seinem Schreibtisch zu und sagte: »Diese Dokumente fand Mr. Sparke in der Kajüte der *Faithful*. Sie sind von noch größerem Wert als die Prise selbst.« Mit grimmigem Gesicht fuhr er fort: »Sie enthalten Einzelheiten über die Aufgaben des Schoners, die er nach der Erbeutung von Waffen und Munition aus unserem Konvoi hätte erfüllen sollen. Die Geleitfahrzeuge hätten es bei diesem Wetter schwer gehabt, den gesamten Konvoi zu schützen, und oben bei Halifax scheint es noch schlimmer gewesen zu sein. Jetzt muß die Brigg *Revenge* allein zurechtkommen, obwohl anzunehmen ist, daß noch andere Wölfe diese fette Beute umschleichen.«

Bolitho fragte: »Wann erwarten Sie, den Geleitzug zu sichten, Sir?«

»Mr. Bunce und ich erwarten das für morgen.« Er sprach, als ob es jetzt nicht mehr wichtig sei. »Aber etwas müssen wir sofort in Angriff nehmen. Die *Faithful* sollte zu einem Rendezvous mit anderen Feindschiffen am Ausgang der Delaware Bay segeln. Die britischen Streitkräfte in Philadelphia haben es schwer, ihren Nachschub flußaufwärts bis zur Garnison zu sichern. Auf dem ganzen Weg werden unsere Boote und Schuten von feindlichen Spähtrupps beschossen. Stellen Sie sich vor, wie das erst würde, wenn der Feind eine größere Lieferung von Waffen und Munition erhielte.«

Bolitho nickte und nahm noch ein Glas Wein von Foley entgegen. Die Delaware Bay lag rund vierhundert Seemeilen südlich. Ein rasches Fahrzeug konnte den Treffpunkt bei günstigem Wetter in drei Tagen erreichen.

Sie waren so selbstsicher gewesen, dachte er. Der rote Flicken auf dem Großsegel war das Signal für die Wachen an Land. Auch der Ort war gut ausgesucht: sehr flach und tückisch bei Ebbe; keine Fregatte würde sich aus Angst vor Grundberührung dort hinwagen.

Er fragte: »Sie wollen die *Faithful* zum Rendezvous schicken, Sir?«

»Ja. Es ist natürlich ein gewisses Risiko dabei. Die Fahrt könnte länger dauern als vorgesehen, und da der Feind nun weiß, daß die *Faithful* gekapert worden ist, wird er alles daran setzen, um diese Nachricht so schnell wie möglich in den Süden weiterzuleiten: Signale, schnelle Reiter, nichts wird er unversucht lassen.«

Sparke setzte sich kerzengerade auf und blickte Bolitho an. »Ich habe den ehrenvollen Auftrag, dieses Unternehmen zu führen.«

Pears fügte mit ruhiger Stimme hinzu: »Wenn Sie möchten, Mr. Bolitho, können Sie den Zweiten Offizier abermals begleiten. Die Entscheidung liegt jedoch bei Ihnen.«

Zu seiner eigenen Verwunderung nickte Bolitho, ohne zu zögern. »Aye, Sir, das würde ich gern tun.«

»Dann ist das also geregelt.« Pears zog seine goldene Uhr. »Ich lasse Ihre Order gleich schreiben. Mr. Sparke kennt die wesentlichen Punkte bereits.«

Cairns trat ein, den Hut unter dem Arm.

»Ich habe ein paar Leute zum Schoner hinübergeschickt, Sir. Der Stückmeister kümmert sich um die Geschütze und sonstige Bewaffnung.« Er machte eine Pause, sein Blick ruhte auf Bolitho. »Mr. Quinn ist noch bewußtlos, aber der Arzt sagt, Herz und Atmung sind in Ordnung.«

Pears nickte. »Sagen Sie meinem Schreiber, er soll sofort zu mir kommen.«

Cairns zögerte an der Tür. »Ich habe die Gefangenen an Bord gebracht, Sir. Soll ich sie vereidigen?«

Pears schüttelte den Kopf. »Nein. Freiwillige würde ich akzeptieren, aber dieser Krieg ist schon zu erbittert geworden, als daß ein Seitenwechsel glaubhaft wäre. Sie wären wie faule Äpfel in einer Kiste, und ich möchte keine Unzufriedenheit auf meinem Schiff riskieren. Wir werden sie in New York den Behörden übergeben.«

Cairns ging, und Pears sagte: »Die schriftliche Order wird Sie nicht vor den Kanonen unserer Beobachter schützen. Geben Sie rechtzeitig Fersengeld, wenn Sie welche treffen. Falls Spione Sie ausgemacht haben, kann das Ihrer Tarnung nur nützen.«

Teakle, des Kommandanten Sekretär, kam in die Kajüte gehastet, und Pears entließ sie. »Bereiten Sie sich vor, meine Herren. Ich möchte, daß Sie das Rendezvous einhalten und alles vernichten, was Sie dort finden. Es wäre von großem Wert und würde unseren Truppen in Philadelphia neuen Mut machen.«

Die beiden Offiziere verließen die Kajüte, und Sparke sagte: »Diesmal nehmen wir auch ein paar Seesoldaten mit.« Es klang, als sei es ihm unangenehm, diese neue Aufgabe mit jemandem teilen zu müssen. »Aber Schnelligkeit ist die Hauptsache. Also treiben Sie unsere Leute an, sie sollen so rasch wie möglich den Rest der Vorräte und Waffen auf den Schoner schaffen.«

Bolitho legte die Hand an den Hut. »Aye, Sir.«

»Und ersetzen Sie Midshipman Couzens durch Mr. Weston. Dies ist kein Auftrag für Kinder.«

Bolitho trat hinaus an die frostige Luft und sah die Boote zwischen den beiden Schiffen hin und her hasten wie Wasserkäfer.

Weston war der Signalfähnrich, und genau wie Libby, der in Sparkes Boot gewesen war, stand er zur Offiziersprüfung an. Wenn Quinn starb, würde sofort einer der beiden befördert werden.

Bolitho sah Couzens am Leefallreep stehen, während die *Trojan* rollte und dagegen protestierte, daß sie beigedreht liegen mußte, um den Transport von Leuten und Ausrüstung zu ermöglichen. Couzens hatte offensichtlich schon von dem Austausch erfahren und sagte atemlos: »Ich möchte aber mitkommen, Sir.«

Bolitho blickte ihn ernst an. Couzens war mit seinen dreizehn Jahren zwei Leute vom Schlage Westons wert. Dieser war ein übergewichtiger, rothaariger Bursche von siebzehn Jahren, der die jüngeren Kameraden schikanierte, wo er nur konnte.

Er antwortete: »Nächstes Mal vielleicht. Wir werden sehen«, und wandte den Blick ab.

Seltsamerweise dachte er selbst kaum jemals daran, daß auch er ersetzt, zu einem Namen mit einem Kreuz dahinter werden konnte.

Er sah Stockdale mit gekreuzten Armen auf dem kleinem Achterdeck des Schoners stehen und warten, während dieser so stark rollte, als wolle er seine Masten abschütteln. Eine innere Stimme schien Stockdale zu sagen, daß Bolitho jeden Augenblick zu ihm stoßen würde.

Die Marineinfanteristen kletterten jetzt in die Boote, verfolgt von den üblichen Witzeleien und Schmährufen der an der Reling stehenden Seeleute.

Hauptmann d'Esterre, der von seinem Feldwebel begleitet wurde, traf Bolitho am Fallreep.

»Dir verdanken meine Jungs endlich wieder einen Einsatz, Dick, so hoffe ich jedenfalls!« Er winkte seinem mit dem Rest der Soldaten an Bord bleibenden Leutnant zu. »Paßt gut auf! Ich bleibe sonst länger am Leben als Ihr!«

Der Leutnant grüßte grinsend und rief: »Wenigstens habe ich jetzt die Chance, einmal beim Kartenspiel zu gewinnen, während Sie weg sind, Sir!«

Dann folgten d'Esterre und der Feldwebel den anderen ins Boot.

Bolitho sah Sparke mit Cairns und dem Master sprechen und rief Couzens impulsiv zu: »Besuchen Sie Mr. Quinn, so oft Sie können. Wollen Sie das für mich tun?«

Couzens nickte mit plötzlichem Ernst. »Aye, Sir.« Er trat zurück, da Sparke eilends vom Achterdeck herankam, und fügte rasch hinzu: »Ich werde für Sie beten, Sir.«

Bolitho starrte ihn überrascht an, war aber auch gerührt.

»Danke. Das war nett von Ihnen.« Dann berührte er grüßend seinen Hut in Richtung Achterdeck, nickte den Gesichtern an der Reling und auf dem Fallreep zu und stieg rasch ins Boot.

Sparke ließ sich neben ihm nieder, seine Rocktasche war von den schriftlichen Einsatzbefehlen gebauscht. Als das Boot ablegte, sah Bolitho die Seeleute bereits über Deck eilen, um die *Trojan* seeklar zu machen, sobald die Boote wieder an Bord sein würden.

Sparke sagte mit einem Seufzer der Erleichterung: »Endlich geschieht etwas, das sie alle aufhorchen lassen wird!«

D'Esterre blickte zu dem schwankenden Schoner hinüber und rief mit plötzlicher Besorgnis: »Wie, zum Teufel, sollen wir dort alle Platz finden?«

Sparke grinste. »Es wird nicht lange dauern. Seeleute sind solche Unbequemlichkeiten gewöhnt.«

Bolitho ließ die Gedanken schweifen und schrieb im Geiste den langen Brief an seinen Vater weiter: *Heute hatte ich die Chance, an Bord zu bleiben, aber ich entschied mich für die Rückkehr zur Prise.* Er beobachtete, wie Masten und Takelage der *Faithful* über den Ruderern aufstiegen. *Vielleicht war es verkehrt, aber ich glaube, Sparke ist so voller Hoffnung für seine Zukunft, daß er nichts anderes mehr sieht.*

Das Boot legte an, und die letzten Seesoldaten kletterten an Deck, schwankend wie Bleisoldaten in einer schaukelnden Schachtel. Shears, der Feldwebel, übernahm das Kommando, und bald war kein einziger Rotrock mehr zu sehen, als sie alle hintereinander in den Laderaum des Schiffes hinunterkletterten.

Einer von *Trojans* Neunpfündern war übergesetzt worden und wurde nun an Deck mit Taljen und unter Ausnutzung der vorhandenen Ringbolzen und Klampen festgezurrt. Wie William Chimmo, der Stückmeister der *Trojan*, es fertiggebracht hatte, das Geschütz an Deck zu hieven und auf seiner jetzigen Lafette montieren zu lassen, das legte Zeugnis ab vom Können eines erfahrenen Deckoffiziers. Er hatte einen seiner Unteroffiziere mitgeschickt, einen schweigsamen Mann namens Rowhurst, um den Neunpfünder zu warten; der rieb die Kanone gerade mit einem Lappen ab und fragte sich wahrscheinlich, was mit des Schoners leichten Decksplanken geschehen würde, wenn er erst richten und feuern mußte.

Bis sie die neuen Leute eingeteilt und an ihre jeweilige Arbeit geschickt hatten – die ursprüngliche Prisenbesatzung blieb an

Bord –, stand die *Trojan* schon weit in Lee, und mehr und mehr Segel füllten sich an ihren Rahen. Ein Boot hing noch in seinen Davits, wurde aber gerade eingeschwenkt. Pears hatte es offenbar eilig, die verlorene Zeit aufzuholen.

Bolitho betrachtete sie ein paar Minuten lang aus dieser Entfernung, so wie Quinn einst die großen Schiffe gemustert hatte, wenn sie themseabwärts segelten: prächtige Gebilde in ihrer Macht und Schönheit, die in ihrem Innern ebenso viel Hoffnung und Schmerz beherbergten wie eine Stadt an Land. Jetzt lag Quinn unten im Lazarett, vielleicht war er auch schon tot.

Frowd tippte an seinen Hut. »Wir sind klar zum Segeln, Sir.« Vielsagend blickte er zu Sparke hinüber, der völlig versunken in seinen Papieren las.

Bolitho rief: »Wir sind fertig, Sir!«

Sparke blickte finster ob der Unterbrechung hoch und knurrte gereizt: »Dann seien Sie bitte so gut, die Leute anzuleiten.«

Frowd musterte händereibend die großen Schonersegel und die wartenden Seeleute.

»Diese beiden werden wir setzen.« Er wurde wieder förmlich. »Ich schlage vor, daß wir den augenblicklichen Wind ausnutzen und Südost steuern, Sir. Das bringt uns aus der Bucht heraus und frei von unserem alten Nantucket.«

Bolitho nickte. »Gut. Lassen Sie über Stag auf Backbordbug gehen.«

Sparke erwachte aus seiner Versunkenheit und kam zu ihnen, während die Seeleute die Fallen einholten, um Großsegel und Fock zu hissen.

»Ein guter Plan.« Er stieß sein spitzes Kinn vor. »Der unbetrauert verstorbene Kapitän Tracy hat so ziemlich alles über das beabsichtigte Rendezvous zu Papier gebracht, außer der Augenfarbe seiner Landsleute.«

Er packte eine Pardune, als Ruder gelegt wurde und die beiden großen Bäume über das längsseits vorbeigurgelnde Wasser hinausschwangen, während die Segel sich füllten, bis sie hart wie Stahl schienen.

Bolitho bemerkte, daß sogar das Loch, das die Kanonenkugel in die Fock gerissen hatte, während der letzten Stunden säuberlich geflickt worden war. Die Geschicklichkeit des britischen Seemannes, wenn er sich etwas in den Kopf gesetzt hat, ist unvergleichlich, dachte er.

Die *Faithful* reagierte trotz des Wechsels in ihrer Führung prächtig. Gischt sprühte über ihren Bug und floß in die Lee-Speigatten. Sie wendete wie ein Vollblutpferd, während die Segel sich donnernd wieder füllten.

Allmählich legte sie sich steif über und nutzte den Wind auf dem neuen Bug zu Frowds Zufriedenheit voll aus. Beim langen Dienst unter Bunce hatte er neben anderem auch gelernt, nichts für selbstverständlich hinzunehmen.

Sparke musterte das Schiff kritisch von der Heckreling aus und sagte: »Schicken Sie die Freiwache unter Deck, Mr. Bolitho!« Dann wandte er sich um und suchte nach der *Trojan*, die aber in einer Regenbö fast verschwunden war, kaum mehr als ein Schatten oder ein Pinselstrich auf einem unfertigen Gemälde.

Schließlich ging er schlingernd zum Kajütsniedergang. »Ich bin unten, wenn Sie mich brauchen.«

Bolitho atmete langsam aus. Sparke war kein Wachoffizier mehr. Er war Kommandant geworden.

»Mr. Bolitho!«

Bolitho rollte in der ungewohnten, fremden Koje zur Seite und blinzelte in das Licht einer abgeschirmten Lampe. Es war Midshipman Weston, der sich über ihn beugte; sein Schatten stand riesengroß wie ein Geist an der Wand.

»Was ist los?«

Bolitho riß sich mühsam aus dem kostbaren Schlaf. Er setzte sich auf, rieb sich die Augen, seine Kehle schmerzte von der schlechten Luft in der geschlossenen Kammer.

Weston beobachtete ihn. »Der Zweite Offizier bittet Sie an Deck, Sir.«

Bolitho schwenkte die Beine über den Kojenrand und prüfte des Schoners Bewegungen. Es muß bald Morgendämmerung sein, dachte er, und Sparke ist schon auf. Das war seltsam, da er gewöhnlich das Wachegehen sowie routinemäßige Kursänderungen Bolitho und Frowd überließ.

Weston sagte nichts, und Bolitho wollte ihn nicht ausfragen, denn das hätte dem Fähnrich Zweifel und Unsicherheit verraten.

Also kletterte er durch das Niedergangsluk und fuhr zurück bei der Begrüßung durch nadelscharfen Gischt und eisigen Wind. Der Himmel war genauso wie er ihn zuletzt gesehen hatte: niedrig dahinjagende Wolken, keine Sterne zu erkennen.

Er lauschte auf das Brausen in der Leinwand und das Knarren der Spieren, als der Schoner wie betrunken durch ein tiefes Wellental stampfte, so heftig, daß es ihn fast an Deck geschleudert hätte.

So ging es seit drei Tagen. Der Wind war ihr Feind geworden und hatte sie gezwungen, immer wieder über Stag zu gehen, viele Meilen zu segeln, um einen geringen oder oft gar keinen Fortschritt zu machen. Sparke war fast verzweifelt, als sie Tag für Tag mühsam nach Süden und dann in südwestlicher Richtung auf das Land und die Mündung des Delaware zu kreuzen mußten.

Selbst der disziplinierteste Seemann an Bord war inzwischen verdrossen, mürrisch und aufgebracht über Sparkes Benehmen. Er benahm sich unduldsam gegen jedermann und schien völlig besessen von der Aufgabe, mit der man ihn betraut hatte. Und nun die Aussicht auf Mißerfolg . . .

Bolitho überquerte die glitschigen Decksplanken und schrie gegen den Wind: »Sie haben mich rufen lassen, Sir?«

Sparke fuhr herum und hielt sich dabei am Luvwant fest, das üblicherweise makellos sitzende Haar vom Wind zerzaust, als er ärgerlich antwortete: »Natürlich, verdammt noch mal! Sie haben lange genug geschlafen!«

Bolitho beherrschte sich nur mühsam, da ihm klar war, daß dieser laute Rüffel von den meisten an Deck gehört werden mußte. Angesichts der schlechten Laune des Zweiten Offiziers und seiner Besessenheit, das Schiff so schnell wie möglich und mit jedem Fetzen, den es tragen konnte, vorwärts zu treiben, konnte man nur abwarten.

Sparke sagte abrupt: »Der Steuermannsmaat schlägt vor, daß wir bis Mittag auf diesem Bug weitersegeln.«

Bolitho zwang sein Gehirn, sich ihren Zickzackkurs auf der Karte vorzustellen, und antwortete nach kurzem Zögern: »Mr. Frowd ist wohl der Ansicht, daß wir dann weniger örtlichen Schiffen begegnen, oder, noch schlimmer, unseren eigenen Patrouillen.«

»Mr. Frowd ist ein *Idiot*!« Sparke schrie wieder. »Und wenn Sie ihm beistimmen, sind auch Sie einer, verdammt noch mal!«

Bolitho schluckte und zählte die Sekunden wie nach dem Abfeuern eines Geschützes.

»Ich muß ihm beistimmen, Sir. Er ist ein Mann von großer Erfahrung.«

»Und ich nicht?« Sparke hob die freie Hand. »Machen Sie sich nicht die Mühe, mich überzeugen zu wollen. Ich bin fest entschlossen: Wir werden in einer Stunde wenden und den Treffpunkt direkt ansteuern. Das verkürzt die Zeit beträchtlich. Auf diesem Bug würden wir einen vollen Tag länger brauchen.«

Bolitho versuchte es noch einmal. »Der Feind weiß unsere genaue Ankunftszeit nicht, Sir, oder ob wir überhaupt kommen. Im Krieg besteht keine Möglichkeit zu so exakter Planung.«

Sparke hatte gar nicht zugehört. »Bei Gott, diesmal lasse ich sie nicht entkommen. Ich habe lange genug zugesehen, wie andere goldverbrämte Kommandos bekamen, nur weil sie jemanden in der Admiralität oder bei Hofe kannten. Ich nicht, Mr. Bolitho, ich habe mich hochgearbeitet, mir jede Sprosse der Leiter mühsam verdient!«

Er schien erst jetzt zu merken, was er sagte: daß er sein Innerstes preisgegeben hatte vor einem Untergebenen; deshalb fügte er sachlicher hinzu: »Lassen Sie alle Mann an Deck rufen! Sagen Sie Mr. Frowd, er soll seine Karten vorbereiten.« Er starrte Bolitho fest an, sein Gesicht wirkte im Dämmerlicht sehr blaß. »Ich habe keine Lust zu argumentieren, sagen Sie ihm auch das!«

»Haben Sie es mit Hauptmann d'Esterre besprochen, Sir?«

Sparke lachte. »Bestimmt nicht. Er ist ein Marineinfanterist, kein Seemann!«

In dem kleinen Raum neben der Kapitänskajüte, dem Kartenraum der *Faithful*, traf Bolitho auf Frowd und sah sich dessen Berechnungen und Koppelkurse auf der Karte an, ihre täglich zurückgelegten Strecken seit der Trennung von der *Trojan*.

Frowd bemerkte ruhig: »So kommen wir natürlich schneller hin, Sir, aber . . .«

Bolitho bückte sich wegen der niedrigen Decke und der heftigen Bewegungen des Schiffes tief.

»Aye, Mr. Frowd, es gibt immer ein Aber. Wir können nur auf unser Glück vertrauen.«

Frowd lächelte bitter. »Ich habe keine Lust, von meinen eigenen Landsleuten umgebracht zu werden, auch wenn es nur irrtümlich wäre, Sir.«

Eine Stunde später, mit allen Mann an Deck, schwang die *Faithful* durch den Wind und die schwere See nach Steuerbord und hielt nun Kurs auf das unsichtbare Land. Je ein Reff in Großsegel und Fock war alles, was Sparke trotz des schweren Wetters zuließ. Das

Schiff krängte stark nach Lee, Brecher wuschen über Bug und Luvreling und brachen sich an dem Neunpfünder wie Brandung an einem Felsblock.

Es war noch immer äußerst kalt, und das dürftige Essen, das der Koch unter diesen Verhältnissen zusammenbrauen konnte, war längst abgekühlt und nach dem gefährlichen Weg über das Oberdeck mit Salzwasser vermischt.

Als es heller wurde, schickte Sparke einen Ausguck nach oben mit der Weisung, alles zu melden, auch wenn es ein treibender Balken sei.

Bolitho beobachtete den ganzen Vormittag über Sparkes steigende Nervosität, während der Schoner zügig in Richtung Westen stampfte. Nur einmal sichtete der Ausguck ein anderes Segel, aber es war im Gischt verschwunden, bevor er Einzelheiten ausmachen oder den Kurs des fremden Schiffes bestimmen konnte.

Stockdale blieb fast ständig in Bolithos Nähe; seine Körperkraft kam bei den seemännischen Arbeiten wie Spleißen von zerschlissenem Tauwerk oder beschädigten Trossen allen zugute.

Dann traf sie ein Schrei aus dem Vortopp so heftig wie ein unerwarteter Schuß: »Land in Sicht – rechts voraus!«

Die Leute vergaßen sofort alles Ungemach, als sie durch den Vorhang von Regen und Gischt nach dem gemeldeten Land Ausschau hielten.

Sparke hing mit seinem Fernglas in den Wanten, alle Würde vergessend, während er wartete, bis der Schoner einen steilen Wellenkamm erstieg, um sein erhofftes Land zu erblicken.

Schließlich sprang er an Deck zurück und starrte Frowd triumphierend an. »Lassen Sie einen Strich abfallen. Das ist Cape Henlopen dort im Nordwesten!« Er konnte sich nicht zurückhalten. »Nun, Mr. Frowd, wie steht es jetzt mit Ihrer Vorsicht?«

Der Mann am Ruder rief: »West zu Nord liegt an, Sir!«

Frowd erwiderte grimmig: »Der Wind hat gedreht, Sir, noch nicht viel, aber wir halten genau auf die Untiefen südlich der Delawaremündung zu.«

Sparke zog eine Grimasse. »Noch mehr Vorsicht!«

»Es ist meine Pflicht, Sie zu warnen, Sir.« Frowd vertrat seinen Standpunkt.

Bolitho mischte sich ein: »Mr. Frowd ist letztlich verantwortlich für den Landfall, Sir.«

»Dem werde ich zur gegebenen Zeit zustimmen, vorausgesetzt . . .« Er starrte zum Mast hinauf, wo der Ausguck rief: »An Deck! Segel backbord voraus!«

»Verdammt!« Sparke starrte hinauf, bis seine Augen tränten. »Fragen Sie den Narren, was es ist!«

Fähnrich Libby enterte bereits in den Luvwanten auf, seine Füße bewegten sich flott wie Paddel. Dann rief er: »Zu klein für eine Fregatte, Sir! Aber ich glaube, sie haben uns gesichtet.«

Bolitho beobachtete das graue, bewegte Wasser. Sie alle würden den Ankömmling bald zu sehen bekommen. Zu klein für eine Fregatte, hatte Libby gesagt; aber wohl wie eine solche aussehend. Also drei Masten, rahgetakelt: eine britische Korvette! *Faithfuls* schlanker Rumpf war kein Gegner für die sechzehn oder achtzehn Geschütze einer Korvette.

»Wir sollten besser über Stag gehen, Sir, und das Erkennungssignal setzen.« Bolitho sah die Unsicherheit in Sparkes Zügen, die Narbe auf seiner Wange leuchtete wie ein rotes Pennystück. Der andere Ausguck rief aufgeregt: »Zwei kleine Fahrzeuge in Luv, Sir! Steuern landeinwärts.«

Bolitho biß sich auf die Lippen. Das waren womöglich örtliche Küstenfahrzeuge, die den Delaware ansteuerten, immer zu zweit zum gegenseitigen Schutz.

Ihre Gegenwart schloß die Chance aus, mit der britischen Korvette Kontakt aufzunehmen. Wenn diese in der Nähe waren, konnten auch andere, weniger freundliche Augen sie beobachten.

Frowd schlug hilfsbereit vor: »Wenn wir jetzt wenden, Sir, können wir sie in Luv aussegeln. Ich bin schon früher auf Schonern gefahren und weiß, was sie hergeben.«

Sparkes Stimme war schrill, als er beinahe schrie: »Wie können Sie es wagen, mein Urteil anzuzweifeln! Ich werde Sie degradieren, wenn Sie nochmals so zu mir sprechen. Wenden, abwarten, weglaufen . . . Verdammt, Sie benehmen sich wie ein altes Weib, nicht wie ein Steuermannsmaat!«

Frowd blickte weg, zornig und verletzt.

Bolitho platzte dazwischen: »Ich verstehe, was er sagen wollte, Sir.« Er sah, wie Sparkes Augen sich wütend auf ihn richteten, schlug aber den Blick nicht nieder. »Wir könnten abdrehen und auf eine bessere Gelegenheit warten. Wenn wir so weiterfahren, braucht die Korvette selbst bei einbrechender Dunkelheit nur abzuwarten und uns in den flachen Gewässern festzuhalten, bis wir auf Grund laufen oder uns ergeben. Die Leute, die wir treffen sollen, werden nicht darauf warten, unser Schicksal zu teilen.«

Als Sparke jetzt wieder sprach, hatte er sich in der Gewalt und war beinahe ruhig. »Ich will Ihr Eintreten für Mr. Frowd übersehen, denn ich kenne Ihre Art, sich in unbedeutende Dinge einzumischen.« Er nickte Frowd zu. »Machen Sie weiter. Bleiben Sie auf diesem Schlag so lange, wie der Wind es zuläßt. In einer halben Stunde schicken Sie einen guten Mann nach vorn zum Loten.« Er lächelte schief. »Sind Sie damit zufrieden?«

Frowd rieb sich die Stirn mit den Knöcheln der linken Hand. »Aye, aye, Sir.«

Als eine halbe Stunde vergangen war, konnte man des anderen Schiffes Bramsegel bereits von Deck aus sehen.

D'Esterre, sehr blaß von der schlechten Luft unter Deck, kam zu Bolitho und sagte heiser: »Mir ist so übel, daß ich am liebsten sterben würde.« Er musterte die vollen Segel der Korvette und fügte hinzu: »Wird sie uns einholen?«

»Ich glaube nicht. Sie muß bald abdrehen.« Bolitho deutete in das schäumende Wasser. »Wir haben kaum noch acht Faden* unterm Kiel, und bald sind es nur noch die Hälfte.«

D'Esterre starrte erstaunt ins Wasser. »Du hast nichts zu meiner Beruhigung beigetragen, Dick.«

Bolitho konnte sich die emsige Tätigkeit an Bord der verfolgenden Korvette vorstellen. Sie war fast so groß wie die *Destiny*, dachte er wehmütig: schnell, beweglich, frei von der schwerfälligen Autorität des Flottenkommandos. Jedes Fernrohr war jetzt sicherlich auf die flüchtende *Faithful* gerichtet und auf ihr seltsames rotes Zeichen. Die Buggeschütze waren wohl schon ausgefahren, in der Hoffnung auf eine Gelegenheit zum Schuß, der den Schoner in ein Wrack verwandeln sollte. Ihr Kommandant wartete wohl ab, was dieser tun werde, um dann entsprechend zu handeln. Nach Monaten langweiligen Patrouillendienstes sah er in dem Schoner eine Art Belohnung. Wenn die Wahrheit herauskam und Sparke erklären mußte, was er hier tat, dann war der Teufel los.

Er konnte Sparkes Eifer verstehen, endlich mit dem Feind in Berührung zu kommen und zu vollenden, was Pears von ihm erwartete. Aber Frowds Ratschlag war gut, und er hätte ihn annehmen sollen. Jetzt mußten sie sich mit der Korvette herumschlagen, während sie doch die Kolonisten jagen wollten und die

* 1 Faden = ca. 1,80 m

Fahrzeuge, die auf erbeutetes Pulver und Blei warteten.

Ein unterdrückter Knall ertönte, vom Wind genauso schnell wieder verweht.

Eine Kanonenkugel zischte durch den nächsten Wellenkamm, und Stockdale sagte bewundernd: »Kein schlechter Schuß.«

Eine zweite Kugel fegte über des Schoners Achterdeck, dann rief Sparke, der starr wie eine Statue gestanden hatte, mit rauher Stimme: »Da! Was habe ich euch gesagt? Sie halsen! Genau wie ich vorausgesagt habe!«

Bolitho sah die Rahen sich optisch verkürzen, sah das vorübergehende Killen der Segel, bis sie sich auf dem neuen Bug wieder füllten.

Fähnrich Weston rief aus: »Das war großartig von Ihnen, Sir. Ich hätte nie geglaubt . . .«

Bolitho fühlte, wie sich seine Lippen trotz seiner Anspannung zu einem verächtlichen Lächeln kräuselten. Sparke – gleichgültig, in welcher Stimmung er sich gerade befand – hatte wenig übrig für Speichellecker.

»Halten Sie den Mund! Wenn ich Beifall von Ihnen wünsche, dann sage ich das! Scheren Sie sich an Ihre Arbeit, oder ich lasse Balleine seinen Rohrstock an Ihrem fetten Rücken wetzen!«

Weston flüchtete mit hochrotem Gesicht durch eine Reihe grinsender Seeleute davon.

Dann sagte Sparke: »Wir wollen Segel kürzen, Mr. Bolitho. Sagen Sie Balleine, er soll klarmachen zum Ankern, falls wir ihn plötzlich fallen lassen müssen. Sehen Sie zu, daß unsere Leute alle bewaffnet sind, und daß der Feuerwerker weiß, was er im Notfall zu tun hat.« Sein Blick fiel auf Stockdale. »Gehen Sie hinunter und ziehen Sie sich etwas von Captain Tracy an; er hatte ungefähr Ihre Figur, scheint mir. Wir werden nicht so dicht herankommen, daß sie den Unterschied merken.«

Bolitho gab die entsprechenden Anweisungen, erleichtert über Sparkes plötzliche Rückkehr zu seinem normalen Ich. Richtig oder falsch, erfolgreich oder nicht, es war besser, man wußte, mit wem man es zu tun hatte.

Er fuhr aus seinen Gedanken, als Sparke schnauzte: »Herrgott, muß ich denn alles selbst machen?«

Als der Abendschein ihnen zum Land hin folgte, wurde die Fahrt der *Faithful* langsamer und vorsichtiger. Die Seeleute standen bereit zum Segelbergen oder um den Schoner in den Wind zu drehen, wenn er eine auf der Karte nicht verzeichnete Sandbank berühren sollte; alle paar Minuten erklang des Lotgasten eintöniges Rufen von der Back und brachte ihnen ihre gefährliche Situation zum Bewußtsein.

Später, kurz vor Mitternacht, polterte der Anker auf Grund, und die *Faithful* kam wieder einmal zur Ruhe.

V Viele Arten von Tapferkeit

»Es wird heller, Sir.« Bolitho stand neben dem reglosen Ruder und beobachtete das Wasser rund um den vor Anker liegenden Schoner, bis seine Augen schmerzten.

Sparke grunzte, sagte aber nichts; er kaute eifrig an einem Stück Käse.

Bolitho fühlte die Spannung, noch verstärkt durch das Gurgeln des Wassers und das Knarren der Spieren. Sie lagen in einer seltsamen, sehr starken Strömung, so daß die *Faithful* mehrmals vorausschoß, bis die Ankerkette auf und nieder stand. Wenn der Gezeitenhub stärker war als im Handbuch angegeben, dann bestand Gefahr, daß sie sich bei Ebbe auf ihren eigenen Ankerflunken aufspießte.

Ein weiterer Unterschied zu früher war das Fehlen von Ordnung und Disziplin an Deck. Uniformen und die vertrauten blauen Jacken der Unteroffiziere waren verschwunden; die Leute lungerten in völliger Gleichgültigkeit gegenüber ihren Offizieren an der Verschanzung herum.

Lediglich die Marineinfanteristen, zusammengepfercht wie Sardinen in einer Dose, hockten noch im verschlossenen Laderaum und erwarteten das Signal, das vielleicht niemals erfolgen würde.

Sparke bemerkte beiläufig: »Selbst dieser Schoner würde schon ein feines, selbständiges Kommando abgeben, einen guten Anfang für jeden ehrgeizigen Offizier.« Er schnitt sich noch ein Stück Käse ab und fuhr dann fort: »Sie kommt zunächst zum Prisenhof, aber nachher . . .«

Bolitho blickte zur Seite, aber es war nur ein springender Fisch, der seine Aufmerksamkeit erregt hatte. Er mochte nicht an das Nachher denken. Für Sparke bedeutete es sicherlich Beförderung, vielleicht ein eigenes Kommando, womöglich auf diesem Schoner. Es schien sein ganzes Denken zu beherrschen.

Und warum schließlich nicht? Bolitho verdrängte seinen Neid, so gut es ging.

Wenn er selbst dem Tod oder einer schweren Verwundung entging, kehrte er bald wieder zurück in den überfüllten Rumpf der *Trojan*. Er dachte an Quinn, wie er ihn zum letzten Mal gesehen hatte, und fröstelte. Vielleicht war auch seine Kopfverletzung daran schuld. Er griff nach oben und berührte vorsichtig die Narbe, als erwartete er, den damaligen Schmerz zu spüren. Seither dachte er mehr an Verwundungen als vor dem Säbelhieb, und er sah auch Quinns klaffende, zerhackte Brust wieder vor sich. Die Möglichkeit einer eigenen Verwundung schien ihm jetzt nähergerückt, und mit jedem neuen Einsatz wurde dieses Gefühl stärker.

So lange man so jung war wie Couzens oder Forbes, empfand man den Anblick als genauso schrecklich, doch Schmerz und Tod schienen nur für andere da zu sein, nicht für einen selbst. Bolitho wußte es jetzt besser.

Stockdale stampfte schweren Schrittes über das Deck, die Hände auf dem Rücken, den Kopf in Gedanken gesenkt. Im langen blauen Rock wirkte er ganz wie ein Kapitän, besonders wie der eines Freibeuters.

Metall klirrte im Dunkel, und Sparke fuhr auf. »Stellen Sie den Namen dieses Mannes fest! Ich will absolute Ruhe an Bord!«

Bolitho blickte zum Großmast hinauf und suchte nach dem Wimpel. Der Wind hatte im Lauf der Nacht weiter auf beinahe rechtweisend Süd gedreht. Wenn die Korvette an ihrer Position vorbeigesegelt war, um mit dem ersten Morgenlicht zurückzukehren, würde sie bei diesem Wind erheblich länger benötigen.

Eine andere Gestalt stand jetzt am Ruder, ein Seemann namens Moffitt. In Devon geboren, war er als kleiner Junge mit seinem Vater nach Amerika gekommen, um sich in New Hampshire anzusiedeln. Als die Revolution sich dann allmählich als Krieg entpuppte, hatte sich Moffitts Vater auf der falschen Seite befunden. Als britischer Royalist abgestempelt, war er mit seiner Familie nach Halifax geflohen, und die hart erarbeitete Farm hatten seine neuen Feinde übernommen. Moffitt selbst, zu dieser Zeit nicht zu Hause, wurde später ergriffen und in den Dienst der Revolutionäre gepreßt, auf eines der ersten amerikanischen Schiffe, das von Newburyport auslief.

Ihre Kaperfahrten hatten nicht lange gedauert, dann wurden sie von einer britischen Fregatte gejagt und aufgebracht. Für die

Besatzung bedeutete das Gefangenschaft, für Moffitt jedoch war es eine Gelegenheit, wiederum die Seite zu wechseln, auf seine Art Rache zu nehmen an denen, die seinen Vater ruiniert hatten.

Jetzt stand er am Ruder und wartete darauf, seine Rolle zu spielen.

Bolitho hörte in der Dunkelheit das herankommende Rauschen von Regen, und dann schüttete es plötzlich, Deck und Segel im Nu überschwemmend. Er versuchte, die Hände vor dem Taubwerden zu bewahren, zitterte aber am ganzen Körper, teils vor Kälte, teils infolge des angespannten Wartens. Dieser Regen würde das Hellwerden noch weiter hinauszögern, und ohne Hilfe von außen hatten sie keinerlei Möglichkeit, die Leute zu finden, die sie gefangennehmen wollten. Die Küste bestand aus kleinen und größeren Buchten, Flußmündungen, Einfahrten zu winzigen oder auch größeren Häfen; hier konnte man ein Fahrzeug bis zur Größe eines Linienschiffes mühelos verbergen, wenn man in Kauf nahm, daß es bei Niedrigwasser trockenfiel.

Aber das Land war schon zu sehen, es lag wie eine große schwarze Platte hinter der bewegten See. Allmählich würde es sich in kleine Buchten, Bäume, Hügel und dichtes Unterholz gliedern, das bisher nur Indianer oder wilde Tiere durchzogen hatten. Um dieses Dickicht herum, manchmal auch hindurch, manövrierten die beiden Armeen, schickten ihre *Scouts* aus und maßen sich gelegentlich in wilden Schlachten, die mit Muskete und Bajonett, Jagdmesser und Degen ausgefochten wurden.

Was Seeleute auch erdulden mußten, ihr Leben war bei weitem besser, entschied Bolitho. Sie trugen ihr Heim jeweils mit sich, es lag an ihnen, was sie daraus machten.

»Ein Boot hält auf uns zu, Sir!«

Es war Balleine, eine Hand ans Ohr gelegt, was Bolitho an die letzten Augenblicke vor dem Entern des Schoners erinnerte.

Zunächst sagte Sparke weder etwas, noch bewegte er sich, und Bolitho dachte schon, er habe nichts gehört. Dann zischte er: »Geben Sie die Parole aus: Vorsicht vor Verrat!«

Als Balleine über Deck lief, um alle zu mobilisieren, sagte Sparke: »Ich höre es auch.«

Es war ein gleichmäßiges Klatschen von Riemen, der laute und anstrengende Schlag gegen eine starke Strömung.

Bolitho flüsterte: »Ein kleines Boot, Sir.«

»Ja.«

Das Boot kam mit überraschender Plötzlichkeit in Sicht, gegen des Schoners Bug wie ein Stück Treibholz. Es war ein kleines, starkes Ruderboot mit flachem Kiel, ein Dory, wie es von den Fischern hier in Tidengewässern benutzt wurde. Soweit zu erkennen, waren fünf Mann an Bord.

Dann war es ebenso plötzlich verschwunden wie es aufgetaucht war, von der Strömung davongetragen, als sei es nur Einbildung gewesen.

Frowd bemerkte: »Die wollen bestimmt nicht fischen, nicht zu dieser Tageszeit.«

Überraschenderweise meinte Sparke beinahe jovial: »Sie wollten uns nur auf die Probe stellen, sehen, wer wir sind. Ein Schiff des Königs hätte sie mit Kartätschen verjagt, ebenso ein Schmuggler. Ich bin überzeugt, daß sie hier Tag und Nacht gewartet haben, und das seit Wochen, um ganz sicherzugehen.« Er zeigte grinsend die Zähne im schattigen Gesicht. »Die Burschen sollen etwas erleben, an das sie sich ihr ganzes Leben erinnern!«

Die Parole wurde längs des Decks weitergegeben, und die Seeleute entspannten sich ein wenig; sie waren von Regen und Kälte ganz steif.

Wolken fegten über den Himmel, mitunter gab ein Spalt die Farbe des nahenden Morgens frei, sonst sah man nur graues Wasser, das saftige Grün des Landes, weiße Schaumkämme und die Schlangenlinien einer starken auflandigen Strömung. Bolitho wußte aus den vergangenen zwei Jahren, daß hinter dem nächsten Kap, geschützt gegen die See, Städte, Siedlungen und einzelne Farmen lagen, die genug mit ihren eigenen Sorgen zu tun hatten und am Krieg keineswegs interessiert waren.

Bolithos Begeisterung, wieder zur See zu fahren, der Tradition seiner Ahnen gemäß, war bald getrübt worden durch bittere Erfahrungen. Viele derer, gegen die er jetzt kämpfen mußte, stammten wie er aus dem Südwesten Englands, aus Kent, aus Newcastle oder den anderen Küstenstädten, aus Schottland oder aus Wales. Sie hatten dieses neue Land gewählt, viel riskiert und sich mühsam ein neues Leben aufgebaut. Andere in höheren Stellungen, tiefverwurzelte Loyalität oder noch tieferes Mißtrauen hatten dann den Bruch herbeigeführt, so plötzlich wie ein Axthieb.

Die neue Revolutionsregierung hatte den König provoziert, das sollte ihm eigentlich genügen. Aber bei ruhiger Überlegung stieg oft der Wunsch in ihm hoch, daß die Menschen, gegen die er kämpfte, die er sterben sah, nicht in seiner Muttersprache, ja häufig in seinem eigenen Dialekt rufen oder schreien möchten.

Ein paar Möwen umkreisten aufmerksam die unruhigen Masten und ließen sich dann willig vom Wind landeinwärts zu ergiebigeren Futterplätzen tragen.

Sparke befahl: »Wechseln Sie die Ausguckposten aus und lassen Sie einen Mann auch seewärts Ausschau halten.« In dem heller werdenden Licht wirkte er noch dünner, das nasse Hemd und die Kniehose klebten an seinem mageren Körper und glänzten wie Schlangenhaut.

Ein winziger Strahl wässerigen Sonnenlichts blinzelte vorsichtig durch die Wolken, das erste, das Bolitho seit Tagen gesehen hatte. Bald würden von Land aus die Ferngläser auf sie gerichtet sein. Er fragte: »Soll ich das Großsegel hissen lassen?«

»Ja.« Sparke nestelte an seinem Degengriff.

Die Seeleute holten keuchend Piek- und Klaufall durch. Vom Regenwasser gequollen, liefen die Trossen nur mühsam durch ihre Blöcke, bis sich das nasse Großsegel endlich lose flappend von seinem Baum erhob, und der rote Flicken im schwachen Sonnenlicht leuchtete.

Der Schoner riß und zerrte an der Ankerkette wie ein Pferd, das Zügel und Gebiß erprobt.

»Boot an Steuerbord, Sir!«

Bolitho sah es, anscheinend dasselbe Dory wie vorher. Mit kräftigen Riemenschlägen wurde es durch die Strömung getrieben. Unwahrscheinlich, daß jemand an Bord die Besatzung der *Faithful* kannte, sonst wäre der rote Erkennungsflicken überflüssig gewesen. Der Anblick des Schoners mußte den Leuten genügen. Bolitho wußte aus seiner Kindheit, wie die Schmuggler der Cornwallküste mit der Gezeitenströmung unter Land kamen und oft nur wenige Meter vom wartenden Zollboot entfernt sich mit den Booten verständigten, häufig nur durch einen kurzen Pfiff.

Aber irgend jemand wußte genau Bescheid. Irgendwo zwischen Washingtons Armee und der wachsenden amerikanischen Flotte saßen die Verbindungsleute, zogen die unsichtbaren Drähte, arrangierten hier ein Rendezvous, knüpften dort einen Verräter auf.

Bolitho beobachtete Stockdale und war von seiner Ruhe beeindruckt, als er jetzt an die Reling ging und zum Vorschiff winkte. Im selben Augenblick schwangen zwei Seeleute ein Drehgeschütz herum.

»Zurückbleiben dort unten!« befahl der falsche Kapitän mit rauher Stimme.

Moffitt trat neben ihn und rief durch die trichterförmig gehaltenen Hände: »Was wollt ihr von uns?«

Das Boot dümpelte in der kabbeligen See, die Ruderer beugten sich über ihre Riemen, der Regen prasselte auf ihre Schultern.

Der Mann an der Pinne rief zurück: »Cap'n Tracy?«

Stockdale hob die Schultern. »Möglich!«

Sparke sagte leise: »Sie sind nicht mal sicher, seht euch diese blöden Hunde an!«

Bolitho wandte dem Land den Rücken zu, er meinte fast körperlich die vielen auf sie gerichteten Ferngläser zu spüren, die einen nach dem anderen aufs Korn nahmen.

Das Boot steuerte jetzt langsam näher heran. »Wo kommt ihr her?«

Moffitt blickte Sparke an, der kurz nickte. Da schrie Moffitt: »Draußen kreuzt ein britisches Kriegsschiff! Wir warten nicht mehr lange! Habt ihr denn gar keinen Mumm?«

Frowd bemerkte: »Das genügt. Jetzt kommen sie.«

Die Erwähnung der britischen Korvette sowie Moffitts amerikanischer Tonfall hatten offensichtlich mehr bewirkt als der rote Flicken.

Das Dory schor längsseit, und ein Seemann machte die Fangleine fest. Stockdale blickte in das Boot hinunter und sagte dann in einem völlig ungezwungenen Tonfall, den Bolitho noch nie bei ihm gehört hatte: »Sagen Sie Ihrem Anführer, er soll an Bord kommen. Ich bin noch nicht überzeugt.« Er blickte zu den Offizieren hin, und Bolitho nickte kurz.

Sparke zischte: »Haltet ihn auf alle Fälle von dem Neunpfünder fern!« Und dann, an Balleine gewandt: »Fangt an mit dem Öffnen der Ladeluken.«

Bolitho sah zu, wie der Mann vom Boot heraufkletterte, und stellte sich das Deck mit dessen Augen gesehen vor. Wenn jetzt etwas schiefging, dann war alles, was sie als Ausbeute vorzuweisen hatten, ein Dory und fünf Tote.

Der Fremde auf dem schwankenden Deck war stämmig, aber sehr beweglich für sein Alter. Er hatte dichtes, graues Haar und Bart, seine Kleidung war so grob zusammengenäht wie die eines Waldläufers.

Er musterte Stockdale ruhig und sagte: »Ich bin Elias Haskett.«

Dann, nachdem er noch einen Schritt näher getreten war: »Sie sind nicht der Tracy, den ich kenne.« Es klang nicht herausfordernd, sondern mehr wie eine Feststellung.

Moffitt erklärte: »Dies ist Käpt'n Stockdale. Wir haben die *Faithful* auf Käpt'n Tracys Anweisung hin übernommen.« Er lächelte vielsagend und fuhr dann fort: »Tracy führt jetzt eine ebenso schöne Brigg wie sein Bruder.«

Elias Haskett schien überzeugt. »Wir haben euch erwartet, aber es war nicht einfach. Die Rotröcke haben ihre Wachen über das ganze Land verteilt, und das Schiff, von dem ihr gesprochen habt, kreuzt schon seit Wochen vor der Küste.« Er blickte hinüber zu den anderen, seine Augen blieben einen Moment an Sparke hängen.

Moffitt warf ein: »Fast alles neue Leute, britische Deserteure. Ihr wißt ja, wie das geht.«

»Klar.« Haskett wurde geschäftlich. »Bringt ihr gute Ladung?«

Balleine und ein paar andere hatten die Lukenpersennings abgenommen, und Haskett trat an den Süll, um hinunterzuspähen.

Bolitho sah die Szene und die Darsteller wechseln, genau wie sie es geübt hatten. Der erste Akt war zu Ende. Jetzt sah er Rowhurst, den Geschützführer, heranschlendern und sich neben Haskett stellen, die Hand auf seinem Dolch. Ein Zeichen von Mißtrauen, und Haskett war für immer stumm.

Bolitho blickte einem Seemann über die Schulter und versuchte, nicht an die Seesoldaten zu denken, die in einem hastig gezimmerten Verschlag unter dem doppelten Boden zusammengepfercht warteten. Von Deck aus schien es, als sei der Laderaum voller Pulverfässer, aber in Wirklichkeit war es nur eine einzige Schicht, und nur zwei der Fässer waren gefüllt. Jetzt brauchte lediglich einer der Soldaten zu niesen, und alles war aus.

Moffitt kletterte hinunter und bemerkte gelassen: »Ein guter Fang. Wir haben zwei vom Konvoi abgedrängt. Da unten liegen Musketen und Bajonette und auch rund tausend Schuß Neunpfündermunition.«

Bolitho wollte schlucken oder sich räuspern, seine Kehle war wie ausgedörrt. Moffitts Rolle klappte perfekt. Er spielte nicht, er *war* der pfiffige Maat eines Freibeuters, der genau wußte, was er wollte.

Haskett sagte zu Stockdale: »Ich werde das Signal heißen. Die Boote liegen dort drüben versteckt.« Er zeigte vage zum Ufer, wo ein paar Bäume mit fast bis aufs Wasser hängenden Zweigen standen. Es konnte der Eingang zu einer kleinen Bucht sein.

»Und was ist mit der britischen Korvette?« Moffitt blickte kurz zu Sparke hinüber.

»Die braucht einen halben Tag bis hierher, und ich habe dort oben ein paar gute Ausgucksposten aufgestellt, von da können sie alles übersehen.«

Bolitho staunte, als Haskett jetzt geschickt einen kleinen, roten Wimpel ansteckte und am Fockmast hißte. Er war offensichtlich kein Neuling auf See, wie er auch gekleidet sein mochte.

Plötzlich hörte er den erstaunten Ausruf eines Seemanns und sah, wie sich ein Teil des einen Baumes vom Land löste. Dann stellte er zu seiner Verwunderung fest, daß es ein plumper Kutter mit Löffelbug war, der Mast und Rah mit Zweigen und Stechginster getarnt hatte. Sein schwerer Rumpf wurde jetzt langsam, aber sicher von langen Riemen vorwärtsgetrieben. In seinem Kielwasser folgte ein Kutter gleicher Bauart. Sie schienen holländischen Ursprungs, stammten möglicherweise von deren Inseln in der Karibik.

Bolitho wußte, daß Sparke mit nur einem Fahrzeug gerechnet hatte, allenfalls mit einigen kleineren Leichtern oder Ruderbooten. Jeder dieser beiden Kutter jedoch war fast so groß wie die *Faithful* selbst, dazu schwer wie ein Sturmbock.

Moffitt sah Sparkes kurzes Nicken und meinte beiläufig: »Einer ist genug. Die sehen ja aus, als könnten sie ein ganzes Arsenal an Bord nehmen.«

Haskett nickte. »Stimmt, aber wir haben noch mehr vor, weiter südlich in Richtung der Chesapeake Bay. Unsere Leute haben dort vor einer Woche eine bewaffnete Brigantine geschnappt, sie sitzt auf Grund, ist aber voller Gewehre und Munition. Einer der Kutter soll ihre Ladung übernehmen, es ist genug, um eine ganze Armee damit zu bewaffnen!«

Bolitho wandte sich ab, denn es fiel ihm schwer, weiterhin Sparkes Gesicht zu sehen. Er konnte dessen Gedanken lesen, sich dessen Angriffsplan ausmalen. Da die Korvette zu weit weg war, um helfend einzugreifen, würde er den Ruhm für sich allein beanspruchen.

Die nächsten Augenblicke waren die schlimmsten, an die Bolitho sich erinnern konnte: das langsame Heranmanövrieren der beiden schweren Kutter mit ihrer seltsamen Tarnung und ihren langen

Galeerenriemen. Es mußten wohl dreißig bis vierzig Leute an Bord sein, schätzte er, einige sicherlich Seeleute, der Rest vielleicht örtliche Miliz oder einer von Washingtons Spähtrupps.

Der Wimpel an der Mastspitze der *Faithful* hing naß und lustlos herab, und Bolitho sah den ersten der beiden Kutter jetzt mit der Strömung ins offene Wasser triften – nur noch Minuten, und es war zu spät für ihn, Segel zu setzen und freizukommen.

Moffitt befahl: »Aufpassen da vorn, nehmt die Leinen wahr!« Wenn er nervös war, so zeigte er es zumindest nicht.

Ein Seemann rief zurück: *»Aye, aye, Sir!«*

Bolitho erstarrte, obwohl es schließlich zu erwarten gewesen war, daß irgendeiner früher oder später aus der Rolle fiel. Die schneidige Antwort auf Moffitts Anweisung war nicht der Ton eines Deserteurs oder eines nur notdürftig ausgebildeten Handelsschiffsmatrosen gewesen.

Haskett fuhr fluchend herum: »Ihr dreckigen Halunken!«

Der Knall einer Pistole ließ sie alle zusammenfahren; Rufe aus dem längsseits liegenden Dory mischten sich mit dem schrillen Geschrei der aufgeschreckten Seevögel, aber Bolitho starrte nur wie gebannt auf den grauhaarigen Haskett, der zur Reling taumelte, blutigen Schaum vorm Mund, während er seine Hände wie rote Krallen auf den Magen preßte.

Sparke senkte die Pistole und befahl: *»Drehbassen, Feuer!«*

Während die vier Schwenkgeschütze bellten und das Deck des vorderen Kutters mit heulendem Kartätschenfeuer überschütteten, rissen Rowhursts Leute die Persenning vom Neunpfünder und wuchteten ihn mit Taljen und Handspaken zur Bordwand.

Ein paar Schuß kamen vom Kutter zurück, aber der unerwartete Angriff hatte die von Sparke beabsichtigte Wirkung gebracht. Der Kartätschenhagel war zwischen die Ruderer gefahren und hatte sie niedergemäht, der bis dahin gleichmäßige Schlag der Riemen endete in einem fürchterlichen Chaos. Der Kutter, durchlöchert wie ein Sieb, trieb quer, während Rowhursts andere Männer bereits mit brennenden Lunten bei den Sechspfündern warteten, die, vorher sorgfältig mit Kartätschen geladen, ebenfalls klar zum Feuern waren.

»Feuer frei!« Bolitho zog seinen Degen und trat mitten zwischen seine Leute, als diese aus ihrer Erstarrung erwachten. Er zwang sich zur Ruhe. Eine Kugel pfiff ihm am Kopf vorbei, ein Seemann stürzte schreiend und zuckend neben dem toten Elias Haskett zu Boden.

Sparke ließ sich seine nachgeladene Pistole reichen und bemerkte wie abwesend: »Ich hoffe, Rowhursts Schießkünste sind so gut wie seine Zoten.«

Selbst der sonst so sture Rowhurst schien aus seiner Lethargie erwacht zu sein. Er sprang um den Neunpfünder herum und beobachtete zugleich, wie der zweite Kutter Großsegel und Klüver setzte. Die langen Riemen waren fallen gelassen worden und trieben mit dem Tarnmaterial in der Strömung, als der Wind jetzt die Segel blähte.

Rowhurst fluchte, weil einer seiner Leute mit einer Stirnwunde zur Seite rollte. Er schrie: »Fertig, Sir!« Dann wartete er, bis die *Faithful* an ihrer Kette zurückschwoite, und hielt die Lunte an des Neunpfünders Verschlußstück.

Doppelt geladen, den Rest des Rohres bis zur Mündung mit Blei- und Eisenschrott gefüllt, fuhr das Geschütz auf seiner Behelfslafette zurück wie ein wütendes Tier, dann krachte die Detonation über die See, der aufsteigende Rauch verstärkte noch die Schreckensszene. Der Mast des Kutters stürzte, ein Gewirr von Takelage und zerfetzten Segeln mit sich reißend.

»Nachladen! Feuer!«

Der Schock nach Sparkes Pistolenschuß war bei allen wilder Erregung gewichen. Dies war etwas, das sie verstanden, wofür sie ausgebildet worden waren, Tag für Tag, in ermüdendem, sich immer wiederholendem Drill.

Während die Drehbassen und die Sechspfünder ihr mörderisches Bombardement des ersten Kutters fortsetzten, feuerte Rowhursts Crew Schuß auf Schuß in den anderen, der – inzwischen entmastet – auf eine Sandbank getrieben war. Plötzlich schoß eine gewaltige Feuersäule aus seinem Heck und breitete sich rasch im Wind aus. Das regennasse Holz qualmte, bis es schließlich Feuer fing und der Kutter vom Bug bis zum Heck in Flammen stand.

Durch den Kampfeslärm hörte Bolitho d'Esterre rufen: »Los, Feldwebel Shears, lebhaft, sonst gibt es für uns nichts mehr zu tun!« D'Esterre blinzelte in den dicken Qualm, den der brennende Kutter und Rowhursts Neunpfünder verursachten, und sagte: »Verdammt, der kommt ja gleich längsseits!«

Bolitho sah nun ebenfalls, daß der erste Kutter wie betrunken auf den Bug der *Faithful* zuschwankte. Auf seinem Deck waren jetzt mehr Leute zu sehen, aber auch viele, die sich nie mehr bewegen würden. Blut lief in Bächen aus den Speigatten und zeugte von der Verheerung, die Kartätschen und Kettenkugeln angerichtet hatten.

»Seesoldaten, vorwärts!«

Wie Marionetten marschierten sie zur Reling, die langen Musketen im Anschlag.

»Legt an!« Shears wartete und ignorierte die Kugeln, die an ihnen vorbeipfiffen oder klatschend ins Holz schlugen. *»Feuer!«*

Bolitho sah, wie die schon im Bug des Kutters klar zum Entern versammelten Leute schwankten und dann durcheinanderfielen, als die wohlgezielte Salve zwischen ihnen einschlug.

Shears zeigte keinerlei Bewegung, während er seinen Stab hochhielt und die Ladestöcke der Soldaten sich im Takt hoben und senkten.

»Richten! *Feuer!«*

Die Salve fiel zusammen mit der Kollision der beiden Schiffe, riß aber wiederum eine große Lücke in die Gruppe der wütend schreienden Männer, die jetzt, Entermesser schwingend, an Bord kletterten oder auf die Mannschaft des Neunpfünders feuerten.

Sparke schrie: »Stoßt zu, verdammt!«

Feldwebel Shears kommandierte: »Bajonett, pflanzt auf!« Dann beobachtete er d'Esterres hocherhobenen Säbel. »Soldaten, vorwärts!«

Die Marineinfanteristen rückten gleichmäßig vor, Schulter an Schulter, eine lebende rote Mauer; sie schnitten die Enterer von den Geschützmannschaften ab, von ihrem eigenen Schiff und von jeglicher Hoffnung.

Plötzlich sah Bolitho jemanden sich geschickt unter den Bajonetten ducken und blitzschnell nach achtern laufen, ein Messer vor sich haltend wie einen Schild.

Bolitho hob seinen Degen. Als er jedoch erkannte, daß es sich um einen Knaben handelte, rief er: »Ergib dich!«

Aber der Junge lief weiter auf ihn zu, heulte dann auf vor Schmerz und Enttäuschung, als Bolitho ihm mit einem flachen Hieb das Messer aus der Hand schlug, das in hohem Bogen an Deck fiel. Selbst dann noch versuchte er, Bolitho mit bloßen Händen anzugreifen, schluchzend und geblendet von Wut und Tränen.

Stockdale schlug ihn schließlich mit dem flachen Entermesser auf den Kopf, worauf er bewußtlos zusammenbrach.

Sparke kommandierte: »Feuer einstellen!« Dann ging er an d'Esterre vorbei und musterte die übriggebliebenen Angreifer mit kalten Blicken. Es waren nicht mehr viele. Der Rest, getötet oder verwundet von der geschlossenen Reihe der Bajonette, lag herum wie erschöpfte Statisten.

Bolitho steckte den Degen in die Scheide. Ihm war übel, und seine Narbe schmerzte.

Die Toten sind immer ohne Würde, dachte er, was auch Anlaß des Kampfes und wie groß auch der Sieg sein mag.

Sparke befahl: »Macht den Kutter fest! Mr. Libby, Sie übernehmen ihn! Balleine, lassen Sie diese Rebellen bewachen!«

Frowd kam nach achtern und meldete: »Wir haben drei Mann verloren, Sir, und zwei Verwundete, die aber mit etwas Glück durchkommen werden.«

Sparke übergab einem Seeman seine Pistole. »Da sehen Sie, Mr. Bolitho, was wir erreicht haben!«

Bolitho blickte sich um. Zuerst sah er das geschwärzte Gerippe des zweiten Kutters, völlig ausgebrannt und wild qualmend, umgeben von verstreuten Wrackteilen. Der größte Teil der Besatzung war entweder unter Rowhursts Beschuß gefallen oder von der starken Strömung fortgerissen worden. Wenige Seeleute können schwimmen, dachte er grimmig.

Längsseits und daher besser zu übersehen, bot der andere Kutter einen womöglich noch schrecklicheren Anblick: Leichen und große Blutflecken überall; Bolitho sah Fähnrich Libby mit seiner Handvoll Leute sich mühsam einen Weg über Deck bahnen, das Gesicht verzerrt im Grauen vor dem, was er noch alles erblicken würde.

Sparke bemerkte: »Rumpf und Takelage sind intakt, sehen Sie das? Zwei Prisen in einer Woche! Das wird neidische Blicke geben, wenn wir in Sandy Hook einlaufen!« Er gestikulierte wütend zu dem unglücklich dreinschauenden Libby hinüber. »Um Gottes willen, Sir, bewegen Sie sich, und werfen Sie diesen Schmutz über Bord! Ich will in einer Stunde Anker lichten und Segel setzen, verdammt noch mal!«

Hauptmann d'Esterre sagte: »Ich schicke ein paar meiner Soldaten hinüber, um ihm zu helfen.«

Sparke starrte ihn an. »Das werden Sie nicht tun, Sir! Dieser junge Gentleman möchte Leutnant werden, und wenn die Personalknappheit in der Flotte so anhält, wird er es auch bald schaffen. Also muß er lernen, daß dazu mehr gehört als eine Uniform!« Er winkte dem Steuermannsmaaten. »Kommen Sie mit nach unten, Mr. Frowd. Ich brauche den Kurs zur Chesapeake Bay. Die genaue Position der Brigantine werde ich schon noch herausbekommen.«

Sie verschwanden beide unter Deck, und d'Esterre sagte: »Was für ein ekelerregendes, selbstgefälliges Gehabe!«

Bolitho sah die erste Leiche über Bord fliegen und träge mit der Strömung vorbeitreiben, als sei sie glücklich darüber, von all dem befreit zu sein.

Er sagte bitter: »Ich dachte, du hast dich nach Arbeit gesehnt?«

D'Esterre packte ihn an der Schulter. »Aye, Dick, ich tue meine Pflicht wie jeder andere. Aber wenn du mich einmal so hämisch und schadenfroh erlebst wie unseren energischen Zweiten Offizier, kannst du mich ruhig über den Haufen schießen.«

Der Junge, der von Stockdale bewußtlos geschlagen worden war, kam langsam wieder auf die Beine. Von einigen Seeleuten gestützt, rieb er sich den Kopf und schluchzte in sich hinein. Als er Stockdale sah, versuchte er, nach ihm zu treten, aber Moffitt fing ihn mühelos ab und drückte ihn gegen die Bordwand.

»Er hätte dich auch umbringen können«, sagte Bolitho.

Schluchzend stieß der Junge hervor: »Wenn er's nur getan hätte! Die Briten haben meinen Vater umgebracht, als sie Norfolk brandschatzten! Ich habe geschworen, ihn zu rächen!«

Moffitt antwortete grob: »Und deine Leute haben meinen kleinen Bruder geteert und gefedert. Er wurde blind dadurch!« Er stieß den Burschen zu den wartenden Marineinfanteristen. »Damit sind wir quitt.«

Bolitho nickte Moffitt zu. »Tut mir leid. Das mit Ihrem Bruder wußte ich nicht.«

Moffitt zitterte heftig, jetzt da alles vorüber war. »Oh, es gibt noch mehr, Sir, eine ganze Menge mehr!«

Frowd erschien wieder an Deck und ging an dem schluchzenden Gefangenen vorbei. »Ich hatte gehofft, unser Tagwerk sei erst einmal geschafft, wenigstens für heute, Sir.«

Er warf einen Blick auf den längsseits liegenden Kutter, wo die Leute mit Pütz und Besen die Blutflecken von dem verschrammten und durchlöcherten Deck spülten.

»Ihr Name ist *Thrush,* wie ich sehe.« Sein geschultes Auge bestätigte Bolithos Vermutung: »In Holland gebaut. Und ein handliches Fahrzeug. Kann noch höher an den Wind gehen als unser Schoner.«

Midshipman Weston lungerte in der Nähe herum, sein Gesicht

war so rot wie sein Haar. Während des kurzen Gefechtes hatte er wacker mitgeschrien, sich aber zurückgezogen, als die Rebellen ihren verzweifelten Angriff starteten.

Frowd fuhr besorgt fort: »Ich wollte, die Korvette würde zu uns stoßen. Mr. Sparke hat den Namen der Bucht erfahren, wo die Brigantine auf Grund sitzt. Ich kenne die Gegend, wenn auch nicht sehr gut.«

»Wie hat er das herausgekriegt?«

Frowd trat an die Reling und spuckte über Bord. »Mit Geld, Sir. In jeder Crew gibt es einen Verräter, wenn der Lohn hoch genug ist.«

Doch Bolitho fühlte sich erleichtert. Er hatte befürchtet, daß Sparke in seinem übertriebenen Eifer rauhere Methoden angewendet hatte. Sein Gesicht, als er Elias Haskett erschoß, war nahezu unmenschlich gewesen.

Wieviele würden sich noch als Sparkes entpuppen? überlegte er.

Bei stetigem Wind begannen sowohl der Schoner als auch der Kutter, Segel zu setzen und sich ihren Weg aus den Sandbänken zu suchen, während die Rauchwolke des ausgebrannten Wracks ihnen wie ein böses Zeichen folgte.

Verkohlte Trümmer und starre Leichen wurden von den beiden Schiffen beiseite geschoben, als diese nun mit vollen Segeln aus der Bucht steuerten.

Sparke kam an Deck und beobachtete durchs Glas, wie Fähnrich Libby, tatkräftig unterstützt von Balleine und ein paar Seeleuten, auf der *Thrush* zurechtkam. »Setzen Sie unsere eigene Flagge, Mr. Bolitho, und sehen Sie zu, daß Mr. Libby unserem Beispiel folgt.«

Später, als beide Fahrzeuge dichtauf durch die kabbelige See stampften, spürte Bolitho das tiefere Wasser unter dem Kiel und war – nicht zum ersten Male – froh, endlich das Land hinter sich zu lassen und wieder auf offener See zu sein.

Von dem Treffpunkt, wo sie ihren blutigen Sieg errungen hatten, bis zu der kleinen Bucht nördlich von Cape Charles, das bei der Einfahrt in die Chesapeake Bay als Ansteuerungspunkt diente, waren es etwa hundert Seemeilen.

Sparke hatte auf günstigeren Wind gehofft, wurde jedoch enttäuscht, denn er frischte mehr und mehr auf und wehte genau daher, wo sie hinwollten.

Beide Schiffe kreuzten in Sichtweite voneinander, aber jede ersegelte Distanz brachte ihnen bestenfalls ein Viertel der Strecke in der gewünschten Richtung ein.

Sooft Sparke auch an Deck kam, er verriet keinerlei Ärger oder Ungeduld. Stets jedoch betrachtete er die *Thrush* durch sein Glas und warf dann einen Blick nach oben auf die am Mast wehende Flagge. Bolitho hatte bereits die Leute flüstern gehört, Sparke habe sich selbst zum Admiral seines eigenen Geschwaders ernannt.

Das Wetter und die ständigen Anstrengungen des Kreuzens hatten Spannung und Bitterkeit aus Bolithos Gedanken weitgehend verscheucht. Schließlich war das Ganze ein großer Erfolg gewesen, das ließ sich nicht leugnen: ein Schiff gekapert, ein anderes zerstört, der größte Teil der feindlichen Kräfte vernichtet. Wären die Pläne fehlgeschlagen und sie selbst in eine Falle gegangen, so hätte ihnen der Feind sicherlich ebensowenig Erbarmen gezeigt. Sobald erst einmal beide Kutterbesatzungen an Bord des Schoners gewesen wären, hätten sie Sparkes Widerstand mit ihrer Übermacht gebrochen, bevor der Neunpfünder den Kampf zu ihren Gunsten hätte wenden können.

Es dauerte drei Tage, bis sie das vermutliche Versteck der Brigantine erreichten. Die zerklüftete Küste, die sich südwärts bis zum Eingang der Chesapeake Bay erstreckte, war womöglich noch tückischer als das Gebiet, das sie gerade verlassen hatten. Manches Küstenschiff und mancher Tiefwassersegler waren dort gestrandet bei dem Versuch, trotz unsichtigen Wetters die enge Einfahrt zu finden. Einmal in der Bucht, war Raum genug für eine ganze Flotte, aber die Einfahrt war schwierig, wie Bunce oft genug verkündet hatte.

Wieder einmal war der düstere Moffitt derjenige, der sich erbot, an Land zu gehen und die Gegend zu erkunden.

Das Beiboot der *Faithful* hatte ihn in die Bucht gebracht, während beide Schiffe so dicht wie möglich unter Land vor Anker lagen. Die Wachen waren verstärkt worden und auf jeden nächtlichen Überraschungsangriff gefaßt.

Bolitho hatte fast erwartet, daß Moffitt nicht mehr zurückkehren, sondern sich mit seiner Familie treffen und an Land bleiben würde, da er bereits genug für die Engländer getan hatte.

Aber fünf Stunden nachdem das Boot ihn in einer kleinen Bucht abgesetzt hatte und vor dem Strand auf seine Rückkehr wartete, erschien er am Ufer und watete durch die Brandung, voll Eifer, seine Meldung zu erstatten.

Es war kein Gerücht: Die Brigantine lag tatsächlich in der nächsten Bucht auf Strand, genau wie Sparkes Informant berichtet hatte. Moffitt wußte sogar ihren Namen, sie hieß *Minstrel,* und er hielt sie für so schwer beschädigt, daß nicht einmal erfahrene Bergungsmannschaften sie wieder flottmachen konnten.

Er hatte in der Nähe einige Lichter gesehen und wäre fast über einen schlafenden Wachtposten gestolpert.

Sparke äußerte anerkennend: »Ich werde dafür sorgen, daß Ihre Leistung belohnt wird, Moffitt.« Mit bewegter Stimme fügte er hinzu: »Das ist die Tapferkeit, die unser Land groß erhalten wird.«

Er ließ Moffitt ein großes Glas Rum reichen und rief dann seine Offiziere sowie die älteren Unteroffiziere zusammen. In der winzigen Kajüte des Schoners war kaum genug Platz zum Atmen, aber sie vergaßen alle Unbequemlichkeit, als Sparke barschen Tones sagte: »Angriff im Morgengrauen! Wir nehmen unser eigenes Boot und das der *Thrush.* Alles klar?« Er blickte fragend in die Runde. »D'Esterre, Sie werden mit Ihrer Truppe noch im Schutz der Dunkelheit landen und oberhalb der Bucht Stellung beziehen. Dort bleiben Sie als Flanken- und notfalls als Rückendeckung, wenn etwas schiefgehen sollte.«

Sparke blickte auf die grobe Skizze nieder, die Moffitt für ihn angefertigt hatte.

»Ich führe natürlich das erste Boot, Mr. Libby folgt mit dem zweiten.« Er musterte Bolitho. »Sie übernehmen das Kommando auf der *Thrush,* segeln Sie in die Bucht und nehmen die Ladung der Brigantine an Bord, sobald ich jeden Widerstand gebrochen habe, den wir dort möglicherweise antreffen. Die Seesoldaten rücken hangabwärts und unterstützen uns von der Landseite her.« Er klatschte in die Hände. »Alles klar?«

D'Esterre sagte: »Ich würde mich jetzt gern entschuldigen und meine Leute vorbereiten, Sir.«

»Ja, ich brauche die Boote bald.« Er blickte Bolitho an. »Sie wollten etwas sagen?«

»Hundert Meilen in drei Tagen, Sir, und ein weiterer halber Tag bis zum Morgen. Ich bezweifle, daß wir sie überraschen können.«

»Sie wollen es doch hoffentlich nicht Mr. Frowd nachtun? Eine echte Kassandra!«

Bolitho schwieg. Es war sinnlos, mit Sparke zu argumentieren; mit den Infanteristen als Rückendeckung konnten sie sich andererseits jederzeit zurückziehen, wenn sich das Ganze als Falle erweisen sollte.

Sparke sagte abschließend: »Also ist alles klar. Gut. Mr. Frowd wird während unserer Abwesenheit hier das Kommando übernehmen, und der Neunpfünder ist mehr als ausreichend, um etwaige wirrköpfige Angreifer abzuschlagen!«

Fähnrich Weston leckte sich die trocken gewordenen Lippen; auf seiner Stirn glitzerten Schweißperlen. »Und was soll ich tun, Sir?«

Sparke lächelte dünn. »Sie gehen mit dem Vierten Offizier. Tun Sie, was er sagt, werden Sie etwas lernen. Tun Sie *nicht,* was er sagt, so könnten Sie tot sein, bevor Sie Gelegenheit haben, sich weiter den Wanst vollzuschlagen!«

Sie stiegen an Deck, über dem ein paar blasse Sterne zu ihrer Begrüßung erschienen waren.

Moffitt meldete sich bei Hauptmann d'Esterre. »Ich bin bereit, Sir, Ihnen den Weg zu zeigen.«

Der Hauptmann nickte. »Sie gieren ja geradezu nach Strapazen. Aber führen Sie uns, in Gottes Namen.«

Die Boote füllten sich bereits mit Marineinfanteristen. Beide würden für die nächste Zeit in ständigem Einsatz sein, somit stand der *Faithful* nur das gekaperte Dory zur Verfügung.

Stockdale wartete an der Reling, seine weißen Hosenbeine flatterten im Wind wie kleine Segel. Er krächzte: »Ich bin froh, daß Sie diesmal nicht mitgehen, Sir.«

Bolitho fuhr zusammen. »Warum sagen Sie das?«

»Eine Ahnung, Sir, nur so eine Ahnung. Mir wird erst wohler, wenn wir hier weg sind, wieder auf See bei der *richtigen* Marine.«

Nachdenklich sah Bolitho zu, wie die Boote ablegten, in denen die Kreuzgurte der Soldaten weiß über dem dunklen Wasser aufleuchteten.

Das Dumme war, daß Stockdales »Ahnungen«, wie er sie nannte, sich hinterher meist als wahr erwiesen.

Bolitho schritt ruhelos um die Ruderpinne der *Thrush* herum und war sich der Stille bewußt, der Spannung, die über beiden Schiffen lag.

Der Wind kam zwar noch aus derselben Richtung, wurde aber von Minute zu Minute schwächer, wärmere Luft löste die Kälte der Nacht ab, hin und wieder drang sogar ein Sonnenstrahl durch die Wolken.

Er richtete sein Glas auf den nächstgelegenen Hang und sah

zwei winzige, scharlachrote Figuren zwischen dem verfilzten Stechginster. D'Esterres Seesoldaten befanden sich also in Position, Wachen waren aufgestellt. Sie mußten von dort gute Sicht auf den kleinen Strand haben, von dem vom Deck der *Thrush* aus nichts zu sehen war als umgestürzte, vermodernde Baumstämme und die Wirbel einer starken Strömung zwischen Felsen.

Bolitho hörte, wie Midshipman Weston mit einigen Seeleuten die brauchbaren Riemen aus der Menge der zerschossenen heraussuchte. Dann hörte er ihn würgen, vermutlich war er auf irgendwelche grauenvollen Überreste gestoßen, die Libbys Leute übersehen hatten.

Stockdale gesellte sich zu ihm, das Gesicht schwarz von Schmutz und Bartstoppeln.

»Sollten jetzt eigentlich angekommen sein, Sir. Aber es ist kein Schuß noch sonstwas zu hören.«

Bolitho nickte. Es bedrückte ihn, daß der Wind immer mehr abflaute und rasche Manöver unmöglich machte. Wenn sie schnell weg mußten, konnten sie sich nur auf die Riemen verlassen, und je mehr Zeit dabei verstrich, desto größer war die Erfolgschance der Angreifer.

Er verfluchte Sparkes Eifer, seine starrsinnige Entschlossenheit, alles allein zu machen. Jeden Augenblick konnte eine Fregatte vorbeikommen, die ihnen beim Entladen hätte helfen können, nur hätte er dann den Ruhm des Sieges teilen müssen.

Schließlich befahl Bolitho: »Macht das Dory klar, ich fahre hinüber.« Er deutete auf die beiden roten Tupfen am Hang. »Es ist kein Risiko dabei.«

Fähnrich Weston stapfte über das Deck, seine plumpen Füße verfingen sich in den hochstehenden Splittern der zerschossenen Planken.

Bolitho befahl ihm: »Sie übernehmen hier das Kommando.« Beinahe konnte er Westons Angst riechen. »Ich bleibe die ganze Zeit in Sichtweite.«

Stockdale und zwei Seeleute waren bereits in das Dory geklettert, froh darüber, etwas tun zu können oder der Stätte des kürzlichen Gemetzels zu entfliehen.

Als Bolitho den winzigen Sandstrand betrat, der kaum größer war als das Boot, tat es ihm gut, die Pflanzen zu riechen, die Vögel und sonstiges kleines Getier zu hören. Es war Balsam nach so langer Zeit.

Plötzlich rief ein Seemann: »Dort, Sir! Mr. Libbys Boot!«

Bolitho sah des Fähnrichs Kopf und Schulter, bevor er noch das Klatschen der Riemen hörte.

»Hierher!«

Libby winkte mit seinem Hut, ein Grinsen der Erleichterung trat auf sein gebräuntes Gesicht.

Er rief: »Mr. Sparke läßt Ihnen sagen, Sie sollen den Kutter herbringen, Sir! Es sind keinerlei Feinde am Ufer, er meint, sie seien alle geflohen, als sie die Schiffe sahen!«

Bolitho fragte: »Was macht er jetzt?«

»Er geht gerade an Bord der Brigantine, Sir. Ein hübsches kleines Schiff, aber durchlöchert wie ein Sieb.«

Sparke wollte wahrscheinlich überprüfen, ob es nicht doch eine Möglichkeit gab, sie samt Ladung seinem Geschwader einzuverleiben.

Füße rutschten den Abhang hinab. Bolitho fuhr herum und sah Moffitt, gefolgt von einem Marineinfanteristen, stolpernd und strauchelnd auf ihn zustürzen.

»Was ist los, Moffitt?« Die Angst starrte dem Mann aus dem Gesicht. »Sir!« Er bekam die Worte kaum heraus. »Wir haben versucht, Mr. Sparke ein Zeichen zu geben, aber er hat uns nicht gesehen.« Er gestikulierte wild. »Diese Teufel haben eine Zündschnur angesteckt, ich kann den Rauch sehen! Sie wollen die Brigantine in die Luft sprengen, müssen uns erwartet haben!«

Libby blickte voll Entsetzen hinüber. »Klar bei Riemen! Wir fahren zurück!«

Bolitho rannte ins Wasser, um ihn zurückzuhalten, aber während er noch sprach, schienen Himmel und Erde in einer einzigen, ungeheuren Detonation auseinanderzubersten.

Die Leute im Boot duckten sich und hielten den Atem an, während rings um sie Bruchstücke von Planken und Takelage herunterprasselten und sich die Wasserfläche mit großen und kleinen Geysiren schmückte. Dann kam der gewaltige Rauchpilz, der die ganze Bucht füllte, bis das Sonnenlicht völlig verdunkelt war.

Bolitho tastete sich zum Dory; seine Ohren, sein ganzer Kopf dröhnten von dem betäubenden Lärm der Detonation.

Marineinfanteristen stolperten den Hang hinab und warteten, bis Libbys Leute sich so weit gefangen hatten, daß sie imstande waren, das Boot zu der kleinen Bucht zu rudern.

Aber alles, was Bolitho sehen konnte, war Sparkes Gesicht, als er seinen letzten Plan erklärt hatte. Auch er hatte *eine Art von Tapferkeit* besessen. Aber ihn hatte sie nicht erhalten.

Bolitho nahm sich zusammen, als d'Esterre und sein Feldwebel mit zwei Schützen auf ihn zukamen. Er meinte Sparkes scharfe Stimme an Bord des Schoners zu hören, als der Schock nach dem Kampf sie zu lähmen begonnen hatte: *»Sie blicken auf uns, also wollen wir unser Mitleid für später aufheben.«*

Es hätte seine Grabinschrift sein können.

Bolitho sagte heiser: »Die Soldaten sollen so rasch wie möglich übersetzen.« Dann wandte er sich von dem beizenden Gestank nach brennendem Holz und Teer ab. »Wir lichten sofort Anker.«

D'Esterre betrachtete ihn seltsam. »Ein paar Minuten später, und es hätte Libbys Boot sein können. Oder deines!«

Bolitho begegnete seinem Blick: »Wir werden wahrscheinlich nicht viel Zeit haben; also wollen wir uns beeilen, ja?«

D'Esterre beobachtete, wie die letzte Gruppe seiner Soldaten antrat, um auf die Rückkehr des Bootes zu warten. Er sah Bolitho und Stockdale aus dem Dory an Bord der *Faithful* klettern, sah, wie Frowd über das Deck zu ihnen hinlief.

D'Esterre war schon in zu vielen Gefechten der verschiedensten Art gewesen, um längere Zeit von dem Geschehen beeindruckt zu sein. Aber diesmal war es anders. Er dachte an Bolithos Gesicht unter dem dunklen Haar, als er seine ganze Kraft zusammennahm, um seine Gefühle zu verbergen.

An Dienstjahren mochte Bolitho jünger sein, aber d'Esterre hatte in diesem Augenblick gefühlt, daß er seinem neuen Vorgesetzten gegenüberstand.

VI Eines Leutnants Pflichten

Neil Cairns blickte von seinem kleinen Klapptisch auf, als jemand an die Tür seiner Kammer klopfte.

»Herein!«

Bolitho trat ein, den Hut unterm Arm, das Gesicht von Müdigkeit gezeichnet.

Cairns wies auf den einzigen anderen Stuhl im Raum. »Nehmen Sie die Bücher herunter und setzen Sie sich, Mann!« Er tastete zwischen Papierstapeln, Listen und gekritzelten Notizen herum und fügte hinzu: »Hier sollten eigentlich ein paar Gläser stehen. Sie sehen aus, als müßten Sie sofort etwas trinken. Ich brauche auf jeden Fall einen Schluck. Sollte Ihnen jemand mal den Posten eines Ersten Offiziers anbieten, so jagen Sie ihn zum Teufel!«

Bolitho setzte sich und lockerte sein Halstuch. Nach dem stundenlangen Marsch kreuz und quer durch New York und der endlosen Bootsfahrt durch den Hafen fühlte er sich verschwitzt und erschöpft und genoß die Andeutung einer kühlen Brise in der Kammer. Er war an Land geschickt worden, um neue Leute aufzutreiben, als Ersatz für die auf der *Faithful* Gefallenen und Verwundeten, sowie für Sparkes Leute, die mit der Brigantine in die Luft geflogen waren. Das alles schien ihm jetzt wie ein verschwommener, böser Traum. Es war erst drei Monate her, doch schon konnte er sich kaum noch an die richtige Reihenfolge der Ereignisse erinnern. Auch das Wetter machte das Ganze so verworren. Damals war es kalt und stürmisch gewesen, die See rauh bis zum Aufkommen des Nebels, der wie durch ein Wunder rechtzeitig erschienen war. Jetzt herrschte drückende Hitze, die Sonne brannte erbarmungslos, und von Wind keine Spur. Der Rumpf der *Trojan* knarrte vor Trockenheit, das Pech in den Decksnähten glänzte feucht, klebte an den Schuhsohlen und an den nackten Füßen der Seeleute.

Cairns betrachtete Bolitho nachdenklich und stellte fest, daß er sich erheblich verändert hatte. Er war mit den beiden Prisen als ein anderer Mann nach New York zurückgekehrt. Irgendwie schien er reifer, und ihm fehlte der jugendliche Optimismus, der ihn früher ausgezeichnet hatte.

Die Ereignisse, die ihn so verändert hatten, vor allem Sparkes schrecklicher Tod, waren selbst am Kommandanten nicht spurlos vorübergegangen.

Cairns fand die Gläser und sagte: »Rotwein, Dick, und warm, aber besser als nichts. Ich habe ihn bei einem Händler an Land gekauft.«

Bolitho neigte den Kopf, die Locke klebte an seiner Stirn und verbarg die schreckliche Narbe. Trotz des Dienstes in diesen Gewässern war er blaß, und das Grau seiner Augen wirkte wie der Winter, den sie gerade hinter sich gebracht hatten.

Bolitho merkte, daß er beobachtet wurde, aber das war er schon gewohnt. Wenn er sich verändert hatte, so auch seine Umgebung mit ihm. Durch Sparkes Tod waren die Offiziere eine Sprosse der Beförderungsleiter höhergestiegen. Bolitho war jetzt Dritter

Offizier, und der am unteren Ende freigewordene Posten war von Libby besetzt worden. Dieser war also jetzt Sechster Offizier der *Trojan,* unter dem Vorbehalt, daß er später sein Examen bestand. Der Altersunterschied zwischen dem Kommandanten und seinen Offizieren war jetzt erheblich. Bolitho wurde im Oktober erst einundzwanzig, die anderen waren noch jünger, Libby sogar erst siebzehn.

Dies war ein allgemein geübtes System an Bord der größeren Schiffe, aber Bolitho fand wenig Trost in seiner Beförderung; allerdings hielten die neuen Aufgaben ihn ständig in Atem und drängten somit die bösen Erinnerungen in den Hintergrund.

Cairns sagte unvermittelt: »Der Captain möchte, daß Sie ihn heute abend auf das Flaggschiff begleiten. Der Admiral hält Hof. Es wird erwartet, daß die Kommandanten ein oder zwei Adjutanten mitbringen.« Er schenkte nach, sein Gesicht blieb unbeteiligt. »Ich habe zu arbeiten, muß die verdammten Proviantlisten fertigmachen. Außerdem liegt mir nicht viel an leerem Geschwätz, besonders jetzt, da die ganze Welt auseinanderbricht.«

Er äußerte das so bitter, daß Bolitho unwillkürlich fragte: »Bedrückt Sie etwas Besonderes?«

Cairns zeigte sein seltenes Lächeln. »Alles! Ich bin krank vor Untätigkeit. Listen schreiben, neues Tauwerk oder neue Spieren anfordern, während alles, was diese Halsabschneider an Land von einem wollen, nichts anderes ist als Geld und nochmals Geld.«

Bolitho dachte an die beiden Prisen, die er nach New York gesegelt hatte. Sie waren zum Prisenhof geschafft, verkauft und wieder in Dienst gestellt worden, beinahe schneller, als des Königs Flagge an Bord gehißt werden konnte.

Nicht ein einziger von den Leuten der *Trojan* wurde auf die Prisen versetzt; der Offizier, der das Kommando über die *Faithful* erhielt, war erst vor ein paar Wochen aus England gekommen. Es war unfair, gelinde ausgedrückt, und offensichtlich eine Enttäuschung für Cairns. In achtzehn Monaten wurde er dreißig. Der Krieg konnte bis dahin vorüber sein, dann wurde er mit Halbsold an Land geschickt: keine erfreuliche Aussicht für einen Mann, der mittellos und nur auf seinen Sold angewiesen war.

»Jedenfalls«, Cairns lehnte sich zurück und blickte Bolitho an, »hat der Captain klar zum Ausdruck gebracht, daß er lieber Sie als Begleiter beim Admiral haben will als unseren Zechbruder, den Zweiten Offizier!«

Bolitho lächelte. Es war erstaunlich, daß Probyn sich noch immer halten konnte. Gewiß, er hatte Glück, daß die *Trojan* nach ihrer Rückkehr kaum wieder auf See gewesen war. Zwei kurze Patrouillen zur Unterstützung der Armee und, mit dem Flaggschiff zusammen, eine Schießübung in Sichtweite von New York, das war alles. Denn noch ein paar heftige Stürme auf See, und Probyns Schwäche wäre offenbar geworden.

Bolitho stand auf. »Dann ist es wohl besser, wenn ich mich jetzt umziehe.«

Cairns nickte. »Sie sollen sich am Ende der ersten Hundewache* beim Kommandanten melden. Er ist zur Zeit nicht in Stimmung, auch nur die kleinste Nachlässigkeit durchzulassen, das kann ich Ihnen versichern.«

Pünktlich um vier Glasen trat Kapitän zur See Pears aus der Kajütstür, in großer Uniform, den Degen an der Seite. Das glitzernde Gold auf dunkelblauem Grund und die weiße Kniehose ließen ihn jünger und größer erscheinen.

Bolitho, ebenfalls in seiner besten Uniform, den Degen statt des im Alltag üblichen Dolches am Gürtel, erwartete ihn am Fallreep.

Er hatte Boot und Besatzung bereits inspiziert und alles in Ordnung befunden. Es war ein prächtiges Boot, dunkelrot mit weißem Dollbord, der Name *Trojan* leuchtete in Goldbuchstaben am Bug, die Hecksitze waren mit roten Kissen ausgelegt. Die Crew in rotweiß karierten Hemden und schwarzen Hüten hielt die Riemen hoch, genau ausgerichtet in zwei schnurgeraden Reihen. Gut genug für einen Kaiser, dachte Bolitho.

Cairns eilte herbei und sagte etwas zum Kommandanten, was Bolitho nicht verstand. Da jedoch Molesworth, der nervöse Zahlmeister, ebenfalls in der Nähe des Fallreeps wartete, nahm er an, daß Cairns an Land fahren wollte, um den Handel mit dem Proviantlager abzuschließen.

Hauptmann d'Esterre musterte kurz seine Wache und kommandierte: »Präsentiert das Gewehr!«

Die aufgepflanzten Bajonette der hochschnellenden Musketen berührten mit ihren Spitzen fast das Sonnensegel, und Bolitho sah im Geiste wieder die Marineinfanteristen vor sich, wie sie mit derselben Präzision die Enterer auf der *Faithful* niedergemäht hatten.

* Sechs Uhr nachmittags

Pears schien Bolitho zum ersten Mal zu sehen. »Ah, Sie sind es.« Er ließ den Blick über Bolithos Erscheinung wandern, über den neuen Hut, den frischgebügelten Rock mit leuchtend weißen Aufschlägen, und sagte anerkennend: »Ich dachte, ich hätte einen neuen Offizier an Bord.«

Bolitho lächelte. »Danke, Sir.«

Pears nickte ihm zu. »Weitermachen!«

Bolitho lief die Fallreepstreppe hinunter zum Boot, wo Hogg, der stämmige Bootssteurer, bereitstand, den Hut unterm Arm.

Die Bootsmannsmaatenpfeifen trillerten, dann bekam das Boot unter Pears' Gewicht Schlagseite, als er an Bord stieg und zum Hecksitz balancierte.

»Absetzen! Riemen bei!« Hogg war sich der beobachtenden Fernrohre auf den umliegenden Kriegsschiffen bewußt. »Ruder an!«

Bolitho saß steif da, den Degen zwischen den Knien. Es war ihm unmöglich, sich in Gegenwart des Kommandanten zu entspannen, deshalb beobachtete er intensiv die *Trojan,* ihre sich nach unten verjüngenden Linien, die lustlos über die Heckreling baumelnde Flagge, das Glitzern der Goldbronze und polierten Messingbeschläge.

Alle Stückpforten standen offen, um die schwache, ablandige Nachmittagsbrise einzulassen. Aus jeder Öffnung blickte die schwarze Mündung einer Kanone, so sauber und blank wie d'Esterres Silberknöpfe.

Bolitho betrachtete verstohlen Pears' grimmiges Profil. Die Neuigkeiten vom Kriegsschauplatz waren schlecht: bestenfalls Pattsituation, Verluste auf beiden Seiten. Doch was Pears auch von der augenblicklichen und künftigen Lage halten mochte, eins war sicher: Nie würde er auf seinem Schiff die geringste Schlamperei dulden.

Unter ihren vierkant gebraßten Rahen mit den sorgfältig festgemachten Segeln, glänzend in Schwarz und Lederfarbe, war die *Trojan* wirklich ein Anblick, der auch das verzagteste Herz höher schlagen ließ.

Pears fragte plötzlich: »Haben Sie von Ihrem Vater gehört?«

Bolitho erwiderte: »In letzter Zeit nicht. Er ist kein eifriger Schreiber.«

Pears blickte ihn voll an. »Es tat mir leid, vom Tode Ihrer Mutter zu hören. Ich habe sie einmal in Weymouth gesehen, Sie selbst waren damals auf See. Eine so reizende und hübsche Dame.

Ich komme mir alt vor, wenn ich mich an sie erinnere.«

Bolitho blickte starr achteraus. Kein Wunder, daß Pears sich alt vorkam. Angenommen, die *Trojan* hätte wirklich zu kämpfen, und zwar mit einem Schiff ihrer eigenen Größe und Feuerkraft, welche Offiziere würde Pears dann in die Schlacht führen? Probyn wurde von Tag zu Tag schwieriger und mürrischer. Dalyell war fröhlich und freundlich, aber kaum imstande, seine neuen Aufgaben als Vierter Offizier voll zu erfüllen. Der arme Quinn, schmal geworden und noch ständig unter Schmerzen leidend, war nur bedingt einsatzfähig und vorläufig höchstens zu leichter Tätigkeit unter Aufsicht des Arztes freigestellt. Dann hatten sie jetzt noch Libby, diesen Jungen in Offiziersverkleidung. Pears machte sich mit gutem Grund Sorgen, dachte Bolitho. Es mußte ihm manchmal vorkommen, als habe er ein Korps von Schuljungen an Bord.

»Wieviele Leute haben Sie heute aufgetrieben?«

Bolitho erstarrte. Pears wußte alles, selbst über seine heutige Mission an Land war er im Bilde.

»Vier, Sir.« Das klang noch dürftiger, wenn man es laut aussprach.

»Hm. Vielleicht haben wir mehr Glück, wenn der nächste Konvoi eintrifft.« Pears rückte ein wenig auf seinem roten Kissen. »Verdammte Memmen, diese Handelsschiffmatrosen, die sich hinter der Ostindischen Kompanie oder einem verfluchten Regierungserlaß verstecken! Hölle und Teufel, man könnte meinen, es sei ein Verbrechen, für sein Land zu kämpfen! Aber ich werde ein paar von ihnen schnappen, Erlaß oder nicht.« Er lachte in sich hinein. »Bis Ihre Lordschaften davon erfahren, haben wir sie längst zu Seeleuten des Königs gemacht!«

Bolitho wandte den Kopf, als das Flaggschiff jetzt hinter einem anderen Ankerlieger sichtbar wurde.

Es war die *Resolute,* ein Zweidecker mit bereits fünfundzwanzig Jahren Dienstzeit, bestückt mit neunzig Geschützen. Schon lagen mehrere Boote an ihrer Backspier, woraus Bolitho schloß, daß es eine ziemlich große Versammlung werden würde. Er blickte zu der schlaff vom Kreuztopp hängenden Flagge empor und versuchte sich vorzustellen, was für ein Mensch wohl ihr Gastgeber war. Konteradmiral Graham Coutts, Befehlshaber des Küstengeschwaders, hatte das Geschick der *Trojan* seit ihrer Ankunft in New York gelenkt. Bolitho hatte ihn noch nie gesehen und war neugierig: vielleicht ein zweiter Pears, standfest wie ein Fels und unerschütterlich?

Er lenkte seine Aufmerksamkeit wieder der Routine ihrer Ankunft zu: die Seesoldaten an der Pforte, der Glanz von Stahl, das geschäftige Hin und Her von Blau und Weiß, gedämpfte Kommandoworte . . . Pears saß wie vorher, aber Bolitho bemerkte, daß seine sehnigen Fäuste sich um seine Degenscheide aus Haifischleder krampften, das erste Zeichen von Erregung, das er je bei ihm gesehen hatte. Es war ein prächtiger Degen und mußte ein Vermögen gekostet haben, eine Ehrengabe, Pears wohl für persönliche Tapferkeit oder für einen Sieg über Feinde Englands verliehen.

»Auf Riemen!« Hogg beugte sich etwas vor, seine Finger schienen die Pinne zu liebkosen, als er jetzt zum Anlegen ansetzte. »Die Riemen – hoch!«

Wie eine Wand standen im selben Augenblick die Riemen mit den tropfenden Blättern in zwei genau ausgerichteten Reihen nach oben; Wasser rieselte ungehindert auf die Knie der Ruderer.

Pears nickte der Bootscrew zu und stieg dann gelassen das Fallreep hinauf, wo er unter dem schrillen Seitepfeifen und dem üblichen Zeremoniell beim Anbordkommen eines Kommandanten seinen Hut abnahm.

Bolitho zählte bis zehn und stieg dann ebenfalls hinauf, wo ihn ein spitznasiger Offizier mit einem Teleskop unterm Arm begrüßte, der ihn musterte, als sei er soeben einem Stück alten Käses entstiegen.

»Sie müssen nach achtern gehen, Sir.« Dabei zeigte er zur Schanze, wo Pears soeben in Gesellschaft des Flaggschiffkommandanten dem Schatten zustrebte.

Bolitho sah sich auf dem Achterdeck um, das dem der *Trojan* fast glich: Reihen festgezurrter Geschütze, die Taljen säuberlich belegt, das Tauwerk aufgeschossen auf den schneeweißen Decksplanken. Seeleute verrichteten ihre Arbeit, ein Fähnrich, das Glas auf eine einlaufende Brigg gerichtet, bewegte beim Entziffern ihrer Kennung lautlos die Lippen. Unten auf dem Batteriedeck stand ein Seemann neben einem Korporal der Marineinfanterie, während ein anderer Fähnrich einem Offizier Meldung machte. Wurde der Mann gleich zur Bestrafung abgeführt? Zur Beförderung oder zur Degradierung? Es war eine alltägliche Szene, die vielerlei bedeuten konnte. Bolitho seufzte. Wie auf der *Trojan,* und doch auch wieder völlig anders.

Er ging langsam weiter nach achtern und war überrascht, Musik und gedämpftes Lachen von Männern und Frauen zu hören. Sämtliche Trennwände waren entfernt, die Admiralsräume dadurch in einen großen Saal verwandelt worden. An den offenen Heckfenstern spielten ein paar Geiger mit großer Konzentration, und zwischen der dichtgedrängten Menge von Seeoffizieren, Zivilisten und Damen eilten Stewards in roten Jacken mit Tabletts voller Gläser hin und her, während andere an einem langen Buffet diese so rasch wie möglich nachfüllten.

Pears war in der Menge verschwunden; Bolitho nickte einigen Leutnants zu, die wie er nur stillschweigend geduldet waren.

Eine hohe Gestalt erschien aus dem Gedränge, und Bolitho erkannte Lamb, den Kommandanten der *Resolute*. Er war ein Mann mit ruhigem Blick und strengen Gesichtszügen, die sich aber völlig veränderten, wenn er lächelte.

»Sie sind Mr. Bolitho, nicht wahr?« Lamb streckte ihm die Hand entgegen. »Willkommen an Bord. Ich habe von Ihren Taten im März gehört und wollte Sie gern kennenlernen. Wir brauchen mutige Männer, die bereits erfahren haben, was Krieg bedeutet. Es ist eine harte Zeit, aber sie bietet jungen Leuten wie Ihnen große Chancen. Wenn der Augenblick kommt, packen Sie zu. Glauben Sie mir, Bolitho, eine Chance kommt selten zweimal.«

Bolitho dachte an den schnittigen Schoner, an die plumpe *Thrush*. Seine Chance war schon gekommen und hatte ihn gleich wieder übergangen.

»Ich werde Sie dem Admiral vorstellen.« Lamb bemerkte Bolithos Ausdruck und lachte. »Er wird Sie nicht auffressen!«

Gedränge, gerötete Gesichter, laute Stimmen. Es war schwer, sich vorzustellen, daß der Krieg nur ein paar Meilen entfernt tobte. Bolitho sah mächtige blaue Schultern und einen goldberänderten Kragen: schwerfällig, plump. Eine Enttäuschung.

Aber der Kommandant schob den schwergewichtigen Mann beiseite und enthüllte eine schlanke Gestalt, die dem Dicken allerdings nur knapp bis zur Schulter reichte.

Konteradmiral Graham Coutts sah eher wie ein Leutnant als wie ein Flaggoffizier aus. Sein dunkelbraunes Haar trug er im Nacken lose zusammengebunden. Er hatte ein junges Gesicht, faltenlos und ohne die Maske der Autorität, die man sonst so oft zu sehen bekam.

Der Admiral streckte die Hand aus. »Bolitho, nicht wahr?« Er nickte und lächelte gewinnend. »Ich bin stolz, Sie kennenzulernen.« Dann winkte er einem Steward nach Wein und fuhr leichthin fort: »Ich weiß alles über Sie und vermute, wenn *Sie* diesen Bootsangriff geführt hätten, wäre die Brigantine möglicherweise in unsere Hand gefallen!« Er lächelte. »Auf alle Fälle zeigt es, was man leisten kann, wenn der Wille da ist.«

Eine elegante Erscheinung in blauem Samtanzug löste sich aus einer lauten Gruppe bei der Heckgalerie, und der Admiral erklärte: »Sehen Sie diesen Herrn dort, Bolitho? Das ist Sir George Helpman aus London.« Seine Lippen schürzten sich ein wenig. »Ein ›Experte‹ für unsere Malaise hier, eine wichtige Persönlichkeit, auf die alle hören sollten.«

Plötzlich war er wieder Admiral. »Amüsieren Sie sich gut, Bolitho, lassen Sie sich reichen, was Ihnen zusagt. Das Essen ist heute ausgezeichnet!«

Er wandte sich ab, und Bolitho sah, wie er den Mann aus London begrüßte, den er nicht sonderlich zu mögen schien. Sein Hinweis hatte fast wie eine Warnung geklungen, obwohl Bolitho nicht ganz einsah, was ein Leutnant wie er damit zu tun haben sollte.

Er dachte über Coutts nach, der keineswegs dem Bild entsprach, das er sich von ihm gemacht hatte. Schon jetzt empfand er für den Admiral Bewunderung und Loyalität, wenn er sich das auch nach diesen wenigen Minuten des Kennenlernens selbst noch nicht eingestehen wollte.

Es wurde schon dunkel, als die Gäste aufbrachen. Einige waren so betrunken, daß man sie in ihre Boote tragen mußte, andere torkelten mit gläsernem Blick allein zum Fallreep, vorsichtig jeden Schritt erzwingend, um sich keine Blöße zu geben.

Bolitho wartete und beobachtete vom Achterdeck, wie die Gäste hinuntergeleitet, einige auch mit Taljen über die Relung gehievt und in die längsseits liegenden Boote gefiert wurden.

Er kam an einer Kabine vorbei, deren nicht ganz geschlossene Tür einen kurzen Blick ins Innere ermöglichte. Eine kichernde Frau hatte die nackten Arme um den Hals eines Offiziers geschlungen, der ihr das Kleid abstreifte. Ihr Mann oder Begleiter lag womöglich betrunken in einem der Boote, dachte Bolitho und lächelte. War er schockiert, war er neidisch? Er wußte es selber nicht.

Ein Bootsmaat rief eifrig: »Ihr Kommandant kommt, Sir!«

»Aye. Rufen Sie das Boot.« Bolitho überprüfte den Sitz seines

Degengurtes und rückte den Hut zurecht.

Pears erschien mit Kapitän Lamb. Sie schüttelten sich die Hände, dann folgte Pears Bolitho in ihr Boot.

Als es abgelegt hatte und in die starke Strömung hinaussteuerte, bemerkte Pears: »Widerlich, das Ganze!«

Drauf verfiel er in Schweigen und bewegte sich nicht, bis sie die erleuchteten Stückpforten der *Trojan* dicht vor sich hatten. Da erst sagte er abfällig: »Wenn das Diplomatie war, dann danke ich Gott, daß ich ein einfacher Seemann bin!«

Bolitho stand in dem schwankenden Boot neben Hogg, als Pears, der nach der Fallreepskette griff, ausrutschte. Bolitho glaubte ihn fluchen zu hören, war sich aber nicht ganz sicher. Dennoch fühlte er sich irgendwie ausgezeichnet durch Pears, der sich schon wieder vollkommen in der Gewalt hatte, wenn auch nur unter großer Anstrengung. Der Zwischenfall machte ihn menschlicher, als Bolitho ihn je erlebt hatte.

Pears scharfe Stimme kam von oben: »Stehen Sie nicht herum wie eine Salzsäule, Mr. Bolitho! Wenn Sie nichts zu tun haben, so müssen andere doch arbeiten!«

Bolitho blickte Hogg an und grinste. Das klang schon wieder mehr nach Pears.

Unter anderem gehörten die undankbaren Pflichten eines Wachoffiziers im Hafen zum Aufgabenbereich der Leutnants, wenn ihr Schiff in New York lag. Sie wurden dann für volle vierundzwanzig Stunden abgestellt und mußten unter anderem die zahlreichen Boote überwachen, die zwischen den Schiffen und den Anlegestellen verkehrten, damit keine feindlichen Agenten Gelegenheit zu Sabotage oder Spionage fanden. Ebenso mußten sie aufpassen, daß keine Deserteure in einer der vielen Hafenkneipen Unterschlupf suchten.

Seeleute, die an Land zu tun hatten, gerieten leicht in Versuchung, in einer Spelunke einzukehren; Betrunkene aber wurden festgenommen und auf ihre Schiffe zurücktransportiert, wo eine gute Tracht Schläge auf sie wartete.

Zwei Tage nach dem Besuch auf dem Flaggschiff hatte der Dritte Offizier der *Trojan*, Richard Bolitho, sich zur Verfügung des Hafenkommandanten zu halten. New York machte ihn nervös, diese Stadt, die nur darauf zu warten schien, daß etwas geschah, und zwar etwas Entscheidendes und Endgültiges. Hier herrschte ständig Bewegung. Flüchtlinge kamen aus dem Landesinneren, Menschen drängten sich vor den Regierungsgebäuden und suchten nach Angehörigen, andere wiederum brachen bereits auf, um das Land zu verlassen und nach England oder Kanada zu fliehen. Manche warteten auch darauf, vom Sieger reichen Lohn zu kassieren, gleichgültig, wer es auch sein würde. Nachts war New York ein gefährliches Pflaster, besonders in der übervölkerten Hafengegend mit ihren Kneipen, Bordells, Spielhöllen und billigen Absteigen. Alles war dort zu haben, wenn nur genügend Geld dafür geboten wurde.

Gefolgt von einem Trupp bewaffneter Seeleute, ging Bolitho langsam an einigen von der Sonne gebleichten Holzgebäuden entlang, wobei sie sich vorsichtigerweise dicht an den Wänden hielten, um nicht von oben – absichtlich oder unabsichtlich – mit Unrat beworfen zu werden.

Er hörte Stockdales keuchenden Atem und das gelegentliche Klirren von Waffen, als sie jetzt zur Hauptanlegebrücke kamen. Menschen waren kaum zu sehen, obwohl hinter den geschlossenen Fensterläden Musik und grölende oder fluchende Stimmen zu hören waren.

Ein Haus hob sich dunkel gegen das strömende Wasser ab, vor der Tür standen Marinesoldaten Posten, und ein Unteroffizier ging auf und ab.

»Halt, wer da?«

»Offizier der Wache!«

»Ihren Ausweis!«

Es war immer dasselbe, obwohl die Marineinfanteristen die meisten Flottenoffiziere vom Sehen kannten.

Der Unteroffizier stand stramm. »Zwei Leute von der *Vanquisher,* Sir. Betrunken und streitsüchtig.«

Bolitho ging durch ein paar Türen in eine größere Wachstube. Das Gebäude war einmal der Stadtsitz eines Teehändlers gewesen. Nun residierte die Marine darin.

»Sie scheinen sich jetzt ruhig zu verhalten, Sergeant.«

Der Unteroffizier grinste. »Aye, Sir, jetzt.« Er zeigte auf zwei schlaffe Körper in Eisen. »Wir mußten sie erst beruhigen.«

Bolitho setzte sich an einen zerkratzten Tisch und lauschte auf die Geräusche draußen – das Rattern von Rädern auf dem Kopfsteinpflaster, das gelegentliche Kreischen einer Hure. Er blickte auf die Uhr. Kurz nach Mitternacht. Noch vier Stunden! In solchen

Situationen sehnte er sich nach der *Trojan,* wenn er auch kurz vorher noch gewünscht hatte, frei von ihrer Routine zu sein.

Als die Flotte seinerzeit vor Staten Island angekommen war, hatte jemand diese Ansammlung von Schiffen als »schwimmendes London« beschrieben. Jetzt war dies schon zu selbstverständlich geworden, um noch erwähnt zu werden. Bolitho hatte zwei ihm flüchtig bekannte Offiziere von einer der Fregatten gesehen und ein paar Worte ihrer Unterhaltung aufgeschnappt, als sie in einem Spielsalon verschwanden.

... Auslaufen mit der Ebbe, nach Antigua mit Kurierpost. Was es doch bedeutete, frei zu sein, von diesem schwimmenden Durcheinander hier wegzukommen!

Der Unteroffizier erschien wieder und betrachtete ihn zweifelnd. »Ich habe einen Spitzel draußen, Sir.« Er deutete mit dem Daumen zur Tür. »Kenne ihn schon länger, ein Gauner, aber zuverlässig. Er behauptet, ein paar Leute seien von der Brigg *Diamond* dersertiert, kurz bevor sie vorgestern auslief.«

Bolitho stand auf und griff nach seinem Dolch. »Was hat die *Diamond* hier gemacht?«

Der Unteroffizier grinste breit. »Keine Sorge, Sir. Sie hatte keinen Freibrief, brachte nur Stückgut von London.«

Bolitho nickte. Eine englische Brigg, das verhieß erfahrene Seeleute, Deserteure oder nicht.

»Bringen Sie den – äh – Spitzel herein.«

Der Mann war typisch für sein Gewerbe: klein, schmierig, hinterhältig. Sie waren in allen Häfen der Welt gleich, diese Besitzer von Absteigequartieren, die an die Preßkommandos Informationen über Seeleute verkauften, die angeblich greifbar waren.

»Nun?«

Der Mann jammerte: »Es ist doch nur meine Pflicht, Sir, des Königs Marine zu helfen.«

Bolitho musterte ihn kalt. Der Schurke sprach noch immer den Dialekt der Londoner Slums. »Wie viele?«

»Sechs, Sir!« Seine Augen glitzerten. »Feine, kräftige Kerle allesamt.«

Der Unteroffizier bemerkte beiläufig: »Sie stecken in Lucys Haus.« Er zog eine Grimasse. »Vermutlich inzwischen mit Syphilisblattern bis über die Augen besät.«

»Lassen Sie meine Leute antreten, Sergeant.« Bolitho versuchte, nicht an die dadurch entstehende Verzögerung zu denken. Wahrscheinlich wurde es nichts mehr mit Schlaf.

Der Gauner ließ sich vernehmen: »Kommen wir ins Geschäft, Sir?«

»Nein. Du wartest hier. Kriegen wir die Leute, bekommst du dein Geld. Wenn nicht –«, er blinzelte den grinsenden Marineinfanteristen zu –, »gibt es eine Tracht Prügel.«

Er trat hinaus in die Nacht und verfluchte insgeheim sowohl den Seelenverkäufer wie überhaupt diese erbärmliche Methode, Seeleute zu pressen. Trotz der Härte des Bordlebens meldeten sich viele Freiwillige, jedoch niemals genug, um die Verluste durch Tod oder Verwundung auszugleichen.

Stockdale fragte: »Wohin, Sir?«

»Zu Lucys Haus, dem Bordell.«

Einer der Seeleute kicherte. »Ich kenne es, Sir, bin schon dort gewesen.«

»Dann führen Sie uns, vorwärts!«

Als sie in der engen, abschüssigen und übelriechenden Gasse angekommen waren, teilte Bolitho seinen Trupp in zwei Gruppen. Die meisten Leute der Stammbesatzung hatten schon an ähnlichen Aktionen teilgenommen, und selbst die gepreßten Leute machten mit, sobald sie sich einmal an ihr neues Leben gewöhnt hatten. *Wenn ich dienen muß, warum nicht auch du?* Dies schien ihre Maxime zu sein.

Stockdale war auf der Rückseite des Hauses verschwunden; das Messer hatte er im Gürtel stecken lassen und statt dessen einen Knüppel in der Hand.

Bolitho starrte auf die verschlossene Tür, hinter der er Stimmengewirr und trunkenen Gesang hörte. Er wartete noch ein wenig, dann zog er seinen Dolch und schlug mehrmals mit dem Knauf gegen die Tür, wobei er mit lauter Stimme rief: »Im Namen des Königs – öffnet!«

Drinnen hörte man Getrappel und unterdrückte Schreie, das Splittern von Glas und einen schweren Fall, als sei jemand, der zu fliehen versuchte, von Stockdales Knüppel getroffen worden.

Plötzlich sprang die Tür auf, aber an Stelle der erwarteten Menschenmenge sah sich Bolitho einer Riesin gegenüber, vermutlich der berüchtigten Lucy. Sie war so groß und breit wie ein Seebär und benutzte auch dieselben unflätigen Ausdrücke, als sie jetzt drohend die Faust erhob.

Lichter flammten ringsum auf, und aus den Fenstern beugten

sich Gestalten, die gierig auf die Szene herabstarrten und sehen wollten, wie Lucy die Marine in die Flucht schlug.

»Du pickeliger, grüner Lausejunge, wie kannst du behaupten, ich hätte hier Deserteure versteckt?« Sie stemmte die Arme in die Hüften und funkelte Bolitho wütend an.

Andere Frauen, einige halbnackt, hasteten die wackelige Treppe im Hintergrund herunter, um zu sehen, was sich abspielte. Ihre bemalten Gesichter glühten vor Aufregung.

»Ich tue meine Pflicht.« Bolitho widerte das höhnische und verächtliche Benehmen der Frau an.

Stockdale tauchte mit grimmiger Miene hinter ihr auf und keuchte: »Wir haben sie, Sir: Sechs, wie er gesagt hat.«

Bolitho nickte. Stockdale hatte also den hinteren Ausgang gefunden.

»Gut gemacht!« Mit plötzlichem Ärger fügte er hinzu: »Wenn wir schon hier sind, wollen wir uns doch gleich mal nach weiteren ›unschuldigen‹ Bürgern umsehen.«

Lucy packte ihn unvermutet an den Rockaufschlägen und schürzte die Lippen, um ihm ins Gesicht zu spucken. Aber im nächsten Augenblick sah Bolitho nur nackte, strampelnde Beine und gewaltige Oberschenkel, als Stockdale die schreiende und fluchende Person die Stufen zur Straße hinunter trug. Ohne Umschweife steckte er ihren Kopf in einen Pferdetrog und hielt ihn mehrere Sekunden unter Wasser.

Als er sie losließ und sie taumelnd nach Atem rang, sagte er: »Wenn du noch einmal so zu dem Leutnant sprichst, meine Schöne, bekommst du meinen Dolch zwischen die Rippen, verstanden?« Dann nickte er Bolitho zu: »Alles in Ordnung, Sir!«

Dieser schluckte. Noch nie hatte er Stockdale so wütend erlebt. »Danke!« Er sah, wie sich seine Leute grinsend anstießen, und kämpfte um sein altes Selbstvertrauen. »Fangt an mit dem Durchsuchen!« Hinter ihm wurden die sechs Deserteure vorbeigeführt, einer von ihnen hielt sich den Kopf.

Aus einem Nachbarhaus schrie jemand: »Laßt sie doch laufen, ihr Stinktiere!«

Bolitho trat ein und besah sich die umgestürzten Stühle, leeren Flaschen und verstreuten Kleidungsstücke. Es sah eher aus wie in einem Gefängnis als wie in einem Freudenhaus.

Jetzt wurden zwei weitere Männer die Treppe heruntergeschafft, einer entpuppte sich als Hummerfischer, der andere protestierte laut und behauptete, er sei überhaupt kein Seemann. Bolitho musterte die Tätowierungen auf seinen Armen und sagte ruhig: »Ich rate dir, den Mund zu halten. Wenn du von einem Schiff des Königs bist, wie ich vermute, wäre Schweigen für dich gesünder.« Der Mann wurde so blaß unter seiner Bräune, als hätte er bereits die für ihn bestimmte Schlinge des Henkers gesehen.

Ein Seemann polterte die Treppen herunter. »Das ist alles, Sir, außer diesem Knaben hier.«

Bolitho sah, wie der Junge durch die Reihe der starrenden Mädchen hindurchgeschoben wurde, und entschied sich gegen ihn. Vielleicht war er jemandes Sohn, der in dieser trüben Spelunke ein erstes aufregendes Erlebnis gesucht hatte.

»Gut. Rufen Sie die anderen!« Er betrachtete den schmalschultrigen Jungen, der mit niedergeschlagenen Augen im Schatten stand. »Das ist kein Ort für dich, Kerlchen. Verschwinde, bevor etwas Schlimmeres passiert. Wo wohnst du?«

Als keine Antwort kam, streckte Bolitho die Hand aus und hob des anderen Kinn an, so daß das Lampenlicht voll auf das verängstigte Gesicht fiel.

Bolitho stand einen Augenblick wie versteinert. Dann ging alles sehr schnell. Der Bursche duckte sich und rannte aus der Tür, bevor sich jemand bewegen konnte.

Ein Seemann schrie: *»Haltet den Mann!«*

Vor dem Haus hörte Bolitho die Soldaten rufen. Er lief hinaus. »Wartet!« Aber es war schon zu spät. Der Knall einer Muskete hallte wie Kanonendonner in der engen Gasse.

Er ging an seinen Leuten vorbei und beugte sich über die ausgestreckte Gestalt, während ein Korporal der Infanterie herbeieilte und den Körper auf den Rücken rollte.

»Er wollte Ihnen weglaufen, Sir!«

Bolitho kniete nieder, knöpfte die grobe Jacke und das Hemd auf und legte die Hand auf die schmale Brust. Das Herz schlug nicht mehr, überall war Blut. Die Haut, so zart wie vorher das Kinn, war noch warm, und die toten Augen starrten ihn anklagend aus der Dunkelheit an.

Er erhob sich, ihm war übel. »Es ist ein Mädchen.«

Dann wandte er sich um und rief: »Diese Frau, bringt sie her!«

Die »Lucy« genannte Person trat näher und rang die Hände, als sie die leblose Gestalt erblickte. Mit ihrer Arroganz war es vorbei. Bolitho konnte ihre Angst beinahe riechen.

»Wer war sie?« fragte er, erstaunt über den harten Ton seiner Stimme, die ihm selbst fremd klang. »Ich frage kein zweites Mal, Frau!«

Mehr Lärm erfüllte die Straße, und zwei Berittene galoppierten durch die Heerespatrouille. »Was, zum Teufel, geht hier vor?« bellte eine Stimme.

Bolitho berührte grüßend seinen Hut. »Offizier der Hafenwache, Sir!«

Der Fragende war ein Major, der dieselben Abzeichen trug wie der Unteroffizier, der das Mädchen erschossen hatte.

»Oh, verstehe. Also dann.« Er stieg ab und beugte sich über die Leiche. »Die Lampe, Korporal!« Die Hand unter dem Kopf des Mädchens, drehte er dessen Gesicht dem Licht zu.

Bolitho war außerstande, den Blick vom Gesicht der Toten abzuwenden.

Endlich stand der Major auf. »Schöne Bescherung, Leutnant!« Er rieb sich das Kinn. »Es ist wohl besser, wenn ich den Gouverneur wecke. Er wird nicht sehr erfreut sein.«

»Wer war sie, Sir?«

Der Major schüttelte den Kopf. »Was Sie nicht wissen, kann Ihnen nicht schaden.« Dann, in verändertem Ton zu dem zweiten Reiter: »Korporal Fisher! Reiten Sie zur Kommandantur und wecken Sie den Adjutanten. Er soll mit einem Zug Soldaten sofort herkommen.« Er beobachtete, wie der Korporal losjagte, und fügte hinzu: »Dieses verdammte Haus wird jetzt geschlossen und bewacht, und *Sie«*, sein weißbehandschuhter Zeigefinger schoß vor und deutete auf die zitternde Lucy, »sind festgenommen!«

Jammernd sank sie fast zu Boden. »Wieso ich, Sir? Was hab' ich denn verbrochen?«

Der Major trat zur Seite, als zwei Soldaten herbeiliefen und Lucys Arme packten. »Verrat, Madam, das haben Sie verbrochen!«

Etwas ruhiger wandte er sich Bolitho zu. »Ich schlage vor, daß Sie weitermachen, Sir. Ohne Zweifel werden Sie noch mehr über diesen Vorfall hören.« Überraschenderweise lächelte er kurz. »Wenn es ein Trost für Sie ist: Sie sind da auf etwas wirklich Wichtiges gestoßen. Zu viele gute Leute sind schon Verrat zum Opfer gefallen. Aber hier liegt jemand, der nie mehr Verrat üben wird.«

Bolitho ging schweigend zum Hafen zurück. Der Major hatte

das tote Mädchen erkannt, und nach der Feinheit ihrer Glieder, der Glätte ihrer Haut zu urteilten, stammte sie aus guter Familie.

Er versuchte sich vorzustellen, was in dem Haus vor sich gegangen war, bevor er und seine Leute dort eingedrungen waren; aber alles, woran er sich erinnern konnte, waren ihre Augen, mit denen sie ihn angeblickt hatte, als sie beide die Wahrheit begriffen.

VII Hoffnungen und Ängste

Bolitho ging ein paar Schritte auf und ab, wobei er versuchte, im Schatten des großen Besansegels zu bleiben. Es herrschte drükkende Hitze, und die leichte Brise, die über das Achterdeck der *Trojan* wehte, brachte keinerlei Kühlung.

Von der Back ertönten sechs Glasen, während ein Schiffsjunge das Halbstundenglas umdrehte. Noch eine Stunde bis Mittag ...

Bolitho zuckte zusammen, als die Sonne ihn voll traf und seine Schultern versengte. Aus der Halterung nahm er das Teleskop und richtete es nach vorn, wo das Flaggschiff *Resolute* gerade in der langen Dünung auftauchte. Wie rasch hatten sich doch die Dinge geändert, dachte er. Am Tag nach dem Tod des mysteriösen Mädchens hatten sie Befehl bekommen, mit dem ersten günstigen Wind auszulaufen. Über ihr Ziel war nicht das geringste erwähnt worden, und bis zuletzt hatten die Zyniker in der Messe behauptet, es handle sich wieder nur um eine Übung oder darum, zur moralischen Unterstützung des Heeres Flagge zu zeigen.

Das war vor vier Tagen gewesen, vor vier mühevollen Tagen des langsamen Dahinkriechens in südlicher Richtung. Kaum zeigten ein paar Kräusel rund um das Ruder an, daß sie überhaupt Fahrt machten; in der ganzen Zeit hatten sie nicht mehr als vierhundert Meilen zurückgelegt.

Bolitho schwenkte das Teleskop weiter herum und sah die Sonne auf den Bramsegeln der Fregatte *Vanquisher* leuchten, die sich luvwärts von ihnen zum sofortigen Eingreifen bereit hielt, wenn ihre schwerfälligen Begleiterinnen sie benötigen sollten. Er richtete sein Glas wieder nach vorn auf das Flaggschiff. Gelegentlich, wenn es gerade auf einem Dünungskamm ritt, sah er noch ein kleineres Segel weit voraus, das »Auge« des Admirals.

Beim Passieren von Sandy Hook hatten sie bemerkt, daß auch die Korvette *Spite* Segel setzte und ohne jedes Aufsehen ihren

Ankerplatz verließ. Sie segelte jetzt weit vor ihnen und würde durch Flaggensignale alles melden, was für den Admiral von Interesse sein konnte.

Es war ein prächtiges kleines Schiff, bestückt mit achtzehn Kanonen. Bolitho hatte es wiedererkannt: Es war dasselbe, das kurz vor Sparkes vergeblichem Versuch, die Brigantine zu bergen, auf die *Faithful* gefeuert hatte. Ihr Kommandant war erst vierundzwanzig Jahre alt, aber ebenso wie die anderen drei genau im Bilde darüber, was gespielt wurde.

Geheimhaltung hatte sich in ihre Welt eingeschlichen wie die ersten Zeichen einer Krankheit.

Das Deck zitterte, als sich steuerbords jetzt die Stückpforten des unteren Batteriedecks öffneten und kurz darauf dreißig Zweiunddreißigpfünder ausgefahren wurden, als ginge es ins Gefecht. Wenn sich Bolitho über die Reling beugte, konnte er sie sehen; aber schon bei dem Gedanken, das heiße, zundertrockene Holz zu berühren, war ihm, als habe er sich verbrannt. Was Dalyell – jetzt Kommandierender des unteren Batteriedecks – auszuhalten hatte, wagte er sich kaum vorzustellen.

Die Segel flappten müde, aber vom Wimpel an der Mastspitze las er ab, daß der Wind sich keineswegs drehte. Es wehte weiterhin gleichmäßig aus Nordwest, aber zu schwach, um die brütende, feuchte Hitze aus den Decks zu vertreiben.

Die Geschütze wurden mit lautem Gepolter wieder eingefahren, und er sah im Geiste Dalyell auf die Uhr blicken und feststellen, daß es zu lange gedauert hatte. Kapitän Pears hatte seine Forderung eindeutig formuliert: Gefechtsklar in zehn Minuten oder weniger, beim Feuern drei Salven in zwei Minuten. Die letzte Übung hatte fast doppelt so lange gedauert.

Er konnte sich die Geschützbedienungen vorstellen, wie sie sich schwitzend und mit entblößten Oberkörpern abmühten, die schweren Geschütze auszufahren. Jedes wog über drei Tonnen, und wenn das Schiff auf Backbordbug segelte, mußten sie dieses Gewicht das schrägliegende Deck aufwärts wuchten. Es war nicht das richtige Wetter für eine derartige Arbeit, aber – wie Cairns oft betonte – das war es nie.

Bolitho blickte durch die Netze zur unsichtbaren Küste hinüber, deren Verlauf er sich vor Antritt jeder Wache auf der Karte einprägte. Cape Hatteras mit seinen Untiefen lauerte etwa zwanzig Meilen querab, und dahinter lagen der Pamlico Sound und die

Flüsse North Carolinas.

Die See ringsum war leer. Nur ihre vier Schiffe, weit auseinander, um Wind und Sicht am günstigsten zu nutzen, bewegten sich langsam südwärts, einem unbekannten Ziel entgegen. Die vier Besatzungen zusammen, schätzte Bolitho, mußten rund tausendachthundert Mann zählen.

Kurz vorher hatte er Molesworth, den Zahlmeister und Proviantverwalter, mit seinem Gehilfen den Niedergang hinuntergehen sehen, Molesworth mit seinem großen Hauptbuch unter dem Arm, sein Gehilfe mit dem Werkzeugkasten, den sie zum Öffnen von Fässern und Kisten benötigten.

Es war Montag, und Bolitho konnte sich die gekritzelten Notizen in Molesworths Buch vorstellen: Pro Mann ein Pfund Schiffszwieback, ein halbes Pfund Hafermehl, zwei Unzen Butter, vier Unzen Käse und einen Liter Leichtbier. Danach war es dann Sache von Triphook, dem Koch und seinen Kochsmaaten, was sie aus dieser Tageszuteilung machten.

Kein Wunder, daß Zahlmeister immer sorgenvoll oder unehrlich waren. Wenn man die Tagesration eines Mannes mit der Zahl der Besatzung und dann mit der Zahl der Tage auf See multiplizierte, bekam man eine Vorstellung von ihren Problemen.

Fähnrich Couzens, der diskret mit seinem Glas an der Leereling stand, zischte: »Der Kommandant, Sir!«

Bolitho drehte sich rasch um; schon diese Bewegung ließ Schweiß zwischen seinen Schulterblättern herabrinnen, der sich über dem Gürtel sammelte wie heißer Regen.

Er legte die Hand an den Hut: »Südsüdwest, Sir, voll und bei!«

Pears musterte ihn unbewegt. »Der Wind scheint während der letzten Stunde gedreht zu haben, aber nicht genug, um etwas zu verändern.«

Weiter sagte er nichts, und Bolitho ging hinüber zur Leeseite, um seinem Kommandanten das Luvdeck zu überlassen.

Pears schlenderte langsam auf und ab, anscheinend in tiefe Gedanken versunken. Woran mochte er denken, überlegte Bolitho? An seine Segelorder, an Frau und Kinder in England?

Pears blieb stehen und wandte sich ihm zu. »Lassen Sie ein paar Leute nach vorn pfeifen, Mr. Bolitho. Die Luvfockbrasse ist so schlapp wie diese ganze Wache! Das muß erheblich besser werden!«

Bolitho nickte. »Aye, Sir, sofort!«

Er gab Couzens ein Zeichen, und einen Augenblick später holten einige Seeleute kräftig die Lose der Brasse durch; jeder von ihnen wußte, daß der Kommandant sie beobachtete.

Bolitho grübelte über Pears' Benehmen nach. Die Brasse war nicht loser gewesen als bei diesem schwachen und unregelmäßigen Wind zu erwarten. Wollte Pears sie nur in Bewegung halten? Er dachte plötzlich an Sparke und an sein: *Notieren Sie den Namen dieses Mannes!*

Die Erinnerung stimmte ihn traurig.

Er sah Quinn vom Batteriedeck heraufkommen und nickte grüßend, fügte jedoch ein rasches Kopfschütteln hinzu, um ihn vor Pears' Anwesenheit zu warnen.

Quinn hatte sich rascher erholt, als Bolitho zu hoffen gewagt hatte. Er sah schon wieder frischer aus und konnte aufrecht gehen, ohne das Gesicht vor Schmerzen zu verzerren.

Bolitho hatte die große Narbe auf Quinns Brust gesehen. Wenn sein Angreifer nicht noch im selben Augenblick gestört worden wäre, hätte die Klinge Muskel und Knochen durchbohrt und wäre ins Herz vorgedrungen.

»Mr. Quinn!«

Die Stimme schnellte nach dem jungen Fünften Offizier wie ein Lasso.

»Sir!« Er eilte über das Deck, in seinem Gesicht arbeitete es, als er überlegte, was er falsch gemacht habe.

Pears betrachtete ihn grimmig. »Freut mich, daß Sie wieder auf den Beinen sind.«

Quinn lächelte erfreut. »Danke, Sir.«

Pears nahm seinen täglichen Spaziergang wieder auf. »Sie werden mit Ihren Leuten heute nachmittag das Abschlagen eines Enterangriffs üben. Dann, wenn wir diesen Kurs beibehalten, gehen Sie mit den neuen Leuten in die Takelage zum Exerzieren.« Er nickte kurz. »Das wird Ihnen besser helfen als alle Pillen.«

Couzens rief aufgeregt: »Signal vom Flaggschiff, Sir!« Er blickte angestrengt durch das große Glas und runzelte die Stirn wie ein alter Mann, während er die bunten Flaggen an der Signalrah der *Resolute* entzifferte. »*Setzt mehr Segel,* Sir!«

Pears knurrte: »Alle Mann an Deck, Royals und Leesegel setzen!« Er ging nach achtern, wo jetzt der Master auftauchte, den Bolitho schroffen Tones sagen hörte: »Mehr Segel, das ist alles, was ihm einfällt, verdammt!«

Cairns eilte herbei, als die Pfeifen die Freiwache auf ihre Stationen riefen.

»Klar zum Royalssetzen! Enter auf!«

Cairns sah Bolitho und hob die Schultern. »Der Captain ist schlechter Laune, Dick. Wir setzen jeden Morgen den Kurs ab, aber ich weiß so wenig wie Sie, wo es hingeht.« Er vergewisserte sich, daß Pears nicht in Hörweite war. »Es war doch sonst immer seine Art, uns die Aufgaben zu erklären, seine Ansicht mit uns zu erörtern. Doch wie es scheint, hat unser Admiral eine andere Auffassung.«

Bolitho dachte an des Admirals jugendlichen Enthusiasmus. Vielleicht war Pears schon zu alt und stand den Dingen etwas fern?

Allerdings lag nichts Altes in seiner Stimme und in seinen Augen, als er jetzt schrie: »Mr. Cairns! Treiben Sie die Leute nach oben, lassen Sie sie auspeitschen, wenn es nicht anders geht. Ich will mich nicht noch einmal vom Flaggschiff ermahnen lassen!«

Es wurde Mittag, bis die Royals und die großen, Fledermausflügeln ähnlichen Leesegel gesetzt waren. Das Flaggschiff hatte ebenfalls alles Tuch gesetzt und wurde fast begraben unter der ungeheuren Segelpyramide.

Probyn löste Bolitho ohne seinen sonstigen Sarkasmus ab. Er bemerkte nur: »Ich sehe keinen Sinn in der ganzen Geschichte. Tag für Tag dasselbe, ohne ein Wort der Erklärung. Das wird allmählich unheimlich!«

Zwei weitere Tage sollten jedoch verstreichen, ehe jemand etwas über ihr Ziel erfuhr.

Konteradmiral Coutts' kleines Geschwader behielt zunächst den südlichen Kurs bei und drehte dann nach Südosten, um bei dem jetzt günstigeren Wind Cape Fear in genügendem Abstand zu umrunden, dieses Kap mit dem so treffenden Namen: Angst.

Bolitho war gerade abgelöst worden, als er völlig unerwartet zum Kommandanten befohlen wurde.

Es fand jedoch keine Konferenz statt, der Kommandant saß allein an seinem Schreibtisch. Sein Rock hing über der Stuhllehne, Halstuch und Hemd hatte er geöffnet.

Bolitho wartete. Kapitän Pears wirkte ruhig, es schien sich also nicht um die Erteilung einer Rüge zu handeln für etwas, das er getan oder nicht getan hatte.

Schließlich blickte Pears hoch. »Der Master und jetzt auch der

Erste Offizier kennen unseren Auftrag. Sie werden es seltsam finden, daß ich Ihnen jetzt Einzelheiten anvertraue, noch bevor die anderen Offiziere unterrichtet sind, aber unter den gegebenen Umständen halte ich es für angebracht.« Er nickte in Richtung eines Stuhles. »Nehmen Sie Platz.«

Bolitho setzte sich, plötzlich erregt durch Pears' Vorrede.

»In New York gab es vor unserem Auslaufen Aufregung und Unruhe. Sie spielten dabei keine geringe Rolle –«, Pears lächelte knapp –, »was mich natürlich nicht wundert.«

Bolitho spitzte die Ohren. Er hatte doch geahnt, daß die Affäre mit dem toten Mädchen noch einmal zur Sprache kommen würde, ja sogar, daß ihr Auslaufen irgendwie damit zusammenhing.

»Ich will nicht in Einzelheiten gehen, aber das Mädchen, das Sie in diesem Bordell aufgescheucht haben, war die Tochter eines hohen New Yorker Regierungsbeamten. Das Ganze hätte sich zu keinem ungünstigeren Zeitpunkt ereignen können. Sir George Helpman kam mit Aufträgen von Parlament und Admiralität aus London, um zu untersuchen, womit der Krieg vorangetrieben, aus der augenblicklichen Pattsituation herausgezwungen werden kann. Wenn erst die Franzosen in voller Stärke in den Kampf eingreifen, haben wir hier nicht mehr viel zu bestellen.«

»Ich dachte, wir tun alles, was in unserer Macht liegt, Sir?«

Pears sah ihn mitleidig an. »Wenn Sie etwas mehr Erfahrung hätten, Bolitho . . .« Er blickte ärgerlich zur Seite. »Helpman wird es schon selbst merken. Die korrupten Beamten, diese Laffen beim Militärgouverneur, die tanzen und trinken, während unsere Soldaten draußen die Köpfe hinhalten. Und jetzt dieser Skandal: Die Tochter eines wichtigen Regierungsbeamten arbeitet Hand in Hand mit den Rebellen. Stets fuhr sie in einer Kutsche von zu Hause weg, zog sich Männerkleider an und traf sich mit einem Agenten Washingtons. Alle geheimen Pläne, derer sie habhaft werden konnte, hat sie verraten.«

Bolitho stellte sich die Bestürzung vor, die hierdurch ausgelöst worden war. Mit der rotgesichtigen Hure, die ihm ins Gesicht hatte spucken wollen, verspürte er jetzt beinahe Mitleid. Wenn derartig viel auf dem Spiel stand und es um so wichtige Personen ging, mußte man bei ihrer Vernehmung skrupellos jedes Mittel angewendet haben.

Pears fuhr fort: »Durch ihren Verrat waren die Brüder Tracy ständig in der Lage, unsere Bewegungen zu verfolgen. Ohne die

Eroberung der *Faithful,* beziehungsweise Mr. Bunces gute Verbindungen zum Wettergott hätten wir niemals etwas davon erfahren. Es sind alles Glieder einer Kette. Noch etwas: Diese verdammte Hure hatte wohl ständig ein Ohr am Schlüsselloch. Jedenfalls haben die Kolonisten eine neue Festung errichtet, mit dem ausdrücklichen Auftrag, Waffen und Munition darin zu lagern und von dort aus ihre Truppen und Schiffe zu versorgen.«

Bolitho befeuchtete seine Lippen. »Und dorthin segeln wir jetzt, Sir?«

»Das ist die Absicht, ja. Nach Fort Exeter in South Carolina, etwa dreißig Meilen nördlich von Charlestown.«

Bolitho erinnerte sich an das, was sich vor etwa einem Jahr bei einem anderen Rebellenfort südlich von Charlestown abgespielt hatte. Ein großes Geschwader mit eingeschifften Truppen war damals hingesegelt, um das Fort zu erobern, da dieses den Wasserweg nach Charlestown, dem wichtigsten Hafen südlich von Philadelphia, blockierte. Doch statt eines Sieges hatte es eine schmähliche Niederlage gegeben. Einige Schiffe waren infolge der ungenauen Seekarten bei dem Versuch, die Truppen zu landen, auf Grund gelaufen. An anderen Stellen war das Wasser für die Soldaten zu tief, um wie beabsichtigt an Land zu waten. Und die ganze Zeit über waren die Schiffe dem mörderischen Bombardement der Kolonisten ausgesetzt, die geschützt hinter ihren dicken Festungsmauern hervor feuerten. Schließlich hatte Kommodore Parker, dessen Flaggschiff am stärksten beschädigt worden war, den Rückzug befohlen. Die *Trojan* – auf dem Wege dorthin, um Verstärkung zu bringen – traf auf das bereits geschlagen zurückkehrende Geschwader.

Der Marine, die bis dahin weder Fehlschläge noch Niederlagen gekannt hatte, mußte dies wie eine Katastrophe erscheinen.

Pears, der Bolithos Gesicht beobachtet hatte, sagte plötzlich: »Ich sehe, Sie haben es nicht vergessen. Ich hoffe nur, daß wir später ebenfalls Gelegenheit haben werden, uns an dieses neue Abenteuer zu erinnern.«

Bolitho merkte, daß die Unterhaltung beendet war, und erhob sich. Pears fügte noch hinzu: »Ich habe Ihnen das alles wegen der Rolle erzählt, die Sie dabei spielten. Ohne Ihr Eingreifen hätten wir dieses Mädchen wahrscheinlich niemals entlarvt. Sir George Helpman hätte nicht Himmel und Hölle in Bewegung setzen können.« Er lehnte sich lächelnd zurück. »Und ohne Sir George würde unser Admiral nicht zu beweisen versuchen, daß er schafft, was andere nicht schafften. Alles Glieder in einer Kette, Bolitho, wie ich vorhin schon sagte. Denken Sie daran!«

Bolitho trat ins Freie und prallte beinahe gegen Hauptmann d'Esterre. »Dick, du siehst aus, als hättest du einen Geist gesehen«, scherzte er.

Bolitho zwang sich zu einem Lächeln. »Ja, das habe ich auch: meinen eigenen.«

Als Cairns später die Aufgabe erhielt, den anderen Offizieren den Einsatzbefehl in vollem Umfang zu erläutern, wunderte sich wohl selbst der phantasieloseste unter ihnen über des Admirals Kühnheit.

Noch bevor sie von Land aus gesehen werden konnten, sollte die Korvette *Spite* sämtliche Marineinfanteristen der beiden großen Schiffe übernehmen und bei Dunkelheit, mit mehreren Booten im Schlepptau, in die Bucht segeln. Die beiden Zweidecker *Resolute* und *Trojan*, begleitet von der *Vanquisher*, würden ihre Fahrt entlang der Küste fortsetzen und das Fort ansteuern, das vor einem Jahr Kommodore Parkers Angriff abgeschlagen hatte.

Beobachtern an Land sowie den Offizieren des Forts und der Garnison von Charlestown würde dieser zweite Angriffsversuch plausibel erscheinen. Verletzter Stolz der Engländer und die Tatsache, daß dieses Fort weiterhin die Einfahrt nach Charlestown beherrschte und immer noch als Umschlagplatz für Waffen und Munition diente, waren hinreichende Gründe.

Fort Exeter dagegen war leichter zu verteidigen, besonders gegen Angriffe von See her, und seine Garnison würde sich völlig sicher fühlen, wenn das kleine Geschwader in Sichtweite ihrer Ausguckposten erst vorbeigesegelt war.

Während Bolitho Cairns' gleichmäßiger, leidenschaftsloser Stimme lauschte, glaubte er, Konteradmiral Coutts aus dessen Mund sprechen zu hören.

Die *Spite* würde die Soldaten, dazu bewaffnete Seeleute und das zum Erstürmen des Forts notwendige Gerät wie Leitern und dergleichen an Land setzen und noch vor Tagesanbruch wieder auslaufen. Der Angriff über Land wurde dem ältesten Offizier der Marineinfanterie überlassen, und das war Major Samuel Paget vom Flaggschiff.

D'Esterre hatte vertraulich über ihn geäußert: »Ein harter

Mann. Was er sich in den Kopf gesetzt hat, führt er aus, nichts kann ihn davon abbringen. Andere Meinungen läßt er nicht gelten.«

Bolitho glaubte das gern. Er hatte Paget einige Male gesehen, er wirkte sehr aufrecht und gerade, tadellos in dem roten Rock mit weißen Aufschlägen und ebensolcher Schärpe. Andererseits hatte er Schwierigkeiten, seine zunehmende Korpulenz zu verbergen. Das Gesicht, einst sehr gut geschnitten, zeigte jetzt, da er die Mitte der Dreißig erreicht hatte, die ersten Spuren starken Trinkens und ungehemmter Tafelfreuden.

Jetzt, da ihre Aufgabe allgemein bekannt war, ging die Besatzung mit dem üblichen Gemisch von Gefühlen ans Werk. Grimmige Resignation auf Seiten derer, die daran teilnahmen, fröhlicher Optimismus bei denjenigen, die an Bord bleiben würden.

Zum vorgesehenen Zeitpunkt begann das Übersetzen der Marineinfanteristen und der Matrosen auf die Korvette. Nach der sengenden Hitze des Julitages brachte der Abend wenig Erfrischung. Die beschwerliche und ermüdende Arbeit erregte die Gemüter, und es kam unter den Leuten oft zu Handgreiflichkeiten.

Bolitho musterte die letzte Gruppe der Seeleute und überzeugte sich, daß alle gut bewaffnet waren und in ihren Feldflaschen Wasser hatten, nicht etwa aufgesparten Rum, als Cairns zu ihm trat und fauchte: »Wieder eine Änderung!«

»Wieso?«

Bolitho wartete in der Annahme, daß der Angriff verschoben worden sei.

Cairns aber sagte bitter: »Ich soll an Bord bleiben!« Er wandte sich ab, um seinen Ärger zu verbergen. »Schon wieder.«

Bolitho wußte nicht, was er sagen sollte. Cairns hatte offenbar damit gerechnet, als ältester Offizier den Angriff führen zu dürfen. Da er schon um seine Chance gebracht worden war, als Prisenkapitän eingesetzt zu werden oder wenigstens an der Eroberung der *Faithful* teilzunehmen, mußte er dieses Landungsunternehmen als seine rechtmäßige Belohnung ansehen, trotz der damit verbundenen Gefahr.

»Wird uns jemand vom Flaggschiff befehligen, Sir?«

Cairns blickte ihn an. »Nein, Probyn soll die Führung übernehmen. Gott helfe Ihnen!«

Bolitho verbarg seine Gefühle. »Und auch der junge James

Quinn geht mit!«

Quinn hatte nichts gesagt, als man es ihm mitteilte, aber er hatte ausgesehen, als hätte ihn jemand geschlagen.

Cairns schien Bolithos Gedanken zu erraten. »Ja, Dick, so wird es vielleicht Ihnen zufallen, unsere Leute zurückzubringen.«

»Aber warum keiner vom Flaggschiff? Sicher haben sie einen, ja sogar mehrere Offiziere, die sie einsetzen könnten?«

Cairns betrachtete ihn seltsam. »Sie verstehen Admirale nicht, Dick. Niemals lassen sie ihre eigenen Leute gehen. Sie müssen immer eine wohlgeordnete Schar von Offizieren und Mannschaften um sich haben. Coutts ist da keine Ausnahme. Er will Perfektion, nicht einen zusammengewürfelten Haufen von alten Männern und Knaben, wie wir es bald sein werden.«

Er hätte noch mehr sagen können, beispielsweise daß Quinn mitgeschickt wurde, damit sich erwies, ob die Verwundung etwa seinen Mut und seine Entschlossenheit beeinträchtigt hatte; Probyn ging, weil man ihn nicht vermissen würde. Dann dachte Bolitho an seine eigene Position und mußte beinahe lächeln. Pears tat nur, was auch der Admiral getan hatte: die Besten behielt er für sich. Jeder nach Rang und Können Geringere wurde zuerst geopfert.

Cairns äußerte: »Gut, daß Sie dem allen noch Humor abgewinnen können. Ich selbst finde es unerträglich.«

Fähnrich Couzens, beladen mit Fernrohr, Dolch, Pistolen und einem großen Sack Lebensmittel, rief atemlos: »Die *Spite* signalisiert, Sir! *Letzte Gruppe einschiffen*!«

Bolitho nickte. »Gut, gehen Sie an Bord.«

Er sah einen weiteren Fähnrich in den Kutter hinabklettern, einen ernsten Sechzehnjährigen namens Huyghue, und sich neben den Bootssteurer setzen, der wohl doppelt so alt war wie er.

»Ich sehe, Sie sind fertig, Mr. Bolitho.«

Probyns unangenehme Stimme riß ihn herum. Der Zweite Offizier konnte erst soeben von der Änderung erfahren haben, aber er wirkte bemerkenswert ruhig. Natürlich war er rot im Gesicht, aber das war bei ihm normal, und als er sich nun über die Reling beugte und in die längsseits liegenden Boote blickte, machte er einen fast gleichgültigen Eindruck.

Cairns richtete sich auf, als er des Kommandanten schweren Schritt hinter sich hörte. »Viel Glück, ihr beiden!« Dann blickte er zu der wie betrunken schwankenden Korvette hinüber. »Ich wäre gern mitgefahren.«

Probyn sagte nichts, legte nur die Hand an den Hut und folgte den anderen in das überfüllte Boot.

Bolitho sah Stockdale in einem der Kutter und nickte ihm zu. Wenn er aus irgendeinem Grunde nicht teilgenommen hätte, wäre ihm das wie ein böses Omen erschienen. Ihn dort im Boot zu sehen – groß, breit und mit ruhigem Gesicht –, machte vieles wieder wett.

Probyn knurrte: »Legen Sie ab, ich habe keine Lust, hier in dieser verdammten Hitze noch länger zu schmoren!«

Als sie bei der Korvette eintrafen, schrie der Kommandant durch sein Sprachrohr: »Bewegt euch, verdammt noch mal! Dies ist ein Schiff des Königs und kein Hummerboot!«

Erst jetzt zeigte Probyn so etwas wie Erregung. »Hören Sie das? Unverschämter junger Flegel! Mein Gott, wie ein eigenes Kommando die Menschen doch verändert!«

Bolitho warf ihm einen raschen Blick zu. Mit diesen wenigen Worten hatte Probyn einen Teil seines Inneren enthüllt. Bolitho wußte, daß er vor Ausbruch des Krieges mit Halbsold an Land gesessen hatte. Ob es infolge seines starken Trinkens oder ob er durch sein Mißgeschick erst zum Trinker geworden war, ließ sich nicht feststellen. Auf jeden Fall hatte man Probyn bei der Beförderung übergangen, und somit mußte er sich nun von dem jugendlichen Kommandanten der *Spite* anschreien lassen.

Als sie auf dem Deck der Korvette standen, fragte sich Bolitho, wo die vielen Marineinfanteristen geblieben waren. Wie schon auf der *Faithful*, waren sie bereits Minuten nach ihrer Einschiffung unter Deck verschwunden. An der Heckreling sah er Major Paget mit d'Esterre und den zwei Leutnants der Marineinfanterie sprechen.

Der Kommandant der Korvette trat zu ihnen, nickte kurz und rief dann: »Mr. Walker, bringen Sie sie auf Kurs!« Zu Bolitho gewandt, fügte er hinzu: »Ich schlage vor, daß Sie unter Deck gehen. Meine Leute haben alle Hände voll zu tun, und es stört, wenn überall fremde Offiziere herumstehen.«

Bolitho tippte an seinen Hut. Im Gegensatz zu Probyn konnte er des jungen Mannes Schärfe verstehen. Er nahm sein Kommando und die ihm unvermutet übertragene Aufgabe sehr ernst. Dicht bei lagen zwei große Linienschiffe, und sein Admiral sowie mehrere ältere Seeoffiziere beobachteten kritisch alle seine Manöver.

Noch ein letztes Mal sprach er Bolitho an. »Sind Sie nicht der Offizier, der vor zwei Wochen in diesen Zwischenfall mit meinem Schiff verwickelt war?«

Seine Stimme hatte einen scharfen, spöttischen Ton, und Bolitho vermutete, daß mit ihm nicht gut Kirschen essen war. Vierundzwanzig Jahre alt ... Was hatte Probyn vorhin gesagt? *Wie ein eigenes Kommando doch die Menschen verändert.*

»Nun?«

»Aye, Sir. Ich war zweiter Mann bei dem Unternehmen. Unser Anführer fiel.«

»Aha.« Er nickte. »Mein Geschützführer hätte das kurz davor ebenfalls fast bewirkt.« Damit ließ er Bolitho stehen.

Dieser bahnte sich nach achtern einen Weg durch die Seeleute, die an Brassen und Fallen arbeiteten und niemanden außer ihren eigenen Offizieren sahen.

Die Boote wurden zum Heck gepullt und dort an den bereitgelegten Leinen festgemacht. Noch bevor Bolitho das Niedergangsluk erreicht hatte, holte die *Spite* unter dem Segeldruck über und nahm schäumend Fahrt auf.

Die Messe war überfüllt von Offizieren, und der Zahlmeister brachte mit dem Steward Flaschen und Gläser für die zusätzlichen Gäste herbei.

Als sie Probyn Wein anboten, schüttelte er den Kopf und sagte abrupt: »Für mich nicht, danke! Später vielleicht.«

Bolitho wandte sich ab, um den inneren Kampf des Mannes nicht mit ansehen zu müssen. Noch nie hatte er erlebt, daß Probyn einen Drink ablehnte, es mußte ihn jetzt gewaltige Anstrengung kosten. Aber es war sehr wichtig für ihn, Erfolg zu haben, und dafür gab er einiges auf, offensichtlich sogar das Trinken.

Während der Nacht und des folgenden Tages kreuzte die *Spite* außer Sichtweite der Küste und näherte sich nur langsam ihrem Ziel.

Fort Exeter lag auf einer sandigen, vier Meilen langen Insel, die etwa die Form einer Axt hatte. Bei Niedrigwasser war sie durch einen nicht sehr zuverlässigen Damm aus Sand und Kies mit dem Festland verbunden. Daneben lag die Einfahrt zu einer Art Lagune, ein vom Fort aus mühelos zu verteidigender Ankerplatz, den sorgsam postierte Geschütze bestreichen konnten.

Sobald die Landungstruppen abgesetzt waren, sollte die *Spite* sich zurückziehen und vor der Morgendämmerung wieder außer

Sicht sein. Wenn es zu stark abflaute, würde der Angriff verschoben werden, bis wieder genügend Wind aufkam. Auf keinen Fall sollte er aufgegeben werden, außer wenn der Feind mißtrauisch wurde und sich verteidigungsbereit machte.

Bolitho dachte an Major Samuel Paget, den Mann, der den Angriff führen sollte; es schien ihm nicht einmal sicher, daß er in diesem Fall das Unternehmen abbrach.

VIII Fort Exeter

Die Landung um ein Uhr nachts verlief ohne Zwischenfälle. Ein günstiger Wind ermöglichte es der Korvette, bis dicht unter Land zu segeln, wo sie ankerte. Dann wurde mit der Ausschiffung der Truppen begonnen, als sei es ein Übungsmanöver in Friedenszeiten.

Major Paget fuhr mit dem ersten Boot an Land, und als Bolitho schließlich auf den nassen Strand watete, bewunderte er seine geschickte Planung. Er hatte zwei Kanadier mitgebracht, wild aussehende, bärtige Männer in grober Trapperkleidung und nach Fellen riechend, von denen er behauptete, sie seien besser als jeder Spürhund.

Einer der beiden, ein traurig dreinblickender Schotte namens Macdonald, hatte früher einige Jahre in South Carolina gelebt, bis er nach der Niederlage der Loyalisten von seinem Grund und Boden vertrieben worden war. Er erinnerte Bolitho an den einfallsreichen Moffitt.

Paget grüßte Bolitho mit der ihm eigenen Abruptheit. »Alles ruhig. Ich will unsere Leute in Stellung bringen, bevor es hell wird. Wir geben hier Verpflegung und Wasser aus.« Dann musterte er den sternenklaren Himmel und knurrte: »Zu verdammt heiß für meinen Geschmack.«

Stockdale krächzte: »Mr. Couzens kommt mit der letzten Gruppe, Sir.«

»Gut.« Bolitho beobachtete Probyn, der aus einem dunklen Gebüsch stolperte und nach allen Richtungen wie ein Fuchs witterte. »Alles an Land, Sir!«

Hinter ihnen stapften die Seesoldaten vorbei, die Waffen sorgsam verhüllt, wie die stummen Gespenster einer längst vergessenen Schlacht.

Probyn ließ sich vernehmen: »Wenn man bedenkt – hier stehen wir jetzt, Meilen von unserem Schiff entfernt, und marschieren wer weiß in was hinein . . . Wofür?«

Bolitho lächelte. Er hatte dasselbe gedacht. Die Seesoldaten schienen an Land genauso zu Hause zu sein wie an Bord, aber er spürte die Vorsicht der Seeleute und ihre Neigung, dicht zusammenzubleiben, als würden sie bereits bedroht.

D'Esterre erschien von irgendwoher und zeigte grinsend die Zähne. »Geh zur Marine, und du siehst die Welt, Dick!« Damit lief er weiter, um seinen Leutnant zu suchen, den Säbel wie einen Spazierstock schwingend.

Bolitho blickte hinunter zum Strand, der in der Dunkelheit schwach heraufschimmerte. Die Boote waren schon weg, und er meinte, die Geräusche des Segelsetzens hören zu können. Dann wurde ihm bewußt: an dieser unbekannten Küste waren sie nur auf die Geschicklichkeit zweier kanadischer Späher angewiesen, die Paget sich von der Armee »entliehen« hatte.

Wenn sie nun schon belauert wurden? Wenn ihr Vormarsch in einen vorbereiteten Hinterhalt hineinführte? Doch die Nacht blieb bis auf das Säuseln des Windes in den Bäumen und den gelegentlichen Schrei eines aufgeschreckten Vogels still. Selbst der Wind klang hier anders, was nicht verwunderlich war, dachte Bolitho, als er die seltsamen Palmen betrachtete, die bis fast zum Wasser hinunter wuchsen und dem Land ein fremdartiges, tropisches Aussehen verliehen.

Leutnant Raye von den Marineinfanteristen der *Trojan* marschierte aus der Dunkelheit heran und meinte fröhlich: »Ah, hier sind Sie. Der Major läßt Ihnen sagen, Sie sollen mit der Nachhut folgen, Mr. Bolitho. Stellen Sie sicher, daß die Leute mit Ihren Leitern und sonstigem Gerät nicht aufeinanderprallen.« Er grüßte Probyn und sagte: »Sie möchten mit zur Hauptgruppe kommen, Sir.«

Probyn nickte und knurrte: »Verdammte Stoppelhopser, das sind wir jetzt, nichts anderes!«

Bolitho trat beiseite und ließ die Seeleute vorbeiziehen. Einige trugen Sturmgerät, andere Gewehre und Munition. Der Rest war beladen mit Proviant und Wasser.

Leutnant Quinn ging ganz hinten, flankiert in einigem Abstand von undeutlichen Gestalten, den Scharfschützen der Marineinfanterie, die ihren Marsch sicherten.

Bolitho fiel etwas zurück, bis er mit Quinn gleichauf war, und fragte: »Was macht die Wunde, James?«

»Ich spüre sie nicht sehr.« Quinns Stimme klang zittrig. »Aber ich wollte, wir wären an Bord und nicht hier.«

Bolitho fiel ein, daß er vor dem letzten Einsatz fast dasselbe gesagt hatte. D'Esterre und Thorndike, der Arzt, hatten damals unter einer Lampe Karten gespielt, alle anderen schliefen schon.

Quinn fuhr fort: »Ich habe Angst vor meinen Reaktionen, wenn es wieder zum Kampf Mann gegen Mann kommt.« Und dann fügte er beinahe flehend hinzu: »Ich fürchte, das kann ich nicht aushalten!«

»Nur die Ruhe, James, sieh keine Gespenster, bevor es wirklich soweit ist.«

Er wußte genau, wie Quinn zumute war. Dasselbe hatte auch er empfunden, damals nach seiner Verwundung. Für Quinn war es schlimmer, denn er war davor noch nie im Einsatz gewesen.

Quinn schien nicht zu hören.

»Ich denke viel an Sparke, wie er tobte und raste. Ich mochte ihn nie richtig, aber ich bewunderte seinen Mut, seinen ...« Er suchte nach Worten. »Seinen Stil.«

Bolitho griff zu, als ein Seemann mit seiner Ladung Gewehre über eine Wurzel stolperte und beinahe gestürzt wäre. »Stil«, ja das beschrieb Sparkes Art am besten.

Quinn seufzte. »Ich könnte niemals tun, was er getan hat. Nicht in tausend Jahren.«

Plötzlich ertönte ein dumpfes Geräusch; einer der Soldaten stieß gerade zum zweiten Mal mit dem Gewehrkolben in ein Gestrüpp.

»Schlange!« Er wischte sich das Gesicht ab. »Verdammtes Biest, das hat uns gerade noch gefehlt!«

Bolitho sah plötzlich Cornwall im Juli vor sich: Heckenrosen, saftige Wiesen und Felder, über die Hänge Schafe und Kühe verstreut. Er konnte das Land beinahe riechen, konnte das Summen der Bienen hören, das Hacken der Farmarbeiter auf den Feldern.

Fähnrich Couzens sagte keuchend: »Der Himmel wird heller, Sir!«

Bolitho erwiderte: »Dann müssen wir bald am Ziel sein.«

Aber was, wenn sie statt eines günstigen Verstecks, wie es Macdonald, der Kanadier, versprochen hatte, ein Lager des Feindes vorfanden?

Die Nachhut stieß bereits auf den Haupttrupp, wo Pagets

Unteroffiziere die Leute in kleinere Gruppen aufteilten. Man sah die weißen Kreuzgürtel und die karierten Hemden gehorsam in die jeweils zugewiesene Richtung verschwinden.

Im Mittelpunkt der flachen, bewaldeten Senke fanden sich die Offiziere zusammen und erwarteten ihre Weisungen.

Bolitho fühlte sich ungewöhnlich müde und konnte nur mit Mühe ein Gähnen unterdrücken. Sein Kopf war jedoch völlig klar, und er vermutete, daß das Gähnen ein Zeichen von Anspannung war. Er hatte das früher schon erlebt, zu oft schon.

Major Paget, noch immer sehr aufrecht und ohne das geringste Anzeichen von Ermüdung, sagte: »Bleiben Sie bei Ihren Leuten, lassen Sie die Rationen ausgeben, aber passen Sie auf, daß nichts vergeudet wird und daß kein Abfall zurückbleibt. Er blickte d'Esterre bedeutsam an. »Sie wissen, was Sie zu tun haben. Überprüfen Sie alles, verdoppeln Sie die Wachen und schärfen Sie ihnen ein, daß sie in Deckung bleiben.« Zu Probyn sagte er: »Sie übernehmen natürlich hier das Kommando. Aber ich brauche einen Offizier, der mich begleitet.«

Probyn seufzte. »Gehen Sie mit, Bolitho. Wenn ich Quinn schicke, wird der Major ihn zum Frühstück verspeisen!«

Bolitho meldete sich bei Paget, nachdem die anderen in der Dämmerung verschwunden waren. Er nahm statt Stockdale Couzens mit. In einem Kampf oder Sturm auf See war Stockdale unschlagbar, aber behutsames Schleichen durch unbekanntes Gelände war nicht seine Stärke.

Couzens sprudelte vor Aufregung. Bolitho hatte dergleichen noch nie erlebt. Den Jungen schien all das Schreckliche, das er sah und hörte, nicht im geringsten zu beeindrucken, er schüttelte es mit der Elastizität der Jugend ab.

Major Paget trank aus einer silbernen Feldflasche und reichte sie dann herum. Bolitho stockte der Atem, als der starke Brandy über seine Zunge floß. Couzens dagegen leckte sich die Lippen. »Danke, Sir, das schmeckte himmlisch!«

Paget blickte Bolitho an und rief aus: »›Himmlisch!‹ In Dreiteufelsnamen, was für eine Marine ist das?«

Sie drangen in südwestlicher Richtung vor, die Ordonnanz folgte ihnen in respektvoller Entfernung. Das Meer lag zu ihrer Linken, zwar außer Sichtweite, aber doch in tröstlicher Nähe.

Dicht vor ihnen spürte Bolitho einige von d'Esterres Kundschaftern, die geräuschlos wie Waldtiere durch das Gestrüpp zogen und ihren Kommandeur vor einem Überraschungsangriff schützten.

Schweigend gingen sie weiter, über sich den langsam heller werdenden Himmel und die verblassenden Sterne, während die Umgebung allmählich Formen annahm.

Plötzlich erhob sich lautlos eine dunkle Gestalt aus dem Schatten, und Paget sagte: »Aha, der kanadische *Gentleman*!«

Der Späher winkte lässig mit der Hand. »Dies ist nahe genug, Major, den Rest des Weges müssen Sie auf dem Bauch zurücklegen.«

Paget schnippte mit den Fingern, und die Ordonnanz zog etwas hervor, das aussah wie ein kurzes grünes Cape. Paget nahm Hut und Säbel ab und stülpte sich das Gebilde über den Kopf: bis zum Gürtel war seine Uniform nun vollkommen verborgen. Bolitho sah, daß der Späher und auch Couzens offenen Mundes hinstarrten, die Ordonnanz jedoch verzog keine Miene.

»Hab' das Ding letztes Jahr machen lassen«, erklärte Paget. »Keine Lust, mir von irgendeinem Hinterwäldler ein Loch in den Kopf schießen zu lassen.«

Bolitho grinste. »Gute Idee, Sir. Dergleichen habe ich auch schon bei Wilderern gesehen.«

Der Major ließ sich vorsichtig auf Hände und Knie nieder, und sie robbten eine gute halbe Stunde, bis sie einen geeigneten Aussichtspunkt entdeckt hatten. Jetzt war es schon bedeutend heller, und als Bolitho sich ein wenig aufrichtete, sah er die See; der Horizont wirkte wie ein dünner Goldfaden. Er robbte weiter, die scharfen Grasspitzen zerstachen ihm Gesicht und Hände, der Boden wimmelte von Insekten. Die Sonne stand noch unter dem Horizont, daher lag die Lagune in tiefer Dunkelheit, aber das Fort hob sich gegen die hellere See mit ihren leuchtenden Schaumkronen jetzt deutlich ab: ein schwarzer, formloser Schemen am Ende der flachen Insel. Bolitho sah zwei Laternen und etwas wie ein abgeschirmtes Feuer außerhalb der Mauern, sonst nichts.

Schwer atmend richtete Paget sein Fernrohr durch Gras und Gestrüpp auf das Fort. Er schien laut zu denken. »Muß vorsichtig sein bei diesem Winkel. Wenn die Sonne aufgeht, wird sie von dem verdammten Glas reflektiert.«

Couzens zischte Bolitho zu: »Können Sie die Kanonen sehen, Sir?«

Dieser schüttelte den Kopf und stellte sich vor, wie die Marineinfanteristen über den angeblich vorhandenen Damm in einen Kartätschenhagel hineinstürmten. »Noch nicht.« Er blickte angestrengt hinüber. »Das Fort ist nicht quadratisch oder rechteckig, es hat sechs oder gar sieben Seiten. Also vielleicht ein Geschütz pro Seite.«

Der Späher kroch näher. »Sie sollen ein Pontonfloß haben, Major.« Er hob den Arm, worauf sich ein saurer Geruch verbreitete. »Wenn sie Lieferungen von der Landseite her bekommen, packen sie Pferde und Wagen auf den Ponton und ziehen das Ding hinüber.«

Paget nickte. »Wie ich's mir dachte. So werden auch wir morgen früh um diese Zeit übersetzen, wenn die Burschen noch schlafen.«

Der Späher sog an seinen Zähnen. »Nachts wäre es besser.«

Paget erwiderte verächtlich: »Die Dunkelheit ist für alle gleich hinderlich, Mann! Nein, heute beobachten wir sie, morgen früh greifen wir an.«

»Wie Sie wollen, Major.«

Paget wälzte sich schwerfällig zur Seite und blickte Bolitho an. »Sie übernehmen die erste Wache. Schicken Sie den Jungen zu mir, wenn Sie was Besonderes sehen.« Damit verschwand er erstaunlich lautlos im Gestrüpp.

Couzens lächelte etwas gezwungen. »Sind wir allein, Sir?« Zum ersten Mal klang seine Stimme nervös.

Bolitho lächelte ebenso gezwungen. »Scheint so. Aber Sie haben gesehen, wo der letzte Posten steht. Wenn Sie mit einer Meldung zurück müssen, lassen Sie sich von ihm weiterleiten, damit Sie sich nicht verirren.«

Er nahm die Pistole aus dem Gürtel und untersuchte sie sorgfältig, dann zog er den Dolch aus der Scheide und steckte ihn in den Boden, damit die Klinge nicht reflektierte.

Langsam wurde es unerträglich heiß; Bolitho versuchte, nicht an kühles Trinkwasser zu denken.

Nach einer Weile sagte Couzens: »Endlich weiß ich, daß ich etwas tue, etwas *Nützliches.*«

Bolitho seufzte. »Hoffentlich haben Sie recht.«

Als sich nach einiger Zeit die Sonne über den Horizont schob und ihre ersten Strahlen das Fort und den geschützten Ankerplatz in helles Licht tauchten, hatte Bolitho eine ganze Menge über seinen Gefährten erfahren. Couzens war der fünfte Sohn eines Geistlichen aus Norfolk, hatte eine Schwester namens Beth, die den

Sohn des Gutsherren heiraten wollte, wenn sich auch nur die geringste Chance dazu bot, und seine Mutter konnte den besten Apfelkuchen der ganzen Grafschaft backen.

Sie verfielen beide in Schweigen, als sie das nun klar zu erkennende Fort und dessen Umgebung betrachteten. Bolitho hatte hinsichtlich der Form recht gehabt. Es war sechseckig, und der Raum zwischen den dicken Doppelwänden aus Palmenholz war mit Steinen und festgestampfter Erde gefüllt. Sowohl die innere wie auch die äußere Palisade trugen eine Brustwehr. Bolitho schätzte, daß auch die schwerste Kanonenkugel kaum diese Wände durchschlagen konnte.

Auf der Seeseite stand ein gedrungener, viereckiger Turm mit einem Flaggenmast, und ziehender Qualm deutete darauf hin, daß im Innenhof irgendwo eine Küche sein mußte.

Die Wände wiesen die üblichen Schießscharten auf, und als das Licht stärker wurde, sah Bolitho auch zwei Geschützpforten zum Festland hin und den Schatten einer Toreinfahrt dazwischen. Zwei kleine Boote wurden zum Strand gerudert, wo das Gerippe eines anderen Bootes lag, vermutlich das Überbleibsel eines alten Gefechtes.

Couzens flüsterte aufgeregt: »Dort, Sir, der Ponton!«

Bolitho senkte das Teleskop und betrachtete das Fort und den festgemachten Ponton. Es war eine grobe Konstruktion mit Schlepptauen und gerippter Verladerampe für Pferde und Wagen. Der Sand war auf beiden Seiten des Sunds aufgewühlt vom häufigen An- und Ablegen.

Er schwenkte das Glas vorsichtig weiter bis zur Lagune, die zwar klein war, aber genügend Ankerplatz für zwei Schiffe von der Größe einer Brigg oder eines Schoners bot.

Ein Trompetensignal ertönte von drüben, und einen Augenblick später stieg eine Flagge am Mast hoch und wehte lustlos in ihrer Richtung. Ein paar Köpfe bewegten sich über dem Brustwall, dann sah Bolitho eine einzelne Gestalt sich auf dem Pontonfloß erheben und lässig ein Gewehr schultern. Er hielt den Atem an. Das war neu. Er hatte keine Ahnung gehabt, daß auf dem Floß ein Posten stationiert war. Offensichtlich war die Nachtwache des Mannes jetzt vorüber. Für Pagets Plan mußte dieser Posten vorher erledigt werden.

Während der ersten Stunde beobachtete Bolitho das Fort systematisch, schon allein um sich von der glühenden Hitze und dem grellen Licht abzulenken. Es schienen nicht viele Leute in der Garnison zu sein, und die Hufspuren bei dem Ponton deuteten darauf hin, daß vor kurzem eine größere Anzahl Soldaten das Fort verlassen hatte. Vielleicht war dies schon eine Reaktion auf das vorbeisegelnde britische Geschwader.

Bolitho dachte an Konteradmiral Coutts' listigen Plan, der im Grunde so einfach war. Sicher wäre Coutts jetzt gern hier gewesen, um zu sehen, wie gut alles bisher gelaufen war.

Der Kanadier Macdonald lag plötzlich neben ihm, ohne auch nur das geringste Geräusch verursacht zu haben, und zeigte grinsend seine schmutziggelben Zähne.

»Zwecklos, nach dem Dolch zu greifen, Mister.« Sein Grinsen wurde breiter. »Hätte Ihnen mühelos die Kehle durchschneiden können.«

Bolitho schluckte. »Wahrscheinlich.« Er sah Quinn und Fähnrich Huyghue durch das Gestrüpp auf sie zurobben und sagte: »Wir sind abgelöst, scheint mir.«

Später, in Pagets provisorischem Kommandostand, berichtete Bolitho, was er gesehen hatte.

Paget knurrte: »Wir müssen dieses Floß haben.« Dann blickte er Probyn bedeutungsvoll an: »Ein Job für Seeleute, eh?«

Probyn zuckte die Schultern. »Klar, Sir.«

Bolitho lehnte an einer Palme und trank Wasser aus einer Feldflasche. Stockdale hockte sich neben ihn und fragte: »Wird es schwierig?«

»Das weiß man noch nicht.«

Er sah das Floß vor sich, sah, wie der Posten sich reckte, als er aus seinem Versteck kam. Höchstwahrscheinlich hatte er geschlafen. Ein so leicht zu verteidigendes Fort verführte natürlich zur Nachlässigkeit.

Stockdale betrachtete ihn besorgt. »Ich habe ein Lager für Sie hergerichtet, Sir.« Dabei deutete er auf einen vor der Sonne geschützten Platz, der mit Zweigen und Farnwedeln ausgelegt war. »Niemand kann ohne Schlaf kämpfen.«

Bolitho kroch in das Lager; die Erfrischung nach dem Trinken war schon wieder verflogen. Das wird mein längster Tag, dachte er grimmig.

Er drehte sich um, als er neben sich jemanden schnarchen hörte. Es war Couzens, der auf dem Rücken lag, das sommersprossige Gesicht ziemlich verbrannt von der Sonne.

Der Anblick solch offensichtlichen Vertrauens und solcher

Zuversicht beruhigte auch Bolitho. Couzens träumte wahrscheinlich vom Apfelkuchen seiner Mutter oder von dem verschlafenen Dorf in Norfolk, wo jemand die Idee in seinen Kopf gesetzt hatte, Seeoffizier zu werden.

Stockdale lehnte sich an einen Baum und sah zu, wie Bolitho einschlief. Er wachte immer noch, als einer von d'Esterres Seesoldaten durch das Gestrüpp gekrochen kam und zischte: »Wo ist der Leutnant?«

Bolitho erwachte zögernd und fand nur schwer in die Wirklichkeit zurück.

Der völlig erschöpfte Soldat meldete: »Der Major bittet Sie zu sich, dorthin, wo Sie heute morgen mit ihm waren, Sir.«

Bolitho erhob sich, jeder Muskel schmerzte. »Warum?«

»Mr. Quinn hat ein fremdes Segel gesichtet, Sir.«

Bolitho blickte Stockdale an und zog eine Grimasse. »Konnte sich auch keinen günstigeren Zeitpunkt aussuchen!«

Es dauerte diesmal länger, bis er den Ausgucksplatz erreicht hatte. Die Sonne stand hoch am Himmel, und die Luft war so feucht, daß das Atmen Mühe machte.

Paget lag in seinem grünen Cape hinter einem Teleskop, das sorgfältig mit Laub und Zweigen getarnt war. Neben ihm räkelte sich Probyn, und weiter hangabwärts, im dürftigen Schatten eines Gebüschs, lagen Quinn und sein Fähnrich wie die einzigen Überlebenden eines Wüstentrecks.

Paget rückte ein wenig zur Seite. »Sehen Sie selbst!«

Bolitho richtete das Glas auf das näher kommende Fahrzeug. Es war mittschiffs sehr breit und lag so tief im Wasser, daß es voll beladen sein mußte. Im Schneckentempo bewegte es sich vorwärts, die lohfarbenen Segel flappten träge in der schwachen Brise. Drei Masten und ein kleiner, gedrungener Rumpf – offensichtlich ein Küstenlogger, deren es zahlreiche an der gesamte Ostküste gab, gute Hochseeschiffe, aber auch brauchbar in flachen Küstengewässern.

Bolitho wischte sich den Schweiß aus den Augen und richtete das Glas auf den Turm des Forts. Dort beobachteten jetzt eine Menge Köpfe das Herannahen des Loggers. Das Tor stand weit offen, und ein paar Leute schlenderten zum Strand auf der anderen Seite der Insel hinunter.

Keine der Kanonen des Forts war ausgefahren oder auch nur besetzt.

Bolitho sagte: »Sie scheinen das Schiff erwartet zu haben.«

Paget grunzte zustimmend.

Probyn nörgelte: »Das macht unsere Aufgabe nahezu unmöglich. Der Feind steht dann auf zwei Seiten von uns.« Er fluchte greulich. »Typisch für unser Pech!«

»Ich beabsichtige, wie geplant anzugreifen!« Paget betrachtete den Logger. »Ich kann nicht noch einen vollen Tag vergeuden. Jeden Augenblick könnte eine Patrouille auf unsere Leute stoßen, oder die *Spitze* kommt vorzeitig zurück, um nach uns zu sehen.« Er schob seinen mächtigen Unterkiefer vor: »Nein, wir greifen an!« Damit krabbelte er ungeschickt über einige scharfe Steine und stieß hervor: »Ich gehe zurück. Passen Sie gut auf, und sagen Sie mir später Ihre Schlußfolgerungen.«

Probyn starrte ihm nach. »Der Kerl macht mich noch ganz krank!«

Bolitho lag auf dem Rücken und bedeckte das Gesicht mit den Armen. Er wurde von ganzen Mückenschwärmen zerstochen, beachtete es aber kaum, sondern dachte an den Logger und wie dessen unerwartete Ankunft in den Plan mit einbezogen werden könnte.

Probyn grollte weiter: »Er mag natürlich recht haben mit den Nachteilen einer weiteren Verzögerung; auch kann ich mir nicht vorstellen, daß er den Angriff ganz und gar abbläst.«

Bolitho merkte, daß Probyn ihn anschaute, und lächelte. »Und was meinen Sie?«

»Ich?« Probyn griff nach dem Teleskop. »Wer kümmert sich schon um meine Meinung?«

Es war Nachmittag, als der Logger sich endlich um die Spitze der Insel herumgequält und den Ankerplatz erreicht hatte. Nachdem er geankert und seine Segel notdürftig festgemacht hatte, sah man ein Boot zu ihm hinüberrudern.

Probyn fragte müde und gereizt: »Also, was tut sich?«

Bolitho richtete das Glas auf einen Mann, der in das jetzt längsseits liegende Boot ging. War es Eitelkeit oder eine zur Schau gestellte Selbstsicherheit? Aber die Uniform – leuchtend bunt gegen den trüben Hintergrund der Bordwand – sprach eine deutlichere Sprache als jede Botschaft. Ruhig sagte er: »Ein französischer Offizier geht von Bord.« Und seitwärts zu Probyn: »Nun wissen wir Bescheid.«

Fähnrich Couzens kroch auf Händen und Knien zu Bolitho auf dem Steilhang hin.

»Alles erledigt, Sir!« Er blickte hinunter zum Meer und den abweisenden Umrissen des Forts.

Bolitho nickte. Trotzdem gingen ihm noch ein Dutzend Fragen im Kopf herum. Waren die Waffen der Seeleute überprüft worden, um sicherzustellen, daß nicht irgendeine ängstliche Seele keine Munition im Lauf hatte? Hatte Couzens ihnen die lebenswichtige Bedeutung absoluter Lautlosigkeit eingehämmert? Aber jetzt war es zu spät. Er mußte den Männern vertrauen, die er geduckt hinter sich wußte, in der ihnen unbekannten Umgebung nervös die Waffen umklammernd.

Wenigstens schien der Mond nicht; dafür hatte sich jedoch der Wind völlig gelegt, lediglich das regelmäßige Klatschen der Brandung war zu hören. Es würde schwierig sein, die Leute unbemerkt hinunter an den Strand und hinüber zur Insel zu führen, da kaum ein Geräusch ihre Annäherung überdeckte.

Er dachte an d'Esterres kühle Einschätzung der Verteidigungsanlagen. Er hatte das Fort von drei verschiedenen Punkten aus eingehend durch das Glas studiert und herausgefunden, daß es zumindest acht schwere und mehrere kleinere Geschütze besaß. Die Garnison, obgleich offensichtlich nicht vollzählig, schien sich auf rund vierzig Mann zu belaufen. Allerdings war er der Ansicht, daß bereits ein Dutzend Leute zur Verteidigung ausreichten und mit Leichtigkeit einen Frontalangriff abschlagen konnten. Es war ein Wunder, daß nicht schon irgendein Jäger oder Waldläufer auf die verborgenen Soldaten gestoßen war, doch außer den paar Gestalten auf der Insel und den Männern, die das Boot ruderten, hatten sie keine Menschenseele gesehen. Der französische Offizier schien noch im Fort zu sein, obwohl ihnen der Zweck seines Besuchs weiterhin rätselhaft blieb.

Stockdale flüsterte: »Mr. Quinns Gruppe ist eingetroffen, Sir.«

»Gut.« Der arme Quinn sah jetzt schon aus wie der Tod, dabei hatte es noch gar nicht angefangen. »Er soll sich bereithalten.«

Bolitho richtete sein Glas auf den Logger, sah aber nichts als dessen dunkle Silhouette. Kein Ankerlicht verriet seine Anwesenheit, auch der vorher noch zu hörende Gesang Betrunker war verstummt.

Eine Hand berührte seine Schulter, und er hörte den Kanadier flüstern: »*Los!*«

Bolitho stand auf und folgte dem Mann den Steilhang hinab zum Wasser. Dabei trat er Sand und Steine los und fühlte, wie ihm der Schweiß über den Körper lief. Es war, als marschierten sie nackt gegen gespannte Gewehre, die sie jeden Augenblick niedermähen konnten.

Zu spät, zu spät.

Stetig folgte er dem Schatten des Kanadiers und wußte die gesamte Gruppe dicht hinter sich. Er konnte sich sogar ihre Gesichter vorstellen: Rowhurst, der Artilleriemaat, Kutbi, der großäugige Araber, Rabbett, der kleine Dieb aus Liverpool, der nur durch seine freiwillige Meldung zur Marine dem Strick entgangen war.

Die Geräusche der See kamen näher, hießen sie wie alte Freunde willkommen und gaben ihnen Zuversicht.

Sie duckten sich hinter einige trockene Büsche, die von oben viel größer gewirkt hatten, und starrten von dieser letzten Deckung aus hinüber zum Fort.

Der Kanadier beugte sich vor. »Dies sind die Führungstaue für das Floß«, flüsterte er.

Bolitho sah die großen Balken, an denen die Taue befestigt waren, und hoffte nur, daß der von ihnen errechnete Wasserstand stimmte, denn wenn die Ebbe schon stärker fortgeschritten war und das Floß auf Grund saß, hätte man eine ganze Armee gebraucht, um es anzuschieben. Er dachte auch an die beiden schweren Geschütze, die auf das Festland und den jetzt unsichtbaren Damm gerichtet waren. Er bezweifelte, daß die Garnison ihnen in dem Fall Zeit lassen würde, ihren Irrtum zu bedauern.

Ob Paget wohl von einem günstigen Beobachtungspunkt aus, kochend vor Ungeduld, ihren Vormarsch verfolgte?

Dann brachte er seine abschweifenden Gedanken unter Kontrolle. Dies war nicht der rechte Ort, um nervös zu werden.

Der Späher streifte sein Lederwams ab und sagte leise: »Dann gehe ich jetzt los.« Es hätte ebensogut eine Bemerkung über das Wetter sein können. »Wenn ihr nichts hört, könnt ihr nachkommen.«

Bolitho berührte die dick eingefettete Schulter des Mannes und zwang sich zu sagen: »Viel Glück.«

Der Späher verließ den Schutz der Büsche und ging ohne Eile

zum Strand hinab. Bolitho zählte seine Schritte, vier, fünf, sechs, dann hatte er das Wasser erreicht und war kurz darauf verschwunden.

Die Posten auf dem Fort gingen ihre Wache im Dreistundenrhythmus, vielleicht weil so viele Kameraden fehlten. Hoffentlich machte sie das besonders müde.

Die Minuten schlichen dahin, einige Male glaubte Bolitho, etwas zu hören, und erwartete Alarm.

Rowhurst murmelte: »Das sollte lange genug sein, Sir.« Er hatte sein Entermesser bereits gezogen.

Bolitho drehte sich im Dunkeln nach ihm um. War er so ungeduldig, oder dachte er, sein Leutnant habe den Mut verloren, und wollte ihn aufrütteln?

»Noch eine Minute«, sagte er, und dann, an Couzens gewandt: »Mr. Quinn soll sich bereithalten.«

Wieder mußte er seine abschweifenden Gedanken im Zaum halten. Hatte Quinn überprüft, ob die Leitern umwickelt waren? Er mußte einfach daran gedacht haben.

Er nickte Rowhurst zu. »Sie nehmen das linke Tau.« Dann zu Stockdale: »Und wir das rechte.«

Die Seeleute waren in zwei Gruppen aufgeteilt; er sah sie über den offenen Strand zu den schweren Balken schleichen, dann hangelten sie sich an den durchhängenden Tauen entlang, bis ihre Beine und kurz danach der ganze Körper von der starken Strömung erfaßt wurden.

Nach der Hitze des Tages fühlte sich das Wasser wie kühle Seide an. Bolitho zog sich an dem Seil weiter, es war so fettig wie des Spähers Schulter.

Jeder Mann war extra ausgesucht worden, trotzdem hörte er einige von ihnen grunzen und keuchen und fühlte auch seine Arme vor Anstrengung schmerzen.

Dann waren sie plötzlich angelangt und zogen sich schweigend, mit weit aufgerissenen Augen nach einem Angriff aus dem Dunkel ausspähend, auf den Ponton hinauf. Statt dessen trat der Späher aus dem Schatten und knurrte: »Alles erledigt. Er ist nicht einmal aufgewacht.«

Bolitho schluckte. Er brauchte keine weiteren Einzelheiten zu hören. Der unglückliche Posten mußte eingeschlafen sein, um erst aufzuwachen, als des Spähers doppelschneidiges Jagdmesser bereits seine Kehle durchschnitt.

So sagte er nur zu Rowhurst: »Sie wissen, was zu tun ist. Sammeln Sie drüben die anderen auf, und lassen Sie das Ding von der Strömung zurücktreiben.«

Dann stieg Bolitho vorsichtig von der Verladerampe an Land und stieß dabei gegen den Arm des Toten. Er versuchte, sich genau an alles zu erinnern, was er gesehen hatte: Das Fort lag etwa eine halbe Meile entfernt, nein, weniger. Die Posten würden zur Seeseite hin aufpassen, wenn überhaupt. Sie hatten allen Grund, sich sicher zu fühlen. Der Logger hatte eine Ewigkeit gebraucht, um die Spitze der Insel zu umrunden. Selbst wenn sie nur blindlings feuerten, konnten sie ein großes Kriegsschiff im Nu zum Wrack schießen. Niemand würde mit einem Angriff von Land aus rechnen, da nicht einmal Boote zum Übersetzen vorhanden waren.

Stockdale flüsterte heiser: »Das Floß ist freigekommen, Sir.«

Der Ponton glitt geräuschlos zum Festland, sein Umriß verschwamm mit dem Schatten der hohen Steilküste.

Bolitho schlich weiter in Richtung Fort, die Leute schwärmten nach beiden Seiten aus. Jetzt fühlte er sich wirklich allein und abgeschnitten von jeder Hilfe, wenn etwas schiefgehen sollte.

Nachdem sie sich eine Weile vorwärts getastet hatten, entdeckten sie einen flachen Abzugsgraben und krochen dankbar darin weiter.

Bei einem Halt stützte Bolitho sein Glas auf den sandigen Grabenrand und versuchte ein Lebenszeichen zu entdecken; aber das Fort wirkte so ausgestorben wie die ganze Insel. Das ursprüngliche Gebäude war von den ersten Siedlern zum Schutz gegen die Indianer errichtet worden und seit langem durch Feuer und Kämpfe zerstört. Diese verwegenen Abenteurer müßten lachen, wenn sie uns jetzt sehen könnten, dachte Bolitho.

Nach schier endloser Zeit flüsterte ein Seemann: »Mr. Couzens kommt, Sir.«

Geführt von dem kanadischen Späher, fiel Couzens außer Atem in den Graben, glücklich, seine Kameraden gefunden zu haben. Er flüsterte: »Mr. Quinn ist auch schon hier, Sir, dazu Hauptmann d'Esterre mit seiner ersten Abteilung.«

Bolitho atmete langsam aus. Was jetzt auch passieren mochte, er war nicht mehr allein und ohne Unterstützung. Das Floß war wieder auf dem Rückweg, und mit etwas Glück würden bald weitere Seesoldaten landen.

Zu Couzens sagte er leise: »Nehmen Sie zwei Mann und arbeiten Sie sich am Strand zu den beiden Booten vor. Bewacht sie für den Fall, daß wir uns plötzlich zurückziehen müssen.« Er fühlte des Jungen Konzentration. »Ab mit euch!«

Kurz darauf sah er, wie Couzens mit zwei bewaffneten Seeleuten über den Grabenrand kroch. Ein Grund zur Sorge weniger. Es war sinnlos, Couzens bei einem so riskanten Coup in Lebensgefahr zu bringen.

Er konnte sich leicht vorstellen, wie die Seesoldaten jetzt in zwei Gruppen zu den Toren schlichen, während eine dritte Abteilung auf der Festlandsseite der Insel zurückblieb, um den Angriff oder auch einen Rückzug zu decken.

Bolitho vermutete Probyn bei Major Paget, wenn auch nur, um sicherzustellen, daß seine Rolle nicht vergessen wurde, wenn alles vorüber war.

Eine weitere Gestalt rutschte in den Graben. Es war Quinns atemloser Fähnrich, der vor Anstrengung zitterte.

»Nun, Mr. Huyghue?« Bolitho dachte plötzlich an Sparke, der in der Hitze des Gefechts so kühl und distanziert geblieben war. Dies war leichter gesagt als getan. »Ist Ihre Gruppe bereit?«

Huyghue nickte eifrig. »Aye, Sir, mit Leitern und Haken.« Er leckte sich die Lippen. »Mr. Quinn sagt, es wird bald hell.«

Bolitho blickte zum Himmel. Quinn mußte recht nervös sein, wenn er dem Fähnrich gegenüber etwas so Offensichtliches erwähnte. »Dann sollten wir besser anfangen.« Damit stand er auf und lockerte sein Hemd. Wie oft noch würden sich solche Situationen wiederholen? Und wann war es wohl an ihm, zu fallen und nicht wieder aufzustehen?

Heiser sagte er: »Mir nach!« Der unnatürliche Klang seiner Stimme ärgerte ihn. »Mr. Huyghue, Sie bleiben hier und passen auf. Wenn wir zurückgeschlagen werden, verständigen Sie Mr. Couzens bei den Booten.«

Huyghue trat von einem Fuß auf den anderen, als stünde er auf heißen Kohlen. »Und dann, Sir?«

Bolitho sah ihn an. »Das werden Sie allein entscheiden müssen, denn ich fürchte, dann wird Ihnen niemand mehr Befehle erteilen können!«

Er hörte Rabbett kichern und wunderte sich, daß jemand über einen so schwachen, makabren Witz lachen konnte.

Während er auf die Ecke des Forts zuschritt, spürte er die leichte Brise wie eine Liebkosung im Gesicht. Noch zweihundert

Meter, und dabei ständig das Gefühl, als sei er weithin sichtbar, während er sich jetzt Quinns Versteck näherte.

Jemand richtete sich halb auf, Gewehr im Anschlag, ging aber sofort wieder in Deckung, als er Bolithos Gruppe erkannte.

Quinn wartete mit seinen Leuten bei den Leitern gereizt darauf, daß Bolitho die Lage durchs Glas studierte.

»Nichts«, sagte Bolitho. »Alles völlig ruhig. Sie verlassen sich wohl ganz auf einen Angriff von See her und auf den Posten, den wir unten erledigt haben.« Er sah Quinn zusammenzucken und fügte leise hinzu: »Nimm dich zusammen, James. Unsere Leute beurteilen ihre Chancen nur nach dem Eindruck, den wir machen.« Er zwang sich zu einem Grinsen, aber seine Lippen fühlte sich wie eingefroren an. »Dann wollen wir jetzt mal unseren Sold verdienen, wie?«

Rowhurst trat aus dem Schatten. »Fertig, Sir.« Er warf einen raschen Blick auf Quinn. »Keinerlei Bewegung auf der gesamten Brustwehr.«

Bolitho wandte sich um und hob den Arm. Er sah die geduckten Gestalten aus ihren Verstecken kommen und wußte, es gab kein Zurück mehr.

Die Leitern wurden rasch zu den dafür ausersehenen Stellen der Mauer geschleppt; daneben rannten die Seeleute, die mit ihren Entermessern und Beilen wie die Figuren eines alten normannischen Gobelins aussahen, den Bolitho einmal in Bodmin gesehen hatte.

Er ergriff Quinns Handgelenk und drückte es, bis dieser vor Schmerz zusammenzuckte.

»Wir wissen nicht, was wir vorfinden werden, James, aber die Tore *müssen* geöffnet werden. Hörst du?« Er sprach langsam und eindringlich, trotz seiner sich überstürzenden Gedanken. Es war wichtig, daß Quinn jetzt durchhielt.

Quinn nickte. »Ja, ich – ich werde es schon schaffen, Sir.«

Bolitho ließ ihn los und berichtigte: »Dick.«

Quinn starrte ihn verwirrt an. »Dick.«

Die erste Leiter wurde bereits aufgerichtet und hob sich klar gegen die verblassenden Sterne ab. Die zweite folgte, gestützt von den herbeieilenden Seeleuten.

Bolitho vergewisserte sich, daß sein Dolch mit der Schlaufe am Handgelenk festsaß, und lief leichtfüßig zur nächsten Leiter. Er wußte, daß Stockdale ihm folgte.

Rowhurst beobachtete Quinn und tippte ihm dann auf den Arm. »Kommen Sie, Sir!«

Keuchend rannte Quinn zur anderen Leiter und zog sich zu der schwarzen Mauerkrone hinauf.

Bolitho kletterte über die rohbehauenen Stämme und ließ sich hinter die Brustwehr fallen. Es war fast wie auf einem Schiff, dachte er geistesabwesend, bis auf die fürchterliche Stille.

Er tastete sich an einem Schwenkgeschütz vorbei und weiter dorthin, wo er die Tore vermutete. Seine Lungen schmerzten vor Anstrengung, als er den Buckel im Wall sah, der genau über dem Eingang sein mußte. Er roch Holzfeuer, Pferde und Menschen, den Gestank einer zusammengepferchten Garnison, der in aller Welt gleich war.

Er fuhr herum, als Rabbett vorwärtsglitt und mit seinem Beil auf etwas einschlug, das Bolitho für einen Stapel Säcke gehalten hatte. Aber es war ein weiterer Posten oder vielleicht jemand, der auf dem Wall frische Luft schöpfen wollte. Es war ein so schneller und fürchterlicher Hieb, daß der Mann auf der Stelle tot gewesen sein mußte.

Der Schock half Bolitho, sich ganz auf ihr Vorhaben zu konzentrieren. Er fand das obere Ende einer Leiter und wußte, daß die Tore jetzt dicht vor ihnen sein mußten.

Stockdale hockte plötzlich neben ihm. »Ich mache das, Sir.«

Bolitho versuchte, ihm ins Gesicht zu sehen, aber es lag im tiefen Schatten.

»Wir machen es zusammen.«

Während die Männer sich hinter der Brustwehr duckten, stiegen Bolitho und Stockdale vorsichtig die ungleichen Holzsprossen hinunter.

Am gegenüberliegenden Ende der Palisade arbeiteten sich Quinn und seine Abteilung zum Wachturm vor, um Bolitho von drüben Schutz zu geben, wenn die Wache auftauchen sollte.

All das hatte in Konteradmiral Coutts' Kopf begonnen, viele Meilen von diesem unheimlichen Ort entfernt. Und jetzt waren sie hier, obwohl Bolitho damit gerechnet hatte, daß sie entdeckt und zurückgeschlagen wurden, bevor sie das Fort erreichen konnten. Aber es war so lächerlich einfach gewesen, daß ihm unbehaglich wurde.

Bolitho fühlte den Boden des Festungshofes unter seinen Füßen. Die niedrigen Gebäude, die den inneren Wall säumten, konnte er nur erahnen, jedoch erkannte er gegen den heller werdenden Himmel deutlich den Turm und sogar den Flaggenmast.

Stockdale berührte seinen Arm und deutete auf eine kleine, alleinstehende Hütte in der Nähe des Tores, aus der ein schwacher Lichtschimmer drang: anscheinend die Wachstube.

»Komm!« flüsterte Bolitho.

Es waren nur sieben Schritte bis zur Mitte des Tores, aber er zählte jeden so genau, als hinge sein Leben davon ab. Ein langer dicker Balken in eisernen Halterungen sicherte die Torflügel, das war alles. Stockdale legte sein Messer hin und schob eine Schulter darunter, während Bolitho die Hütte im Auge behielt.

Gerade lüftete Stockdale mit seiner ganzen Kraft den Balken an, als ein Schreckensruf ertönte, der zu einem langgezogenen, entsetzten Schrei wurde und dann plötzlich verstummte, als ob eine massive Tür zugeschlagen würde.

Einen Augenblick lang hörte man keinen Laut, dann hallten erregte Stimmen und Getrappel im Hof wider. Bolitho schrie: »Mach auf, schnell!«

Schüsse, aufs Geratewohl abgefeuert, krachten in die Pfähle oder pfiffen harmlos über das Wasser. Er konnte sich die Verwirrung und das Durcheinander bei der Besatzung vorstellen; viele schienen anzunehmen, der Angriff käme von See her, von außerhalb der Mauern.

Licht fiel aus der plötzlich aufgestoßenen Tür der Wachstube, und Bolitho sah nackte Gestalten auf sich zulaufen, von denen eine ein Gewehr abfeuerte und dann von den nachfolgenden über den Haufen gerannt wurde. Die blasse Haut dieser Männer hob sich von dem dunklen Hintergrund deutlich ab. Nun hörte er jemanden schreien: »Laden und feuern, so schnell ihr könnt, Jungs!«

Stahl krachte auf Stahl, Rufe wandelten sich zu schrillen Schmerzenschreien, und noch hatte niemand von Bolithos Gruppe einen Schuß abgegeben.

Ein Mann stieß mit aufgepflanztem Seitengewehr nach ihm, aber Bolitho wich aus, so daß der Angreifer durch seinen eigenen Schwung vornüber fiel, vor Entsetzen keuchend, bis Stockdales Dolch ihm den Garaus machte.

Bolitho schrie: »*Trojaner*, hierher!«

Mehr Schreie, dann Jubelrufe, als der erste Torflügel sich bewegte und Stockdale den gewaltigen Balken wie die Lanze eines Riesen mitten zwischen die verwirrten Gestalten bei der Tür schleuderte.

Weitere Männer erschienen von der anderen Hofseite. Eine Andeutung von Ordnung kam in ihre Reihen, Kommandos erschallten, und eine Gewehrsalve holte zwei Seeleute von der Brüstung herunter.

Stockdale packte sein Entermesser und hieb es mit aller Wucht einem Angreifer quer über die Brust, warf sich dann blitzschnell herum und schlitzte einem anderen den Bauch auf, der versucht hatte, Bolitho zu unterlaufen.

Kutbi, der Araber, raste herum wie ein Amokläufer und wirbelte schreiend sein Enterbeil über den Kopf, völlig dem Drang zu töten verfallen.

Einer der Seeleute fiel, Blut hustend, zu Bolithos Füßen nieder, und er hörte Quinns Leute mit der Wachmannschaft des Turmes die Klingen kreuzen, näher und lauter, je mehr sie zu den Toren zurückwichen. Er glaubte, sein Arm würde brechen, als er auf einen Uniformierten einhackte oder dessen Hiebe parieren mußte. Der Mann hatte sich direkt neben ihm von Boden erhoben. Bolitho spürte des Gegners Stärke und Entschlossenheit, als dieser ihn jetzt Schritt für Schritt zurückdrängte.

Völlig klar und ohne Furcht oder Emotion fühlte er: dies war das Ende, der Augenblick war gekommen.

Sein Arm wurde schwerer und schwerer, der Mann besaß mehr Kraft als er, das bekam er erneut zu spüren, als sich jetzt sein Degengriff an dem des Gegners festhakte. Er hörte Stockdale brüllen, der verzweifelt versuchte, sich zu ihm durchzuschlagen.

Bolithos Instinkt sagte ihm, daß es diesmal keine Hilfe gab. Der Mann riß ihn herum, die verhakten Griffe als Hebel benutzend, als Bolitho eine Pistole aus seinem Gürtel ragen sah. Mit einer letzten, übermenschlichen Anstrengung warf er sich vor, ließ den Degen los und riß die Pistole heraus, sie gleichzeitig abdrückend.

Die Detonation schleuderte ihm die Waffe aus der Hand, aber er sah den Gegner lautlos zusammensinken. Der Schmerz, mit dem die schwere Kugel wie geschmolzenes Blei durch seine Eingeweide fuhr, war wohl selbst zum Schreien zu groß.

Bolitho hob seinen Dolch, um dem Todeskampf des Gegners ein Ende zu bereiten, aber er senkte die Waffe wieder. Es wäre sicher menschlicher gewesen, ihn von seinen Schmerzen zu befreien, aber er brachte es bei einem Wehrlosen nicht fertig.

Im nächsten Augenblick wurde der zweite Torflügel aufgerissen, und durch die Pulverdampfschwaden sah Bolitho die weißen Gürtel und schwach glitzernden Bajonette der eindringenden Marineinfanteristen.

Bis auf ein paar Widerstandsnester war alles vorbei. Eine kleine Gruppe kämpfte noch auf den Palisaden, eine andere versuchte, sich in einem Keller zu verschanzen; sie wurden alle niedergemäht, auch als sie sich ergeben wollten. Die wenigen, die aus den Toren entkommen waren und zum Strand liefen, fielen Pagets zweiter Schützenreihe zum Opfer.

Probyn hinkte durch das Chaos von Toten, Sterbenden und Gefangenen, die flehend die Hände hoben, erkannte Bolitho und grunzte: »Das war knapp.«

Dieser nickte, an einen Pfosten gelehnt und Luft in seine schmerzenden Lungen pumpend. Er bemerkte Probyns Hinken und keuchte: »Sind Sie verwundet?«

Probyn erwiderte wütend: »Diese verdammten Idioten mit ihrer Leiter haben mir fast das Bein gebrochen!«

Es klang inmitten von Schmerz und Tod so absurd, daß Bolitho an sich halten mußte, um nicht laut zu lachen; denn er wußte, daß er das Gelächter sonst nicht mehr unter Kontrolle bringen konnte.

D'Esterre trat unter dem Stalldach hervor. »Das Fort ist genommen. Alles vorüber.« Er ließ sich von einem Soldaten seinen Hut reichen, wischte ihn sorgfältig ab und fügte hinzu: »Die Teufel hatten ein Geschütz schon geladen und auf die Mauerkrone gerichtet. Wenn sie uns früher bemerkt hätten, wären wir niedergemäht worden, ob beim Angriff oder auf der Flucht!«

Rowhurst wartete, bis Bolitho ihn anblickte, und sagte dann schwer atmend: »Wir haben drei Mann verloren, Sir.« Er wies mit dem Daumen hinter sich auf den Wachturm. »Und zwei sind schwer verwundet.«

Bolitho fragte: »Wo ist Mr. Quinn?«

Rowhurst erwiderte schroff: »Ihm geht's gut, Sir.«

Was bedeutete das? Bolitho sah Paget und weitere Marineinfanteristen durch die offenen Tore kommen und beschloß, nicht nachzuhaken. Noch nicht.

Paget blickte auf die herumhastenden Soldaten und Seeleute und schnauzte: »Wo ist der Kommandant des Forts?«

D'Esterre antwortete: »Er war nicht hier, aber wir haben seinen Stellvertreter.«

»Das genügt«, knurrte Paget. »Führen Sie mich zu seinem

Quartier.« Er sah Probyn an. »Ihre Leute sollen ein paar Geschütze auf den Logger richten. Wenn er auslaufen will, raten Sie ihm davon ab, klar?«

Probyn tippte an seinen Hut und knurrte säuerlich: »Das würde ihm schlecht bekommen!«

Rowhurst blickte bereits mit fachmännischem Blick zu den Geschützen auf. »Ich werde das übernehmen, Sir.« Er lief davon und rief einige Namen, froh über eine Arbeit, von der er etwas verstand.

Der Mann, dessen Pistole Bolitho vor wenigen Minuten gegen ihn selbst gerichtet hatte, stieß einen heiseren Schrei aus und starb. Bolitho blickte ihn an und versuchte, sich über seine Gefühle gegenüber einem Menschen, der ihn hatte umbringen wollen, klarzuwerden.

Plötzlich erschien ein Marineinfanterist, lief über den Hof auf sie zu und konnte sich kaum das Grinsen verkneifen, als er meldete: »Verzeihung, Sir, aber einer Ihrer jungen Herren hat einen Gefangenen gemacht!«

Im nächsten Augenblick kam Couzens mit zwei Seeleuten durch das Tor, anscheinend geführt von dem französischen Offizier, der seinen Rock über dem Arm und seinen Dreispitz keß nach hinten geschoben trug, als sei er auf einem Spaziergang.

Couzens erklärte: »Er rannte zu den Booten, Sir, uns genau in die Arme!« Dabei glühte er vor Stolz über seinen Fang.

Der Franzose blickte von Bolitho zu Probyn und sagte gelassen: »Ich bin nicht gerannt, meine Herren, das versichere ich Ihnen. Ich habe nur die Umstände genutzt.« Er verbeugte sich leicht. »Leutnant Yves Contenay, stehe zu Ihren Diensten.«

Probyn starrte ihn wütend an. »Sie stehen unter Arrest, verdammt!«

Der Franzose lächelte liebenswürdig: »Wohl kaum. Ich befehlige dieses Schiff dort und lief hier ein, um zu ...« Er hob die Schultern. »Der Grund ist unwichtig.«

Er blickte auf, als einige Seeleute mit Handspaken daran arbeiteten, eins der Geschütze auf den Ankerplatz zu richten. Zum ersten Mal zeigte er Unruhe, ja Furcht.

Probyn sagte: »Soso, unwichtig. Sagen Sie Ihren Leuten, daß sie nicht etwa den Versuch machen, auszulaufen oder das Schiff zu beschädigen. Denn sonst lasse ich ohne Pardon auf sie feuern.«

»Das glaube ich gern.« Contenay wandte sich an Bolitho und

hob die Hände. »Aber auch ich habe meine Befehle, das wissen Sie.«

Bolitho beobachtete ihn, die Nerven zum Zerreißen gespannt. »Ihr Logger hat Schießpulver geladen, nicht wahr?«

Der Franzose runzelte die Stirn. »Logger?« Dann nickte er. »Ah, ja, *Lougre,* verstehe.« Wieder hob er die Schultern. »Ja. Wenn Sie auch nur einen Schuß hineinfeuern, *pouf*!«

Probyn befahl: »Bleibt hier bei ihm, ich melde es dem Major.«

Bolitho sah Couzens an. »Gut gemacht!

Auch der Franzose musterte ihn lächelnd. »Ja, in der Tat.«

Bolitho sah jetzt, daß die Leichen von den Toren und der Wachstube fortgeräumt wurden. Zwei Gefangene in blau-weißen Uniformen hatten bereits Eimer voll Wasser geholt und schrubbten mit Besen das Blut weg.

Zu dem Franzosen sagte Bolitho leise: »Man wird Sie wegen Ihrer Ladung befragen, *M'sieur*. Aber das wissen Sie selbst.«

»Ja. Ich bin in offiziellem Auftrag hier. Es gibt kein Gesetz, das mich aufhalten könnte. Mein Land respektiert die Revolution, nicht die von Ihnen ausgeübte Unterdrückung.«

Bolitho entgegnete trocken: »Und Frankreich handelt dabei natürlich völlig selbstlos?«

Sie grinsten sich beide an wie Verschwörer, während Couzens verwirrt zusah, ein wenig seines Ruhmes beraubt.

Zwei Leutnants, dachte Bolitho, von Krieg und Rebellion wie von einer Flutwelle fortgerissen. Es würde ihm schwerfallen, diesen französischen Offizier nicht zu mögen. Er sagte:

»Ich rate Ihnen, nichts zu tun, was Major Paget reizen könnte.«

»Gewiß.« Contenay tippte sich mit dem Finger an die Nase. »Auch Sie haben also *solche* Offiziere.«

Als Probyn mit einer Eskorte zurückkam, fragte Bolitho: »Wo haben Sie Ihr gutes Englisch gelernt, *M'sieur*?«

»Ich habe lange Zeit in England gelebt.« Sein Lächeln wurde breiter. »So etwas kann sich eines Tages als nützlich erweisen, oder?«

Probyn schnauzte: »Bringt ihn zu Major Paget.« Er sah zu, wie der Franzose abgeführt wurde, und fügte ärgerlich hinzu: »Sie hätten ihn erschießen sollen, Mr. Couzens, verdammt! Jetzt wird er zweifellos gegen einen unserer Offiziere ausgetauscht. Verdammte Freibeuter, ich würde die ganze Bande aufhängen, ihre und unsre!«

Stockdale rief plötzlich: »Die Flagge, Sir!«

Bolitho blickte zur Rebellenflagge auf, die Paget vernünftigerweise hatte hissen lassen. Es wäre unklug gewesen, vorzeitig Verdacht zu erregen, sei es nun an Land oder auf See.

Trotzdem begriff Bolitho, was Stockdale meinte. Anstatt schlapp in Richtung Land zu hängen, zeigte die Flagge jetzt seewärts zum heller werdenden Horizont. Der Wind hatte über Nacht um hundertachtzig Grad gedreht, und in der Erregung hatte dies bisher niemand bemerkt.

Leise sagte er: »Die *Spite* wird nicht einlaufen können.«

Probyn fuhr sich nervös mit der Hand über die Bartstoppeln und meinte: »Er wird auch wieder zurückdrehen, ganz bestimmt!«

Bolitho wandte sich dem Hang zu, auf dem er und Couzens gestern in der Morgensonne geschmort hatten; sorgfältig suchte er ihn mit den Augen ab: er wirkte jetzt dunkel und drohend.

»Aber bis dahin sind *wir* hier die Verteidiger!«

Major Paget stützte sich auf den schweren Tisch und musterte grimmig seine müden Offiziere.

Sonnenlicht flutete durch die Fenster des Kommandeurszimmers, und durch eine Schießscharte sah Bolitho Bäume und einen kleinen Streifen Strand.

Es war schon Vormittag und noch immer weder Freund noch Feind in Sicht.

Mit dem französischen Offizier als Geisel und einer Eskorte Marinesoldaten hatte Probyn sich zum Logger hinüberrudern lassen. Das Schiff war bis unters Deck voll von westindischem Schießpulver, französischen Gewehren, Pistolen und anderem militärischen Gerät.

»Ein wertvoller Fang«, sagte Paget. »Der Feind und Mr. Washington wird ihn schmerzlich vermissen, das kann ich Ihnen versichern, meine Herren. Wenn wir hier angegriffen werden, bevor Hilfe kommt, ist es wahrscheinlich, daß der Feind den Logger samt Ladung in die Luft zu jagen versucht, falls er ihn nicht zurückerobern kann. Auf alle Fälle werde ich verhindern, daß er wieder in Feindeshand fällt.«

Bolitho hörte den Marschtritt der Marineinfanteristen und die schroffen Kommandos ihrer Unteroffiziere. Pagets Feststellung war sinnvoll. Fort Exeter mußte mit allen Waffen und Ausrüstungsstücken vernichtet werden, die während der letzten Monate hier gehortet worden waren.

Aber es würde einige Zeit dauern, alles vorzubereiten; und der Gegenangriff des Feindes konnte nicht lange auf sich warten lassen.

»Ich befehlige dieses Unternehmen.« Paget ließ seinen grimmigen Blick über die Gesichter schweifen, als erwarte er Widerspruch. »Mir steht es also zu, eine Prisenbesatzung für den Logger einzuteilen, die ihn unverzüglich nach New York segelt oder sich unterwegs bei einem Schiff seiner Majestät meldet.«

Bolitho versuchte, seine Erregung zu zügeln. Der Logger hatte eine Besatzung von Eingeborenen aus Martinique. Kein Wunder, daß man einen fähigen Mann wie Leutnant Contenay für solch ein schwieriges Unternehmen ausgesucht hatte; er schien den meisten Offizieren, die Bolitho bisher getroffen hatte, weit überlegen. Es war eine nicht zu unterschätzende Aufgabe gewesen, den Logger von Martinique durch die Karibische See hierher in diese schlecht vermessenen Gewässer zu segeln.

Selbst mit ihrer gefährlichen Ladung war die Prise eine angenehme Abwechslung, jedenfalls besser als dies hier. War er einmal in New York, konnte so manches geschehen, bis er wieder in die strenge Autorität der *Trojan* zurückkehren mußte. Eine Fregatte vielleicht? Zu den jüngeren Leuten auf einer Fregatte zu stoßen, wäre schon Belohnung genug.

Bolitho glaubte, nicht richtig verstanden zu haben, als Paget fortfuhr: »Mr. Probyn erhält das Kommando und wird einige Leichtverwundete mitnehmen, die ihm helfen, die Eingeborenencrew in Schach zu halten.«

Bolitho wandte sich in der Erwartung um, Probyn in lauten Protest ausbrechen zu hören, aber dann wurde ihm klar: Warum sollte dieser nicht genauso denken wie er? Er durfte mit der Prise nach New York segeln, sich beim Oberbefehlshaber melden und hoffen, ein besseres Kommando und einen höheren Rang zu bekommen.

Probyn war so besessen von dieser Idee, daß er bisher keinen Tropfen Wein oder Brandy angerührt hatte, nicht einmal, als das Fort schon genommen war. Er war nicht intelligent genug, um über die neue Prise und sein Einlaufen in Sandy Hook hinauszudenken, war nicht der Mann, der in Erwägung zog, daß andere es sicher seltsam fanden, wenn ein so dienstalter Offizier das Kommando über ein so kleines Schiff erhielt.

Probyn stand auf; sein Gesicht drückte seine Genugtuung besser aus, als Worte es vermocht hätten.

Paget fuhr fort: »Ich werde die nötigen Befehle ausschreiben, außer wenn –«, dabei blickte er Bolitho an, »Sie vielleicht anderer Meinung sind?«

Probyn reckte sein Kinn vor. »Nein, Sir, so kommt es mir zu.«

Der Major starrte ihn an und knurrte: »Nur, wenn ich es befehle.« Er zuckte mit den Schultern. »Gut, es bleibt also dabei.«

D'Esterre murmelte: »Tut mir leid um die verpaßte Gelegenheit, Dick, aber es freut mich, daß du bei uns bleibst.«

Bolitho versuchte zu lächeln. »Danke, aber ich glaube, der arme George Probyn wird bald wieder auf der *Trojan* sein. Möglicherweise trifft er ein größeres Schiff, dessen Kommandant mit der Ladung anderes vorhat.«

Pagets Augenbrauen zogen sich drohend zusammen. »Wenn Sie fertig sind mit Ihrer Unterhaltung, meine Herren . . .«

D'Esterre fragte höflich: »Was geschieht mit dem französischen Leutnant, Sir?«

»Er bleibt bei uns. Konteradmiral Coutts will ihn sicher sprechen, bevor dies die Behörden in New York tun.« Er rang sich ein etwas gezwungenes Lächeln ab: »Sie verstehen, was ich meine?« Damit stand der Major auf und klopfte sich ein paar Sandkörner vom Ärmel. »Bitte weitermachen, meine Herren, und achten Sie darauf, daß die Wachen ihre Pflicht tun.«

Probyn wartete an der Tür auf Bolitho und sagte kurz: »Sie sind jetzt hier der Ranghöchste –«, seine Augen glitzerten trotz seiner Müdigkeit –, »und ich wünsche Ihnen viel Glück mit diesem Sauhaufen!«

Bolitho betrachtete ihn gelassen. Probyn war nicht viel älter als er selbst, sah aber beinahe so alt aus wie Pears. Er fragte: »Warum diese Bitterkeit?«

Probyn schnaubte. »Ich habe niemals wirklich Glück gehabt und auch nicht die guten Beziehungen Ihrer Familie.« Zu Bolithos Ärger hob er drohend die Faust. »Ich kam aus dem Nichts und mußte mich mit Zähnen und Klauen hinaufarbeiten! Denken Sie, ich hätte zu Ihren Gunsten verzichtet? Was ist schon ein elender, kleiner, französischer Blockadebrecher für einen älteren Offizier wie mich – das haben Sie doch gedacht, nicht?«

Bolitho seufzte. Probyn war noch vulgärer, als er sich vorgestellt hatte. »Ja, es ging mir durch den Kopf.«

»Als Sparke fiel, kam meine Chance, und ich habe die Absicht, sie in jeder Weise zu nutzen.«

Bolitho blickte weg; es war ihm unmöglich, Probyn in seiner Raserei länger anzusehen.

»Sie können hier warten, bis Sie blau sind. Und dann sagen Sie Ihrem blöden Cairns und den anderen Idioten, soweit sie überhaupt dafür Interesse haben, daß ich nicht mehr auf die *Trojan* zurückkehre, oder höchstens besuchsweise. Aber dann als Kommandant meines eigenen Schiffes!«

Er drehte sich abrupt herum und ging. Was Bolitho auch an Mitleid oder wenigstens Verständnis für ihn empfunden haben mochte, war verflogen, als er feststellte, daß Probyn nicht einmal die Absicht hatte, noch einmal mit seinen Leuten zu sprechen, bevor er ging, oder die Schwerverwundeten und Sterbenden zu besuchen.

D'Esterre trat zu ihm auf die Brustwehr, und sie beobachteten Probyn, der entschlossen über den Strand zu einem der beiden Boote ging.

»Hoffentlich bleibt er weiterhin nüchtern, Dick. Mit einem Schiff voller Schießpulver und einer verängstigten Eingeborenencrew könnte es sonst eine denkwürdige Reise werden!« Er sah, daß sein Sergeant auf ihn wartete, und ging eilig zu ihm.

Bolitho stieg die Leiter hinunter und fand Quinn an einer Wand lehnen. Er sollte die erbeuteten Waffen und Pulverfässer inspizieren, überließ dies jedoch seinen Leuten.

Bolitho sprach ihn an: »Hast du gehört, was der Major uns zu sagen hatte, und auch, was Probyn mir eben an den Kopf geworfen hat? Ich habe dazu ein paar eigene Ideen, aber erst möchte ich wissen, was heute morgen während des Angriffs vorgefallen ist.« Er dachte an den fürchterlichen Schrei, der so plötzlich verstummt war.

Quinn erwiderte heiser: »Ein Mann kam aus dem Wachturm. Wir waren alle so damit beschäftigt, die Tore zu suchen oder nach Wachtposten Ausschau zu halten, daß ihn niemand bemerkte. Er schien aus dem Nichts zu kommen.« Unglücklich fuhr er fort: »Ich war ihm am nächsten und hätte ihn leicht niederstechen können.« Er schauderte. »Es war ein halbnackter Junge mit einem Eimer, wahrscheinlich sollte er Wasser holen für die Kombüse. Er war unbewaffnet.«

»Was dann?«

»Wir starrten uns an, ich bin mir nicht sicher, wer von uns beiden mehr überrascht war. Ich hatte die Klinge schon an seinem Hals, ein Streich hätte genügt, aber ich konnte nicht.« Quinn blickte Bolitho verzweifelt an. »Er begriff es. So standen wir, bis . . .«

»Rowhurst kam?«

»Ja, mit seinem Dolch. Aber für mich war es zu spät.«

Bolitho nickte. Er erinnerte sich an seine eigenen Gefühle, als er sich über den Mann beugte, den er erschossen hatte, um sich selbst zu retten.

Quinn fuhr fort: »Ich sah den Ausdruck in Rowhursts Augen, er verachtet mich. Es wird durch das Schiff gehen wie ein Lauffeuer, und ich werde ihren Respekt für immer verlieren.«

Bolitho fuhr sich durchs Haar. »Du mußt versuchen, ihn dir von neuem zu erwerben, James.« Er fühlte Sand zwischen seinen Fingern und sehnte sich nach einem Bad. »Aber jetzt haben wir genug anderes zu tun.« Er sah Stockdale und ein paar Seeleute ihn beobachten. »Geh mit diesen Leuten zum Floß, schleppt es in tiefes Wasser und zerstört es.« Er ergriff Quinns Arm und fügte hinzu: »Denk daran, James: *Sag'* ihnen, was sie tun sollen.«

Quinn wandte sich ab und ging niedergeschlagen zu den wartenden Seeleuten. So lange Stockdale dabei war, würde alles in Ordnung gehen, dachte Bolitho.

Ein Unteroffizier tippte sich grüßend an die Stirn und meldete: »Wir haben das Hauptmagazin geleert, Sir.«

Bolitho nahm seine Gedanken zusammen, da Verstand und Körper ihm noch nicht ganz gehorchen wollten. Aber er mußte. Er war jetzt tatsächlich der Dienstälteste, genau wie Probyn gesagt hatte.

»Gut, ich sehe mir an, was ihr gefunden habt«, sagte er.

Die Geschütze mußten unbrauchbar gemacht, die Vorräte in Brand gesteckt werden, bevor das Fort selbst mit seinem eigenen Pulvermagazin in die Luft gesprengt wurde. Er blickte in die leeren Ställe und war froh, daß keine Pferde zurückgelassen worden waren. Der Gedanke, sie schlachten zu müssen, um sie nicht in Feindeshand fallen zu lassen, war schlimm genug; noch schlimmer war es, sich vorzustellen, welche Wirkung ein solches Gemetzel auf die kampfesmüden Seeleute gehabt hätte. Tod, Verwundung oder auch Auspeitschen nahm der Durchschnittsseemann als sein natürliches Los hin, aber Bolitho hatte einmal gesehen, wie ein Bootsmannsmaat in Plymouth einem Mann den Schädel einschlug, nur weil dieser nach einem streunenden Hund getreten hatte.

Marineinfanteristen bastelten überall herum und fühlten sich ganz in ihrem Element, als sie lange Zündschnüre verlegten und diese mit den Pulverfässern verbanden, während andere die kleineren Feldgeschütze zu den Toren schafften.

Das Floß war mittlerweile in tiefes Wasser geschleppt worden; von der Mauer aus sah Bolitho, daß die Seeleute es mit ihren Äxten zerschlugen und die Taue losmachten. Quinn stand dabei und beobachtete sie. Das nächste Mal, wenn sie kämpfen mußten, würde er nicht so glimpflich davonkommen, dachte Bolitho traurig.

Auf dem Wachturm stand Couzens, ein Teleskop auf den Ankerplatz gerichtet. Als Bolitho sich umwandte, sah er, daß auf dem Logger Segel gesetzt wurden, während die Anker tropfend vor den Klüsen hingen.

Derselbe Wind, der das Einlaufen der *Spite* verzögerte, ließ Probyn und seine kleine Schar noch vor Dunkelheit die offene See gewinnen. Mitleid ist niemals eine gute Basis für eine Freundschaft, dachte Bolitho, aber ihr Abschied war derart unerfreulich gewesen, daß er für immer zwischen ihnen stehen würde, falls sie sich je wieder begegneten.

»Ach, da sind Sie, Bolitho!« Paget blickte aus einem Fenster. »Kommen Sie herauf, dann kann ich Ihnen gleich Ihre Instruktionen geben.«

Im Kommandeurszimmer spürte Bolitho wieder seine Müdigkeit, die Nachwirkung von Kampf, Vernichtung und Angst.

Paget informierte ihn: »Als weiteres Mosaiksteinchen für unseren Nachrichtendienst wissen wir jetzt, woher der Feind sein Pulver und einen Teil seiner Bewaffnung bekommt. Alles andere ist Sache des Admirals.«

Es klopfte an die Tür, und Bolitho hörte draußen jemanden eindringlich flüstern.

»Warten Sie!« sagte Paget ruhig. »Ich hatte keine andere Wahl mit dem Logger. Von Rechts wegen hätte er Ihnen zugestanden wegen der Art und Weise, wie Sie das Fort für uns sturmreif gemacht haben.« Er hob die Schultern. »Aber der Marine Wege sind nicht die meinen, und somit . . .«

»Ich verstehe, Sir.«

»Gut.« Paget schritt mit bemerkenswerter Geschwindigkeit

durch den Raum und öffnete die Tür. »Ja?«

Es war Leutnant Fitzherbert von den Marineinfanteristen des Flaggschiffs. Er stammelte: »Wir haben den Feind gesichtet, Sir! Er kommt die Küste herauf!«

Zusammen traten sie in das blendende Sonnenlicht, und Paget ließ sich in aller Ruhe von einem Ausguckposten ein Fernrohr geben. Nach einer vollen Minute reichte er es Bolitho.

»Das ist ein Anblick! Ich glaube, Ihr Mr. Probyn wird bedauern, daß er ihm entging.«

Bolitho vergaß sofort seine Enttäuschung und des Majors Sarkasmus, als er das Glas auf die Küste richtete. Es schien ein endloser Zug zu sein, der da dem Strand folgte und fast bis zurück nach Charlstown reichte: ein Band aus Blau und Weiß, hin und wieder unterbrochen vom Braun der Pferde und glänzenden schwarzen Flecken, die nur Artillerie sein konnten.

Paget verschränkte die Arme und schaukelte auf den Hacken vor und zurück. »Hier kommen sie also. Damit ist jedes Täuschungsmanöver überflüssig, denke ich.« Er blickte zur Spitze des Flaggenmastes auf, seine Augen waren rotgerändert vor Arstrengung. »Heiß die Flagge, Sergeant! Wir wollen sie ein bißchen ärgern.«

Bolitho senkte das Glas. Quinn war noch unten bei dem erst zum Teil zerstörten Floß und sah die drohende Marschkolonne auf der Küstenstraße nicht. Probyn draußen schien zu sehr damit beschäftigt, von der Sandspitze freizukommen, um etwas zu bemerken. Vermutlich hätte es ihn auch nicht mehr interessiert.

Er suchte den Horizont ab, seine Augen schmerzten in der gleißenden Helligkeit. Nichts unterbrach die scharfe, blaue Linie, was auf die Anwesenheit eines Segels hingedeutet hätte. Bolitho dachte an den gefangenen französischen Offizier. Wenn er Glück hatte, würde seine Gefangenschaft eine der kürzesten sein, die es je gegeben hatte.

Paget knurrte: »Bewegen Sie sich, Sir! Hauptbatterie auf den Damm richten! Sie haben doch einen guten Läufer unter Ihren Leuten, nehme ich an? Ich möchte jedes der Geschütze voll geladen wissen. An die Arbeit, verdammt!«

Bolitho wandte sich zum Gehen, hörte Paget aber noch wie im Selbstgespräch hinzufügen: »Es interessiert mich nicht, was sie uns anbieten oder versprechen. Wir kamen, um dieses Fort zu zerstören, und das werden wir tun, so wahr mir Gott helfe!«

Als Bolitho den Hof erreicht hatte, blickte er noch einmal zum Turm hinauf. Paget stand barhäuptig in der Sonne und starrte den soeben gehißten Union Jack an, den die Marineinfanteristen mitgebracht hatten.

Dann hörte er einen Seemann zu seinem Kameraden sagen: »Mr. Bolitho sieht nicht sonderlich beunruhigt aus, Bill. Dann kann es nicht so schlimm sein.«

Bolitho sah die beiden an, als er vorbeiging, und sein Herz war zugleich schwer und froh. Sie fragten nicht, warum sie hier waren. Gehorsam, Vertrauen und Hoffnung gehörten genauso zu diesen Leuten wie ihr Fluchen und Raufen.

Er traf Rowhurst am Tor. »Sie haben es zweifellos gehört?«

Rowhurst grinste. »Gesehen auch, Sir. Eine ganze verdammte Armee auf dem Marsch! Und das nur für uns!«

Bolitho lächelte knapp. »Wir haben genügend Zeit, alles zu ihrem Empfang vorzubereiten.«

»Aye, Sir.« Rowhurst blickte beredt auf den Stapel von Pulverfässern und Zunder. »Eins ist sicher – beerdigen müssen sie uns nicht. Sie brauchen nur die paar übriggebliebenen Fetzen aufzusammeln!«

X Nachtgefecht

Bolitho betrat den Raum oben im Turm, wo der frühere Fortkommandant spartanisch einfach gelebt hatte, und fand Paget mit d'Esterre über eine Karte gebeugt, lebhaft diskutierend.

Bolitho fragte: »Sie haben nach mir geschickt, Sir?«

Kaum erkannte er seine eigene Stimme wieder. Die Müdigkeit war fast totaler Erschöpfung gewichen. Den ganzen Tag über war er von einer Aufgabe zur anderen gehetzt, sich ständig der blauweißen Schlange bewußt, die an der Küste entlang auf sie zukam, bald in und bald außer Sicht. Zur Zeit war sie ganz verschwunden, und es schien, als biege die Straße scharf ins Landesinnere ab, bevor ein Seitenweg zur Insel hin abzweigte.

Paget blickte auf. Er hatte sich rasiert und sah in seiner gut gebügelten Uniform frisch und adrett aus.

»Ja. Es wird nicht mehr lange dauern.« Er deutete auf einen Stuhl. »Alles erledigt?«

Bolitho setzte sich steif. »Erledigt.« Was für ein endloses Durcheinander von Aufgaben und Arbeiten sie bewältigt hatten! Tote mußten begraben, Gefangene an einen Platz geschafft werden, wo man sie mit der geringsten Anzahl von Leuten bewachen konnte. Vorräte und Wasser mußten überprüft, Schießpulver in das tiefstgelegene Magazin geschafft werden, damit es eine einzige, vernichtende Explosion gab, sobald der Brand der Zündschnüre sein Ziel erreicht hatte. Die schweren Geschütze mußten gedreht und gegen das Land gerichtet werden, damit sie den Damm und den gegenüberliegenden Küstenstreifen unter Beschuß nehmen konnten.

»Ich habe alle Seeleute ins Fort kommen lassen, wie von Ihnen angeordnet«, ergänzte Bolitho.

»Gut.« Paget schenkte ein Glas Wein ein und schob es über den Tisch. »Trinken Sie, er ist nicht schlecht.« Dann fuhr der Major fort: »Sie müssen wissen, das meiste beruht auf Bluff. Wir wissen eine ganze Menge über diese Burschen, aber sie wissen kaum etwas über uns. Sie werden zwar meine Marinesoldaten bemerken, aber ein Rotrock sieht aus wie der andere. Warum sollten sie uns für Marine halten? Wir könnten ebensogut ein starkes Aufgebot von regulären Truppen sein, das sich durch ihre Linien gekämpft hat. Das wird sie beunruhigen.«

Bolitho blickte d'Esterre an, aber dessen normalerweise so lebhaftes Gesicht war ausdruckslos; daher vermutete Bolitho, daß die Idee, die Anwesenheit der Seeleute geheimzuhalten, von ihm und nicht von Paget stammte.

Es war sinnvoll. Schließlich lagen keine Boote da, und niemand wußte besser als der zurückkehrende Fortkommandant, wie unmöglich es war, ein Kriegsschiff unbehelligt von den schweren Geschützen auf den Ankerplatz zu segeln.

Der ungünstige Wind hatte noch an Stärke zugenommen und den ganzen Nachmittag über Staubwolken von der Marschsäule herangetrieben wie Rauch von Geschützfeuer.

Paget bemerkte: »Etwa eine Stunde bis Sonnenuntergang. Aber sie werden sich noch vor Einbruch der Dunkelheit bemerkbar machen, darauf gehe ich jede Wette ein.«

Bolitho blickte durch ein schmales Fenster auf der anderen Seite. Er konnte einen Teil des Hanges sehen, auf dem er mit dem jungen Couzens gelegen hatte, scheinbar vor tausend Jahren. Die sonnenverbrannten Büsche bewegten sich im Wind wie rauhes Pelzwerk, und die Abendsonne tauchte alles in feurige Farbtöne.

Die Seesoldaten hatten sich unten bei den jetzt umgestürzten

Floßbalken Löcher gegraben, in denen sie vom Festland aus nicht zu sehen waren. D'Esterre hatte gute Arbeit geleistet. Jetzt hockten sie alle darin und warteten auf den Feind.

Bolitho bemerkte mit müder Stimme: »Wasser ist unser Hauptproblem, Sir. Die Garnison hat es immer aus einem Bach weiter landeinwärts geholt. Jetzt ist nicht mehr viel Wasser da. Wenn sie wüßten, daß wir auf ein Schiff warten, könnten sie sich genau ausrechnen, wieviel Zeit uns bleibt.«

Paget holte Luft. »Ich habe natürlich daran gedacht. Sie werden versuchen, uns zu bombardieren, aber da sind wir im Vorteil. Dieser Strand ist zu weich für ihre schweren Geschütze, und es wird mindestens einen weiteren Tag dauern, sie auf den Hügel zu schaffen, um uns von dort aus unter Beschuß zu nehmen. Was den Damm betrifft, so kann ich mir nicht vorstellen, daß sie darüber einen Frontalangriff riskieren würden, nicht einmal bei Niedrigwasser!«

Bolitho sah d'Esterre leise lächeln. Möglicherweise dachte er daran, daß Paget genau das von ihm und seinen Leuten erwartet hatte – für den Fall, daß es Bolitho nicht gelang, die Tore rechtzeitig zu öffnen.

Die Tür wurde aufgestoßen, und der Leutnant vom Flaggschiff meldete aufgeregt: »Feind in Sicht, Sir!«

Paget starrte ihn an. »Wirklich, Mr. Fitzherbert, dies ist eine Garnison und nicht die Bühne im Drury-Lane-Theater!« Trotzdem stand er auf und trat in den heißen Sonnenschein hinaus. Auf der Brustwehr ließ er sich ein Teleskop reichen und schaute hindurch.

Bolitho stützte sich auf das heiße Holz der Brüstung und blickte zum Land hinüber. Zwei Reiter, fünf oder sechs Infanteristen und ein großer schwarzer Hund drängten sich auf dem engen Strand – offenbar eine Vorhut.

Paget sagte: »Sie suchen das Floß. Ich kann beinahe hören, wie ihre Hirne arbeiten.«

Bolitho blickte ihn an. Paget genoß doch tatsächlich die Situation!

Einer der Reiter stieg ab, der Hund lief zu ihm hin und wartete eifrig wedelnd. Sein Herr, anscheinend der Dienstälteste der Gruppe, tätschelte seinen Kopf mit routinierter Gebärde.

Fitzherbert fragte vorsichtig: »Was werden sie tun, Sir?«

Paget antwortete nicht sofort, sondern sagte zu d'Esterre: »Sehen Sie, wie die Hufe der Pferde sich in den Sand graben? Das einzige Stück befestigter Straße führt zum Anlegeplatz für das Floß.« Er senkte sein Glas und lachte in sich hinein. »Das haben die sich nicht träumen lassen, daß *sie* einmal hier die Angreifer spielen müssen!«

Sergeant Shears rief: »Ein paar von ihnen sind schon oben auf dem Hügel, Sir!«

»Von dort können sie uns Gott sei Dank nicht mit Gewehrfeuer erreichen«, sagte Paget und rieb sich vergnügt die Hände. »Sagen Sie Ihrem Artilleristen, er soll einen Schuß auf den Damm setzen.« Er blickte Bolitho scharf an. »Sofort!«

Rowhurst hörte Pagets Befehl mit offensichtlicher Begeisterung. »So gut wie besorgt, Sir!«

Mit Hilfe seiner Leute richtete er das schwere Geschütz auf den nassen Sand am Ende des Dammes. »Klar zum Feuern, Jungs!«

Bolitho schrie: »Haltet euch außer Sicht! Stockdale, sehen Sie zu, daß unsere Leute in Deckung bleiben!«

»Feuer!« Der Krach des Schusses hallte über das Wasser wie Donner. Scharen von Vögeln flatterten schreiend aus den Bäumen, und Bolitho sah gerade noch, wie eine gewaltige Wand feuchten Sandes hochgeschleudert wurde, als die Kugel wie eine Riesenfaust einschlug. Die Pferde scheuten, der Hund rannte wild bellend im Kreise herum.

Bolitho griff grinsend nach Rowhursts Arm. »Wieder laden!« Er schritt zurück zum Turm und sah, daß Quinn ihn von der anderen Brustwehr aus beobachtete.

Paget sagte anerkennend: »Guter Schuß! Gerade nahe genug, damit sie merken, daß wir bereit und gerüstet sind.«

Ein paar Augenblicke später rief Sergeant Shears: »Weiße Flagge, Sir!«

Ein Reiter galoppierte zum Damm, wo eine Rauchfahne noch die Einschlagstelle anzeigte.

Paget befahl: »Klar zum nächsten Schuß, Mr. Bolitho!«

»Es ist die *Parlamentärsflagge,* Sir!« Bolitho vergaß seine Müdigkeit und begegnete trotzig Pagets Blick. »Ich kann Rowhurst nicht befehlen, darauf zu feuern.«

Erstaunt hob Paget die Brauen. »Was soll das? Eine Anwandlung von Ehre?« Er wandte sich an d'Esterre: »Erklären Sie's ihm!«

D'Esterre sagte ruhig: »Sie wollen uns auf den Zahn fühlen, unsere Stärke herausfinden. Diese Leute sind keine Narren. Wenn sie auch nur einen Seemann entdecken, wissen sie, wie wir hergekommen sind.«

Fitzherbert rief: »Der Reiter ist ein Offizier, Sir!«

Was es nicht gerade einfacher machte.

Bolitho hielt die Hand über die Augen, um den fernen Reiter und sein Pferd zu betrachten. Wie konnte er nur in solch einem Augenblick über Ehre und Skrupel diskutieren? Heute oder morgen würde man von ihm erwarten, daß er denselben Mann im Kampf niederstach, ohne einen Gedanken an ihn zu verschwenden. Und doch . . .

Er sagte schroff: »Ich lasse eine Kugel mitten auf den Damm setzen.«

Paget wandte sich vom Studium der kleinen Gruppe ab. »Schön, aber fangen Sie endlich an!«

Der zweite Schuß war genauso gut gezielt wie der erste und schleuderte Gischt und Sand hoch in die Luft, während der Reiter versuchte, sein scheuendes Pferd wieder unter Kontrolle zu bringen.

Dann wendete er und trabte zurück.

»Jetzt wissen sie Bescheid.« Paget schien befriedigt. »Ich gehe ein Glas Wein trinken.« Dann verschwand er wieder in seiner Stube.

D'Esterre lächelte grimmig. »Ich glaube, Kaiser Nero hatte gewisse Ähnlichkeit mit Paget, Dick.«

Bolitho nickte und ging auf die Seeseite des Turmes. Von Probyns Schiff war nichts mehr zu sehen, und er malte sich aus, wie die Distanz bei diesem für ihn günstigen Wind rasch zunahm. Wenn der Feind das Schiff beim Auslaufen wirklich gesehen hatte, so nahm er wohl an, daß es beim Anblick der Rotröcke im Fort umgekehrt sei, denn wenn es ihnen gehörte, warum liefen dann die neuen Besetzer nicht mit ihm aus?

Bluff, Patt, Vermutungen, alles gipfelte in einer Frage: Was sollten sie tun, wenn die Korvette aus irgendeinem Grund nicht kam, um sie abzuholen? Wenn der Wasservorrat zu Ende ging? Würde Paget sich ergeben? Es war nicht sehr wahrscheinlich, daß der feindliche Kommandeur zur Milde neigen würde, nachdem sie sein Fort und alle Waffen in die Luft gejagt hatten.

Bolitho beugte sich über die Brustwehr und betrachtete die Seeleute, die im Schatten darauf warteten, daß es für sie Arbeit gab. Wenn das Wasser ausging, würden diese Leute dann noch genauso gehorsam sein? Konnte man erwarten, daß sie dann ihre Hände von dem großen Rumvorrat ließen, den sie bei den Ställen ans Tageslicht gebracht hatten?

Bolitho rief sich Pagets Worte ins Gedächtnis. Er wußte jetzt, woher der Feind einen großen Teil seiner Munition und seines Pulvers bekam. Doch diese Information würde Konteradmiral Coutts wenig nützen, wenn ihr tapferes Unternehmen hier zu Ende ging.

Wenn er nur erst wieder auf der *Trojan* wäre, dachte er plötzlich. Er wollte sich auch nie wieder beklagen, selbst wenn er den Rest seiner Dienstzeit als Leutnant an Bord dieses Schiffes verbringen mußte.

Der Gedanke ließ ihn trotz seiner Unsicherheit lächeln. Er wußte insgeheim, daß er wieder genauso eifrig nach einem eigenen Kommando streben würde, wenn er diesmal überlebte.

Da hörte er Leutnant Raye von den Marineinfanteristen der *Trojan* die Leiter heraufkommen und d'Esterre Meldung machen.

Für Bolitho war dies eine ganz andere Welt. Eine Taktik, die mit der Geschwindigkeit von Fußvolk oder Kavallerie rechnete, nicht mit majestätischen Segeln, wie verletzlich diese auch sein mochten, wenn die Kanonen donnerten ... Nur mit Männern in Uniform, die auf festen Boden fielen, wenn ihre Zeit gekommen war. Aus, vergessen ...

Er fühlte eine Kälte im Nacken, als d'Esterre zu den beiden Leutnants sagte: »Ich bin sicher, daß sie heute nacht angreifen werden. Erst einmal, um uns auf den Zahn zu fühlen, dann mit voller Stärke, wenn wir nicht mehr damit rechnen. Ich brauche zwei Züge in Sofortbereitschaft. Die Geschütze werden über ihre Köpfe hinweg feuern, also halten Sie die Soldaten in ihren Löchern, bis ich Angriff befehle.« Er wandte sich um und blickte Bolitho an. »Ich brauche zwei Kanonen unten am Damm, sobald es dunkel ist. Möglicherweise müssen wir sie beim Zurückweichen aufgeben, aber wir haben keinerlei Chance, wenn sie sich nicht gleich zu Anfang ein paar blutige Nasen holen.«

Bolitho nickte. »Ich lasse sie hinschaffen.« Wie ruhig seine Stimme klang, wie die eines Fremden.

Er erinnerte sich an die Gefühle, die ihn beherrscht hatten, als das Floß sich in der Dunkelheit auf das drohende Fort zu in Bewegung gesetzt hatte. Wenn der Feind die Wachen am Damm überrannte, dann war es ein langer Weg bis zu den schützenden

Toren für diejenigen, die sich zurückzogen.

D'Esterre beobachtete ihn ernst. »Es klingt schlimmer, als es ist. Wir müssen nur vorbereitet sein, unsere Leute zusammenhalten und den Wachen einschärfen, daß wir nach Einbruch der Dunkelheit mit Besuchern rechnen müssen wie diesen.« Er wies auf die beiden kanadischen Späher.

Als die Schatten länger wurden, begaben sich die Leute auf ihre Stationen und warteten. Der Strand war wieder leer, nur der aufgewühlte Sand verriet, wo Reiter und Soldaten gestanden hatten.

Paget bemerkte beiläufig: »Eine klare, mondlose Nacht.« Er wischte sich die Augen und fluchte: »Nur dieser verdammte Wind erinnert uns ständig an unseren wunden Punkt!«

Gefolgt von Stockdale, verließ Bolitho das Fort und sah zu, wie die beiden Geschütze zum Damm geschafft wurden. Es war harte Knochenarbeit, man hörte dabei keine Witze, wie sonst üblich.

Nach der Hitze des Tages kam es ihnen jetzt kalt vor, und Bolitho fragte sich, wie er und die anderen eine weitere Nacht ohne Schlaf durchhalten sollten. Er kam an den Löchern vorbei, deren Insassen nur an ihren weißen Brustriemen zu erkennen waren, während sie – das Gewehr im Anschlag – übers Wasser spähten.

Er fand Quinn mit Rowhurst beim Montieren des zweiten Geschützes. Sie legten Munition und Pulver so zurecht, daß im Dunkeln alles griffbereit war.

Stockdale keuchte: »Wer wird bloß freiwillig Soldat, Sir?«

Bolitho dachte an die Soldaten, wie er sie in England erlebt hatte, die Garnison in Falmouth, die Dragoner in Bodmin. Sie exerzierten am Sonntagmorgen zur Freude der Kirchgänger und der kleinen Jungen . . .

Dies hier war etwas völlig anderes: rohe Gewalt und die Entschlossenheit, mit allem fertig zu werden, was sich ihnen in den Weg stellte. Ob in der Wüste oder auf schlammigem Feld, das Los der Infanteristen war immer das schwerste.

Quinn kam herübergelaufen und redete schnell und unzusammenhängend auf ihn ein.

»Sie sagen, es geht heute nacht los. Warum können wir uns nicht ins Fort zurückziehen? Als wir angriffen, hieß es, die Geschütze beherrschen Damm und Floß. Warum gilt dasselbe nicht jetzt auch für den Feind?«

»Leise, James! Wir müssen sie von der Insel fernhalten. Sie kennen sich hier genau aus, wir selbst meinen nur, das Fort zu kennen. Wenn auch nur ein paar von ihnen bis hierher durchbrechen, wer weiß, was dann geschieht.«

Quinn ließ den Kopf hängen. »Ich habe die Leute gehört, sie wollen nicht sterben für eine elende kleine Insel, von der noch nie jemand gehört hat.«

»Du weißt genau, warum wir hier sind.« Er wunderte sich wieder über den Ton seiner eigenen Stimme, sie klang härter, kälter. Quinn mußte das verstehen. Wenn er jetzt nicht durchhielt, war es für ihn kein Rückschlag mehr, sondern eine vernichtende Niederlage.

Quinn erwiderte: »Das Magazin, das Fort, was sind sie wert, wenn wir tot sind? Es ist ein Nadelstich, eine Bagatelle.«

Bolitho sagte ruhig: »Du wolltest unbedingt Seeoffizier werden, auch wenn dein Vater dich lieber in seinem Geschäft in London gesehen hätte.« Er betrachtete Quinns Gesicht, es schimmerte blaß in der Dunkelheit. »Ich denke, er hatte recht damit, mehr als du selbst weißt. Er wußte, daß du niemals das Zeug hättest, ein Offizier des Königs zu werden.« Damit wandte er sich brüsk ab und schüttelte Quinns Hand von seiner Schulter. »Nimm die erste Wache, ich löse dich dann ab.«

Er wußte, daß Quinn ihm unglücklich und verletzt nachstarrte, und haßte sich selbst dafür, daß er so zu ihm hatte sprechen müssen.

Stockdale sagte: »Bei allem, was Sie für den Jungen empfinden – da sind andere, die sich auf ihn verlassen müssen.«

Bolitho blickte ihn an. Stockdale verstand ihn, war immer da, wenn er ihn brauchte.

»Danke, Stockdale.«

Zwei Stunden schlichen dahin. Die Nachtluft wurde kälter, zumindest schien es so, und die Spannung wich der Müdigkeit.

Bolitho stand halbwegs zwischen Fort und Damm, als er plötzlich anhielt und sich dem Festland zuwandte.

Auch Stockdale starrte hinüber und nickte dann heftig. *Rauch!*

Der Qualm wurde mit jeder Sekunde heftiger, beißender, und reizte Augen und Kehle, als er jetzt in dicken Schwaden vom Wind herübergeweht wurde. Man sah auch schon Flammen, die wie böse rötliche Federn herumwirbelten, bis sie zu einer geschlossenen Feuerfront zusammenwuchsen.

Fähnrich Couzens, der dösend hinter ihnen herging, keuchte: »Was ist das?«

Bolitho fing an zu rennen. »Sie haben den Hang angezündet, um im Schutz des Rauchvorhangs anzugreifen.«

Er bahnte sich den Weg durch Gruppen hustender, würgender Seesoldaten, bis er das erste Geschütz erreichte.

»Klar zum Feuern!« Er sah Fitzherbert mit einem seiner Unteroffiziere, die sich Taschentücher um Mund und Nase gewickelt hatten. »Wollen Sie es dem Major melden?«

Fitzherbert schüttelte den Kopf, seine Augen tränten. »Keine Zeit mehr. Er wird es ohnehin merken.« Dann zog er den Degen und schrie: »*Haltet die Front!* Gebt es weiter zur anderen Abteilung!«

Hustend tastete er sich weiter, dabei nach seinen Leuten Ausschau haltend, während mehr Seesoldaten durch den Rauch gerannt kamen, angeleitet von d'Esterres Stimme, der Ruhe forderte und die Ordnung einigermaßen wiederherstellte.

Couzens vergaß sich so weit, Bolithos Arm zu ergreifen, während er murmelte: »Hören Sie! Sie schwimmen!«

Bolitho zog den Dolch und machte die Pistole schußbereit. Ein Flüßchen in der Nähe seines Elternhauses in Cornwall, dessen Furt im Winter bei Hochwasser oft unpassierbar war, wurde von Reitern bisweilen durchschwommen; so kannte er die Geräusche schwimmender Pferde gut genug, um zu begreifen, was sich jetzt vor ihnen abspielte.

»Sie schwimmen mit ihren Pferden herüber!«

Er fuhr herum, als er ein langgezogenes Hurra hörte, das die Geräusche des Feuers und des Wassers noch übertönte.

D'Esterre rief: »Sie kommen auch über den Damm!« Dann drängte er sich durch die Menge und fügte hinzu: »Halten Sie die Leute zurück, Sergeant! Die Kanonen sollen das erste Wort sprechen!«

Einige bewaffnete Seeleute stolperten aus dem Dunkel und rutschten plötzlich in den Stand, als Bolitho rief: »Hierbleiben! Folgt mir zum Strand!« Sein Verstand kämpfte mit dem raschen Wechsel der Ereignisse, dem herannahenden Unheil.

Eine Kanone donnerte, und das Hurra auf der anderen Seite geriet ins Stocken, wurde abgelöst von Schreien und Stöhnen.

Das zweite Geschütz spaltete die Dunkelheit mit langer, leuchtend orangefarbener Zunge; sein Geschoß traf Menschen und Sand. Bolitho malte sich Quinns entsetztes Gesicht aus, als die trotzigen Hurrarufe erneut aufbrandeten, ebenso stark wie vorher.

Stockdale knurrte: »Hier ist einer!«

Bolitho balancierte auf den Fußballen, beobachtete die aus dem Dunkel vorstürzenden Schatten.

Jemand feuerte eine Pistole ab, und er sah die schreckgeweiteten Augen eines Pferdes, als es auf die Seeleute lospreschte; dann schweifte sein Blick ab, als ein weiterer Reiter aus dem Wasser auftauchte und wie ein Racheengel über sie kam.

Er meinte Stockdale zu hören, wie er Couzens gut zuredete: »Ruhig, Sohn! Bleib bei mir! Nicht zurückweichen!«

Dasselbe könnte er zu mir sagen, dachte Bolitho.

Dann vergaß er alles, spürte nur noch, wie sein Dolch gegen Stahl stieß, und warf sich mit voller Wucht in den Angriff.

Leutnant James Quinn duckte sich, als Gewehrsalven über den Damm knatterten und einige Querschläger von den Kanonen abprallten. Er war beinahe blind vom Rauch des brennenden Hanges und des Geschützfeuers.

Hier draußen schien ihm alles weit schlimmer als im Batteriedeck des Schiffes. Über ihren Köpfen pfiffen und heulten die Kugeln, und durch den Rauch stolperten fluchend die Geschützbedienungen, während sie Munition zum Nachladen herbeischleppten.

»Feuer!«

Quinn fuhr zurück, als das ihm nächststehende Geschütz Flammen und Rauch ausspie. Bei dem kurzen Aufblitzen sah er rennende Menschen und das Glänzen von Waffen, bis die Dunkelheit alles wieder verschluckte und nur die Schreie der Getroffenen die Luft erfüllten.

Jemand rief ihm ins Ohr: »Die Teufel sind schon auf der Insel, Sir! Kavallerie!«

Leutnant Fitzherbert brüllte wütend durch den Rauch: »Maul halten, du verursachst ja eine Panik!« Damit feuerte er auf den über den Damm vordringenden Feind.

Quinn keuchte: »Er hat *Kavallerie* gesagt!«

Fitzherbert starrte ihn an, seine Augen funkelten weiß über dem Taschentuch.

»Wir wären alle längst tot, wenn das der Fall wäre, Menschenskind! Ein paar Reiter sind es, nicht mehr!«

Rowhurst rief heiser: »Unser Pulver geht zu Ende!« Dann fügte er, an Quinn gewandt, wütend hinzu: »Verdammt, tun Sie was, Sir!«

Quinn nickte, von nackter Angst gepackt. Neben sich sah er Fähnrich Huyghue, der seine Pistole gerade über einem hastig aufgeworfenen Erdwall in Anschlag brachte.

»Sagen Sie Mr. Bolitho, was hier vorgeht!«

Der Junge stand auf, ungewiß, in welche Richtung er laufen sollte. Quinn packte ihn am Arm. »Hier am Strand entlang, so schnell Sie können!«

Eine schrille Stimme rief: »Hier kommen sie!«

Fitzherbert riß sein Taschentuch weg und hob den Degen. »Sergeant Triggs!«

Ein Korporal sagte ruhig: »Ist tot, Sir!«

Der Leutnant wandte sich ab. »Allmächtiger!« Dann, als die Hurrarufe lauter und lauter über das Wasser dröhnten, schrie er: »*Vorwärts*, Seesoldaten!«

Stolpernd und hustend stiegen die Marineinfanteristen aus ihren Löchern, hoben gehorsam die Bajonette und suchten Halt für ihre Füße, während sie mit schmerzenden Augen nach dem Feind Ausschau hielten.

Eine Gewehrsalve peitschte vom Damm herüber, und ein Drittel der Seesoldaten stürzte tot oder verwundet zu Boden.

Quinn starrte ungläubig hin, als die Überlebenden ihre Musketen abfeuerten, nachluden und dabei wieder von einer wohlgezielten Salve getroffen und dezimiert wurden.

Fitzherbert schrie: »Schlage vor, Sie vernageln die Kanonen und lassen Ihre Seeleute unsere Musketen nachladen!«

Dann stieß er einen erstickten Schrei aus und stürzte durch die sich lichtenden Reihen davon: sein Unterkiefer war völlig weggeschossen.

Quinn rief: »Rowhurst, zurück!«

Rowhurst drängte sich mit wilden Blicken an ihm vorbei. »Die meisten sind schon abgehauen!« Selbst angesichts der unmittelbaren Gefahr konnte er seine Verachtung nicht verbergen. »*Sie* können ebenfalls verschwinden!«

Vom Fort hörte Quinn plötzlich Trompetensignale. Die Marineinfanteristen schienen wie von einer Geisterhand gepackt zu werden.

Der Korporal, der eben noch am Rande der Panik war, rief: »Rückzug! Ruhig, Jungens, noch mal laden und zielen!« Er wartete, bis ein paar Verwundete durch die Linien gehumpelt oder gekrochen waren, dann kommandierte er: »Feuer!«

Quinn konnte nicht fassen, was geschah. Er hörte Kommandos, das Schnappen von Gewehrverschlüssen, und ahnte dumpf, daß d'Esterre mit seiner Reserve vorrückte, um ihren Rückzug zu decken. Der Feind war nur noch wenige Meter entfernt, Quinn konnte das Patschen und Rutschen der Füße auf dem nassen Sand hören, spürte fast körperlich die Wut und Entschlossenheit, mit der die Gegner vorwärts drängten, um den Landeplatz zurückzuerobern. Aber alles, woran er denken konnte, war Rowhursts Verachtung und der Zwang, in diesen letzten Minuten seinen Respekt zurückzugewinnen.

Er keuchte: »Welches Geschütz ist geladen?«

Damit stolperte er den Hang hinunter, die Pistole noch ungeladen, den Dolch noch in der Scheide, den sein Vater extra für ihn beim besten Messerschmied der Londoner City hatte anfertigen lassen.

Rowhurst, verwirrt und bestürzt über den Wechsel der Ereignisse, hielt an und starrte auf den sich blind vorwärts tastenden Leutnant.

Es war Wahnsinn, nochmals mit ihm zu den Kanonen zu gehen. Ihre einzige Chance lag in einer schnellen Flucht zu den Toren des Forts, jedes weitere Verweilen verringerte die Aussicht auf Überleben.

Rowhurst war Freiwilliger und stolz darauf, einer der besten Artilleriemaaten der ganzen Flotte zu sein. Wenn das Schicksal ihn weiterhin begünstigte, konnte er in etwa einem Monat mit Beförderung zum Deckoffizier und der Versetzung auf ein anderes Schiff rechnen.

Er beobachtete Quinns jämmerliche Bemühungen, ein Geschütz zu finden, das noch geladen und wegen der Flucht der Bedienungsmannschaft nicht abgefeuert war. So oder so bedeutete es für ihn das Ende. Wenn er blieb, würde er mit Quinn zusammen sterben. Wenn er flüchtete, würde Quinn ihn des Ungehorsams und der Ungebührlichkeit gegenüber einem Offizier beschuldigen.

Er seufzte tief auf und entschloß sich zu bleiben.

»Hier, dieses ist es!« Und mit einem gezwungenen Grinsen fügte er hinzu: *»Sir!«*

Ein an den Rädern lehnender Leichnam zuckte, als mehrere Schüsse ihn trafen. Es war, als erwachten die Toten wieder zum Leben, um Zeugen dieses äußersten Wahnsinns zu sein.

Das Donnern des Geschützes, als die doppelte Ladung Schrot und

Kugeln in die dichten Reihen der Angreifer schlug, schien Quinn wieder zur Besinnung zu bringen. Benommen tastete er nach seinem wundervoll ziselierten Dolch, seine Augen tränend, seine Ohren betäubt von dem Krach der Detonation.

Alles, was er sagen konnte, war: »Danke, Rowhurst, danke!«

Aber Rowhurst hatte mit seinen trüben Ahnungen recht behalten. Er lag im nassen Sand und starrte mit weit offenen Augen in den Rauch; in der Mitte seiner Stirn klaffte ein kreisrundes Loch. Kein Artilleriemaat hätte besser zielen können.

Quinn ging wie im Traum davon. Die weißen Hosen toter Soldaten schimmerten in der Dunkelheit, starrende, gebrochene Augen und verstreute Waffen kennzeichneten den Ort des Grauens.

Quinn merkte jetzt, daß Lärm und Hurrageschrei vom Damm her verstummt waren. Die anderen hatten wohl auch genug.

Er hielt an, plötzlich wieder gespannt und kampfbereit, als einige Gestalten vor ihm auftauchten. Aber es waren Bolitho, Stockdale und zwei Seesoldaten.

Quinn blickte zu Boden; er wollte sprechen, erklären, was Rowhurst getan, wozu er ihn getrieben hatte. Doch Bolitho ergriff ihn am Arm und sprach beruhigend auf ihn ein. »Der Korporal hat mir alles erzählt. Ohne deinen Einsatz wäre jetzt niemand außerhalb des Forts mehr am Leben.«

Sie warteten, während die Linie der Marineinfanteristen vom Fort her vorrückte und die zerschlagenen und blutenden Reste der Verteidiger in eine vorläufige Sicherheit passieren ließ.

Bolithos ganzer Körper schmerzte, sein rechter Arm war schwer wie Blei. Er verspürte noch immer die Angst und Verzweiflung der vergangenen Stunden: das Stampfen und Schnauben der Pferde, die aus dem Dunkel schlagenden und stechenden Säbel – und dann den plötzlichen, verbissenen Widerstand seiner eigenen, zusammengewürfelten Truppe.

Couzens war von einem Pferd überrannt worden und besinnungslos, drei Seeleute waren tot. Ihn selbst hatte ein Säbelhieb an der Schulter getroffen, die Schneide hatte sich angefühlt wie ein glühendes Messer.

Jetzt waren die Pferde zurückgeschwommen oder mit der Strömung abgetrieben, einige ihrer Reiter aber waren geblieben, für immer.

D'Esterre stieß durch den dünner werdenden Qualm zu ihnen.

»Wir haben sie abgeschlagen. Es hat Verluste gekostet, Dick, aber es kann unsere Rettung gewesen sein.« Er nahm seinen Hut ab und fächelte sich damit das schweißüberströmte Gesicht. »Seht ihr? Endlich hat der Wind gedreht. Wenn unser Schiff draußen steht, dann kann es jetzt hereinkommen.«

Er sah, wie ein Marineinfanterist vorbeigetragen wurde, dessen Bein bis zur Unkenntlichkeit zerschmettert war. In der Dunkelheit schimmerte sein Blut wie frischer Teer.

»Wir müssen Ersatz zum Damm schicken. Ich habe schon neue Geschützbedienungen angefordert.« Couzens taumelte auf sie zu und rieb sich stöhnend den Kopf. »Gut, daß er soweit in Ordnung ist.« D'Esterre setzt den Hut wieder auf, als er seinen Sergeanten sah, der auf ihn zueilte: »Ich fürchte, sie haben den anderen Fähnrich, Huyghue, gefangengenommen.«

Quinn sagte mit gebrochener Stimme: »Ich habe ihn zu dir geschickt. Es war *mein* Fehler.«

Bolitho schüttelte den Kopf. »Nein. Ein paar von den Feinden sind gezielt in unsere Linien eingedrungen, um Gefangene zu machen.« Er steckte den Degen in die Scheide, wobei er feststellte, daß der Griff völlig blutverschmiert war. Seufzend versuchte er, Ordnung in seine jagenden Gedanken zu bringen; aber er empfand immer noch das Grauen des wilden und erbitterten Kampfes Mann gegen Mann. Er sah Gesichter vor sich, hörte Schreie und Stöhnen.

War es diesen ungeheuren Preis wert gewesen?

Und morgen, nein, heute würde all das noch einmal von vorn anfangen.

Er hörte Quinn sagen: »Sie brauchen mehr Pulver für die Kanonen! Kannst du das erledigen?«

Eine anonyme Gestalt in kariertem Hemd und weißer Hose eilte von dannen, um seinen Befehl zu übermitteln.

Quinn blickte ihn an. »Wenn du Major Paget Bericht erstatten willst, dann bleibe ich hier und beaufsichtige das.« Wartend beobachtete er Bolithos angestrengtes Gesicht und fügte hinzu: »Ich kann es, wirklich!«

Bolitho nickte. »Ich wäre dir dankbar, James. Bin gleich wieder zurück.«

Jetzt ließ sich Stockdale vernehmen: »Ohne Rowhurst brauchen Sie einen guten Geschützführer, Sir.« Er lächelte Quinn ermutigend zu: »Weiterhin so viel Erfolg, Sir!«

Bolitho bahnte sich durch Gruppen von Verwundeten einen Weg ins Fort. Jeder von ihnen war ein kleines Eiland des Schmerzes im Schein der Laternen. Das Tageslicht würde ihnen erst den vollen Umfang dessen eröffnen, was sie erlitten hatten.

Paget stand in seiner Stube, und obgleich Bolitho wußte, daß er die Verteidigung vom ersten Augenblick an überwacht und persönlich geleitet hatte, sah er aus, als hätte er den Raum kein einziges Mal verlassen.

Jetzt sagte er zu Bolitho: »Natürlich werden wir den Damm heute nacht auch weiterhin halten.« Er zeigte mit einladender Geste auf eine Weinflasche. »Morgen werden wir jedoch die Evakuierung einleiten. Wenn das Schiff kommt, schicken wir als erstes die Verwundeten an Bord und diejenigen, die während der Nacht Wache gestanden haben. Uns bleibt keine Zeit mehr für Bluff. Da sie Gefangene von uns haben, wissen sie auch, was wir planen.«

Bolitho ließ den Wein genüßlich durch seine Kehle rinnen. Gott, das schmeckte gut! Besser als alles, was er je gekostet hatte.

»Was machen wir, wenn das Schiff nicht kommt, Sir?«

»Nun, das würde die Sache vereinfachen.« Paget musterte ihn kalten Blickes. »Dann jagen wir das Fort in die Luft und kämpfen uns durch.« Er lächelte kurz. »Aber es wird nicht dazu kommen.«

»Ah, ich verstehe, Sir.« Tatsächlich verstand er nichts.

Paget warf ein paar Schriftstücke durcheinander. »Sie sollten jetzt schlafen, eine Stunde wenigstens.« Er hob die Hand. »Das ist ein Befehl! Sie haben gute Arbeit geleistet, und ich danke Gott, daß dieser Narr Probyn sich anders entschieden hat und nicht hiergeblieben ist.«

»Ich möchte noch Mr. Quinn lobend erwähnen, Sir.« Der Major verschwamm bereits vor seinen Augen. »Und die beiden Fähnriche. Sie sind alle sehr jung.«

Paget preßte die Fingerspitzen zusammen und betrachtete ihn, ohne zu lächeln. »Nicht so alter Krieger wie Sie, was?«

Bolitho nahm seinen Hut und ging zur Tür. Bei Paget wußte man sofort, woran man war. Er hatte ihn zum Schlafen abkommandiert, und der Gedanke daran ließ ihn gleich die Augen schließen und sich hinlegen.

Gleichzeitig wußte er auch den wahren Grund von Pagets Fürsorge: Jemand mußte zurückbleiben und die Zündschnur anstekken. Das erforderte ein gewisses Maß an Geschicklichkeit.

Bolitho ging an d'Esterre vorbei, ohne ihn zu sehen. Dieser

ergriff die Weinflasche und sprach: »Haben Sie ihm das wegen morgen gesagt, Sir?«

Paget hob die Schultern. »Nein. Er ist wie ich in seinem Alter. Mußte nicht erst alles *gesagt* bekommen.« Er blickte seinen Untergebenen an. »Im Gegensatz zu gewissen anderen Leuten!«

D'Esterre trat lächelnd ans Fenster. Irgendwo jenseits des Wassers war sicherlich ein Glas auf das Fort gerichtet, auf dieses erleuchtete Fenster.

Genau wie Bolitho hätte auch er sich eine Stunde Schlaf gönnen sollen. Aber dort draußen, noch verborgen im Dunkel, lagen viele seiner Leute in der gleichgültigen Haltung des Todes ausgestreckt. Er konnte es nicht über sich bringen, sie jetzt zu verlassen.

Er wandte sich um, als er hinter sich ein leises Schnarchen hörte. Paget schlief tief und fest in seinem Sessel, das Gesicht ruhig und entspannt.

Ich wäre lieber wie er, dachte d'Esterre bitter. Dann kippte er seinen Wein mit einem Schluck hinunter und trat hinaus in die Dunkelheit.

XI Die Nachhut

Als die Sonne allmählich über dem Horizont erschien und sich vorsichtig landeinwärts tastete, enthüllte sie nicht nur die Schrecken des nächtlichen Kampfes, sondern gab den Überlebenden auch wieder neuen Mut und neue Hoffnung.

Mit dem ersten Sonnenlicht zeigten sich zwei Segel am Horizont; es schien, als habe der Feind damit alle ihre Evakuierungshoffnungen zunichte gemacht. Als aber die beiden Schiffe auf ständig wechselndem Kurs näher kamen, wurden sie erkannt und mit lautem Jubel begrüßt. Es war nicht nur die Korvette *Spite*, sondern auch die mit zweiunddreißig Kanonen bestückte Fregatte *Vanquisher*, vermutlich von Konteradmiral Coutts selbst geschickt.

Sobald es hell genug war, begruben sie ihre Gefallenen. Jenseits des Dammes, der jetzt größtenteils unter Wasser stand, schaukelten ein paar Tote in der Strömung. Die meisten waren schon während der Nacht davongetrieben oder von ihren Kameraden geborgen worden.

Paget war überall zugleich. Er machte Vorschläge, schimpfte, lobte und rief hin und wieder auch ein Wort der Ermutigung dazwischen.

Der Anblick der beiden Schiffe erfüllte sie mit neuem Leben. Trotz ihrer Verwundbarkeit durch Geschütze von Land aus mußten sie das Evakuieren erheblich verkürzen: durch doppelt so viele Boote, frische, ausgeruhte Seeleute und Offiziere, die sofort die Last der Verantwortung übernehmen konnten.

Bolitho verbrachte den größten Teil des Morgens mit Stockdale und einem Korporal der Marineinfanterie unten im Magazin. Es herrschte dort eine Totenstille, die er fast körperlich wie eine kühle Brise spürte. Pulverfaß nach Pulverfaß türmten sie aufeinander, Kiste um Kiste mit Waffen und Ausrüstung, viele davon noch ungeöffnet und gefüllt mit französischen Gewehren und Seitenwaffen. Fort Exeter war ein beredter Beweis für den lebhaften Waffenhandel der Rebellen mit Englands altem Erbfeind Frankreich.

Stockdale summte vor sich hin, während er die Zündschnur unten am ersten Stapel befestigte, völlig vertieft in seine Arbeit und froh, dem geschäftigen Treiben über ihnen entronnen zu sein.

Stiefel stampften im Hof, und man hörte das Kreischen von Metall, als die Kanonen vernagelt und dann an einen Platz über dem Explosionsherd transportiert wurden.

Bolitho saß auf einem leeren Faß, seine Wangen brannten von der Rasur, die Stockdale ihm nach seinem tiefen Erschöpfungsschlaf hatte angedeihen lassen. Er erinnerte sich an die Worte seines Vaters: »Wenn du dich noch nie mit Salzwasser rasieren mußtest, weißt du nicht, wie vergleichsweise bequem das Leben an Land ist.«

Noch hatte er so viel Süßwasser, wie er brauchte, aber man konnte sich seiner Vorräte nie ganz sicher sein, nicht einmal jetzt angesichts der sich nähernden Schiffe.

Er betrachtete Stockdales große Hände, die so geschickt und vorsichtig mit den Zündschnüren umgingen.

Es war und blieb ein Vabanquespiel: die Zündschnüre anstekken, nach oben rennen und dann in den wenigen Minuten in Sicherheit fliehen.

Ein Seemann kam die sonnenbeschienene Leiter herunter.

»Verzeihung, Sir, der Major möchte Sie sprechen!« Dann erst entdeckte er Stockdale und die Zündschnüre und wurde blaß.

Bolitho lief die Leiter hinauf und über den Hof. Die Tore standen offen, er sah den zertrampelten Boden, die eingetrockneten

Blutlachen und die kläglichen Erdhaufen, die hastig ausgehobene Gräber bezeichneten.

Paget sagte langsam: »Wieder einmal die Parlamentärsflagge, verdammt!«

Bolitho schirmte die Augen ab und sah ein paar Gestalten am jenseitigen Ende des Dammes, die eine weiße Flagge hochhielten.

D'Esterre kam eilig von den Ställen her, wo Marineinfanteristen Papiere, Karten und anderes aufhäuften: den Inhalt der Turmstuben.

Er nahm ein Glas, blickte hinüber zu der Gruppe und sagte grimmig: »Sie haben den jungen Huyghue bei sich.«

Paget erwiderte ruhig: »Gehen Sie hin und sprechen Sie mit ihnen. Sie wissen, was ich heute morgen gesagt habe.« Er nickte Bolitho zu. »Sie auch. Es wird Huyghue vielleicht helfen.«

Die beiden gingen zum Damm, Stockdale unmittelbar hinter ihnen, ein altes Hemd an einem Spieß als Flagge hochhaltend. Wie er gehört hatte, was los war, und rechtzeitig auftauchte, um Bolitho zu begleiten, blieb ein Rätsel.

Es schien eine Ewigkeit zu dauern, bis sie den Damm erreichten. Die ganze Zeit über stand die kleine Gruppe am anderen Ende unbeweglich; lediglich die weiße Flagge über dem Kopf eines Soldaten zeigte durch ihr Flattern die unparteiische Gegenwart des Windes an.

Bolitho fühlte, wie seine Füße in Sand und Schlamm einsanken, je mehr sie sich der wartenden Gruppe näherten. Hier und da zeigten sich Spuren des Kampfes: ein zerbrochener Säbel, ein zerschossener Hut, ein Beutel mit Gewehrkugeln. Im tieferen Wasser sah er ein Paar Beine sanft schaukeln, als ob der dazugehörige Körper jeden Augenblick wieder auftauchen würde.

D'Esterre sagte: »Näher können wir nicht heran.«

Die beiden Gruppen standen einander jetzt gegenüber, und obgleich der Mann neben der Flagge keinen Rock anhatte, wußte Bolitho doch gleich, daß es der Offizier von gestern war. Wie um dies zu beweisen, saß der schwarze Hund neben ihm im nassen Sand und ließ die rote Zunge heraushängen.

Ein wenig dahinter stand Fähnrich Huyghue, klein und zerbrechlich gegen die großen, sonnengebräunten Soldaten.

Der Offizier hielt die hohlen Hände vor den Mund und rief mit tiefer, volltönender Stimme, die mühelos die Entfernung überbrückte: »Ich bin Oberst Brown von der Charlestown-Miliz. Mit wem habe ich die Ehre?«

D'Esterre rief: »Hauptmann d'Esterre, Marineinfanterie Seiner Britannischen Majestät.«

Brown nickte langsam. »Ich bin bereit, mit Ihnen zu verhandeln. Ich gestatte Ihren Leuten, das Fort unversehrt zu verlassen, wenn Sie die Waffen niederlegen und keinen Versuch machen, die Vorräte zu zerstören.« Er machte eine Pause und fuhr dann fort: »Andernfalls wird meine Artillerie das Feuer eröffnen und eine Evakuierung verhindern, selbst auf die Gefahr hin, daß wir dabei das Magazin in die Luft sprengen.«

D'Esterre rief: »Verstanden!« Bolitho flüsterte er zu: »Er will Zeit gewinnen. Wenn es ihm gelingt, Geschütze auf den Steilhang zu schaffen, wird er sicherlich ein paar Weitschüsse auf die Schiffe abfeuern können, wenn sie geankert haben. Es bedarf nur eines glücklichen Treffers an der richtigen Stelle.« Laut rief er wieder: »Und was hat der Fähnrich damit zu tun?«

Brown zuckte mit den Schultern. »Ich biete ihn zum Austausch gegen den französischen Offizier an.«

Bolitho sagte leise: »Verstehe. Er wird das Feuer auf jeden Fall eröffnen, möchte aber vorher den Franzosen in Sicherheit wissen, damit er bei der Beschießung weder getroffen noch von uns getötet wird.«

»Ja«, flüsterte d'Esterre, und laut sagte er: »Ich kann in diesen Austausch nicht einwilligen!«

Bolitho sah, wie der Fähnrich einen Schritt nach vorn machte, die Hände wie flehend halb erhoben.

Brown rief: »Das werden Sie noch bedauern!«

Bolitho hätte sich gern umgedreht, um zu sehen, wie weit die Schiffe jetzt waren; aber jedes Zeichen von Unsicherheit konnte sich fatal auswirken, vielleicht sofort einen neuen Frontalangriff bringen. Wenn der Feind gewußt hätte, daß die Kanonen bereits vernagelt waren, dann wäre er längst auf der Insel gewesen. Bolitho fühlte sich plötzlich sehr verwundbar. Aber wieviel schwerer mußte es für Huyghue sein. Mit sechzehn Jahren in einem fremden Land unter Feinden zurückgelassen zu werden, wo sein Verschwinden oder sein Tod kaum Staub aufwirbeln würde.

D'Esterre rief hinüber: »Ich würde lieber Ihren stellvertretenden Kommandeur austauschen.«

»Nein.« Oberst Brown streichelte beim Sprechen den Kopf des Hundes, wie um sich zu beruhigen.

Offensichtlich hat er seine Befehle – wie wir alle, dachte Bolitho.

Die Erwähnung des stellvertretenden Kommandeurs hatte lediglich beweisen sollen, daß Paget seine Gefangenen noch in Gewahrsam hatte und daß sie am Leben waren. Diese Erkenntnis konnte Huyghue vielleicht das Leben retten.

Ein Geschütz bellte plötzlich auf, seltsam hohl und wie erstickt. Die Miliz hat also ihre Kanonen bereits in Stellung gebracht, dachte Bolitho. Die Enttäuschung gab ihm einen Stich ins Herz, bis er ferne Jubelrufe hörte.

Stockdale keuchte: »Eins der Schiffe hat geankert, Sir!«

D'Esterre blickte Bolitho an und sagte: »Wir müssen gehen, ich will des Jungen Elend nicht noch verlängern.«

Bolitho rief hinüber: »Hören Sie, Mr. Huyghue, alles wird gutgehen. Sie werden bestimmt bald ausgetauscht!«

Huyghue mußte wohl bis zum letzten Augenblick an Rettung geglaubt haben. Jetzt versuchte er, ins Wasser zu laufen, und als ein Soldat ihn am Arm ergriff, fiel er auf die Knie und rief schluchzend: »Helft mir doch, laßt mich nicht zurück, bitte, helft mir!«

Selbst der Oberst schien von des Jungen Verzweiflung gerührt; trotzdem bedeutete er den Soldaten, ihn wieder den Strand hinauf zu bringen.

Bolitho und seine Gefährten wandten sich um und gingen zum Fort zurück; Huyghues verzweifelte Schreie folgten ihnen wie ein Fluch.

Die Fregatte hatte ziemlich weitab vom Land geankert, ihre Segel waren aufgegeit, und bereits strebten Boote der Insel zu.

Die kleinere *Spite* segelte näher heran, die Lotgasten lagen im Netz unter dem Klüverbaum und hielten Ausschau nach Riffen oder Sandbänken.

Die Schiffe sahen so sauber, so fern aus, daß Bolitho sich plötzlich vom Land angewidert fühlte, von dem schweren Geruch des Todes, der sogar noch den des nächtlichen Feuers überlagerte.

Quinn stand am Tor und studierte Bolithos Gesicht, als dieser wieder zu den anderen zurückkehrte.

»Ihr habt ihn zurückgelassen?«

»Ja.« Bolitho blickte ihn ernst an. »Ich hatte keine andere Wahl. Wenn wir ihn gegen diesen Gefangenen ausgetauscht hätten, wäre es sinnlos gewesen, überhaupt hierher zu kommen.« Er seufzte.

»Aber ich werde sein Gesicht so bald nicht vergessen.«

Paget blickte auf die Uhr. »Die ersten Verwundeten hinunter zum Strand!« Er blickte Bolitho an. »Meinen Sie, daß die Burschen noch einen Angriff versuchen werden?«

Bolitho hob die Schultern. »Unsere Schwenkgeschütze könnten sie jetzt bei Tageslicht in Schach halten, Sir, aber es würde uns die Arbeit nicht gerade erleichtern.«

Paget blickte auf, als noch mehr Jubelrufe vor dem Fort ertönten. »Einfache Seelen.« Er wandte sich ab. »Gott segne sie!«

Ein Marineinfanterist kam die Leiter vom Wall herabgeeilt. »Mr. Raye hat Soldaten und Artillerie auf dem Hügel gesichtet, Sir.«

Paget nickte. »Richtig. Wir müssen uns beeilen. Signal an *Spite*: schleunigst ankern und die Boote schicken.« Während Quinn mit dem Soldaten zum Turm eilte, fügte Paget, zu Bolitho gewandt, hinzu: »Das wird heiße Arbeit für Sie, fürchte ich, aber was auch geschieht, jagen Sie auf jeden Fall das Magazin in die Luft!«

»Was wird mit den Gefangenen, Sir?«

»Wenn Platz und Zeit reichen, lasse ich sie auf die Fregatte bringen.« Er verzog den Mund zu einem verkniffenen Grinsen. »Wenn ich als Nachhut zurückbliebe, würde ich sie mit dem Magazin zusammen hochgehen lassen, diese verdammten Rebellen. Aber da *Sie* die Nachhut führen, bleibt es Ihnen überlassen.«

Die Boote der *Vanquisher* waren inzwischen am Strand, Seeleute hoben bereits die Verwundeten an Bord und schienen entsetzt über die geringe Zahl der Überlebenden.

Nun kamen auch die Boote der *Spite* und übernahmen Verwundete, um sie in Sicherheit und ärztliche Obhut zu bringen.

Bolitho stand auf dem Wall oberhalb des Tores, das Stockdale in dieser ersten, furchtbaren Nacht, als Quinn die Nerven verlor, geöffnet hatte.

Das Fort wirkte schon leerer, nur unten bei den beiden Geschützen am Damm sah er noch eine kleine Gruppe von Rotröcken. Sobald er den Befehl zum endgültigen Rückzug gab, würden Sergeant Shears und seine Leute an den Geschützen befestigte Zündschnüre in Brand setzen. Zwei kräftige Sprengladungen sollten dann die Kanonen unbrauchbar machen.

Bolitho überlegte, ob man in England jemals von all diesen Ereignissen erfahren würde, von all den kleinen, aber tödlichen Aktionen, die das Ganze ausmachten. Wenig wurde über die wirklichen Helden geschrieben, dachte er. Über die einsamen Männer der Angriffsspitze oder diejenigen, die zurückgelassen wurden, um einen Rückzug zu decken. Sergeant Shears mochte im Augenblick vielleicht dasselbe denken.

Plötzlich gab es einen lauten Knall, dem ein heulender Orgelton folgte, als eine schwere Kanonenkugel über ihre Köpfe flog und sich dann mit Wucht in den Sand bohrte.

Fähnrich Couzens deutete auf den Steilhang jenseits des Wassers: »Sehen Sie, Sir? Dort, der Rauch! Sie haben oben die erste Kanone abgefeuert!«

Bolitho musterte ihn. Couzens sah blaß und kränklich aus. Es würde wohl einige Zeit dauern, bis er sich von den Schrecken des nächtlichen Kampfes erholt hatte.

»Melden Sie es dem Major. Er wird es sicher schon wissen, aber sagen Sie es ihm trotzdem.« Als Couzens zur Leiter lief, fügte er noch hinzu: »Danach melden Sie sich beim dienstältesten Offizier der Boote. Kommen Sie nicht zurück.« Er sah die verschiedensten Gemütsbewegungen im Gesicht des Jungen widergespiegelt: Erleichterung, Sorge und schließlich Trotz, und fuhr fort: »Ich bitte Sie nicht darum, das ist ein Befehl!«

»Aber, Sir, ich möchte bei Ihnen bleiben!«

Bolitho wandte sich um, als ein neuer Knall vom Hang her ertönte. Diesmal flog die Kugel übers Wasser, wo sie von Welle zu Welle sprang wie ein Delphin.

»Ich weiß, aber wie soll ich es Ihrem Vater erklären, wenn Ihnen etwas passiert? Wer wird dann den Apfelkuchen Ihrer Mutter essen?«

Er hörte etwas wie ein unterdrücktes Schluchzen, und als er sich wieder umdrehte, war der Platz neben ihm leer. Noch ein bißchen Zeit gewonnen für dich, dachte Bolitho traurig. Couzens war drei Jahre jünger als Huyghue, ein Kind!

Er sah ein Aufblitzen und hörte die Kugel über das Fort heulen. Sie hatten sich jetzt eingeschossen, das Geschoß schlug dicht bei der Fregatte ins Wasser und überschüttete eins ihrer Boote, das gerade zur Insel zurückkehrte, mit einer Woge von Gischt.

D'Esterre kam die Leiter herauf, um nach ihm zu sehen. »Die letzte Abteilung schifft sich jetzt ein, mit den meisten Gefangenen. Major Paget hat den Franzosen im ersten Boot hinübergeschickt, er will kein Risiko eingehen.« Er nahm den Hut ab und starrte zum Damm hinüber. »Abscheulicher Ort.«

Eine Stimme rief vom Hof herauf: »Die *Vanquisher* geht Anker auf, Sir!«

»Möchte wohl weg, bevor sie von Oberst Brown ein Stück Blei aufs Achterdeck gesetzt bekommt.« D'Esterres Ausdruck wurde besorgt. »Das könnte der Zündfunke sein, der den Angriff auslöst, wenn sie annehmen, daß wir alle abhauen, Dick.«

Bolitho nickte. »Ich mache mich fertig. Hoffentlich habt ihr ein schnelles Boot für uns!«

Es sollte lustig klingen, aber es trug nur dazu bei, die Spannung zu erhöhen, die sogar das Atmen schwer machte.

D'Esterre antwortete: »Die Jolle von der *Spite* wartet dort. Nur für dich, Dick.«

Bolitho entgegnete: »Geh' jetzt. Ich komme schon klar.« Er sah die letzte Gruppe Marineinfanteristen über den Hof laufen, einer von ihnen schleuderte eine brennende Fackel in den Papierstapel vor den Ställen.

D'Esterre beobachtete, wie Bolitho zum Magazin ging, dann wandte er sich um und folgte rasch seinen Leuten durch das Tor.

Eine Kugel heulte dicht über den Turm, aber d'Esterre blickte nicht einmal auf. Sie schien für ihn keine Drohung zu enthalten. Gefahr und Tod waren allein hier unten, eine scheußliche Erinnerung.

Er sah die Silhouette der Fregatte kürzer werden, als sie sich jetzt der offenen See zuwandte, ihre Fock füllte sich bereits, während eins ihrer Boote noch mit äußerster Kraft versuchte, längsseits zu pullen. Für die anderen Boote würde es ein langer und harter Weg sein, ihr Schiff zu erreichen. Aber der Kommandant kannte die tödliche Gefahr gut placierter Artillerie an Land. Eine Fregatte zu verlieren, war schlimm genug, aber noch schlimmer wäre es, wenn sie gekapert und von der Rebellenflotte vereinnahmt würde.

Bolitho vergaß d'Esterre und alles andere, als er Stockdale mit einer brennenden Lunte bei den Zündschnüren sah. Neben ihm standen ein Korporal der Marineinfanterie und ein Seemann, in dem er trotz Schmutz und Bartstoppeln Rabett, den Dieb aus Liverpool, erkannte.

»Legt Feuer!« rief er und zuckte gleich darauf zusammen, als eine schwere Kugel durch die zersplitternde Brustwehr krachte und in den bereits lichterloh brennenden Ställen einschlug.

»Marsch zu den Toren, Korporal, und rufen Sie Ihre Wachtposten zurück, so schnell Sie können.«

Die Zündschnüre erwachten zischend zum Leben, im Dämmerlicht der Kasematte wirkten sie wie wütende Schlangen.

Die Zündfunken schienen mit unheimlicher Geschwindigkeit vorwärtszueilen, wenigstens kam es Bolitho so vor; er berührte Stockdale an der Schulter.

»Zeit für uns, komm.«

Eine Kugel schlug beim Fort ein und schleuderte eins der Schwenkgeschütze wie ein Stück Holz in die Luft.

Zwei weitere, scharfe Detonationen kamen vom Damm her: die beiden Geschütze waren gesprengt worden.

Gewehrfeuer war jetzt zu hören, noch weit entfernt und ohne Wirkung. Aber der Feind würde bald stürmen.

Sie rannten hinaus in das grelle Sonnenlicht, vorbei an brennenden Ställen und Vorratsräumen.

Ein lauter Knall und splitterndes Holz, das einmal die Brustwehr gewesen, bewiesen, daß Browns Leute wie die Teufel gearbeitet haben mußten, um ihre Geschütze auf dem Hang in Stellung zu bringen.

Der Korporal schrie plötzlich: »Sergeant Shears kommt im Galopp, Sir! Und die ganze verdammte Rebellenarmee ist ihm auf den Fersen!«

Bolitho sah die rennenden Marineinfanteristen, einer stürzte vornüber und blieb liegen. Feindliche Soldaten wateten und kämpften sich bereits über den unter Wasser stehenden Damm, sie feuerten im Laufen.

Bolitho schätzte die Entfernung: es war zu weit für den Feind, er konnte sie nicht mehr einholen.

Herum um die Festungsmauer, hinunter über den abschüssigen Strand, wo die Jolle wartete. Er sah, daß die Crew schon die Riemen im Wasser hatte und wie hypnotisiert auf das Land starrte.

Sergeant Shears keuchte den Strand hinunter, seine Männer dicht hinter sich.

»Ins Boot!« Bolitho blickte zum Turm auf, die britische Flagge wehte noch.

Dann merkte er, daß er der letzte auf dem Strand war, daß Stockdale ihn am Arm über das Dollbord zog und ein nervöser Leutnant kommandierte: »Ruder an!«

Wenige Minuten später, als die Jolle schon über die ersten trägen Brecher glitt, erschienen ein paar Soldaten unterhalb des Forts.

Ihre rasch abgefeuerten Schüsse gingen fehl, nur einer schlug dicht neben dem Boot ein und spritzte Wasser über die keuchenden Rotröcke.

Shears murmelte: »An ihrer Stelle würde ich dort schnellstens abhauen.«

Sie waren halbwegs zwischen Strand und Schiff, als die Detonation den hellen Tag zerfetzte. Es war nicht so sehr der ohrenbetäubende Krach als vielmehr der Anblick des in die Luft geschleuderten Forts, das dann Bruchstücke auf die Insel herabregnete, der in Bolithos Gedächtnis haften blieb, noch lange, nachdem das letzte Stück zu Boden gefallen war. Als der Rauchpilz sich langsam hob, sah er, daß nichts mehr den Standort des Forts bezeichnete, nur ein ungeheurer, schwarzer Trichter.

Alle Gefangenen waren schließlich doch abtransportiert worden, und Bolitho überlegte, was sie jetzt wohl empfinden mochten, und auch der junge Huyghue. Dachte er an den Teil, den er selbst zum Gelingen des Unternehmens beigetragen hatte? Oder nur an sein eigenes schweres Los?

Als er den Blick endlich abwandte, sah er über sich die schwankenden Masten und Rahen der *Spite*. Hilfreiche Hände warteten bereits darauf, sie an Bord zu holen.

Er sah Stockdale an, und ihre Blicke trafen sich in wortloser Erleichterung. Dann hörte er die gereizte Stimme des jungen Kommandanten Cunningham von oben herab rufen: »Lebhaft da unten, bewegt euch, wir haben nicht den ganzen Tag Zeit!«

Bolitho lächelte müde. Sie waren zu Hause.

Kapitän Gilbert Brice Pears saß an seinem Schreibtisch, die starken Finger ineinander verschlungen, während sein Sekretär fünf wunderschön geschriebene Ausfertigungen des Berichtes über das Unternehmen Fort Exeter zur Unterschrift vor ihm ausbreitete.

Der Rumpf der *Trojan* knarrte und klapperte in der achterlichen See, Pears jedoch nahm es kaum wahr. Er hatte den Originalbericht sehr sorgfältig durchgelesen, nichts übergangen, und hatte sich von d'Esterre weitere Einzelheiten sowie den genauen Hergang des Angriffs und Rückzugs schildern lassen.

Neben ihm stand Cairns, dessen schlanke Gestalt einen Winkel zum Deck bildete, entsprechend der jeweiligen Schräglage des Schiffes. Er wartete geduldig auf eine Bemerkung des Kommandanten.

Pears hatte sich sehr aufgeregt über die Verspätung, mit der sie den Treffpunkt nach ihrem Scheinangriff auf Charlestown erreicht hatten. Das plötzliche Umspringen des Windes, das völlige Fehlen irgendwelcher Nachrichten und das allgemeine Mißtrauen, das er Coutts' Plan entgegenbrachte, hatten ihn das Schlimmste befürchten lassen. Coutts selbst mußte wohl etwas von Pears' Unruhe gespürt haben, weil er zusätzlich die Fregatte *Vanquisher* zur Unterstützung der kleineren *Spite* entsandt hatte, um beim Aufnehmen des Landetrupps zu helfen. Pears hatte dann später ihre Rückkehr auf die *Trojan* beobachtet, die abgezehrten, trotzig wirkenden Marineinfanteristen – oder vielmehr den kläglichen Rest dieser stolzen Truppe –, die schmutz- und blutverkrusteten Seeleute, dann d'Esterre, Bolitho und schließlich den jungen Couzens, der seinen Fähnrichskameraden halb lachend, halb weinend zuwinkte.

Fort Exeter bestand nicht mehr, und Pears hoffte nur, daß sich der Einsatz gelohnt hatte. Im Geheimen bezweifelte er es.

Grimmig nickte er seinem Sekretär zu. »Gut, Teakle, ich unterschreibe das verdammte Zeug.« Dann blickte er Cairns an: »Muß eine blutige Angelegenheit gewesen sein. Unsere Leute scheinen sich aber wacker geschlagen zu haben.«

Durch die tropfenden Fenster betrachtete er das verschwommene Bild des Flaggschiffs, das auf gleichem Kurs lag, die Segel windgefüllt.

»Und jetzt dies hier, verdammter Mist!«

Cairns folgte seinem Blick. Er wußte wohl besser als jeder andere, was sein Kommandant empfand.

Es hatte ganze sechs Tage gedauert, bis die massigen Linienschiffe sich wieder mit *Spite* und *Vanquisher* vereinigt hatten; dann vergingen zwei weitere Tage, in denen Admiral Coutts die Offiziere seines kleinen Geschwaders zu Besprechungen zusammenholte, den entwaffnend zuversichtlichen Franzosen verhörte und schließlich die Informationen verarbeitete, die Paget aus dem Fort gebracht hatte.

Anstatt nun nach New York zurückzukehren, um sich neue Befehle und Ersatz für die Toten und Verwundeten zu holen, mußte die *Trojan* weiter nach Süden segeln. Pears hatte Order, eine Insel zu finden und schließlich zu zerstören, die – wenn man den Aussagen der Gefangenen Glauben schenken konnte – das wichtigste Glied in der Nachschubkette darstellte, die Washingtons

Armeen mit Waffen und Munition versorgte.

Zu jedem anderen Zeitpunkt hätte Pears diesen Einsatz als willkommene Unterbrechung der langweiligen Liege- und ermüdenden Patrouillenzeiten begrüßt.

Das Flaggschiff *Resolute* würde sie bald verlassen und Coutts' beeindruckende Berichte dem Oberbefehlshaber in New York überbringen, zusammen mit den Schwerverwundeten und den Gefangenen. Aber der jugendliche Konteradmiral selbst hatte den nach Pears' Ansicht noch nie dagewesenen Schritt unternommen, seinen Flaggschiffskommandanten zum stellvertretenden Befehlshaber des Geschwaders zu ernennen, während er seine Flagge auf der *Trojan* hissen ließ, um den Angriff im Süden selbst zu leiten.

Coutts vermutete wohl zu Recht, daß der Oberbefehlshaber ihn, wenn er mit der *Resolute* erst einmal in New York eingelaufen war, anderweitig einsetzen würde, eventuell in Zusammenarbeit oder gar unter direktem Befehl des Gesandten Sir George Helpman. Mit der erfolgreichen Ausführung seiner Eroberungspläne wäre es dann vorbeigewesen.

Es klopfte an Pears' Tür.

»Herein!«

Er blickte auf und in Bolithos Gesicht, der, den Hut unterm Arm, die Kajüte betrat.

Er sah älter aus, fand Pears, abgespannt, aber selbstsicherer. Um die Mundwinkel hatten sich Falten gebildet, aber die grauen Augen blickten fest und – wie die der zerschlagenen Reste der Marineinfanteristen – trotzig.

Pears bemerkte an der Haltung der Schulter, daß Bolitho noch starke Schmerzen haben mußte, sowohl vom Hieb der Klinge wie auch von der Wundbehandlung durch den Arzt. Aber in seiner frischen Kleidung wirkte er wie völlig wiederhergestellt.

Pears begrüßte ihn: »Gut, Sie heil und in einem Stück zu sehen.« Dann wies er auf einen Stuhl und wartete, bis der Sekretär den Raum verlassen hatte. »Sie werden es bald genug erfahren: Wir segeln nach Süden, um dort eine Nachschubbasis aufzuspüren und zu zerstören.« Er zog eine Grimasse: »Auch noch französisch, zu allem Überfluß.«

Bolitho setzte sich vorsichtig. Seit er frisch gewaschen war und saubere, seltsam ungewohnte Kleidung trug, fühlte er die Spannung allmählich nachlassen.

Sie waren alle nett zu ihm gewesen – Cairns, der Weise,

Dalyell, alle –, und er fühlte sich wieder frei und zu Hause in diesem ächzenden, überfüllten Rumpf.

Bis jetzt hatte er keine Ahnung gehabt, was vor sich ging. Nach der schnellen Überfahrt an Bord der Korvette und der Trauer über den Tod weiterer Verwundeter fand er kaum zu etwas anderem Zeit als dazu, seine Version des Erlebten zu Papier zu bringen. Außer ein paar kurzen Worten, als man ihm und den anderen an Bord half, hatte er noch nicht wieder mit Pears gesprochen.

Der Kommandant fuhr nun fort: »Der Krieg fordert einen hohen Zoll. Wir waren knapp an erfahrenen Offizieren, jetzt sind wir noch knapper.« Er starrte auf den leeren Tisch, wo vorher der Bericht gelegen hatte. »Gute Leute sind getötet, andere verstümmelt, die Hälfte meiner Marineinfanteristen fällt aus, und dann sind auch noch zwei Offiziere gefangengenommen! Ich fühle mich wie ein Prediger in einer leeren Kirche.«

Bolitho blickte Cairns an, aber dessen Gesicht verriet nichts. Er hatte morgens eine Brigg mit dem Flaggschiff Signale tauschen und dann in Rufweite gehen sehen, aber über den Inhalt des Gesprächs wußte er nichts. Also fragte er: »Zwei Offiziere, Sir?« Er mußte irgend etwas verpaßt haben.

Pears seufzte. »Erst der junge Huyghue, und dann habe ich heute vom Flaggschiff die Mitteilung erhalten, daß Probyn von einem Kaperschiff aufgebracht worden ist. Und zwar schon einen Tag nach Verlassen des Forts.« Er beobachtete Bolithos Gesicht. »Das war das kürzeste Kommando der Marinegeschichte, scheint mir.«

Bolitho dachte an das letzte Zusammensein mit Probyn – böse, triumphierend, bitter war es gewesen. Jetzt war alles vorbei, hatten sich seine Hoffnungen zerschlagen.

Bolitho empfand Mitleid, nicht mehr.

»Also«, Pears' Stimme brachte ihn mit einem Ruck zurück in die Wirklichkeit, »werden Sie hiermit zum Zweiten Offizier dieses Schiffes ernannt, *meines* Schiffes.«

Bolitho starrte ihn verwirrt an. Vom Vierten zum Zweiten Offizier? Er hatte gehört, daß so etwas vorkam, hatte es sich aber nie für sich vorgestellt.

»Ich – ich danke Ihnen, Sir.«

Pears blickte ihn ernst an. »Freut mich, daß Sie nicht über Probyns Geschick spotten, obwohl ich es verstanden hätte.«

Cairns zeigte sein seltenes Lächeln. »Herzlichen Glückwunsch!«

Pears hob die große Rechte. »Sparen Sie sich das für später auf, Mr. Cairns. Und jetzt an die Arbeit, übertragen Sie einem anderen Fähnrich Huyghues Aufgaben; außerdem schlage ich vor, daß Sie Steuermannsmaat Frowd einstweilen als Offizier einsetzen. Ein vielversprechender Mann.«

Der Posten öffnete zaghaft die Tür. »Verzeihung, Sir, der Fähnrich der Wache ist hier.«

Es war der kleine Forbes, er kam Bolitho jetzt schon etwas reifer vor, in seine Aufgabe hineingewachsen.

»Sir, Mr. Dalyell meldet Signal vom Flaggschiff: ›Drehen Sie bei.‹«

Pears blickte Cairns an. »Führen Sie es aus. Ich bin gleich oben.«

Als die beiden Offiziere hinter dem Fähnrich her an Deck eilten, fragte Bolitho: »Warum das ganze Manöver?«

Cairns starrte ihn an. »Sie sind wirklich ein wenig hinterm Mond, Dick!« Er wies auf einen Unteroffizier mit einer aufgetuchten Flagge unterm Arm. »Heute hissen wir die Admiralsflagge im Kreuztopp. Konteradmiral Coutts wird unser Helfer in der Not.«

»Die *Trojan* wird *Flaggschiff*!«

»Vertretungsweise.« Cairns glättete seinen Hut, während sie nach vorn zur Querreling gingen. »Bis Coutts Ruhm erntet oder sein Kopf auf dem Block liegt.«

Seeleute liefen bereits auf ihre Stationen; Bolitho hatte jetzt die Aufsicht über den ungeheuren Großmast, an dem er einst so manchen Befehl und Anranzer von Sparke erhalten hatte. Nun war er selbst Zweiter Offizier, obwohl ihm zwei Monate bis einundzwanzig fehlten.

Er sah Stockdale, der ihn beobachtete und ihm zunickte. Stockdale und einigen jetzt fehlenden Gesichtern hatte er es zu verdanken, daß er überhaupt hier war.

»Klar zum Beidrehen!«

Cairns' Stimme erreichte ihn durch das Sprachrohr. »Mr. Bolitho! Treiben Sie Ihre Leute an die Brassen! Die bewegen sich heute wie die Krüppel!«

Bolitho tippte an seinen Hut. »Aye, Sir!«

Zwischen den durcheinanderhastenden Seeleuten sah er Quinn herüberstarren, noch etwas unsicher auf seiner ebenfalls neuen Station. Bolitho lächelte ihm zu und versuchte, die Spannung zu lockern, die fühlbar zwischen ihnen bestand.

»Lebhaft, Mr. Quinn!« Er zögerte, etwas tauchte in seinem Gedächtnis auf.

»Stellen Sie den Namen dieses Mannes fest!«

XII Rivalen

Am Tage nach dem Setzen der Admiralsflagge auf der *Trojan* und Konteradmiral Coutts' Anbordgehen schritt Bolitho auf dem Achterdeck auf und ab, warf gelegentlich ein Auge auf die Vormittagswache und genoß im übrigen die frische Nordwestbrise. Während der Nacht waren die *Resolute* und die Fregatte *Vanquisher* achteraus verschwunden und kreuzten nun nach New York zurück, was der Wind ihnen nicht gerade leicht machte.

Für die *Trojan* sahen die Dinge anders aus, als habe Coutts' unerwartete Ankunft zugleich eine Änderung der Verhältnisse bewirkt. Sie muß einen prächtigen Anblick abgeben, dachte Bolitho, während er, geschickt die Bewegungen des Schiffes ausnutzend, fast schwerelos in Luv des Decks auf und ab ging. Sie hatte ihre Schönwettersegel gesetzt und fuhr Vollzeug, von Zeit zu Zeit warf ihr Bug aus dem azurblauen Wasser Gischtschleier bis weit über den Wellenbrecher hoch.

Der Kompaß zeigte stetig nach Südsüdost. Dieser Kurs führte den stattlichen Zweidecker mit sicherem Abstand von Land hinunter zu der langen Inselkette, die den Atlantik vom Karibischen Meer trennt.

Der Wind hielt die Hitze fern und gestattete es den weniger schwer Verwundeten, sich an Deck aufzuhalten, was wesentlich zu ihrer Genesung beitrug. Die Schwerverwundeten waren auf das Flaggschiff transportiert worden, jedoch würde wohl mancher von ihnen das Land nie wiedersehen.

Von den Gefangenen war nur einer an Bord geblieben, der Franzose Contenay. Er machte regelmäßige Spaziergänge an Deck, ohne jede Bewachung, und schien sich auf einem Schiff des Königs ganz zu Hause zu fühlen.

Bolitho wußte noch immer wenig über seinen eigenen Kommandanten. Die Freundlichkeit der Begrüßung an Bord war wieder Pears' strenger und unnahbarer Haltung gewichen. Bolitho hatte den Eindruck, daß des Admirals Anwesenheit erheblich dazu beitrug.

Coutts war morgens an Deck erschienen. Jugendlich, entspannt und anscheinend interessiert an allem, war er vom Achterdeck über die Luvtreppe hinabgestiegen und hatte den mit bloßem Oberkörper arbeitenden Seeleuten, dem Zimmermann und dem Segelmacher zugesehen und schließlich dem Küfer, der wie üblich das Deck eines Kriegsschiffes in eine Art Ladenstraße verwandelte.

Er hatte mit den Offizieren und einigen der dienstälteren Leute gesprochen, den Master durch seine Kenntnis der Arktis beeindruckt und Midshipman Forbes durch ein paar wohlgezielte Fragen zu einem errötenden Stotterer gemacht.

Wenn Coutts beunruhigt war über die zweifelhafte Aussicht, ein weiteres Nachschubdepot des Feindes zu zerstören, oder über die Kommentare des Oberbefehlshabers zu seinem eigenmächtigen Handeln, so zeigte er das nicht im geringsten. Seine Pläne behielt er für sich, denn nur Ackerman, sein weltgewandter Flaggleutnant – es war der Offizier, den Bolitho damals bei dem Fest mit der halbnackten Frau in einer Kammer gesehen hatte –, und sein Privatsekretär besaßen sein Vertrauen.

Bolitho war klar, daß dies Pears über alle Maßen kränken mußte.

Er hörte Schritte an Deck; Cairns trat zu ihm an die Reling. Mit einem Blick umfaßte sein geschultes Auge die arbeitenden Gruppen an Deck und den Stand jedes einzelnen Segels.

Zu Bolitho sagte er: »Der Admiral ist bei unserem Captain, es gibt wohl dicke Luft.« Er wandte sich um und blickte bedeutungsvoll zum Kajütsoberlicht. »Ich war froh, die hohen Herren alleinlassen zu können.«

»Noch keine Neuigkeiten?«

»Nicht viele. Wie d'Esterre beim Pokern spielt der Admiral eine harte Hand. Er wird aufsteigen wie ein Komet, oder –«, er zeigte mit dem Daumen nach unten, »– fallen wie eine Sternschnuppe.«

Seit Coutts an Bord war, tauschte Cairns häufiger seine Gedanken mit dem Zweiten Offizier aus.

Langsam fügte er jetzt hinzu: »Unser Kommandant wollte wissen, warum die *Trojan* und nicht das Flaggschiff für diese Aufgabe ausgewählt wurde.« Er lächelte grimmig. »Der Admiral erklärte ihm eiskalt und seelenruhig, daß die *Trojan* das schnellere Schiff sei, und daß die Besatzung für ihre Tapferkeit eine Belohnung verdient hätte.«

Bolitho nickte. »Das glaube ich. Die *Resolute* ist schon viel länger hier draußen und hatte kaum eine vernünftige Überholung. Sie muß bewachsen sein wie eine Wiese.«

Cairns musterte ihn bewundernd. »Wir werden doch noch einen Politiker aus Ihnen machen.« Bolithos Verwirrung mit einer Handbewegung beiseite fegend, fuhr er fort: »Sie begreifen das doppelsinnige Kompliment? Coutts schmiert Pears Honig um den Bart mit Worten wie ›Belohnung‹ und ›besseres Schiff‹, um ihm im nächsten Augenblick beizubringen, daß sein eigenes Flaggschiff es eher verdient hätte.«

Bolitho schürzte die Lippen. »Das ist clever.«

»Schelme muß man erkennen, Dick.«

»Aber was ist dann der wahre Grund?«

Cairns runzelte die Stirn. »Ich vermute, er möchte das Flaggschiff auf der zuständigen Station haben. Aus demselben Grund hat er wohl auch die *Vanquisher* zurückgeschickt, weil er weiß, daß sie dringend im Geleitdienst benötigt wird, jetzt, da die Zahl der Kaperschiffe ständig zunimmt. Das alles wäre sinnvoll.«

Cairns senkte die Stimme, als Sambell, Steuermannsmaat der Wache, betont gleichgültig vorbeischlenderte.

»Er wird diesen Plan auch ausführen, die Belohnung einstecken oder die Fehler so gut wie möglich vertuschen. Unserem Kommandanten möchte er den Angriff nicht allein überlassen, traut es ihm wohl auch nicht zu. Außerdem braucht er einen Sündenbock für den Fall, daß alles schiefgeht, womöglich in einer Katastrophe endet; und das sollte nicht gerade sein eigener Flaggschiffkommandant sein.« Cairns beobachtete Bolithos Gesicht. »Ich sehe, Sie haben begriffen.«

»Solche Winkelzüge werde ich niemals verstehen.«

Cairns zwinkerte. »Eines Tages werden Sie sie sogar anderen beibringen.«

Weitere Schritte erklangen auf dem von der Sonne ausgedörrten Deck. Bolitho sah Pears und den Master aus dem Kartenraum kommen, letzterer trug die Ledertasche, in der er normalerweise seine Navigationsinstrumente aufbewahrte.

Bunce sah aus wie immer. Er blickte kurz auf den Kompaß, prüfte die Windrichtung und musterte die beiden Rudergänger, wobei seine lebhaften dunklen Augen unter den buschigen Brauen hervorblitzten.

Pears dagegen schien müde und übellaunig, als warte er ungeduldig darauf, die ungeliebte Aufgabe, die man ihm zumutete, anpacken und beenden zu können.

»Bald werden wir wissen, wo diese verdammte Insel liegt, Dick.« Cairns lockerte seufzend sein Halstuch. »Hoffentlich ist sie kein zweites Fort Exeter.«

Bolitho blickte ihm nach, als Cairns seinen täglichen Rundgang durchs Schiff fortsetzte, und überlegte, ob dieser wohl noch immer nach einer Gelegenheit suchte, von der *Trojan* wegzukommen, um ein eigenes Schiff zu übernehmen.

Soweit hatten die Offiziere der *Trojan* kein Glück gehabt, sobald sie ihren Schutz verließen. Sparke war gefallen, Probyn gefangen, nur er selbst war jedesmal zurückgekehrt wie der verlorene Sohn.

Dann sah er Quinn, ohne Rock und mit durchgeschwitztem Hemd, das ihm am Rücken klebte, zwischen dem Segelmacher und seinen Maaten einhergehen. Sein Gesicht war noch immer blaß und sah weit älter aus. Die Folgen des fürchterlichen Säbelhiebes über die Brust machten ihm noch zu schaffen, man sah es an seiner Haltung, seinem Gang, seinem verkniffenen Mund. Auch plagte ihn wohl ständig die Erinnerung an sein Versagen im Fort und an seinen selbstmörderischen Einsatz am Geschütz, ausgelöst durch Rowhursts offen zur Schau getragene Verachtung.

Fähnrich Weston rief plötzlich: »Die *Spite* signalisiert, Sir!«

Bolitho nahm das Glas aus der Halterung und stieg rasch in die Luvwanten. Es dauerte eine Weile, bis er die kleine Korvette gefunden hatte, ihren einzigen Begleiter bei diesem ›Abenteuer‹, wie Cairns es bezeichnete. Jetzt hatte er die hellen Bramsegel der *Spite* erfaßt und entdeckte auch die leuchtenden Signalflaggen, die von der Rah wehten.

Weston hatte bereits im Signalbuch geblättert und rief aus: »Von *Spite*: Segel in Sicht im Süden!«

Bolitho wandte sich ihm zu und betrachtete ihn. Weston war jetzt der dienstälteste Fähnrich, und an ihm nagte wohl Pears' Rat, Mr. Frowd an seiner Stelle zum kommissarischen Leutnant zu befördern. Der »Rat« eines Kommandanten war so gut wie ein Befehl.

Bolitho hatte beinahe Mitleid mit Weston. Beinahe. Denn er war ungeschlacht, feist, streitsüchtig und würde einen schlechten Offizier abgeben, wenn er lange genug lebte.

»Gut. Behalten Sie die *Spite* im Auge. Ich werde dem Kommandanten noch keine Meldung machen.«

Bolitho setzte seinen Spaziergang auf dem Achterdeck fort. Die Luft wirkte frisch, aber wenn man stehen blieb, spürte man die Kraft der Sonne. Bolithos Hemd war klitschnaß, und die Schulterwunde schmerzte wie ein Schlangenbiß.

Der Kommandant der Korvette würde jetzt vermutlich Überlegungen anstellen und ungeduldig auf des Admirals Entscheidung warten, ob er zur näheren Untersuchung des fremden Schiffes beordert wurde.

Eine halbe Stunde verging. Rauch quoll fettig aus dem Kombüsenschornstein, und Molesworth, der Zahlmeister, erschien mit seinem Assistenten auf dem Weg zur Proviantlast, um die tägliche Ration Rum oder Branntwein auszugeben.

Ein paar Marineinfanteristen, die auf der Back die Abwehr von Enterern geübt hatten, marschierten nach achtern und gaben ihre Lanzen wieder ab. Es war auch ein kleines Kontingent vom Flaggschiff dabei, das die Lücken auffüllen sollte, bis regulärer Ersatz eintraf. Bolitho dachte an all die kleinen Erdhügel auf der Insel. Wen interessierten sie jetzt noch?

Weston rief: »Von der *Spite,* Sir: ›Voriges Signal gestrichen‹.

Wahrscheinlich also ein Holländer auf erlaubter Fahrt, jedenfalls war Cunningham beruhigt. Möglicherweise war das fremde Fahrzeug auch mit äußerster Kraft geflüchtet, sowie es die Bramsegel der *Spite* gesichtet hatte. Mißtrauen machte sich in diesen Tagen bezahlt.

Stockdale kam über das Achterdeck auf seinem Weg zur Steuerbordbatterie. Im Vorbeigehen flüsterte er Bolitho zu: »Der Admiral, Sir.«

Bolitho straffte sich und wandte sich um, als Coutts aus dem Schatten in das grelle Sonnenlicht trat. Er legte die Hand an den Hut und fragte sich, ob Weston ihn absichtlich nicht gewarnt hatte.

Coutts lächelte unbekümmert. »Guten Morgen, Bolitho. Noch immer auf Wache, wie ich sehe.« Er hatte eine angenehme, ruhige Stimme, ohne jedes Pathos.

Bolitho erwiderte: »Nur noch wenige Augenblicke, Sir.«

Coutts nahm ein Glas und studierte mehrere Minuten lang die weit entfernte *Spite*. »Guter Mann, Cunningham. Wird mit etwas Glück bald Kapitän werden.«

Bolitho sagte nichts, dachte aber an Cunninghams Jugend, an sein »Glück«. Mit Coutts' *Segen* würde er Kapitän werden, und wenn der Krieg andauerte, dann war er wahrscheinlich in drei weiteren Jahren Flaggoffizier, sicher vor Degradierung und unaufhaltsam auf dem Weg nach oben.

»Ich kann Ihre Gedanken beinahe hören, Bolitho.« Coutts reichte Weston das Glas, ohne sich umzudrehen. Wieder war die Bewegung beiläufig, aber genau berechnet. »Grämen Sie sich nicht. Wenn Sie an der Reihe sind, werden Sie entdecken, daß eines Kapitäns Leben nicht nur aus Bordeaux und Prisengeld besteht.« Einen Augenblick lang wurde sein Blick hart. »Aber eine Chance bietet sich immer, allerdings nur denen, die etwas wagen und Befehlsausführung nicht als Ersatz für Eigeninitiative gelten lassen.«

Bolitho sagte: »Ja, Sir.«

Er wußte nicht, was Coutts damit andeuten wollte. Daß für ihn Hoffnung bestand? Oder wollte er damit lediglich seine Gefühle Pears gegenüber zum Ausdruck bringen?

Coutts zuckte mit den Schultern und fügte hinzu: »Essen Sie heute abend mit mir zusammen. Ackerman wird noch ein paar andere einladen.«

Wieder spürte Bolitho die jugendliche Frische und Härte in Coutts' Stimme.

»In meinen Räumen natürlich. Ich bin sicher, daß der Kommandant nichts dagegen haben wird.«

Er schlenderte von dannen und nickte Sambell und Weston im Vorbeigehen zu, als seien sie Bauerntölpel auf dem Dorfanger.

Die neue Wache sammelte sich bereits auf dem oberen Batteriedeck, und Bolitho wußte, daß Dalyell ihn gleich ablösen würde. Im Gegensatz zu George Probyn kam er nie zu spät.

Bolitho war verwirrt von dem Gehörten. Er fühlte sich geehrt durch Coutts' Interesse, das ihn aber gleichzeitig beunruhigte; es kam ihm vor wie Treulosigkeit Pears gegenüber. Er lächelte über seine Verwirrung. Pears mochte ihn möglicherweise gar nicht, weshalb also die Skrupel?

Dalyell erschien, blinzelnd im grellen Sonnenlicht. An seinem Rock hingen noch ein paar Krümel.

»Wache ist angetreten, Sir.«

»Danke, Mr. Dalyell.«

Sie blinzelten sich vergnügt zu, ihre Fröhlichkeit vor den Leuten hinter einer Maske von Förmlichkeit verbergend.

Quinn hatte die beiden von der Backbordtreppe aus beobachtet, während sie das übliche Gewühl bei der Wachablösung beaufsichtigten. Die Sehnsucht, seinen Schmerz endlich zu meistern, überkam ihn mit Macht. Bolitho hatte es nach seiner Verwundung geschafft oder zumindest die Erinnerung daran aus seinem Gedächtnis gestrichen, während er selbst noch jeden Schritt, jede Bewegung sorgfältig berechnen mußte. Er sagte sich ständig, daß sein für einen Augenblick aufwallender Mut kein Zufall gewesen war, daß er zwar einmal versagt, aber dann gekämpft hatte, um den Fehler wiedergutzumachen. Doch er spürte, daß die Besatzung ihn beobachtete, sein Selbstvertrauen abschätzte. Dies war auch der Grund, weshalb er an der Treppe auf Bolitho wartete, bevor er zum Essen ging. Bolitho war sein Halt, seine einzige Chance, wenn es überhaupt noch eine für ihn gab.

Dieser nickte ihm zu. »Noch nicht hungrig, James? Man hat mir erzählt, wir bekämen heute besonders gutes Rindfleisch, lag erst knapp ein Jahr im Faß!« Er legte Quinn die Hand auf die Schulter. »Finde dich damit ab, James.«

Als Quinn ihn ansah und den plötzlichen Ernst in Bolithos Augen bemerkte, wußte er, daß diese Worte nichts mit dem Essen zu tun hatten.

Die Rahen waren gebraßt, und die gewaltige Fläche der Segel füllte sich knallend. Die *Trojan* lag auf ihrem neuen Kurs.

Bolitho blickte Cairns an und tippte an seinen Hut. »Kurs liegt an, Sir.«

Cairns nickte. »Schicken Sie bitte die Freiwache unter Deck.«

Als die Seeleute, so schnell sie konnten, verschwanden, warf Bolitho rasch einen Blick auf Pears, der mit dem Admiral zusammen auf der Luvseite des Achterdecks stand.

Es war einer jener feurigen Sonnenuntergänge dieser Breiten. Die beiden Männer hoben sich als Silhouetten gegen den blutroten Himmel ab, ihre Gesichter lagen im Schatten. Es war kein Irrtum möglich, man spürte Coutts' Gereiztheit, Pears' verbissenen Eigensinn.

Das vergnügte Abendessen in der großen Kajüte schien schon weit zurückzuliegen. Coutts hatte den größten Teil der Unterhaltung mit Witz und guter Laune bestritten, Pausen gab es nur, wenn die Gläser nachgefüllt wurden. Er hatte die Leutnants in seinen Bann geschlagen – mit Geschichten über Intrigen und Korruption bei der Militärregierung in New York, über die großen, alten Londoner Häuser, deren Herren – und noch öfter Damen –, in ihren Händen die Zügel der Macht hielten.

Als erst einmal Pears und der Master ihre navigatorischen Berechnungen beendet hatten, war der Zweck der Fahrt und der Zielort wie ein Lauffeuer durch die Decks gegangen.

Es war also eine kleine Insel in einer ganzen Inselgruppe, die in der Monapassage zwischen Santo Domingo und Puerto Rico lag. Von den meisten wegen der schwierigen Navigation gemieden, war sie ein idealer Umschlagsort für Waffen und Munition, bestimmt für Washingtons wachsende Flotte von Versorgungsschiffen.

Als Coutts seine Hoffnung auf eine rasche Beendigung ihrer Mission begründet hatte, spürten Bolitho und die anderen seinen Eifer, seine Erregung bei der Aussicht auf einen schnellen Sieg. Diesmal sollte ihm niemand mit einer Warnung zuvorkommen, kein noch so schneller Reiter konnte die Nachricht vom Nahen der Briten übermitteln. Diesmal nicht. Mit der Breite des Atlantik in ihrem Rücken, der scharfäugigen *Spite* vor ihnen, hatte Coutts guten Grund zur Zuversicht.

Aber das war vor fünfzehn Tagen gewesen. Inzwischen hatte es Verzögerungen gegeben, die Coutts und seinen Offizieren den Stempel der Ungeduld aufgedrückt hatten. Mehrmals war die *Trojan* zum Beidrehen gezwungen, während die *Spite* unter vollen Segeln davonbrauste, um ein fremdes Schiff zu untersuchen, und dann mühselig zur Berichterstattung wieder zurückkreuzen mußte. Der Wind hatte auch verschiedentlich geschralt, wie Bunce vorausgesagt hatte. Im großen und ganzen war er ihnen jedoch günstig gewesen.

Jetzt, da wieder ein Sonnenuntergang Dunkelheit über das Schiff breitete, spürte Bolitho die wachsende Ungeduld, ja den Ärger in Coutts' raschen Bewegungen.

Wieder einmal war die *Spite* vorausgeschickt worden um festzustellen, ob die kleine Insel in der Tat diejenige war, die in den von Paget gefundenen Dokumenten beschrieben wurde. Falls dies zutraf, sollte Cunningham ein Boot an Land schicken und nach Möglichkeit die Stärke des Feindes feststellen. Wenn er niemanden antraf, sollte er sofort zurückkommen und berichten. In jedem Fall hätte er inzwischen zurück sein müssen. Bei dem in den Tropen üblichen raschen Hereinbrechen der Dunkelheit war mit einer Kontaktaufnahme vor morgen früh nicht mehr zu rechnen: wieder ein Tag verstrichen, weitere Ungewißheit.

Bolitho stand stramm und berührte grüßend seinen Hut, als Pears mit lauten Schritten an ihm vorbeiging. Das Zuschlagen der Kartenraumtür war ein weiterer Beweis seiner schlechten Laune.

Bolitho wartete nun darauf, daß Coutts ihn ansprach.

»Ein langer Tag, Bolitho.«

»Aye, Sir.« Bolitho blickte ihn an und versuchte, des Admirals Gefühle zu ergründen. »Das Barometer steht gleichmäßig hoch, wir sollten diesen Kurs die Nacht über beibehalten können.«

Coutts hatte gar nicht hingehört. Er stützte sich auf die Reling und starrte hinunter zur Backbordbatterie von Achtzehnpfündern. Er trug keinen Hut, und der Wind blies ihm das Haar in die Stirn, was ihn noch jugendlicher erscheinen ließ.

Dann fragte er leise: »Sind Sie wie die anderen, Bolitho? Halten auch Sie mich für verrückt, weil ich dieses Unternehmen mit aller Gewalt zu Ende führen will, obwohl es auf nichts weiter fußt als auf einem gekritzelten Zettel?«

»Ich bin nur ein Leutnant, Sir. Ich wußte gar nicht, daß Zweifel daran bestehen.«

Coutts lachte bitter. »Zweifel? Mein Gott, Mann, ganze Berge davon!«

Bolitho wartete. Er fühlte des Admirals Ungeduld, seine Enttäuschung.

Coutts fuhr fort: »Wenn Sie den Rang eines Flaggoffiziers erreichen, glauben Sie, die Welt gehört Ihnen. Aber das stimmt nur zum Teil. Ich war Kommandant einer Fregatte, und kein schlechter.«

»Ich weiß, Sir.«

»Danke.« Coutts schien überrascht. »Die meisten Leute, die einen Admiral sehen, scheinen zu denken, er sei nie etwas anderes gewesen – kein Seemann, kein Leutnant.« Vage zeigte er auf das Gewirr von Wanten und Spieren über ihnen. »Aber ich halte diese Information für wertvoll, sonst würde ich nicht meine Schiffe und meinen Ruf aufs Spiel setzen. Es kümmert mich nicht, was ein weichlicher Regierungsbeamter von mir denkt. Ich möchte, daß dieser Krieg rasch beendet wird, mit mehr Trümpfen auf unserer Seite als auf der des Feindes.« Er sprach schnell, seine Hände unterstrichen mit knappen Bewegungen seine Worte, seine Befürchtungen. »Jeder verstrichene Tag bringt uns mehr Feinde, dem Gegner mehr Schiffe, mehr Waffen. Wir haben keine Geschwader mehr übrig, aber die Aktivität des Feindes ist so groß, daß wir jede seiner Bewegungen überwachen und abdecken müssen. Kein Handelsschiff ist ohne Geleitschutz mehr sicher. Wir sind sogar gezwungen, Kriegsschiffe in die Davis Strait hinaufzuschikken, um unseren Walfang zu schützen! Dies ist keine Zeit für Furchtsame oder Zauderer, die darauf warten, daß der Feind zuerst handelt.«

Seine knappe, eindringliche Art zu sprechen, seine Gedanken mitzuteilen, war etwas Neues für Bolitho. Es kam ihm vor, als öffne sich seine enge Welt weit über den Rumpf des Schiffes hinaus und weiter in alle Seegebiete, wo Britanniens Autorität herausgefordert wurde.

»Ich habe mich gefragt, Sir . . .« Bolitho zögerte und fuhr dann fort: »Warum Sie das nicht von Antigua aus erledigen ließen. Wir sind die vierfache Entfernung gesegelt, die ein Patrouillenschiff von dort bis zur Insel zu bewältigen gehabt hätte.«

Coutts betrachtete ihn forschend und zunächst schweigend; sein eigenes Gesicht lag im Schatten, als suche er in Bolithos Frage nach Spuren von Kritik.

Dann sagte er: »Ich hätte die *Spite* zum Admiral nach Antigua schicken können, das wäre zweifellos schneller gegangen.« Er wandte sich ab. »Aber hätten sie dort etwas unternommen? Kaum. New York und die Bedrohung durch Washingtons Armeen scheinen von der Karibik aus unendlich weit entfernt zu sein. Nur vom Oberbefehlshaber hätte diese Anforderung kommen können, und da Sir George Helpman ihm über die Schulter sieht, zweifle ich, daß er mehr getan hätte, als einen Bericht an die Admiralität nach London zu schicken.«

Bolitho verstand. Eine siegreiche Seeschlacht war etwas anderes als der zähe Kleinkrieg hinter den Kulissen.

Coutts hatte Beweise in Händen, aber sie genügten nicht. Zu viele Leute waren gefallen, und jetzt, nach Probyns Gefangennahme und dem Verlust der Prise würde im fernen London möglicherweise sogar die Zerstörung von Fort Exeter als unbedeutend angesehen. Mit der Genehmigung eines weiteren risikoreichen Unternehmens war kaum zu rechnen.

Andererseits konnte ein rascher, entschlossener Angriff auf eine Nachschubbasis direkt vor der Nase der Franzosen, die ihre Neutralität wie eine falsche Flagge zur Schau stellten, das Gleichgewicht wiederherstellen; besonders dann, wenn er erfolgreich beendet war, bevor ihn irgend jemand verbieten konnte.

Coutts schien seine Gedanken zu lesen. »Merken Sie sich eins, Bolitho. Wenn Sie einen hohen Rang erreicht haben, fragen Sie nie oben nach, was Sie tun sollen. Die höheren Geister bei der Admiralität neigen stets viel eher dazu, nein zu sagen, als ein Risiko einzugehen, das ihre wohlgeordnete Existenz gefährden könnte. Selbst wenn Sie Ihre Karriere, ja Ihr Leben aufs Spiel setzen, handeln Sie immer so, wie Sie es für richtig halten, und wie es für Ihr Land am besten ist. Wer nur handelt, um seinem Vorgesetzten zu gefallen, dessen Leben ist eine Lüge.«

Pears trat, kaum sichtbar in dem schwindenden Licht, auf sie zu und sagte schroff: »In einer Stunde können wir Segel kürzen, Mr. Bolitho, aber ich werde nicht beidrehen, dafür ist die Strömung hier zu stark.« Er blickte den Admiral an und fügte hinzu: »Wir müssen auch für die zurückkehrende *Spite* auf Position sein.«

Coutts nahm Pears' Arm und führte ihn weg, aber nicht weit genug, als daß Bolitho den Ärger in seiner Stimme hätte überhören können, als er sagte: »Mein Gott, Sie treiben es zu arg, Kapitän! Ich nehme von Ihnen keine Anmaßung hin, weder von Ihnen noch von jemand anderem, hören Sie?«

Pears knurrte etwas Unverständliches.

Bolitho sah Couzens, dessen Gesicht im Schein der Kompaßbeleuchtung aufglühte, als er seine Eintragungen auf der Schiefertafel des Steuermannsmaaten machte. Er schien etwas zu symbolisieren: Jugend, Unschuld, Unwissenheit, je nachdem, wie man es ansah. Sie trieben alle auf etwas zu, das möglicherweise in einer Katastrophe enden würde. Coutts' Gier nach einem Sieg würde sie vielleicht schon bald nach Strohhalmen greifen lassen. Pears' Mißtrauen seinem Vorgesetzten gegenüber konnte ebenso ihnen allen gelten.

Bolitho fühlte sich zwischen den beiden hin und her gerissen. Er bewunderte Coutts mehr, als er sich eingestehen wollte, konnte aber auch Pears' Vorsicht verstehen. Pears stand auf dem Gipfel seiner Karriere, während der Admiral sich selbst in einer weitaus größeren Rolle sah, und zwar schon in nächster Zukunft.

Er hörte Cairns auf dem oberen Batteriedeck mit Tolcher, dem Bootsmann, sprechen.

Die Routine des nächsten Tages wurde festgelegt, die niemals ins Stocken geraten durfte, weder im Krieg noch im Frieden, und wer auch in herrischem Schweigen auf dem Achterdeck auf und ab spazieren mochte. Das Schiff kam zuerst, morgen und an jedem weiteren Tag. Anstreichen, einen Mann auspeitschen, einen anderen befördern, Tauwerk und Spieren überholen, es hörte niemals auf, nie gab es ein Ende.

Bolitho fiel plötzlich ein, was Probyn über das Ausnutzen einer unvermuteten Chance gesagt hatte. Es war, als hörte er ihn sprechen.

Cairns würde das Schiff bald verlassen. Selbst Pears konnte ihn das nächste Mal nicht zurückhalten. Bolitho seufzte und fand keinen Trost in der Aussicht, daß er in einigen Wochen, ja vielleicht sogar Tagen, Cairns' Arbeit verrichten würde, bis Pears einen erfahreneren Ersatz gefunden hatte.

Cairns würde einen guten Kommandanten abgeben, fair, energisch, intelligent. Ein paar Offiziere mehr wie er, und es würde genügend Siege geben, um jeden zufriedenzustellen, dachte er bitter.

Couzens kam auf seine Seite herüber und fragte: »Wird es wieder Kämpfe geben, Sir?«

Bolitho überlegte. »Sie wissen so viel wie ich.«

Couzens trat zurück, um seinen Gesichtsausdruck zu verbergen. Er hatte gesehen, daß der Admiral mit Bolitho wichtige Dinge erörterte. Natürlich konnte dieser so entscheidende Informationen nicht mit ihm, dem Fähnrich, teilen; aber zu wissen, daß Bolitho diese Informationen besaß, war beinahe so, als hätte er selbst sie erfahren.

Zu jedermanns Erleichterung wurden die obersten Segel der *Spite* bereits in der ersten Morgendämmerung gesichtet: eine kleine, blasse Pyramide, die mit so qualvoller Langsamkeit näher kam, daß Bolitho die schlechte Laune und Spannung rings um sich her wie eine Drohung spürte.

Die Decks wurden gerade mit Sand und Steinen gescheuert, und die verschwitzten Seeleute spülten ihr Frühstück mit Bier hinunter. Dann traten sie an zur Einteilung der vielen Aufgaben, die die Tagesroutine erforderte. Die Unteroffiziere hatten diesmal alle Mühe, die Leute davon abzuhalten, über die Reling zu blicken und das Näherkommen der Korvette zu beobachten.

Als diese so dicht herangekreuzt war, wie ihr Kommandant für vertretbar hielt, drehte sie in Lee der *Trojan* bei, ein Boot wurde rasch zu Wasser gelassen, und Cunningham kam herüber, um persönlich seinen Bericht zu erstatten.

Bolitho stand mit der Wache am Fallreep, um den jungen Kommandanten zu empfangen. Er beneidete ihn nicht, nachdem er gesehen hatte, wie Coutts ungeduldig an Deck auf und ab ging, wobei er wütend auf die *Spite* starrte. Auch aus Pears' bissig erteilten Rügen für Kleinigkeiten, die er normalerweise nicht bemerkt hätte, konnte man dessen schlechte Laune spüren.

Cunningham jedoch zeigte keinerlei Befangenheit, als er durch die Pforte stieg, zur Flagge hin grüßte und den Blick ohne das geringste Zeichen eines Wiedererkennens gleichgültig über Bolitho schweifen ließ. Er ging nach achtern, um den Kommandanten zu begrüßen.

Später wurde Bolitho in die Kajüte gerufen, wo Cairns und Ackerman bereits warteten.

Es überraschte ihn nicht, daß er hinzugezogen wurde, denn es war üblich, daß der Erste Offizier und sein unmittelbarer Untergebener an solchen wichtigen Besprechungen teilnahmen.

Sie hörten Pears' laute und ärgerliche Stimme aus dem Speiseraum, und Cunninghams knappen, beinahe beiläufigen Ton, mit dem er etwas erklärte.

Cairns blickte Ackerman an. »Sie scheinen heute alle schlechter Laune zu sein.«

Ackermans Gesicht blieb ausdruckslos. »Der Admiral wird sich durchsetzen.«

Die Tür wurde aufgestoßen, und die drei Offiziere traten so abrupt ein wie verspätete Zuschauer im Theater. Bolitho sah, daß aus Coutts' Gesicht alle Ungewißheit verschwunden war.

Der Admiral meinte leichthin: »Meine Herren, Major Pagets Information hat sich als richtig erwiesen.« Er nickte Cunningham zu. »Sagen Sie es ihnen.«

Cunningham berichtete, wie er die kleine Insel entdeckt und im Schutz der Dunkelheit ein Landungskommando abgesetzt hatte. Es dauerte länger als erwartet, aber da Rauch von Holzfeuern in der Luft lag, mußten sie vorsichtig zu Werke gehen, um nicht entdeckt zu werden.

Bolitho vermutete, daß Cunningham sich diesen Bericht sorgfältig überlegt hatte, um von vornherein allen kritischen Fragen zu begegnen, die eventuell seinen Verdienst hätten schmälern können.

Der junge Kapitän fuhr fort: »Im Inneren der Insel liegt ein guter Ankerplatz, nicht groß, aber zur offenen See hin völlig abgeschirmt. Mehrere Hütten stehen dort, auch sind Hinweise für häufiges Laden und Löschen in ausreichender Menge vorhanden; außerdem gibt es Vorrichtungen für das Ausführen einfacher Reparaturen.«

Pears fragte scharf: »Wen haben Sie an Land geschickt?«

Bolitho sah Coutts' kurzes Lächeln, als Cunningham ebenso scharf antwortete: »Ich ging selbst, Sir! Es gibt keinen Zweifel an meinen Beobachtungen.«

Coutts fragte: »Was sonst noch?«

Der junge Kommandant blickte Pears weiterhin fest an. »Ein Schoner mittlerer Größe liegt dort vor Anker, offensichtlich ein Freibeuter.«

Coutts warf ein: »Sicherlich wartet er auf ein Rebellenschiff. Ich möchte wetten, daß dort genug Waffen sind, um zwei bis drei Regimenter damit auszurüsten!«

Pears fragte hartnäckig: »Aber angenommen, es ist weiter nichts da als der Schoner?« Er blickte sich in der Kajüte um. »Das hieße doch, ein Ei mit der Keule aufklopfen!«

»Der erste Teil der Information hat sich als richtig erwiesen, Kapitän Pears.« Coutts beobachtete ihn intensiv. »Warum bezweifeln Sie den Rest? Die Insel ist offensichtlich wegen ihres günstigen Zugangs gewählt worden. Sie ist von den Großen wie von den Kleinen Antillen, ja sogar vom spanischen Kolonialreich im Süden gleich gut zu erreichen und liegt ideal für den Warenumschlag oder für die Bewaffnung eines Handelsschiffes.« Vor Ungeduld fing er an, im Raum auf und ab zu gehen.

»Diesmal werden wir das Übel an der Wurzel packen, ein für alle Mal. Denken Sie daran. Wir brauchen ihnen nur auf ihrem Ankerplatz aufzulauern und jedes Schiff zu kapern, das einzulaufen versucht. Die Franzosen werden es sich überlegen, ihre Leute künftig dieses schmutzige Geschäft ausführen zu lassen. Und ein solcher Rückschlag wird auch ihren spanischen Freunden zu denken geben, bevor sie sich wie Schakale über die Abfälle hermachen.«

Bolitho versuchte, es als Außenstehender zu beurteilen, nicht als Meinung seines Vorgesetzten, sondern als die eines Fremden, den er erst seit ein paar Wochen kannte.

War diese Entdeckung wirklich so wichtig? Spielte Coutts sie nicht hoch, ließ sie nur wichtig erscheinen?

Ein paar Hütten und ein Schoner, das klang nicht sehr vielversprechend; Bolitho sah an Pears' ärgerlicher Miene, daß dieser genauso dachte.

Als er wieder aufblickte, hatte sich die Szene gewandelt. Foley, der Steward, stand mit einem Tablett da, und Wein wurde bereits herumgereicht, um Cunninghams Neuigkeiten zu feiern.

Coutts hob lächelnd sein Glas: »Auf einen Sieg, meine Herren, einen Sieg mit möglichst geringen Verlusten!«

Er wandte sich um und blickte aus den Heckfenstern; so sah er nicht, daß Pears' Glas unbenutzt auf dem Tablett stand.

Bolitho kostete, aber wie seine Stimmung, so war auch der Wein plötzlich bitter.

XIII Die Vorwände fallen

»Der Kommandant, Sir!« Das Flüstern des Bootsmannsmaaten klang in der Stille des Morgengrauens unnatürlich laut.

Bolitho wandte sich um und sah Pears' mächtige Gestalt zum Kompaß gehen. Er sagte etwas Unverständliches zu Sambell, dem Steuermannsmaaten, und trat dann an die Querreling.

Bolitho schwieg wohlweislich. Es war früher Morgen, und während die *Trojan* unter Bramsegeln und Außenklüver stetig ihrem Südkurs folgte, war es, als wäre sie noch immer mitten in einem tropischen Regenguß. Er war mit ungeheurer Heftigkeit über sie hereingebrochen, war aus dem Dunkel mit lautem Rauschen und Prasseln gekommen, über Segel und Decks hinweggebraust wie ein Sturm und dann wieder in der Dunkelheit verschwunden. Jetzt, fast eine volle Stunde später, lief und plätscherte das Wasser noch immer aus der Takelage, floß über die Decks in Wassergänge und Speigatten. Nach Sonnenaufgang würde es eine derartige Dampfentwicklung geben, daß sie aussehen mußten, als stünden sie in Brand, dachte Bolitho.

Aber Pears wußte das alles selbst, es bestand keinerlei Grund, es ihm zu sagen. Er hatte so viele Morgendämmerungen auf so vielen Meeren erlebt, daß er nicht von einem Leutnant darauf hingewiesen werden mußte.

Es war noch dunkel im Batteriedeck, aber Bolitho wußte, daß jedes Geschütz besetzt war, klar zum sofortigen Einsatz. Es verursachte ihm ein unheimliches Gefühl, dieses große, kampfbereite Schiff, das lautlos wie ein Schatten durch die Dunkelheit glitt. Nichts verriet seine Anwesenheit als ein gelegentliches Klatschen der Segel oder ein Knarren des Rades beim Ruderlegen.

Irgendwo dort vorn lag ihr Ziel, die kleine, entlegene Insel, auf der Coutts so viel zu finden hoffte – oder vielmehr zu finden beabsichtigte. Die Isla San Bernardo war nicht mehr als ein Punkt auf Erasmus Bunces Seekarte. Es hieß, dieses Eiland sei die letzte Zuflucht eines Mönchsordens gewesen, der sich vor mehr als hundert Jahren dort niedergelassen habe. Bunce hatte bissig bemerkt, die Mönche seien wohl nur durch Zufall gelandet oder in der irrigen Annahme, daß es sich um eine der Hauptinseln handele. Das schien leicht möglich, dachte Bolitho, denn die Passage zwischen Santo Domingo und Puerto Rico war über neunzig Meilen breit, fast ein Ozean für ein kleines Fahrzeug mit unerfahrener Besatzung. Die Mönche waren längst in Vergessenheit geraten, umgebracht von Piraten oder ausgesetzten Gefangenen.

Die *Spite* lag jetzt dort und blockierte den Hafen. Cunningham rieb sich wohl die Hände und sah im Geiste schon den Artikel in der *Gazette*, in dem er lobend erwähnt wurde.

Bolitho hörte Pears näher kommen und sagte: »Der Wind ist stetig Nord zu West, Sir.« Er wartete und spürte des Kommandanten Sorgen und Zweifel.

Pears murmelte: »Danke, Mr. Bolitho. Wir werden gleich genügend Tageslicht haben, um unseren Weg in die Einfahrt zu finden.« Dann blickte er nach oben zu den großen, fahlen Rechtecken der Segel und den allmählich verblassenden Sternen.

Bolitho folgte seinem Blick und malte sich Pears' Gefühle aus, die drückende Verantwortung, die Unsicherheit. Ein Scheitern des Unternehmens würde in jedem Falle zu seinen Lasten gehen. So ganz konnte er sich nicht in Pears' Lage versetzen, Cairns, der jetzt ebenfalls an Deck auftauchte, konnte das wohl besser, aber der würde das Schiff bald verlassen. Ob das ihn selbst dem Kommandanten näherbrachte? Er bezweifelte es.

Cairns trat jetzt zu ihnen, begrüßte sie in seiner üblichen ruhigen Art, und sagte: »Ich war gerade im unteren Batteriedeck, dort fehlen noch einige Leute. Aber ich glaube nicht, daß wir heute gegen eine ganze Flotte kämpfen müssen.«

Bolitho erinnerte sich an Coutts' Erregung anläßlich eines einzelnen Schoners und mußte lächeln. Er sagte: »Mit Hilfe der *Spite* werden wir uns bewähren, hoffe ich.«

Pears wandte sich in plötzlichem Ärger ihm zu. »Entern Sie auf, Mr. Bolitho! Oben im Krähennest können Sie Ihre Witze anbringen. Melden Sie alles, was Sie sehen!« Und dann, im Weggehen: »Wenn Ihnen nicht wieder schlecht wird, wie sonst im Topp.«

Sein Spott wurde vom Rudergänger und von der Geschützbedienung auf dem Achterdeck gehört. Bolitho war überrascht und verwirrt über diesen Ausbruch, und er sah, wie sich einer der Seeleute umwandte, um sein Grinsen zu verbergen.

Cairns jedoch sagte ruhig: »Daran können Sie ermessen, wie ihm selbst zumute ist, Dick.«

Diese einfache Bemerkung gab Bolitho sein seelisches Gleichgewicht wieder, während er die Wanten zum Großtopp aufenterte. Seine Empörung über Pears' Worte trieb ihn ohne den geringsten Schwindelfanfall bis zur Bramstenge, und als er ein wenig atemlos oben beim Ausguck ankam, merkte er, daß er es bedeutend schneller geschafft hatte als sonst.

Der Seemann im Ausguckskorb bemerkte seelenruhig: »Es wird bald hell werden, Sir. Ein schöner Tag, glaube ich.«

Bolitho erkannte ihn. Es war ein älterer Toppsgast namens Buller, »älter« nach Marinemaßstab, das heißt, etwa dreißig. So gegerbt wie er war von Wind, See und Sonne, ausgemergelt von den zahllosen Kämpfen mit wildgewordenem Segeltuch, die Muskeln beansprucht bis zum äußersten, würde man ihn wohl bald zu einer weniger harten Arbeit unten an Deck abstellen.

Das Wichtigste schien Bolitho, daß der Mann nicht im geringsten beunruhigt war, weder durch die beträchtliche Höhe noch durch das unerwartete Auftauchen seines Zweiten Offiziers.

Er dachte an das Grinsen des Seemannes unten an Deck, auch das erschien ihm plötzlich wichtig. Es war ohne jede Bosheit oder Schadenfreude gewesen.

Bolitho erwiderte schließlich: »Auf jeden Fall wird es heiß werden.« Er deutete am Fockmast vorbei nach vorn. »Kennen Sie diese Gewässer, Buller?«

Der Mann überlegte. »Weder ja noch nein, Sir. Gewesen bin ich hier schon, aber ein Ort sieht für einen Seemann aus wie der andere.« Er lachte. »Außer wenn er an Land geht, natürlich.«

Bolitho dachte an das Bordell in New York, an die Frau, die ihm Obszönitäten ins Gesicht geschrien hatte, an die noch warme Brust des toten Mädchens.

Ein Ort war wie der andere. Das mochte stimmen, auch für die Matrosen der Handelsschiffe. Jede Reise war immer die letzte, man wollte nur noch so viel Heuer und Prisengeld verdienen, daß es zum Kauf der Hafenkneipe, des Krämerladens oder des Häuschens reichte. Aber es kam nie dazu, außer wenn der Mann als Krüppel an Land gesetzt wurde. Die See gewann am Ende immer.

Die Nock der Fockmarsrah wurde allmählich blasser, und als Bolitho sich umwandte, sah er die ersten Anzeichen des nahenden Tages. Er blickte hinunter und schluckte. Das Deck schien eine Meile unter seinen baumelnden Beinen zu liegen, umgeben von dem Kranz der dunkel starrenden Geschütze. Er mußte es einfach beherrschen. Die Angst vor großen Höhen hatte ihn geplagt, seit er mit zwölf Jahren sein erstes Schiff bestiegen hatte. Es war nicht anzunehmen, daß sie sich jetzt noch legen würde.

Bolitho fühlte den Mast und die Rahen unter sich vibrieren und schwanken. Er war 1768 als Kadett zur See gegangen, in dem Jahr, als die *Trojan* vom Stapel lief. Er hatte schon früher daran gedacht, aber heute morgen, hier oben in der seltsamen Isolation, erschien es ihm wie ein böses Omen, wie eine Warnung. Er fröstelte. Allmählich wurde er noch genauso ängstlich wie Quinn.

Auf dem nassen Achterdeck, nichts ahnend von den Phantasien seines Zweiten Offiziers, ging Pears auf und ab.

Cairns beobachtete ihn, und achtern auf dem Heckaufbau stand d'Esterre mit verschränkten Armen, dachte wohl an Fort Exeter und seine toten Marineinfanteristen.

Eine Tür ging auf und wieder zu, Stimmen auf dem Achterdeck verkündeten des Admirals Ankunft. Hinter ihm kam Ackerman, sein Flaggleutnant; selbst in der schwachen Beleuchtung wirkte Coutts munter und hellwach.

Am Ruder blieb er stehen und sprach mit Bunce, nickte Cairns zu und sagte: »Guten Morgen, Kapitän. Alles klar?«

Cairns überlegte. Wenn Pears beteiligt war, dann gab es nichts anderes, alles war klar.

Pears erwiderte gelassen: »Aye, Sir, gefechtsklar, aber die Geschütze sind noch nicht geladen.« Trocken fügte er hinzu: »Und noch nicht ausgefahren.«

Coutts blickte ihn böse an. »Das sehe ich.« Dann wandte er sich ab. »Die *Spite* müßte jetzt auf Position sein. Ich schlage vor, Sie setzen mehr Segel, Kapitän. Die Zeit des Abwartens ist vorbei.«

Cairns gab den Befehl weiter, Sekunden später legten die Toppsgasten auf den oberen Rahen aus, das nasse Segeltuch fiel herab und bauschte sich dann träge im Wind, während die *Trojan* sich unter dem erhöhten Druck stärker überlegte.

»Ich habe noch mal auf die Karte gesehen –«, Coutts beobachtete aus dem Augenwinkel die Arbeiten in der Takelage, »– es scheint kein anderer Ankerplatz vorhanden zu sein. Im Süden haben wir genügend Wassertiefe, nur zur Küste hin liegen ein oder zwei Sandbänke. Cunningham setzte sein Landungskommando im Süden ab. Sehr clever. Er zumindest überlegt jeden seiner Schritte.«

Pears wandte den Blick von den schlanken Gestalten der an Deck zurückkehrenden Toppsgasten und sagte: »Schließlich ist es der einzige Ankerplatz, nicht wahr, Sir?«

Coutts ging mit seinem Flaggleutnant von dannen. Der Hieb hatte gesessen.

Ein paar Möven tauchten auf und umkreisten das Schiff, sie schienen die Nähe des Landes anzukündigen; ihr zur Schau getragenes Desinteresse deutete darauf hin, daß sie andere Nahrungsquellen in unmittelbarer Nähe besaßen.

Von seinem Sitz in schwindelnder Höhe beobachtete Bolitho die Vögel, die unter ihm vorbeizogen. Sie erinnerten ihn an die vielen Landfalls, besonders aber an Falmouth, an die kleinen Fischersiedlungen in den felsigen Buchten der Küste von Cornwall, an die heimkehrenden Fischerboote, an die gierig schreienden Möwenschwärme, die sie begleiteten.

Er schreckte aus seinen Gedanken, als Buller sagte: »Die *Spite* ist von ihrer Position abgewichen, Sir!« Zum ersten Male zeigte er eine gewisse Erregung. »Da wird gleich der Teufel los sein!«

Bolitho fand Zeit, sich darüber zu wundern, wie genau Bullers Schlußfolgerung war, und daß es ihn überhaupt interessierte. Coutts würde wütend sein. Es konnte die *Trojan* einen vollen Tag kosten, zu ihrer Ausgangsposition zurückzukreuzen, um Cunningham eine zweite Chance zu geben.

»Ich glaube, ich gehe besser hinunter und melde es dem Kommandanten«, überlegte er laut.

Warum hatte er es ausgesprochen, überhaupt bedacht? War es, um dem Schiff die neue Enttäuschung zu ersparen, oder nur, um Coutts' Glaubwürdigkeit zu schützen?

Buller bemerkte: »Vielleicht hat sie einen Mann verloren?«

Bolitho antwortete nicht. Er überlegte, ob Cunningham tatsächlich bereit wäre, wertvolle Zeit zu opfern, um nach einem über Bord gefallenen Matrosen zu suchen. Er bezweifelte es. Er legte das Teleskop auf seinen Arm und stemmte die Schulter gegen den bebenden Mast.

»Ich lasse das Glas hier, Buller. Machen Sie Meldung, sobald Sie erkennen können, was los ist.«

Er versuchte, nicht daran zu denken, wie lange sein Körper wohl benötigen würde, bis er an Deck aufschlug, wenn das Schiff plötzlich überholte. Es war, als blicke er durch eine dunkle Flasche. Ein paar angedeutete Schaumkronen, ein glasiger Schimmer an der Oberfläche zeigten das Nahen des Morgens an. Jetzt sah er das blaße Viereck aus Segeltuch, das aus der Dunkelheit aufstieg wie ein Eisberg.

Die *Spite* schien unterwegs erheblich Kurs geändert oder auf andere Weise Zeit verloren zu haben, denn sie hätte schon Meilen weiter, längst auf dem verborgenen Ankerplatz sein müssen. Buller hatte recht, bald würde der Teufel los sein. Das gab bestimmt . . . Er straffte sich plötzlich, seinen gefährlichen Aufenthaltsort im Augenblick vergessend.

»Was ist, Sir?« Buller merkte alles.

Bolitho wußte noch nicht, was er sagen sollte. Es stimmte natürlich nicht, konnte gar nicht stimmen.

Er konzentrierte sich mit aller Gewalt, hielt mit äußerster Anstrengung das vibrierende Glas genau auf das ferne Segel gerichtet. Er strapazierte seine Augen, bis die alte Stirnnarbe im Takt seines Herzschlages zu schmerzen begann. Dann ließ er das Glas sinken.

Es lag noch tief im Schatten, war aber da. Er wünschte, es wäre ein Traum gewesen, ein Fehler im Teleskop. Aber statt des schnittigen Einzeldecks der *Spite* hatte er dort etwas Solideres gesehen, so hoch wie eine doppelte Spiegelung.

Er gab Fuller das Glas, hielt die Hände trichterförmig vor den Mund und schrie:

»An Deck! Segel Steuerbord voraus!« Er zögerte einen Augenblick und malte sich das plötzliche Erstaunen aus, das unten gleich um sich greifen mußte. Dann fügte er hinzu: »Ein *Linienschiff*!«

Buller meinte trocken: »Womit die Katze aus dem Sack wäre, Sir.«

Doch Bolitho glitt bereits abwärts und angelte nach einer Pardune, um an ihr herunterzurutschen, den Blick noch immer auf die drohende Silhouette gerichtet.

Coutts wartete bereits auf ihn, das Kinn vorgestreckt. »Sind Sie sicher?«

Pears ging rasch an ihnen vorbei, seine Augen waren überall, während er sein Schiff für die nächsten, über Leben und Tod entscheidenden Stunden vorbereitete.

Nur einmal musterte er kurz Bolitho, dann fauchte er Coutts an: »Natürlich ist er sicher, absolut *sicher*, Sir!«

Cairns sagte seelenruhig: »Ein tolles Ding, Dick. Es ist bestimmt keins von unseren Schiffen.«

Der Admiral hörte es und sagte kurzangebunden: »Es kümmert mich nicht, wo es herkommt, Mr. Cairns. Wenn es sich gegen uns stellt, dann soll es der Teufel holen. Bei mir steht es dann als Feind zu Buch!« Er blickte hinüber zum Kommandanten und hob die Stimme: »Lassen Sie die Geschütze laden, wenn ich bitten darf!« Er schien Pears' Gegenargumente über die Breite des Decks hinweg zu spüren und fügte laut hinzu: »Und lassen Sie mich sehen, was dieses Schiff zu leisten vermag!«

Auf beiden Seiten des oberen Batteriedecks arbeiteten die Geschützbedienungen mit Taljen und Handspaken, um die schweren Kanonen zu den Stückpforten zu transportieren.

Bolitho stand oben bei den Booten und strengte seine Augen an, um bei der trüben Beleuchtung einen Geschützführer des oberen Batteriedecks nach dem anderen die Hand heben zu sehen als Zeichen, daß sein Geschütz geladen und klar zum Feuern war.

Fähnrich Huss steckte den Kopf aus der Hauptluke und schrie: »Unteres Batteriedeck fertig, Sir!«

Bolitho malte sich Dalyell bei seinen dreißig schweren Zweiunddreißigpfündern aus. Wie jeder der Offiziere war auch Dalyell zweimal im Rang gestiegen, aber seine Erfahrung hatte mit diesen Beförderungen nicht Schritt gehalten. Bolitho war es klar, daß jeder von ihnen bei einem Kampfeinsatz der *Trojan* auf die härteste Probe gestellt wurde.

Quinn kam von der anderen Seite und fragte: »Was ist eigentlich los, Dick?« Er wurde beinahe umgerannt, als einige Schiffsjungen mit Munition für die Heckgeschütze vorbeiflitzten.

Bolitho blickte durch das schwankende Gewirr von Takelage und Segeln zum Großtopp auf und rief sich seine Gefühle ins Gedächtnis, die ihn noch vor kurzem dort oben erfüllt hatten, als er das andere Schiff durch das Fernglas betrachtete. Das war schon vor fünf Minuten gewesen, aber das Tageslicht schien nur zögernd den Blick auf den Ankömmling freizugeben; nur die Ausgucks in den Mastspitzen konnten ihn klar sehen.

Er erwiderte: »Vielleicht ist das Schiff nur unterwegs zu einem anderen karibischen Hafen.«

Aber während er dies sagte, wußte er bereits, daß er sich selbst etwas vormachte oder Quinns Ängste zu beschwichtigen versuchte. Es war kein Engländer. Jedes größere ihrer eigenen Schiffe fuhr mit anderen im Verband, schon für den Fall, daß Frankreich offen in den Kampf eingriff. Es war auch kein Spanier, denn deren Großkampfschiffe hatten genug damit zu tun, ihre silber- und goldbeladenen Transportschiffe durch die von Piraten wimmelnden Gewässer nach Santa Cruz zu geleiten. Nein, es mußte ein Franzose sein.

Bolitho fröstelte vor Erregung. Er hatte schon genügend französische Schiffe gesehen. Sie waren hervorragend konstruiert, formschön, und sollten sehr gute Besatzungen haben.

Er blickte vorbei an den Booten und sah Coutts, der sich mit auf dem Rücken verschränkten Händen mit Pears und Bunce unterhielt. Alle machten einen ruhigen Eindruck, obwohl man das bei Pears nicht so ohne weiteres erkennen konnte. Es war seltsam, derartigen Betrieb zu so früher Stunde auf dem Achterdeck zu sehen. Geschützbedienungen arbeiteten auf beiden Seiten, und weiter achtern, vor den Hängemattsnetzen, standen d'Esterres klägliche Reste an Unteroffizieren. Dicht bei einer Neunpfünderbatterie entdeckte er Libby, einstmals Signalfähnrich, jetzt Fünfter Offizier. Was mochte er wohl denken? Er war siebzehn Jahre alt, und wenn eine volle Kartätschenladung das Achterdeck leerte, fand er sich womöglich vorübergehend im Besitz der Kommandogewalt, bis jemand anderer ihn erreichen konnte. Frowd war auch dort, vor kurzem noch Steuermannsmaat, jetzt Sechster. Es war verrückt, wenn man es sich überlegte: er war ein oder zwei Jahre älter als Cairns. Frowd stand in der Nähe von Sambell, dem anderen Steuermannsmaaten. Bevor Sparke fiel und Probyn gefangengenommen wurde, hieß es »Jack« und »Arthur«. Jetzt hieß es »Sir« und »Mr. Sambell«.

Er hörte Cairns' Ruf: »Einen Strich abfallen!«

Dann, später, rief der Rudergänger: »Neuer Kurs liegt an, Sir! Südost zu Süd!«

Die Brassen wurden besetzt und die Rahen entsprechend der geringfügigen Kursänderung getrimmt. Außer dem Pfeifen in den Segeln und den anderen Geräuschen des Schiffes herrschte absolutes Schweigen.

Bolitho stellte sich die Karte vor: voraus lag die Insel, wie sie den Ausgucksleuten im Topp jetzt erscheinen mußte. Die Hauptmasse des Landes erstreckte sich nach Steuerbord, hinter der Landzunge lag der Eingang zum Ankerplatz, wo die *Spite* jetzt vermutlich auf Position lag. Es würde eine böse Überraschung für sie geben, wenn der Franzose über die flach auslaufende Landzunge für sie sichtbar wurde. Cunninghams Ausgucksposten würden ihn möglicherweise für die *Trojan* halten.

»An Deck!« Bullers heisere Stimme. »Das andere Schiff kürzt Segel, Sir!«

Jemand sagte: »Vermutlich hat er die *Spite* gesichtet.«

Die Backbordbatterie tauchte ein, als die *Trojan* sich leicht überlegte, und Bolitho sah die festgezurrten Geschütze plötzlich im ersten Sonnenlicht aufblitzen.

Die Farben kehrten zurück, alle Dinge wurden wieder wie sonst, das fahle Morgenlicht war der Sonne gewichen. Hier und da bewegte sich jemand, schoß ein Tau auf, strich sich das Haar aus den Augen oder legte sich das Enterbeil zurecht.

In Abständen standen die Unteroffiziere und Fähnriche, kleine, blau-weiße Markierungspunkte in der Reihe der Seeleute.

Hoch über dem Deck, an der Spitze des Großmastes, wehte der lange Wimpel wie eine rote Schlange. Der Wind blieb stetig, trotzdem bestand keine Möglichkeit, dem anderen Schiff den Weg abzuschneiden.

Quinn flüsterte: »Was wird der Admiral tun? Wir sind nicht im Krieg mit Frankreich.«

Fähnrich Forbes flitzte über das Deck, wie ein Kaninchen sprang er über Tauwerk und sonstige Hindernisse.

Er grüßte und meldete: »Der Kommandant läßt Ihnen bestellen, Sir, Sie möchten den französischen Leutnant nach achtern bringen.«

Bolitho nickte. »Gut.«

Forbes genoß offensichtlich die Situation. Er stand mit den Mächtigen des Schiffes auf dem Achterdeck und war noch zu jung und zu aufgeregt, um die heraufziehende Gefahr zu sehen.

Quinn sagte: »Ich hole ihn.«

Bolitho schüttelte den Kopf und lächelte zugleich über die Absurdität. *Er* mußte den französischen Offizier bringen, weil Cairns im Augenblick zu tun hatte und alle anderen zu jung waren. Die Etikette mußte gewahrt werden, dachte er, selbst noch am Tor zur Hölle.

Er fand den Franzosen unten im Orlopdeck, wo er mit dem Schiffsarzt vor dem Lazarett saß, während Thorndikes Assistenten den Operationstisch herrichteten und die Instrumente bereitlegten.

Der Arzt fragte nervös: »Was ist los, zum Teufel?« Er blickte seine Helfer an. »Das kostet nur Zeit und macht meine Instrumente schmutzig. Die haben wohl nichts zu tun dort oben!«

Bolitho ging nicht darauf ein, sondern sagte zu Contenay: »Der Kommandant möchte Sie sehen.«

Zusammen stiegen sie durch das untere Batteriedeck hinauf, wo fast völlige Dunkelheit herrschte, da alle Pforten geschlossen waren, und nur die Lunten einen trüben Schein auf ihre unmittelbare Umgebung warfen.

Contenay fragte: »Gibt es Ärger, *mon ami*?«

»Ein Schiff. Eins von Ihren.«

Seltsam, dachte Bolitho, aber es fiel ihm leichter, mit dem Franzosen zu sprechen, als mit dem Arzt.

»Mon Dieu!« Contenay nickte grüßend einem Posten zu und fuhr fort: »Dann muß ich mir wohl jedes Wort überlegen.«

An Deck war es jetzt erheblich heller als vorher. Bolitho schien es fast ein Wunder, daß sich die Sicht während der kurzen Zeit seines Weges zum Lazarett und zurück so verändert hatte.

Auf dem Achterdeck meldete Bolitho: »*M'sieu* Contenay, Sir.«

Pears blickte auf. »Kommen Sie hier herüber.« Er schritt zu den Netzen, wo Coutts und der Flaggleutnant ihre Gläser auf das andere Schiff gerichtet hielten.

Bolitho warf einen raschen Blick hinüber. Er hatte sich nicht getäuscht, es war ein Linienschiff und ein stolzer Anblick. Es fuhr hart angebraßt mit Steuerbordhalsen, die Bramsegel und das Großsegel waren bereits aufgegeit, während es jetzt, leicht nach Backbord überliegend, die Einfahrt ansteuerte.

»Der Gefangene, Sir.« Pears blickte ebenfalls zu dem anderen Schiff hinüber.

Coutts ließ sein Glas sinken und musterte den Franzosen kühl. »Ach ja! Das Schiff dort, *Monsieur*, kennen Sie es?«

Contenays Mundwinkel zogen sich nach unten, als sei er im Begriff, die Antwort zu verweigern. Dann zuckte er resignierend mit den Schultern und erwiderte: »Es ist die *Argonaute*.«

Ackerman nickte. »Das dachte ich mir, Sir, ich habe sie vor

Guadeloupe gesehen. Schönes Schiff, vierundsiebzig Kanonen.«

Pears sagte zu Contenay: »Sie fährt ebenfalls unter Konteradmiralsflagge.« Er sah den Franzosen fragend an.

Dieser antwortete: »Ja, unter *Contre-Amiral* André Lemercier.«

Coutts musterte ihn. »Sie waren einer seiner Offiziere, habe ich recht?«

»Ich *bin* einer seiner Offiziere, *Monsieur*!« Contenay blickte zu dem anderen Zweidecker hinüber. »Das ist alles, was ich Ihnen sagen kann.«

Pears explodierte: »Benehmen Sie sich, Sir! Wir brauchen nicht mehr zu wissen. Sie haben des Königs Feinden geholfen, eine ungesetzliche Rebellion begünstigt, und jetzt erwarten Sie, wie ein unbeteiligter Zuschauer behandelt zu werden!«

Coutts schien überrascht von diesem Ausbruch. »Gut gesprochen, Kapitän, aber ich glaube, der Leutnant weiß genau, in welcher Lage er ist.«

Bolitho hörte gebannt zu und hoffte nur, Pears werde ihn nicht wegschicken. Ein privates Drama rollte da ab, das jeden anderen ausschloß und das doch ihrer aller Zukunft entscheiden konnte.

Cairns trat zu Bolitho und sagte leise: »Ein Problem für den Admiral, Dick. Ist es ein wirkliches Patt, oder werden wir dem Franzosen unseren Standpunkt klarmachen?«

Bolitho betrachtete Coutts' jugendliches Profil. Zweifellos bedauerte er jetzt seinen Flaggenwechsel. Die mit neunzig Kanonen bestückte *Resolute* wäre den vierundsiebzig Geschützen des Franzosen erheblich überlegen gewesen, ein Vorteil, der bei der *Trojan* entfiel. Sie waren etwa gleich stark, denn ihre sechs Kanonen mehr wurden durch die Unterbesetzung und den Mangel an erfahrenen Offizieren wettgemacht.

Wenn Contenay ein typischer Vertreter des Offizierskorps' der *Argonaute* war, dann gab sie in der Tat einen beachtlichen Gegner ab. Was würde Cunningham wohl tun? Eine Korvette war viel zu schwach, um am Kampf der Linienschiffe teilzunehmen, trotzdem wäre dann Hilfe willkommen, so gering Cunninghams Möglichkeiten auch sein mochten.

»Führen Sie den Gefangenen wieder ab. Er soll sich weiterhin bereithalten, vielleicht brauche ich ihn noch.« Coutts wandte sich an d'Esterre. »Erledigen Sie das.« Zu Bolitho sagte er: »Warnen Sie die Ausgucksleute, sie sollen melden, was die *Spite* macht, sowie sie in Sicht kommt.«

Bolitho eilte zur Treppe. Der Ausguck war wahrscheinlich mehr Franzosen interessiert als an der *Spite,* wie jeder hier unten.

Die *Trojan* behielt ihren Kurs bei. Jedes Glas war auf das andere Schiff gerichtet, als dieses jetzt quer vor ihrem Bug vorbeizog, näher und näher auf das Land zu.

Coutts mußte beunruhigt sein. Er konnte nicht ankern, aber wenn er andererseits an der Einfahrt vorbeisegelte, verlor er seine Luvposition und mußte mühsam zurückkreuzen. Das konnte Stunden dauern. Genauso war es, wenn er wieder zur offenen See hin manövrierte. Das einzige war, dem Franzosen zu folgen, der offenbar die *Trojan* völlig ignorierte.

Das Land wurde jetzt flacher und gab dadurch den Blick auf die gegenüberliegende Seite der Bucht frei. Es sah aus, als seien zwei grüne Arme zu ihrem Empfang weit geöffnet.

Bolitho fühlte bereits die stärker werdende Sonnenhitze, die Trockenheit in Mund und Kehle, als der Ausguck plötzlich rief: »An Deck! Die *Spite* sitzt auf Grund, Sir!«

Etwas wie ein vielfacher Seufzer lief durch die Decks der *Trojan.*

Zu allem Unglück nun auch noch dieses! Cunningham mußte die Strömung in der Einfahrt unterschätzt haben. Es war demütigend für Coutts, aber für Cunningham mußte es das Ende der Welt bedeuten.

Stockdale flüsterte: »Der Franzmann kann jetzt machen, was er will.«

Der Ankerplatz war allmählich voll einzusehen: das ruhige Wasser im Inneren der Bucht, die kabbelige Strömung an der Einfahrt, die drei Masten der *Spite*, die schräg und unbeweglich standen. Im Hintergrund sah man einen Schoner dicht unter Land vor Anker liegen.

Der Ausguck rief: »Sie versuchen, sie freizuschleppen, Sir!«

Ohne Glas konnte Bolitho keine Einzelheiten erkennen und wartete auf weitere Meldungen von oben, genau wie die Seeleute ringsherum. Cunningham hatte offenbar Boote ausgesetzt, um einen Warpanker auszufahren, mit dessen Hilfe sie das Schiff freischleppen wollten.

Quinn fragte: »Was macht der Franzose?« Seine Stimme klang, als sei er völlig außer sich vor Besorgnis.

»Er wird zweifellos ankern, James, nun, da er schneller bei der Insel ist als wir. Ihn dort anzugreifen, bedeutete den sicheren

Kriegsausbruch.«

Er blickte verwirrt und verbittert zu Boden. Was sie auch taten, wie ihre Begründung auch sein mochten, das Schicksal schien in jedem Falle gegen sie zu entscheiden.

Wahrscheinlich brachte die *Argonaute* eine weitere umfangreiche Ladung Geschütze und Munition, die zum Teil für den Schoner bestimmt war. Der Rest würde dann an einem sicheren Ort versteckt werden und auf die nächsten Transporter oder Freibeuter warten. Contenay war von hier aus wohl schon mehr als einmal zur Küste gesegelt – kein Wunder, daß er die Einfahrt zum Fort Exeter ohne Schwierigkeiten gefunden hatte.

Wie zur Bestätigung, rief jetzt ein anderer Ausguck aufgeregt: »Segel an Steuerbord voraus, Sir!«

Gestalten hasteten über das Achterdeck, Sonnenlicht blitzte auf erhobenen Ferngläsern, als der Ausguck fortfuhr: »Eine Brigg, Sir! Sie geht gerade über Stag!«

Bolitho blickte in Quinns blasses Gesicht. »Das kann ich ihr nicht verdenken, James. Schon unser Anblick wird ihr genügen. Sie ist doch bestimmt gekommen, um Ladung zu übernehmen.«

»Gibt es denn nichts, was wir tun könnten?«

Quinn blickte überrascht auf, als Buller jetzt rief: »An Deck! Die *Spite* ist freigekommen, setzt bereits Segel!«

Quinn packte Bolitho aufgeregt am Arm, während die Nachricht bei den Seeleuten wilden Jubel auslöste.

Sie sahen, daß plötzlich Leben in Fähnrich Westons Signalgasten kam und sie eine Gruppe leuchtender Flaggen an der Rah hißten.

Bolitho nickte. »Gerade noch rechtzeitig!« Coutts hatte an *Spite* signalisiert: »Ankerplatz verlassen und Brigg verfolgen.« Selbst die Verzögerung beim Einholen der Boote würde für Cunningham nicht viel bedeuten. Bei günstigem achterlichem Wind konnte er die Brigg noch vor Mittag eingeholt und gekapert haben, zumal jetzt seine Ehre auf dem Spiel stand.

Dann war da noch der Schoner. Wenn er ein Freibeuter war, konnten die Franzosen nicht verhindern, daß Coutts ihn aufs Korn nahm, sobald er auslaufen sollte.

Er schirmte die Augen ab, sah mehr Segel sich an den Rahen der Korvette entfalten und malte sich die Erleichterung an Bord aus, die alle vorangegangene Enttäuschung beiseitefegte.

»Die *Spite* hat bestätigt, Sir!«

Fähnrich Couzens sauste mit irgendeinem Auftrag vorbei, seine

Sommersprossen glühten vor Begeisterung.

»Jetzt ist der Franzose in der Rolle des Zuschauers, Sir«, rief er im Vorbeilaufen.

Bolitho fuhr herum, als der Ankerplatz plötzlich vom Dröhnen einer Geschützsalve widerhallte. Er sah dicken Rauch von der ruhigen Wasserfläche aufwirbeln und sich wie eine düstere Wolke vor die Sonne schieben.

Alles schrie durcheinander, betroffen von der unerwarteten Wendung der Ereignisse. Die *Spite* legte sich über, noch immer schwankend von der ungeheuren Wucht der aus geringster Entfernung abgefeuerten Breitseite. Wie ein Orkan war der Eisenhagel aus den Rohren der *Argonaute* durch ihre Takelage gefegt und hatte die *Spite* innerhalb von Sekunden zum Wrack gemacht. Der Fockmast war weg, und während sie noch hinstarrten, stürzte der Großmast über Bord, eingehüllt in ein Gewirr von zerfetztem Tauwerk und aufgepeitschtem Gischt. Die *Spite* bewegte sich nicht mehr, Bolitho vermutete, daß sie wieder auf Grund saß, auf einem Ausläufer derselben Sandbank. Ihre plötzliche Starre wirkte so, als sähe man etwas Wunderschönes sterben.

Die *Argonaute* hatte sichergestellt, daß die Brigg nicht gekapert werden konnte, und ging nun über Stag. Ihr langer Klüverbaum schwang drohend durch den Qualm ihrer einzigen mörderischen Salve.

Quinn rief mit erstickter Stimme: »Mein Gott, sie kommen heraus!«

Bolitho blickte nach achtern, von wo Cairns' Stimme durch das Sprachrohr dröhnte.

»Enter auf zum Segelkürzen! Mr. Tolcher, bringen Sie die Netze an!«

Die leuchtend rote Admiralsflagge stieg an der Gaffel in die Höhe, und Stockdale spuckte sich in die Hände. Coutts hatte seine Flagge gehißt. Er würde kämpfen.

Schon wurden die Netze über dem Batteriedeck ausgebreitet, die Männer arbeiteten verbissen und mechanisch, wie sie es so oft geübt hatten.

Bolitho beobachtete, wie die *Argonaute* bei ihrer Drehung auf die Ausfahrt zu kürzer zu werden schien. Auch sie hatte jetzt die Flagge gesetzt, das weiße Banner Frankreichs: Es gab keinerlei Vorwand mehr, keinerlei Verstellung.

Später mochten sich höhere Stellen über ihre Rechtfertigung

oder Entschuldigung streiten. Hier und jetzt hatte jeder der Kommandanten seinen eigenen eindeutigen Grund zum Kampf.

»Die Pforten auf!«

Taljenblöcke quietschten, und auf jeder Seite öffnete sich die Doppelreihe der Stückpforten, gleichzeitig mit denen der leichteren Heckbatterien.

»Ausfahren!«

Bolitho holte tief Luft und zwang sich zuzusehen, wie seine eigenen Geschütze geräuschvoll zu ihren Pforten polterten und die schwarzen Läufe wie Schnauzen ins grelle Sonnenlicht streckten.

Zwei Linienschiffe unter sich, nicht einmal ein Zuschauer war da, um ihre geballte Kraft zu begutachten, während sie jetzt auf einander zu manövrierten, ohne Hast, in völligem Schweigen. Er warf einen Blick aufs Achterdeck und sah, daß Coutts sich vom Bootssteurer des Kommandanten den Degen umschnallen ließ.

Bolitho war es klar, daß der Admiral niemals nachgeben würde, nicht nachgeben konnte. Für ihn gab es heute nur Sieg, nichts anderes.

»Steuerbordbatterie, *klar zum Feuern!«*

Bolitho zog seinen Dolch und zerrte den Hut tiefer über die Augen.

»Fertig, Jungs!«

Er blickte nach rechts und links, die vertrauten Gesichter verwischten sich und verschwanden, als er nur noch den Feind vor sich sah.

Irgendwo fing ein Mann heftig an zu husten, einen anderen hörte man nervös mit dem Fuß trommeln.

»Feuer!«

XIV Ein zu hoher Preis

Als die obere Batterie, unmittelbar gefolgt von den Zweiunddreißigpfündern des unteren Batteriedecks, ihre volle Breitseite herausdonnerte, bebte die *Trojan* so heftig, als wolle sie auseinanderbersten.

Obwohl jedermann es erwartet und sich darauf vorbereitet hatte, war der betäubende Krach der Salve unvorstellbar. Der Donner rollte und rollte weiter, während jedes Geschütz durch den Rückstoß wieder binnenbords geschleudert wurde.

Bolitho beobachtete, wie der dichte Qualm mit dem Wind davonzog, und starrte dann auf das französische Schiff, das umgeben war von aufbrandenden Wassersäulen. Die See hatte sich in eine Masse weißer Springbrunnen verwandelt. Die *Argonaute* steuerte auf konvergierendem Kurs, die Rahen hart angebraßt, um von der nächsten Landspitze freizukommen. Ohne Fernglas konnte man unmöglich feststellen, ob sie getroffen worden war, obgleich bei einer so massiven Breitseite ein paar Treffer dabeisein sollten. Aber die *Trojan* hatte bei erstbester Gelegenheit gefeuert, Bolitho schätzte die Entfernung auf mindestens acht Kabellängen.*

Auf beiden Seiten schrien die Geschützführer wie die Teufel, die Bedienungsmannschaften rammten frische Ladungen in die Rohre, während andere mit Handspaken bereitstanden, um die schweren Geschütze wieder auszufahren.

Es klang alles verschwommen, unwirklich, und Bolitho rieb sich heftig die Ohren, um wieder hören zu können. Das Schiff holte leicht über, da Pears eine Kursänderung zu dem Franzosen hin befohlen hatte. Wie unverwundbar der aussah! Mit killenden Marssegeln und Fock versuchte der Kommandant der *Argonaute,* höher an den Wind zu gehen, um der Umklammerung des Landes zu entkommen und freien Seeraum zu gewinnen.

Was hatte er vor? fragte sich Bolitho. Was mochte Coutts' Gegenspieler beabsichtigen? Vielleicht wollte er die *Trojan* von der Insel weglocken, um dem Schoner Zeit zum Entkommen zu verschaffen, oder wollte er – nachdem er die *Spite* außer Gefecht gesetzt hatte – sich vielleicht davonstehlen und jeden weiteren Konflikt vermeiden? Vielleicht hatte er andere Befehle, sollte womöglich im Falle der Behinderung sofort einen anderen Treffpunkt aufsuchen und dort seine Ladung löschen?

Es war unglaublich, daß Bolitho überhaupt denken konnte. Er blickte das Deck entlang, sah die Geschützführer die Hände heben, ihre Gesichter wirkten maskenhaft vor Konzentration.

Er blickte nach achtern. »Fertig, Sir!«

Wieder schob der älteste Midshipman des unteren Batteriedecks den Kopf durch die Luke und schrie: »Fertig, Sir!«

Couzens lief mit einer Meldung an Cairns auf dem Achterdeck vorbei.

Als er bei Fähnrich Huss vorbeikam, rief er: »Ihr wart diesmal

* 1480 m

die letzten!« Sie grinsten sich an, als wäre das Ganze ein ungeheurer Spaß.

Bolitho wandte sich wieder dem Feind zu. Jetzt war er näher gekommen, das Deck lag ein wenig schräg durch den Winddruck, die Reihen der Geschütze blitzten in der Sonne wie Zähne.

Bolitho wußte im Innersten seines Herzens, daß der französische Admiral dem Kommandanten der *Argonaute* nicht befehlen würde, abzufallen. Er würde kämpfen. Was die Welt später einmal dazu sagte, das zählte hier draußen wenig. Rechtfertigung konnten beide Seiten suchen und finden, aber der Gewinner hatte das gewichtigere Wort zu reden.

Die Bordwand des französischen Schiffes verschwand unter wirbelndem Rauch, unterbrochen nur durch orangefarbene Zungen, als es jetzt auf die Herausforderung der *Trojan* antwortete.

Bolitho biß die Zähne aufeinander in der Erwartung, den Rumpf beim krachenden Einschlag der Salve erbeben zu spüren. Aber nur ein paar Kugeln schlugen in den oberen Teil der Bordwand, während über ihnen die Luft zu heulendem, pfeifendem Leben erwachte, als die Kettenkugeln durch die Takelage fegten.

Er sah, wie die Schutznetze unter dem Aufprall herabstürzender Blöcke und abgerissener Takelage federten. Jetzt stürzte ein Marineinfanterist kopfüber aus dem Großmars, schlug auf dem Fallreep auf und verschwand über Bord, ohne einen einzigen Laut von sich zu geben.

Bolitho schluckte heftig. Das erste Blut! Er schaute nach achtern und sah Pears, den Blick auf den Feind gerichtet, die Hand bis auf Schulterhöhe heben, und rief rasch: »Fertig, Jungs!«

Des Kommandanten Arm fiel herab, und wieder war die Luft erfüllt vom Donner der Geschütze.

»Auswischen! Laden!«

Die Seeleute, die Kommandant und Offiziere verflucht hatten, wenn sie immer und immer wieder gedrillt worden waren, führten ihre Bewegungen jetzt völlig mechanisch aus. Sie blickten nicht einmal hin, als einige ihrer Kameraden aufenterten, um in der Takelage die notwendigsten Reparaturen vorzunehmen.

Bolitho sah den großen Riß im Fockmarssegel sich rasch ausbreiten, als der Wind hineinstieß. Es war ihm klar, daß der Feind eine bestimmte Taktik verfolgte, und zwar die, den Gegner durch Zerfetzen der Takelage möglichst schnell manövrierunfähig zu schießen. Wenn das feindliche Schiff dann sein ungeschütztes Heck darbot, kam die Gelegenheit für eine mörderische Breitseite. Bei Gefechtsbereitschaft war jedes Linienschiff im Inneren von vorn bis achtern offen und ohne Trennwände, so daß eine wohlgezielte Salve durchs Heck die Batteriedecks in ein Schlachthaus verwandeln mußte.

Auch die *Argonaute* zeigte schon einige Spuren des Kampfes: Durchschüsse in den Segeln, ein großes, klaffendes Loch beim Backbord-Fallreep, wo zwei Kugeln zugleich getroffen hatten.

Fünf Kabellängen, eine halbe Meile also*, betrug jetzt die Entfernung zwischen ihnen, und beide Schiffe gewannen noch an Fahrt, da sie inzwischen nicht mehr unter Land waren.

Wieder die wirbelnde Rauchwand, wieder das schrille Heulen und Pfeifen der Ketten über ihnen. Es war unglaublich, daß noch keine Stenge getroffen worden war, aber das schreckliche Kreischen ließ manchem der Männer das Mark in den Knochen gerinnen.

Stockdale hielt in seinen Anstrengungen kurz inne und rief: »Wir halten den Wind, Sir, trotz der Löcher im Tuch!« Sein zerschlagenes Gesicht war rußgeschwärzt, er wirkte unerschütterlich.

»Klar zum Feuern!«

Bolitho hörte, wie Fähnrich Huss das Kommando an Dalyell unten im Deck weitergab.

»Feuer!«

Das Deck stieß, als sei das Schiff auf Grund gelaufen, dann hörte man lautes Jubelgeschrei, als des Gegners Großbramstenge wild schwankte, bevor sie splitternd abbrach und wie eine Lanze herabschoß.

Ein glücklicher Treffer. Niemand würde je wissen, wer ihn abgefeuert hatte.

Pears' dröhnende Stimme übertönte mühelos das Poltern und Knirschen beim Laden der Geschütze.

»Gut gemacht, Trojaner! Gebt es ihnen!«

Weitere Jubelrufe wurden erstickt durch des Gegners Feuererwiderung, durch das fürchterliche Krachen von Eisen, das in die Bordwand schlug und in einige der unteren Pforten.

Bolitho fuhr zurück und fragte sich, warum der Franzose seine Taktik geändert hatte. Er hörte das fürchterliche Donnergepolter einer Kanone, die durch das untere Batteriedeck geschleudert

* 926 m

wurde, bis sie mit lautem Knall gegen etwas Hartes prallte. Männer schrien dort unten seltsam erstickt wie gemarterte Seelen.

Die *Argonaute* schien sich langsam nach vorn zu schieben, als ob ihr Klüverbaum den Bugsprit der *Trojan* berühren wolle. Mit dem Windvorteil auf seiner Seite würde Pears möglicherweise abfallen, mehr Segel setzen und versuchen, des Gegners Heck zu kreuzen.

Schon hörte er Cairns' Stimme durch das Sprachrohr: »Enter auf! Bramsegel los!«

Bolitho nickte wie in Zustimmung. Das Schiff drehte zunächst nur ein paar Strich, während die Bramsegel von den Rahen fielen und sich dann strafften.

Er beobachtete die *Argonaute*, seine Augen brannten vor Rauch. Zwischen ihnen lag das blaue Wasser wie eine ungeheuer große Pfeilspitze, beide Schiffe schienen demselben unsichtbaren Ziel zuzustreben, das sie am Ende zusammenbringen würde.

»Feuer!«

Die Seeleute sprangen beiseite, als ihre Kanonen wieder binnenbords schnellten, griffen halb blind vor Qualm nach den Schwämmen, um die Mündungen auszuwischen, bevor sie die nächste Ladung hineinrammten.

Bolitho merkte am Beben des Schiffsrumpfes, daß auch der Feind wieder gefeuert hatte. Er sah einen Teil des Fallreeps wie unter den Hieben einer unsichtbaren Axt zersplittern. Ein Seemann rannte schreiend und stolpernd hinter seine Gefährten, die Hände vors Gesicht geschlagen.

Ein Marineinfanterist schob ihn an den Rand einer Luke, andere griffen zu und zogen ihn herab.

Bolitho sah Quinn würgen. Aus dem Auge des Seemannes hatte ein Holzsplitter von der Größe eines Marlspiekers geragt.

Der härtere Knall der Neunpfünder sagte ihm, daß deren Bedienung endlich auch ihre Heckgeschütze zum Einsatz bringen konnte.

Der Lärm schwoll an, als die beiden Schiffe unerbittlich aufeinander zutrieben. Holzsplitter, Bruchstücke der Takelage und ein weiterer Leichnam vermehrten das Gewirr auf den Netzen, und von unten hörte man einen Mann schreien wie ein gemartertes Tier.

Wieder ein rascher Blick nach achtern. Pears stand noch unbeweglich, mit grimmigem Gesicht, den Blick dem Feind zugewandt.

Coutts, anscheinend ungerührt von dem Kampfgetöse, einen Fuß auf einem Poller, zeigte Ackerman etwas auf dem Deck des Franzosen.

»Feuer!«

Die Kanonen schossen jetzt ungleichmäßiger, denn die Bedienungsmannschaften waren erschöpft, betäubt vom ständigen Donner der Detonationen.

Bolitho ging über das Deck, bückte sich und blickte in jede der Stückpforten, während die Männer ihre Kanonen schußfertig machten. Sie waren Vierecke verqualmten Lichts, durch die jede Mannschaft nur ein winziges Stück des Feindes sehen konnte.

Er fühlte sich unsicher auf den Beinen, sein Gang war ruckartig, als er wieder hinter die Leute zurücktrat. Sein Gesicht war gezeichnet von der Anstrengung, und er hatte das Gefühl, daß er halb grinsend, halb schielend dreinsah.

Stockdale erblickte ihn und nickte ihm zu; ein anderer Mann, es war Moffitt, winkte und rief: »Heiße Arbeit, Sir!«

Weitere schwere Einschläge krachten unten in die Bordwand, dann stieg eine schwarze Rauchsäule aus einer der Luken und löste sofort einen Chor von Alarmrufen aus. Der Schwelbrand wurde jedoch schnell unter Kontrolle gebracht, die Leute hatten so etwas oft genug geübt.

»Feuer einstellen!«

Als die Bedienungsmannschaften von ihren rauchenden Geschützen zurücktraten, empfand Bolitho die Stille fast so schmerzhaft wie den vorherigen Lärm. Der Feind hatte sich weiter vor ihren Bug geschoben, so daß sie ihn nicht mehr treffen konnten. Cairns rief: »Schickt ein paar Leute nach Backbord!« Er winkte auffordernd mit seinem Sprachrohr. »Wir feuern, wenn wir sein Heck passieren!«

Bolitho sah, wie die Unteroffiziere ein paar der benommenen Leute zur Backbordseite hinüberschoben, um den erschöpften Mannschaften dort zu helfen. Pears hatte es zeitlich gut abgepaßt. Mit einer weiteren Kursänderung und mehr Segelfläche würde die *Trojan* des Feindes Kielwasser kreuzen und dann eine Breitseite im Einzelfeuer in sein Heck jagen können. Selbst wenn er noch nicht entmastet war, würde ihn das so schwächen, daß er das nächste Aufeinandertreffen nicht überstehen konnte.

Er rief: »Fertig, James!« Wieder hatte er das Gefühl, als sei sein Unterkiefer in einem wilden Grinsen erstarrt. »Diesmal hast du die Ehre!«

Ein Geschützführer berührte Quinns Arm beim Vorüberhasten. »Wir werden es denen zeigen, Sir!«

»An die Brassen!«

Bolitho fuhr herum, als er Cairns' Stimme vom Achterdeck hörte.

Stockdale keuchte: »Der Franzmann luvt an, bei Gott!«

Bolithos Körper war zu Eis erstarrt, als er die *Argonaute* in den Wind schießen und mit ihren zerfetzten Segeln ein großartiges Wendemanöver ausführen sah, damit sie dem Feind wieder die Stirn bieten konnte.

Es geschah alles in Minutenschnelle, aber er fand doch Zeit für die Bewunderung dieser hervorragenden Seemannschaft. Immer weiter drehte sie, und nach dem Manöver würde sie auf dem anderen Bug liegen, während die *Trojan* dann noch damit zu tun hatte, ihren Fahrtüberschuß zu verringern.

»Enter auf! Bramsegel bergen!«

Masten und Spieren bebten und quietschten, als das Ruder hart übergelegt wurde; aber es dauerte alles viel zu lange.

Während die Leute wie wild wieder zu den Steuerbordgeschützen zurückliefen, sah Bolitho bereits den Feind Rauch und Feuer speien, fühlte das Schiff taumeln, als eine sorgfältig gezielte und genau zum richtigen Zeitpunkt abgefeuerte Breitseite einschlug. Sie traf die *Trojan* vom Bug bis zum Heck. Wegen des spitzen Auftreffwinkels richteten viele Geschosse kaum Schaden an, aber andere, die in die Geschützpforten einschlugen oder nur auf so schwache Hindernisse wie Fallreepstreppen und Hängemattsnetze stießen, wirkten verheerend. Drei Geschütze wurden umgeworfen, ihre Bedienungen zerschmettert oder wie Abfall beiseite geschleudert. Bolitho hörte es krachen und splittern, als weitere Geschosse neben ihm durch die Boote fegten und einen Hagel von Splitterpfeilen auf die andere Seite schleuderten. Leute fielen oder taumelten überall, und als er einmal zufällig auf seine Beine blickte, bemerkte er, daß sie über und über blutbespritzt waren.

Ein Gewirr von Schreien ließ ihn herumfahren, und er sah die Vorbramstenge erst auf die Back und dann über Bord stürzen, verfilzte Takelage, Segel, Rahen und zwei schreiende Seeleute mit sich reißend.

Einen Augenblick außer Kontrolle geraten, drehte die *Trojan* wie betrunken vom Feinde weg, während die *Argonaute*, vom

Jubel ihrer Leute begleitet, einen vollen Kreis beschrieben hatte. Dann, als sie auf Parallelkurs und ein wenig vor der *Trojan* lag, eröffnete sie das Feuer auch mit ihren achteren Geschützen.

Blind vor Rauch und verzweifelt versuchend, sich aus dem Gewirr von Takelage zu befreien, konnten die vorderen Geschützmannschaften der *Trojan* höchstens die Hälfte der Schüsse beantworten.

Bolitho fand sich auf und ab laufen und zusammenhangloses Zeug schreien, bis er vor Heiserkeit keinen Ton mehr hervorbrachte.

Um ihn herum kämpften und starben die Leute oder lagen bereits in der Starrheit des Todes.

Andere hasteten vorüber, hinter dem Bootsmann und seinen Maaten her, um mit Äxten und Beilen die Trümmer zu beseitigen, bevor sie das Schiff bewegungsunfähig machen und damit völlig dem feindlichen Feuer ausliefern konnten.

Achtern stand Pears mit steinerner Miene, beobachtete das alles, gab seine Befehle und wich keine Handbreit zur Seite, als Splitter an ihm vorbeipeitschten und weitere Leute der geduckten Geschützbedienungen zu Boden rissen.

Fähnrich Huss erschien an Deck, die Augen vor Angst weit aufgerissen. Er sah Bolitho und schrie wild: »Mr. Dalyell ist gefallen, Sir! Ich . . . Ich kann . . .« Er drehte sich um die eigene Achse, das Gesicht erstaunt glotzend und dann erstarrend, als er nach vorn taumelte und zu Bolithos Füßen fiel.

Bolitho rief: »Hinunter, James, übernimm das Kommando im unteren Batteriedeck!«

Quinn aber starrte wie gebannt auf den Fähnrich. Blut strömte aus einem großen Loch in dessen Rücken, eine Hand bewegte sich noch, als wolle sie das entweichende Leben festhalten.

Ein Seemann drehte den Jungen herum und sagte: »Erledigt, Sir.«

»Hast du gehört?« Bolitho ergriff Quinn am Arm, Huss und alles andere vergessend. »Geh hinunter!«

Quinn wandte sich halb um, seine Augen weiteten sich, als noch mehr Schreie aus dem unteren Batteriedeck heraufdrangen.

Er stammelte: »Kann – kann – nicht . . .«

Sein Kopf fiel vornüber, und Bolitho sah Tränen über sein Gesicht rinnen, die helle Streifen durch den Ruß zogen.

Eine unbekannte Stimme knarrte: »Dann gehe ich hinunter.« Es war Ackerman, der makellose Flaggleutnant. »Ich kenne mich aus.« Er starrte Quinn an, als könne er nicht glauben, was er sah. »Der Admiral hat mich geschickt.«

Bolitho blickte nach achtern, schockiert durch Quinns Kollaps, benommen durch all den Schrecken und das Blut des Schlachtfeldes um ihn herum. Durch ziehenden Qualm und baumelndes Gewirr abgerissener Takelage trafen sich ihre Blicke. Dann winkte Coutts kurz ab und deutete ein Schulterzucken an.

Das Deck erzitterte; Bolitho wußte, der zerbrochene Mast war freigehackt.

Die *Trojan* luvte an und bekam den Feind wieder in Sicht, war aber fast außer Reichweite.

»Feuer!«

Die Männer sprangen zurück, griffen zu ihren Rammstöcken, zugleich fluchend und jubelnd wie irr.

Quinn stand unbeweglich noch immer an derselben Stelle, blind gegen den heulenden Eisenhagel über seinem Kopf, gegen die an Deck liegenden Verwundeten, gegen die Gefahr, die ihm drohte, als des Gegners Besanmast, schließlich auch der Großmast sich über ihren Netzen auftürmten.

Fünfzig Yards entfernt, nicht mehr, dachte Bolitho erregt. Beide Schiffe feuerten blind durch den dichten Qualm, der zwischen den Rümpfen hing wie ein Kissen, das den Zusammenprall abschwächen sollte.

Ein Seemann lief von seinem Geschütz davon, verrückt von Kampflärm und Gemetzel, und versuchte, eine Luke zu erreichen, tiefer und tiefer bis zum Kiel zu flüchten wie ein verängstigtes Tier. Ein Marineinfanterist hob sein Gewehr, um ihn niederzuschlagen, ließ es aber wieder sinken, als sei auch er überzeugt von der Sinnlosigkeit des Ganzen.

Couzens zerrte an Bolithos Ärmel, sein rundes Gesicht war entrückt, als wollte es den fürchterlichen Anblick ringsum ausschließen.

»Ja?« Bolitho hatte keine Ahnung, wie lange der Junge schon neben ihm gestanden hatte. »Was ist?«

Der Fähnrich riß seinen Blick von Huss' Leichnam los. »Der Kommandant sagt, daß der Feind versuchen wird, uns zu entern.« Während des Sprechens starrte er Quinn an. »Sie sollen das Kommando im Vorschiff übernehmen.« Dann kehrte sein alter Trotz zurück. »Ich werde bei Ihnen bleiben.«

Bolitho ergriff Couzens an der Schulter; durch den dünnen, blauen Stoff fühlte sich der Körper des Jungen glühendheiß an, als habe er Fieber.

»Holen Sie sich ein paar Leute von unten.« Als der Junge losrannte, rief er: »Langsam, Mr. Couzens. Zeigen Sie den Leuten, wie ruhig Sie sind.« Er zwang sich zu einem Lächeln. »Gleichgültig, was Sie in Wirklichkeit empfinden.«

Er wandte sich wieder den Geschützen zu, erstaunt darüber, daß er so ruhig sprach, da er doch in der nächsten Sekunde tot sein oder, noch schlimmer, festgeschnallt auf dem Operationstisch liegen konnte.

Er sah sich die Stellung der feindlichen Rahen an, sie standen so, daß die beiden Fahrzeuge zwangsläufig kollidieren mußten. Die Geschütze legten keinerlei Feuerpause ein, obwohl sie auf kürzeste Entfernung einander direkt beschossen, zum Teil sogar mit glühenden Mündungspfropfen, die beinahe ebenso gefährlich waren wie die Kugeln.

Plötzlich hörte er neue Geräusche: das ferne Knattern von Gewehrfeuer, das dumpfe Knallen von Einschlägen in Deck, Fallreep oder in den dichtgepackten Hängemattsnetzen.

Aus dem Großmars hörte er das Bellen eines Schwenkgeschützes und sah eine Gruppe Scharfschützen aus dem feindlichen Kreuzmast stürzen, von einem Kartätschenhagel beiseite gefegt wie welkes Laub.

Jetzt konnte man auf der *Argonaute* einzelne Gesichter erkennen, und Bolitho sah einen Unteroffizier, der einen Scharfschützen auf ihn ansetzte. Der aber wurde von einem Marineinfanteristen gefällt, als er gerade seine Muskete auf Bolitho richtete.

Er hörte Leute aus dem unteren Batteriedeck herbeieilen, hörte das Klirren von Stahl, als sie die Enterbeile, Entermesser und Piken ergriffen, die Balleine, der Bootsmannsmaat, an sie ausgab.

»Wir kollidieren Bug gegen Bug.« Bolitho hatte laut gesprochen, ohne es zu wissen. »Nicht viel Zeit.« Er zog seinen Degen und schwang ihn über dem Kopf. »Backbordbatterie, her zu mir!«

Eine einzelne Kugel krachte durch eine offene Pforte und köpfte einen Seemann, der gerade herbeieilen wollte. Der kopflose Körper stand noch einen Augenblick lang stocksteif da, als überlege er, was zu tun sei. Dann fiel er vornüber und war vergessen, als die Seeleute fluchend und Hurra rufend auf die Back stürmten und nichts anderes mehr sahen als die bereits über ihnen aufragenden fremden Segel und die roten Flammen des Gewehrfeuers.

Bolitho starrte den ragenden Klüverbaum des Feindes an, der sich jetzt durch den Rauch bohrte und über ihre Back schob, als könne nichts ihn aufhalten. Schon feuerten die ersten Franzosen von oben auf die *Trojan* herab oder schwangen ihre Waffen, während unter ihnen ihre wildäugige Galionsfigur grimmig und drohend auf das Getümmel herabblickte.

Mit einer heftigen Erschütterung krachten beide Schiffsrümpfe gegeneinander. Hauend, hackend und stechend schwärmten die Leute der *Trojan* aus, um die eindringenden Enterer zurückzuschlagen, während von achtern d'Esterres Soldaten ein wohlgezieltes, vernichtendes Feuer auf des Feindes Achterdeck legten.

Bolitho sprang über einen gefallenen Seemann und schrie: »Hier kommen sie!«

Ein französischer Enterer versuchte, über die Reling zu klettern, aber ein Schlag mit einem eisernen Belegnagel schleuderte ihn zur Seite; fast gleichzeitig warf ihn ein Lanzenstoß über Bord zwischen die beiden Schiffe.

Bolitho sah sich plötzlich einem jungen Leutnant mit gezogenem Säbel gegenüber. Sein rechter Arm schoß hoch, die beiden Klingen kreisten trotz des wogenden Kampfes vorsichtig umeinander.

Der französische Offizier machte einen Ausfall, doch im nächsten Augenblick weiteten sich seine Augen vor Schreck, als Bolitho auswich und den gestreckten Arm des Gegners mit seinem Degen zur Seite schlug. Der Ärmel wurde aufgeschlitzt, und das Blut schoß heraus wie rote Farbe.

Einen Augenblick nur zögerte Bolitho, hieb dann aber mit voller Wucht auf den Halsansatz oberhalb des Schlüsselbeins und sah den Mann sterben, noch bevor er über Bord fiel und klatschend aufschlug.

Mehr Seeleute eilten ihm jetzt zu Hilfe, aber bei einer kurzen Blickwendung sah er Quinn noch an derselben Stelle stehen wie vorher, als sei er gelähmt.

Rauch wirbelte auf und hüllte die kämpfenden und keuchenden Männer ein. Bolitho stellte fest, daß der Wind auffrischte und die beiden Schiffe in ihrer fürchterlichen Umklammerung jetzt rascher vorwärts trieb.

Eine weitere Gestalt blockierte ihm den Weg, wieder beherrschte der Klang von Stahl alles andere.

Scharf beobachtete er das Gesicht seines Gegners, parierte

distanziert, gefühllos jeden Schlag, erprobte seine Stärke und erwartete jeden Augenblick den tödlichen Stich in seinen Magen, wenn er das Gleichgewicht verlor.

Andere kämpften neben ihm: Leutnant Raye von den Marineinfanteristen, Joby Scales, der Zimmermann, einen riesigen Hammer schwingend, Varlo, der Seemann, der in der Liebe enttäuscht worden war, Dunwoody, der Müllerssohn, und natürlich Stockdale, dessen riesiges Entermesser einen fürchterlichen Blutzoll forderte.

Etwas traf Bolitho am Kopf, er fühlte Blut am Hals herabfließen, aber der Schmerz half ihm, seine Wachsamkeit zu verdoppeln, die Bewegungen des Gegners wie unbeteiligt zu beobachten.

Ein sterbender Seemann fiel stöhnend gegen seinen Gegner und lenkte ihn den Bruchteil einer Sekunde ab, aber es genügte. Bolitho sprang über den gefällten Feind, die blutige Klinge hoch erhoben, während er seine Leute um sich sammelte. Er konnte sich nicht einmal daran erinnern, daß seine Klinge durch Fleisch und Knochen gedrungen war, es war alles so schnell gegangen.

Jemand rutschte in einer Blutlache aus und krachte gegen seinen Rücken. Bolitho stürzte zu Boden, seinen Degen behielt er nur in der Hand, weil er am Gelenk festgebunden war.

Als er sich wieder aufrichtete, sah er mit Staunen, daß ein Streifen Wasser zwischen den Schiffen klaffte, der ständig breiter wurde. Mit zerfetzten Flaggen drifteten sie auseinander.

Auch die französischen Enterer hatten es bemerkt. Während einige rasch auf den noch über ihnen aufragenden Klüverbaum kletterten, versuchten andere, hinüberzuspringen. Die Entfernung war jedoch schon zu groß, die meisten fielen ins Wasser, zwischen die treibenden Leichen und Verwundeten.

Einige hoben die Hände, um sich zu ergeben, als aber noch ein Marineinfanterist durch einen feindlichen Schützen erschossen wurde, trieb man auch sie über die Bordwand.

Bolitho fühlte, wie die Kräfte ihn verließen; er mußte sich auf die Reling stützen. Einige Geschütze schossen noch aufs Geratewohl durch den Qualm, aber der Kampf war vorbei. Die Segel der *Argonaute* wurden rundgebraßt, allmählich entfernte sie sich, das Heck jetzt dem Achterdeck der *Trojan* zugewandt.

Bolitho merkte, daß er auf dem Rücken lag und in den Himmel schaute, der ihm unnatürlich klar und blau und sehr weit weg schien. Seine Gedanken begannen zu driften wie der Rauch und wie die beiden schwer beschädigten Schiffe.

Ein Schatten fiel über ihn, und er erkannte verschwommen, daß Stockdale neben ihm kniete, das zerschlagene Gesicht angsterfüllt.

Bolitho versuchte, ihm zu erklären, daß alles in Ordnung sei, daß er sich nur ein wenig ausruhe. Da dröhnte eine Stimme an sein Ohr: »Tragt Mr. Bolitho sofort ins Lazarett!«

Er versuchte zu protestieren, aber die Anstrengung war zuviel für ihn; ihm wurde schwarz vor Augen.

Bolitho öffnete die Augen und blinzelte mehrmals, um klare Sicht zu bekommen. Als der Schmerz in seinen Kopf zurückkehrte, merkte er, daß er unten im Orlopdeck vor dem Lazarett lag. Im Schein der von der Decke baumelnden Lampen wirkte der sonst dunkle Raum wie ein Inferno. Er lehnte halb gegen ein Spant und spürte, wie sich der Schiffsrumpf durch eine hohe Dünung arbeitete. Als sich seine Augen an die Dunkelheit gewöhnt hatten, sah er, daß der ganze Raum voller Menschen war. Einige lagen still, waren wohl schon tot, andere krochen von Schmerzen gepeinigt hin und her.

In der Mitte des Decks, direkt unter den Lampen, arbeiteten Thorndike und seine Assistenten in grimmigem Schweigen an einem bewußtlosen Seemann auf dem Tisch, während ein Gehilfe mit einem Eimer weglief, aus dem ein amputierter Arm ragte.

Bolitho betastete seinen Kopf: er war blutverkrustet und hatte eine eigroße Beule, aber sonst konnte er keine Verletzung feststellen. Er spürte, daß die Erleichterung darüber, von seiner Magengegend ausgehend, ihn wie eine Flutwelle durchströmte. Hinter seinen Augen staute sich der Schmerz und trieb ihm Tränen übers Gesicht. Als wieder eine Gestalt zum Operationstisch getragen und aus den geschwärzten Kleidern geschält wurde, fühlte Bolitho sich beschämt. Er hatte Angst gehabt vor dem, was kommen würde, aber verglichen mit dem Mann, der jetzt den Arzt anflehte, war er so gut wie unverletzt.

»*Bitte*, Sir!« Der Mann schluchzte so wild, daß einige der anderen Verwundeten ihren Schmerz vergaßen und aufschauten.

Thorndike kam aus einem Verschlag und wischte sich den Mund ab. Er sah aus wie ein Fremder, seine Hände und Schürze waren rot von Blut.

»Tut mir leid.«

Thorndike nickte seinem Assistenten zu, und Bolitho sah erst jetzt das zerschmetterte Bein des Verwundeten. Er erkannte, daß es ein Mann aus seiner eigenen Batterie war, dem eine umgestürzte Kanone das Bein zerquetscht hatte.

Der arme Kerl jammerte und bettelte noch immer: »Nicht mein Bein, Sir!«

Eine Flasche wurde ihm zwischen die Zähne geschoben, und als er den Kopf nach hinten fallen ließ, noch würgend an dem unverdünnten Rum, steckte man ihm einen Lederriemen zwischen die Zähne.

Bolitho sah das Messer aufblitzen und wandte sich ab. Es war grauenhaft, daß ein Mensch so leiden mußte, schreiend und fast an seinem eigenen Erbrochenen erstickend, während seine schreckerstarrten Kameraden schweigend zusahen.

Thorndike knurrte: »Zu spät. Schafft ihn an Deck.« Dann griff er wieder zur Flasche. »Der nächste!«

Neben Bolitho kniete ein Seemann, dem einige große Holzsplitter aus dem Rücken gezogen wurden. Es war der Ausgucksmann Buller.

Er zuckte vor Schmerz, sagte aber: »Ich habe heute noch mal Glück gehabt, Sir.« Das war alles, was er von sich gab, aber es sprach Bände.

»Sind Sie in Ordnung, Sir?« Das war Fähnrich Couzens. »Mich schickt der Erste Offizier.« Er wandte sich voller Schrecken um, als jemand tierisch zu schreien begann. »O Gott, Sir!«

Bolitho reichte ihm die Hand. »Helfen Sie mir auf. Ich muß hinaus.« Mühselig taumelte er auf die Füße und klammerte sich wie betrunken an des Jungen Schulter. »Das hier werde ich nie vergessen!«

Stockdale kam ihnen mit vor Sorge zerfurchtem Gesicht entgegen und duckte sich unter dem Decksbalken hindurch.

»Ich übernehme ihn!«

Der Weg nach oben war ebenfalls ein Alptraum. Im unteren Batteriedeck hing noch immer Rauch und verbarg barmherzig die schlimmsten Spuren des Kampfes.

Plötzlich sah er Dalyell mit seinen zwei verbliebenen Fähnrichen Lunn und Burslem. Die drei besprachen mit den Geschützführern, was zu tun war.

Als Dalyell ihn entdeckte, kam er herübergelaufen, sein offenes Gesicht leuchtete vor Freude.

»Gott sei Dank, Dick! Ich hatte gehört, du seist tot!«

Bolitho versuchte zu lächeln, aber der Schmerz in seinem Schädel verhinderte das.

»Dasselbe habe ich von dir gehört.«

»Aye. Eine Kanone explodierte, von dem Schlag wurde ich besinnungslos. Ohne die Leute neben mir wäre ich jetzt tot.« Er schüttelte traurig den Kopf. »Der arme Huss! Er war ein braver Junge.«

Bolitho nickte nachdenklich. Mit neun Fähnrichen waren sie von England abgefahren. Einer war befördert worden, einer in Gefangenschaft geraten, und jetzt war einer gefallen. Das Fähnrichslogis würde in Zukunft ein trauriger Ort sein.

Dalyell wandte den Blick ab. »Das ist aus des Admirals Strategie geworden. Ein sehr hoher Preis für das, was wir erreicht haben.«

Bolitho setzte mit seinen beiden Helfern den Weg zum oberen Batteriedeck fort, stand dort einen Augenblick still, atmete tief die frische Luft ein und blickte zum klaren Himmel über dem verstümmelten Fockmast auf.

Weitere Verwundete wurden hinuntergetragen, und Bolitho fragte sich, wie lange Thorndike wohl noch so weitermachen konnte: schneiden, sägen, nähen, stundenlang. Ihn schauderte. Andere wurden unter die Laufplanken geschleppt, wo sie steif und namenlos darauf warteten, daß der Segelmacher und seine Maaten sie für ihre letzte Reise in Hängematten aus Segeltuch einnähen würden. Was hatte Bunce gesagt? Das Wasser war hier rund dreitausend Meter tief. Eine lange, dunkle Fahrt, aber vielleicht fanden sie dort unten Frieden.

Bolitho schüttelte sich und wand sich vor stechendem Schmerz. Wieder verschwamm alles vor seinen Augen. Das mußte aufhören.

Cairns erschien, total erschöpft. »Gut, Sie zu sehen, Dick. Ich könnte etwas Hilfe brauchen –«, er zögerte –, »wenn Sie sich kräftig genug fühlen.«

Bolitho nickte, gerührt davon, daß Cairns, der jetzt so viel um die Ohren hatte, sich die Zeit genommen hatte, im Lazarett nach seinem Befinden fragen zu lassen.

»Es wird mir nur guttun.«

Er blickte über das aufgerissene, zersplitterte Deck, wo er noch vor kurzer Zeit gestanden hatte: umgestürzte Geschütze, große Stapel von herabgefallenem Tauwerk und zerrissenen Segeln. Männer, die sich wie Überlebende auf einem Wrack ihren Weg durch diese Trümmer bahnten. Wie konnte überhaupt jemand überlebt haben? Angesichts dieses Chaos' mußte sich das jeder fragen.

»Wie geht es James?« erkundigte sich Bolitho.

Cairns' Augen blickten finster. »Der Vierte Offizier ist am Leben, glaube ich.« Er klopfte Bolitho auf die Schulter. »Ich muß weiter. Sie bleiben hier und unterstützen den Bootsmann.«

Bolitho ging zur ersten Division der Achtzehnpfünder, wo er den größten Teil des Kampfes über gestanden hatte. Er sah die *Argonaute* gut drei Meilen leewärts stehen. Selbst wenn sie rasch die dringendsten Reparaturen ausführten, konnten sie den Franzosen jetzt nicht mehr einholen.

Stockdale sprach für sie beide: »Immerhin haben wir sie abgeschlagen, so knapp an Leuten wir auch sind. Wir haben ihnen mit gleicher Münze heimgezahlt.«

Couzens sagte heiser: »Aber die Brigg ist entkommen.«

Des Masters hohe Gestalt erschien oben an der Querreling. Bunce brummte: »Los, Mr. Bolitho, an die Arbeit! Ich soll ein Schiff segeln und einen Kurs absetzen. Dafür brauche ich Segel, Brassen und Fallen, und zwar mehr, als ich hier sehe!« Seine Augen verschwanden fast unter den buschigen Brauen, als er hinzufügte: »Sie haben sich heute bewährt, soviel ich sehen konnte.« Er nickte, als habe er schon zu viel gesagt.

Den Rest des Tages arbeitete die Besatzung verbissen daran, die *Trojan* einigermaßen zu reparieren. Die Toten wurden bestattet, die Verwundeten so gut wie möglich versorgt. Samuel Pinhorn, der Segelmacher, legte sich noch einen beträchtlichen Vorrat an Segeltuch bereit, da er damit rechnete, daß noch mancher Verwundete sterben würde, bevor die *Trojan* einen Hafen erreichte.

Es war erstaunlich, daß die Leute nach alldem, was sie durchgemacht hatten, noch so wacker arbeiten konnten. Vielleicht war es gerade diese Arbeit, die sie rettete, denn kein Schiff kann ohne Segel und ständige Wartung segeln.

Ein Notmast war an Stelle der über Bord gegangenen Bramstenge festgelascht worden; als die Seeleute hoch oben daran arbeiteten, hing das Tauwerk zu beiden Seiten herab wie Schlingpflanzen. Hammer und Säge, Teer und Farbe, Nadeln und Garn waren jetzt das wichtigste Gerät.

Das einzige, was die Leute in ihrer Arbeit innehalten und über die Reling blicken ließ, war das plötzliche Auftauchen des Schoners vom Ankerplatz der Isla San Fernardo. Die *Sprite* war als hoffnungsloses Wrack von der Besatzung verlassen und angezündet worden, damit der Feind sie nicht wieder instandsetzen konnte.

In einem kurzen wilden Bootsangriff hatte Cunningham den Schoner gekapert. Dies stellte den einzigen Gewinn des ganzen Unternehmens dar.

Bolitho war sich über eines klar: Die Prise, was sie auch an Informationen einbringen mochte, würde nicht imstande sein, den Schmerz in Cunninghams Herz zu stillen, den er bei der Aufgabe seines eigenen Schiffes empfunden haben mußte.

Bei Sonnenuntergang befahl Cairns Halt. Eine doppelte Ration Rum wurde an alle ausgegeben, dann kürzten sie Segel für die Nacht; auf der *Trojan* war man es zufrieden, sich in Ruhe seinen Wunden widmen zu können.

Bolitho wurde in die Kajüte gerufen, verspürte jedoch diesmal keine Neugier. Wie die meisten der Besatzung, so fühlte auch er sich viel zu erschöpft, um noch einer solchen Regung fähig zu sein.

Als er den Kopf unter dem Decksbalken vor der Kajüte einzog, hörte er Pears' Stimme deutlich durch die beiden Türen schallen: »Ich kenne Ihren Vater, sonst hätte ich Sie sofort degradiert!«

Bolitho zögerte und fühlte, daß der Posten ihn beobachtete.

Es ging natürlich um Quinn, den armen, gebrochenen Quinn. Er sah ihn noch auf dem Batteriedeck vor sich, wie gelähmt zwischen Trümmern, Toten und Sterbenden.

Der Posten sah ihn an. »Sir?«

Bolitho nickte müde, der Posten stampfte mit seinem Gewehrkolben auf und rief: »Der Zweite Offizier, Sir!«

Die Tür öffnete sich; Teakle, der Sekretär, führte ihn hinein. Er hatte ein verbundenes Handgelenk und sah mitgenommen aus. Bolitho wunderte sich, weshalb ihm nie in den Sinn gekommen war, daß ein Schreiber genauso der Gefahr ausgesetzt war wie sie alle.

Quinn kam, weiß wie ein Laken, aus der Kajüte. Er erkannte Bolitho und schien etwas sagen zu wollen. Dann stürzte er jedoch an ihm vorbei und verschwand in der Dämmerung.

Pears trat ihm entgegen. »Na, nicht zu sehr angeschlagen?« Er wirkte ruhelos, erregt.

Bolitho erwiderte: »Ich hatte Glück, Sir.«

»Das hatten Sie, in der Tat.« Pears wandte sich um, als Coutts aus dem Nebenraum trat.

Der Admiral sagte: »Bei Tagesanbruch steige ich auf die Prise über, Bolitho. Ich werde nach Antigua segeln und von dort mit einer Kurierbrigg oder einer der Fregatten nach New York zurückkehren.«

Bolitho sah ihn an und versuchte zu erraten, worauf Coutts hinauswollte. Er spürte die Spannung zwischen den beiden Männern, sah die Bitterkeit wie physischen Schmerz in Pears' Augen.

Coutts fuhr fort: »Die *Trojan* folgt mir natürlich. In Antigua kann eine volle Reparatur ausgeführt werden, bevor sie wieder zum Geschwader stößt. Ich werde dafür sorgen, daß man dort alles für sie tut und daß auch Ersatz beschafft wird für ...«

Pears unterbrach ihn barsch: »Für all die armen Teufel, die heute ihr Leben lassen mußten!«

Coutts wurde rot, wandte sich aber weiterhin nur an Bolitho.

»Ich habe Sie beobachtet, Sie sind aus dem richtigen Holz geschnitzt und besitzen die Fähigkeit, Menschen zu führen.«

Bolitho sah in Pears' grimmiges Gesicht und war erschüttert; es trug den Ausdruck eines Menschen, der soeben seine Verurteilung erfahren hatte.

»Danke, Sir!«

»Daher –«, das Wort hing in der feuchten Luft –, »biete ich Ihnen ein eigenes Kommando an, sowie Sie in Antigua eintreffen. Mit mir.«

Bolitho starrte ihn an. Ihm wurde klar, was das für Pears bedeutete. Da Coutts in Antigua oder womöglich schon in New York eintreffen würde, bevor die *Trojan* den Hafen erreichte, hatte Pears dann niemanden außer Cairns, der für ihn aussagen konnte. Er sollte den Prügelknaben, den Sündenbock abgeben und dafür herhalten, Coutts' kostspieliges Abenteuer zu decken.

Bolitho wunderte sich selbst, daß er ohne zu zögern antworten konnte. Das Angebot bedeutete schließlich die Erfüllung alles dessen, was er sich immer gewünscht hatte: die Versetzung auf ein kleineres, schnelleres Schiff wie die *Vanquisher* oder eine Fregatte. Mit Coutts' Protektion hätte er die besten Beförderungschancen gehabt.

»Ich danke Ihnen, Sir.« Er blickte Pears an. »Aber mein Platz ist hier unter Kapitän Pears. Ich möchte, daß es so bleibt.«

Coutts musterte ihn erstaunt. »Was für ein seltsamer Mensch Sie doch sind, Bolitho! Ihre Sentimentalität wird Ihnen eines Tages noch den Hals brechen.« Er nickte kurz und engültig. »Guten Abend.«

Benommen stieg Bolitho die Treppe hinunter und in die Messe, die erstaunlicherweise keinerlei Spuren des Kampfes aufwies.

Cairns folgte ihm einen Augenblick später, ergriff ihn am Arm und rief den Messesteward.

»Mackenzie, Sie alter Gauner! Den besten Brandy für diesen Offizier hier!«

D'Esterre erschien mit seinem Leutnant und fragte: »Was ist denn los?«

Cairns setzte sich Bolitho gegenüber und betrachtete ihn aufmerksam.

»Was los ist, meine Herren? Ich war soeben Zeuge, wie ein schlechtberatener, aber *ehrenhafter* Mann sich für das Richtige entschieden hat.«

Bolitho wurde rot. »Ich – ich wußte nicht . . .«

Cairns nahm die Flasche, die Mackenzie ihm reichte, und lächelte traurig.

»Ich stand draußen und lauschte wie ein Schuljunge.« Er wurde plötzlich ernst. »Das war anständig von Ihnen. Obwohl Pears es Ihnen niemals danken wird, zumindest nicht mit vielen Worten.« Cairns hob sein Glas. »Aber ich kenne ihn besser als die meisten. Sie haben ihm etwas gegeben, was ihn ein bißchen entschädigen wird für das, was Coutts seinem Schiff angetan hat.«

Bolitho dachte an den Schoner irgendwo leewärts der *Trojan*. Morgen früh würde er sie verlassen und seine Beförderungschance mit sich nehmen.

Und er erlebte noch eine Überraschung: Es kümmerte ihn nicht mehr.

XV Noch eine Chance

Bolitho stand im Schatten des gewaltigen Großmastes und beobachtete das geschäftige Treiben rund um das Schiff. Es war jetzt Oktober, und seit zwei Monaten lag die *Trojan* in English Harbour, Antigua, dem Hauptquartier des Karibischen Geschwaders. Eine Menge Schiffe waren hier versammelt und warteten auf Reparaturen und Überholung; bei den meisten sollten jedoch nur Abnutzungsschäden durch Sturm oder Alter ausgebessert werden. Die Ankunft der *Trojan*, deren Flagge wegen der vielen Toten auf halbmast wehte, hatte beträchtliches Aufsehen erregt.

Wenn man jetzt ihre straffgespannte Takelage betrachtete, die neuen Wanten und ordentlichen Segel, die säuberlich ausgebesserten Decks, konnte man sich kaum mehr den Kampf vorstellen, der all diese Schäden angerichtet hatte.

Er beschirmte die Augen, um zur Küste hinüberzublicken: verstreute weiße Gebäude, das vertraute Bild von Monk's Hill. Eine wahre Prozession von Booten, Werftprähmen und Wasserleichtern war unterwegs, dazwischen die unvermeidlichen Händlerboote, die den unerfahrenen oder törichten Seeleuten ihre zweifelhaften Waren anboten.

An Bord hatte es eine Menge Änderungen gegeben. Neue Leute kamen von anderen Schiffen, aus England und aus den karibischen Häfen, die alle erprobt und in die Besatzung eingereiht werden sollten.

Ein Leutnant John Pointer war eingetroffen und auf Grund seines Dienstalters als Vierter Offizier eingestuft worden, wie einstmals Bolitho. Es war ein fröhlicher junger Mann mit ausgeprägtem Yorkshire-Dialekt, anscheinend tüchtig und willig.

Der junge Fähnrich Libby, dem man seinen zeitweiligen Rang wieder abgesprochen hatte, war eines schönen Morgens zum Flaggschiff gerufen worden, um sein Leutnantsexamen abzulegen. Er bestand mit Auszeichnung und war selbst der einzige, der sich über dieses Ergebnis wunderte. Anschließend wurde er gleich als Leutnant auf ein anderes Linienschiff versetzt. Sein Abschied war eine traurige Angelegenheit, sowohl für ihn wie für die anderen Fähnriche. Zwei neue waren inzwischen aus England eingetroffen, nach Bunces Ansicht »noch schlechter als nutzlos«.

Von Coutts hatten sie nur gehört, daß er nach New York zurückgekehrt war. Beförderungen schienen angesichts der letzten Ereignisse unwichtig.

Auf dem Festland sollte General Burgoyne, der in den Anfangstagen der Revolution mit einigem Erfolg von Kanada aus operiert hatte, die Kontrolle über den Hudson River sicherstellen. Mit der ihm eigenen raschen Entschlossenheit war er mit etwa siebentausend Mann in das betreffende Gebiet aufgebrochen und hatte erwartet, von der New Yorker Garnison Verstärkung zu erhalten. Nun hatte dort aber jemand entschieden, daß in New York kaum genug Soldaten zur eigenen Verteidigung bereitstünden.

General Burgoyne hatte vergeblich gewartet und sich dann mit all seinen Truppen bei Saratoga ergeben.

Sofort hörte man auch wieder von größerer Aktivität der französischen Kaperschiffe, welche die militärische Niederlage ermutigte.

Die *Trojan* würde bald wieder in die Kämpfe eingreifen können, aber Bolitho sah keinerlei Chance, auch nur einen Zipfel der abgefallenen Kolonie zurückzugewinnen, selbst wenn Britannien die See beherrschte. Und bei stärkerer französischer Einmischung war nicht einmal das sicher.

Bolitho ging ruhelos auf und ab und beobachtete ein weiteres Händlerboot, das gerade das glitzernde Spiegelbild der *Trojan* passierte. Es war heiß, aber nach den vorangegangenen Monaten und den tropischen Regengüssen erschien es ihm beinahe angenehm.

Er blickte nach achtern, wo die Flagge schlaff und reglos herabhing. In der Kajüte mußte es sogar noch heißer sein als hier an Deck.

Er versuchte, an Quinn wie an einen Fremden zu denken, den er gerade erst kennengelernt hatte. Aber in seiner Erinnerung lebte er fort als der jüngste Leutnant, der neu an Bord gekommen war, achtzehn Jahre alt und direkt vom Fähnrichslogis, so wie Libby jetzt. Dann sah er ihn wieder im Todeskampf keuchen, mit der ungeheuren Säbelwunde quer über seine Brust. Und das nach seiner ruhigen Zuversicht, seiner Entschlossenheit, gegen den Willen seines wohlhabenden Vaters Seeoffizier zu werden.

Diese letzten Wochen mußten für Quinn die Hölle gewesen sein. Er war von seinen Pflichten entbunden worden, und wenn er vorläufig auch seinen Dienstgrad behielt, so war er jetzt doch sogar dienstjünger als der neuangekommene Leutnant Pointer.

Wegen der Aktivität innerhalb des Geschwaders und der allgemeinen Erwartung stärkeren französischen Engagements hatte der Fall Quinn zunächst nur eine untergeordnete Rolle gespielt.

Jetzt, im Oktober 1777, wurde Quinn in Pears' Kabine von einem Untersuchungsausschuß vernommen. Es war die letzte Stufe vor dem eigentlichen Kriegsgericht.

Bolitho betrachtete die anderen Schiffe, die so ruhig in diesem geschützten Hafen lagen, jedes über seinem eigenen Spiegelbild, mit aufgespannten Sonnensegeln, die Stückpforten weit offen, um auch den leisesten Hauch einzufangen. Sehr bald würden diese und auch andere Schiffe das durchmachen, was die *Trojan* vor den Geschützen der *Argonaute* durchgemacht hatte. Sie würden dann nicht mehr gegen wackere, aber schlecht ausgebildete Rebellen kämpfen, sondern gegen die Besten Frankreichs. Die Disziplin mußte gestrafft, ein Versagen konnte nicht mehr hingenommen werden. All dies ließ Quinns Chancen schrumpfen.

Bolitho wandte sich um, als Leutnant Arthur Frowd, der wachhabende Offizier, das Deck überquerte und zu ihm herüberkam. Wie Libby, so hatte auch er die begehrte Beförderung erhalten und erwartete nun seine Versetzung auf ein anderes Schiff. Obwohl der dienstjüngste Leutnant, war er doch der älteste an Jahren. In seiner prächtigen neuen Uniform, das Haar ordentlich im Nacken zusammengebunden, sah er so gut aus wie ein Kapitän, dachte Bolitho bewundernd.

Frowd fragte: »Wie, nehmen Sie an, wird es ausgehen?« Er nannte Quinn nicht einmal mit Namen. Wie viele andere, fürchtete er wahrscheinlich, mit Quinn in irgendeinen Zusammenhang gebracht zu werden.

»Ich bin mir nicht sicher.«

Bolitho nestelte nervös an seinem Degengriff und fragte sich, warum es so lange dauerte. Cairns war nach achtern gerufen worden, ebenso d'Esterre und Bunce. Es war eine gräßliche Sache, ähnlich wie der Anblick der Kriegsgerichtsflagge oder wie die rituelle Prozession von Booten bei einem öffentlichen Auspeitschen oder beim Erhängen.

Er sagte: »Ich hatte auch Angst, also muß es für ihn noch viel schlimmer gewesen sein. Aber . . .«

Frowd sagte heftig: »*Aber*, Sir, dieses kleine Wort macht den Unterschied. Jeder einfache Seemann würde schon längst von der Großrah baumeln.«

Bolitho sagte nichts, sondern wartete darauf, daß Frowd wegging, um mit dem Wachboot zu sprechen, das längsseits lag. Frowd verstand dies nicht. Wie sollte er auch? Es war schwer genug für einen jungen Mann, den Rang eines Leutnants zu erwerben. Auf dem Weg über das untere Deck war dies noch viel, viel schwerer. Frowd hatte es mit Schweiß, aber wenig Erziehung geschafft. Er mußte Quinns Versagen eher als Verrat denn als Schwäche ansehen.

Sergeant Shears marschierte über das Achterdeck und berührte grüßend seinen Hut.

Bolitho sah ihn an. »Ich?«

»Ja, Sir.« Shears warf einen raschen Blick auf die Umstehenden. »Es sieht nicht gut aus, Sir.« Er senkte die Stimme zu einem Flüstern. »Mein Hauptmann machte seine Aussage, und ein Ausschußmitglied bemerkte hochnäsig: ›Was weiß schon ein Marineinfanterist über Seeoffiziere!‹« Wütend fügte Shears hinzu: »Ich habe noch nie solche Arroganz erlebt, Sir!«

Bolitho ging rasch nach achtern und packte dabei seinen Degengriff mit aller Kraft, um sich innerlich vorzubereiten.

Pears' Salon war ausgeräumt worden, an Stelle der Möbel stand ein großer, kahler Tisch da, an dem drei Kapitäne saßen.

Andere Offiziere saßen ringsum an den Wänden, größtenteils waren sie ihm unbekannt; aber er sah auch die Zeugen: Cairns, d'Esterre und, die Hände im Schoß gefaltet, Kapitän Pears.

Der älteste Kapitän musterte ihn kühl. »Mr. Bolitho?«

Bolitho klemmte den Hut unter den Arm und sagte: »Aye, Sir. Zweiter Offizier.«

Der Kapitän zur Rechten, ein scharfgesichtiger, schmallippiger Mann, fragte: »Waren Sie an Deck, als sich der Vorfall, der zu diesem Verfahren führte, ereignet hat?«

Bolitho sah des Schreibers Feder über dem Papier warten. Dann blickte er sich das erste Mal nach Quinn um.

Der stand steif an der Tür zum Speiseraum und schien nur mit Mühe Luft zu bekommen.

»Das war ich, Sir.« Wie absurd, dachte er. Sie wußten alle genau, wo sich jeder einzelne bis hinunter zum Schiffskoch aufgehalten hatte. »Ich führte das Kommando auf dem oberen Batteriedeck, wir schossen nach Steuerbord.«

Der Vorsitzende des Ausschusses, ein Kapitän, den Bolitho schon in New York gesehen hatte, sagte trocken: »Vergessen Sie die Formalitäten. *Sie* stehen hier nicht unter Anklage.« Dann, mit einem Seitenblick auf den schmallippigen Kapitän: »Es wäre gut, wenn alle daran dächten.« Sein ruhiger, ausgeglichener Blick wandte sich wieder Bolitho zu. »Was haben Sie gesehen?«

Bolitho fühlte, wie die hinter ihm Sitzenden ihn beobachteten, auf seine Aussage warteten. Wenn er nur gewußt hätte, was bisher ausgesagt worden war, besonders von Pears.

Er räusperte sich. »Wir hatten nicht erwartet, daß es zum Kampf kommen würde. Aber die *Argonaute* hatte die *Spite* ohne jede Herausforderung von deren Seite und ohne Warnung entmastet. Uns blieb keine andere Wahl.«

»Uns?« Die Frage klang milde.

Bolitho wurde rot und fühlte sich unter den Blicken der drei

Augenpaare unbehaglich. »Ich hörte den Admiral die Ansicht äußern, daß wir, wenn nötig, kämpfen würden, Sir.«

»Aha.« Ein winziges Lächeln. »Fahren Sie fort.«

»Es war ein blutiger Kampf, Sir, und wir waren schon vor dem Gefecht äußerst knapp an Leuten.« Er sah die Verachtung im Blick des schmallippigen Kapitäns und fügte ruhig hinzu: »Das soll nicht als Entschuldigung gelten, Sir. Hätten Sie gesehen, wie unsere Leute an diesem Tage kämpften und starben, dann wüßten Sie, was ich mit meinen Worten gemeint habe.«

Er spürte ihr Schweigen, es war unheimlich wie die Ruhe vor dem Sturm. Aber er konnte jetzt nicht mehr aufhören. Was wußten sie schon von alledem? Sie hatten vielleicht noch nie mit so unerfahrenen Offizieren und so schlecht ausgebildeten Leuten kämpfen müssen. Bolitho dachte an den Mann auf dem Operationstisch, der um sein Bein flehte, an den Marineinfanteristen, der als erster aus dem Mast gestürzt und in der See davongetrieben war. So viele waren es. Zu viele.

Er fuhr fort: »Der Franzose kam längsseits. Sie enterten uns oder versuchten es wenigstens . . .« Er stockte, sah wieder den französischen Leutnant zwischen die Schiffsrümpfe fallen. »Denn wir schlugen sie zurück.« Er wandte sich ab und blickte direkt in Quinns verzweifeltes Gesicht. »Mr. Quinn half mir bis zu diesem Augenblick und stand im feindlichen Feuer, bis der Kampf abgebrochen wurde.«

Der Vorsitzende ergänzte: »Dann wurden Sie nach unten geschafft. Wie alt sind Sie eigentlich?«

»Diesen Monat werde ich einundzwanzig, Sir.« Er glaubte, jemanden hinter sich kichern zu hören.

»Und Sie traten mit zwölf Jahren in die Marine ein, wie die meisten von uns, wenn ich recht unterrichtet bin. Außerdem kommen Sie aus einer alten Seefahrerfamilie.« Seine Stimme wurde plötzlich hart. »Nach Ihrer Erfahrung als Offizier des Königs, Mr. Bolitho – hatten Sie zu irgendeinem Zeitpunkt während dieser unglückseligen Ereignisse den Eindruck, daß Mr. Quinns Verhalten Mangel an Können oder Mut aufwies?«

Bolitho erwiderte: »Nach meiner Meinung, Sir . . .« Er kam nicht weiter.

Der Vorsitzende beharrte: »Nach Ihrer *Erfahrung*!«

Bolitho fühlte sich verzweifelt, wie in einer Falle. »Ich weiß nicht, wie ich antworten soll, Sir.«

Er erwartete, zurechtgewiesen oder von der Verhandlung ausgeschlossen zu werden, aber der Vorsitzende fragte lediglich: »Er war Ihr Freund, stimmt's?«

Bolitho blickte zu Quinn hinüber, haßte plötzlich die drei Kapitäne, die atemlosen Zuschauer, alles hier, und sagte mit fester Stimme: »Er *ist* mein Freund, Sir.« Er hörte das überraschte Gemurmel und fügte hinzu: »Vielleicht hatte er Angst, aber die hatten wir alle. Dies zu leugnen, wäre töricht.«

Bevor er sich wieder dem Tisch zuwandte, sah er, daß Quinn in einer rührenden Anwandlung von Trotz das Kinn hob.

Bolitho fuhr fort: »Sein Ruf war gut, er begleitete mich auf mehreren schwierigen und gefährlichen Unternehmen. Er wurde schwer verwundet und ...«

Der schmallippige Kapitän lehnte sich vor und blickte seine beiden Kameraden an. »Ich glaube, wir haben genug gehört. Der Zeuge hat dem wenig hinzuzufügen.« Dann sah er Bolitho an. »Ich weiß, daß Sie ein eigenes Kommando abgelehnt haben, das Konteradmiral Coutts Ihnen anbot. Sagen Sie mir doch, geschah das aus Mangel an Ehrgeiz?«

Der Vorsitzende runzelte die Stirn und wandte sich dann um, als er das Scharren von Füßen hörte.

Ohne hinzublicken, wußte Bolitho, daß Pears aufgestanden war.

Der Vorsitzende fragte: »Sie wollen etwas sagen, Kapitän Pears?«

Die wohlbekannte, heisere Stimme war bemerkenswert ruhig. »Diese letzte Frage – ich möchte darauf antworten. Es war nicht Mangel an Ehrgeiz, Sir. In meiner Familie nennen wir es Treue, verdammt noch mal!«

Der Vorsitzende hob die Hand, um die plötzliche Erregung zu dämpfen. »Genauso ist es.« Bedauernd sah er Bolitho an. »Ich fürchte jedoch, daß Treue im Fall des Leutnant Quinn nicht genügt.« Damit stand er auf, und alle in der Kajüte erhoben sich ebenfalls, Zeugen wie Zuschauer. »Die Verhandlung wird vertagt.«

Draußen auf dem sonnenüberfluteten Achterdeck wartete Bolitho auf das Abrücken der Zuschauer.

Dalyell und der neue Leutnant Pointer standen bei ihm, als Quinn an Deck erschien. Er ging hinüber zu Bolitho und murmelte: »Ich danke dir für deine Worte, Dick.«

Der zuckte mit den Schultern. »Es scheint leider nicht viel genützt zu haben.«

Dalyell sagte: »Du hast mehr Mut als ich, Dick. Dieser fischäugige Kapitän hat mich völlig unsicher gemacht. Ich hatte schon Angst, wenn er mich nur ansah!«

Quinn sagte: »Trotzdem, der Vorsitzende hat recht. Ich konnte mich überhaupt nicht mehr bewegen, ich war wie tot, konnte keinem mehr helfen.« Er sah Cairns herankommen und fügte rasch hinzu: »Ich bin in meiner Kammer.«

Der Erste Offizier beugte sich über die Reling und warf einen Blick auf die längsseits liegenden Boote. »Hoffentlich sind wir bald wieder auf See.«

Die anderen entfernten sich, und Bolitho fragte: »Hat der Kommandant Quinns Chancen zunichte gemacht, Neil?«

Cairns betrachtete ihn nachdenklich. »Nein, ich tat es. Ich wurde Zeuge seines Versagens, war aber nicht so beteiligt wie du. Stell dir vor, du wärst von einem französischen Scharfschützen oder von einer Kettenkugel getroffen worden – meinst du, Quinn hätte das Vorschiff halten und die Enterer zurückschlagen können?« Er lächelte traurig und ergriff Bolithos Arm. »Ich verlange nicht von dir, daß du einen Freund verrätst, aber du weißt so gut wie ich, daß wir vor der *Argonaute* hätten die Flagge streichen müssen, wenn Quinn vorn das Kommando gehabt hätte.« Er blickte zur Back, wahrscheinlich sah er die Szene noch einmal vor sich, wie auch Bolitho sie wieder durchlebte. Er fügte hinzu: »Diese Menschenleben zählen mehr als die Ehre eines jungen Mannes.«

Bolitho fühlte sich elend. Er wußte, daß Cairns recht hatte, empfand aber nur Mitleid für Quinn. »Wie werden sie entscheiden?«

Cairns erwiderte: »Der kommandierende Admiral wird die Umstände in Betracht ziehen. Es hat lange genug gedauert, bis alles ans Licht gekommen ist. Er wird auch Quinns Vater kennen, dessen Macht in London.« Bolitho hörte Bitterkeit heraus, als Cairns hinzufügte: »Aufhängen wird man ihn nicht.«

Nach dem Lunch trat der Ausschuß wieder zusammen, und es erwies sich, daß Cairns recht gehabt hatte.

Der Untersuchungsausschuß hatte entschieden, daß Leutnant James Quinn wegen seiner im Kampf erhaltenen Verwundung nicht mehr in der Lage war, aktiven Dienst zu leisten. Nach Bestätigung des Urteils durch den Oberbefehlshaber sollte er ausgeschifft werden, um auf dem Festland eine Gelegenheit zur Rückkehr nach England abzuwarten. Dort würde man ihn dann entlassen.

Niemand außerhalb der Marine brauchte von dieser Schande zu erfahren – außer dem einen, den es wirklich anging. Bolitho bezweifelte, daß Quinn diese Bürde lange mit sich herumtragen konnte.

Zwei Tage später, als Quinns Schicksal noch unbestätigt war, lichtete die *Trojan* Anker und lief aus.

Er sollte offenbar doch noch eine Gnadenfrist bekommen.

Zweieinhalb Tage nach dem Auslaufen aus English Port steuerte die *Trojan* bei steifem, achterlichem Wind rechtweisend West unter Fock und gerefften Marssegeln. Es war eine gute Gelegenheit, die neuen Leute bei den verschiedensten Segelmanövern einzuexerzieren, zumal bei dem groben Seegang, der Spritzwasser über das Achterdeck schickte, während der Klüverbaum zum dunstigen Horizont wies.

Bis auf ein paar kleine Inseln weit an Steuerbord war die See leer, eine endlose, blaue Wüste mit langer, schaumgekrönter Dünung, welche für die Stärke des Windes zeugte.

Bolitho wartete am Backbord-Laufsteg; der Duft starken Kaffees wärmte ihm den Magen, während er sich auf die Übernahme der Nachmittagswache vorbereitete. Bei so vielen neuen Gesichtern und Namen, der ständigen Mühe, die guten Seeleute zu entdecken und auch die ungeschickten, die an jeder Hand fünf Daumen zu haben schienen, war er ständig hart eingespannt. Aber er spürte trotzdem die gespannte Atmosphäre an Bord: verwirrte Resignation in den unteren Decks, Verbitterung bei den Offizieren.

Die *Trojan* war nach Jamaika beordert worden, bis zum Deck vollgepackt mit Marineinfanteristen, die der Admiral schickte, um dort Gesetz und Ordnung aufrechtzuerhalten, und zwar auf des Gouverneurs dringende Bitten hin. Schwere See hatte viele von Jamaikas örtlichen Handelsschiffen zu Wracks geschlagen, und um das Maß voll zu machen, gab es Nachrichten von einem neuen Sklavenaufstand auf zwei größeren Plantagen. Rebellion schien überall in der Luft zu liegen. Wenn Britannien seine karibischen Besitzungen halten wollte, dann mußte es jetzt handeln und durfte nicht warten, bis Frankreich und möglicherweise auch Spanien einige der zahlreichen Inseln besetzte.

Bolitho vermutete, daß Pears diese Rolle mit anderen Augen

sah. Während sich die Flotte auf die unvermeidliche Ausweitung des Krieges vorbereitete, während jedes Linienschiff dringend gebraucht wurde, schickte man ihn nach Jamaika. Seine *Trojan* hatte die Aufgabe eines Truppentransporters übernommen, mehr nicht.

Selbst des Admirals Erklärung, daß die *Trojan* keinen Geleitschutz brauche und daher andere Schiffe für weitere Einsätze freimache, hatte keine Wirkung. Jeden Tag ging Pears auf seinem Achterdeck auf und ab, zwar noch wachsam alles überblickend, was sein Schiff und dessen Routine betraf, aber im Innersten allein und distanziert von allem.

Es half ihm nicht gerade, dachte Bolitho, daß dicht unter dem Horizont die Südostküste von Puerto Rico lag, so nah der Stelle, wo Coutts sie alle in eine aussichtslose Schlacht verwickelt hatte. In mancher Beziehung wäre es besser gewesen, wenn die *Argonaute* den Kampf nicht abgebrochen hätte. Wenigstens wäre dann eine klare Entscheidung gefallen. Vielleicht machten auch die Franzosen jetzt ihren Kommandanten zum Sündenbock?

Aber, so hatte Cairns gesagt, es war besser, auf See zu sein und voll ausgelastet, als vor Anker zu liegen und darüber nachzudenken, was hätte sein können.

Bolitho blickte hinunter zum Batteriedeck, auf das Gewimmel von roten Uniformen und Waffen, als d'Esterre und der Hauptmann, der das Kontingent befehligte, alles zum hundertsten Male inspizierten.

»An Deck!«

Bolitho blickte auf, die Sonne brannte auf seinem Gesicht wie heißer Sand.

»Segel Steuerbord voraus!«

Dalyell hatte Wache, und in Augenblicken wie diesem kam seine Unerfahrenheit zum Vorschein.

»Was, wo?« Er schnappte sich ein Teleskop von Fähnrich Pullen und lief zu den Steuerbordwanten.

Die Stimme des Ausgucks verwehte mit dem Wind. »Kleines Segel, Sir! Anscheinend Fischer!«

Sambell, Steuermannsmaat der Wache, bemerkte säuerlich: »Gut, daß Admiral Coutts nicht hier ist, sonst müßten wir jetzt den blöden Fischer jagen!«

Dalyell blickte ihn an. »Entern Sie auf, Mr. Sambell. Melden Sie mir, was Sie sehen.« Er sah Bolitho an und lächelte verlegen.

»So lange ohne jeden Kontakt, ich war nicht darauf gefaßt.«

»So schien es, Sir.« Pears schritt über das Achterdeck, seine Schuhe quietschten auf dem Teer der Decksnähte. Er musterte die Stellung der Segel und trat dann zum Kompaß. »Hm.«

Dalyell blickte zu Sambell hinauf, der eine Ewigkeit brauchte, um den Aufstieg zu schaffen.

Pears ging zur Reling und musterte die Marineinfanteristen. »Ein Fischer? Mag sein. Aber diese kleinen Inseln bieten gute Versorgungschancen an Wasser und Feuerholz, es ist nicht zu gefährlich, wenn man die Augen offenhält.«

Er runzelte die Stirn, als Sambell schrie: »Er fällt ab, steuert eine der Inseln an, Sir.«

Dalyell leckte sich die trockenen Lippen und beobachtete den Kommandanten. »Hat uns gesichtet, glauben Sie nicht, Sir?«

Pears hob die Schultern. »Unwahrscheinlich. Unsere Mastspitze bietet einen viel besseren Überblick als ein tiefliegender Schiffsrumpf.«

Er rieb sich das Kinn, und Bolitho meinte, einen seltsamen Schimmer in Pears' Augen zu sehen. Plötzlich sagte er heiser: »An die Brassen! Mr. Dalyell, wir ändern den Kurs um drei Strich. Steuern Sie Nordwest zu West.« Er schlug die riesigen Hände zusammen. »Los, beeilen Sie sich, Sir! Das muß aber noch schneller werden!«

Die Kommandos und das Getrampel brachten Cairns an Deck, der seine Augen bald überall hatte, während er zugleich nach einem Schiff Ausschau hielt.

Pears sagte: »Segel Steuerbord voraus, Mr. Cairns. Könnte ein Fischerboot sein, ist aber wenig wahrscheinlich. Sie fahren in diesen unsicheren Zeiten meist zu mehreren.«

»Ein Kaperschiff, Sir?«

Cairns sprach sehr vorsichtig. Bolitho vermutete, daß er während der vergangenen Wochen allerhand von Pears zu hören bekommen hatte.

»Möglich.«

Pears rief nach d'Esterre, der von den eingeschifften Marineinfanteristen gestoßen und angerempelt wurde, als diese den Seeleuten an den Brassen auszuweichen versuchten.

»Hauptmann d'Esterre!« Pears blickte nach oben, als die Rahen herumflogen und das Schiff sich auf dem neuen Kurs überlegte. »Wie beabsichtigen Sie, Ihre Leute auf Jamaika zu landen, wenn dort Rebellion herrscht?«

D'Esterre erwiderte: »In Booten, Sir. Wir landen gruppenweise außerhalb des Hafens und besetzen sofort die Höhen, bevor wir Kontakt mit dem örtlichen Kommandeur aufnehmen.«

Pears lächelte beinahe. »Einverstanden!« Er zeigte hinüber zum Bootsdeck. »Wir werden später das Ausschiffen bei Dämmerung üben.« Er ignorierte d'Esterres erstaunten Blick. »Auf einer dieser Inseln dort drüben.«

Bolitho hörte ihn zu Cairns sagen: »Wenn dort ein verdammtes Piratennest ist, können wir es dabei mit Marineinfanteristen überschwemmen. Noch dazu wird es eine gute Übung für die Leute sein. Wenn die *Trojan* schon als Truppentransporter eingesetzt wird, dann soll sie das auch gut machen. Nein, besser als gut.«

Cairns lächelte, froh über Pears' alten Enthusiasmus. »Aye, Sir.«

Der Rudergänger rief: »Nordwest zu West liegt an, Sir!«

»Recht so, Mann.« Cairns wartete ungeduldig darauf, daß Bolithos Wache Dalyell ablöste, und sagte dann: »Ich wünschte bei Gott, wir könnten wieder einmal ein Schiff kapern. Schon um dem Herrn Konteradmiral Coutts etwas vorzeigen zu können!«

Pears hörte ihn und murmelte: »Kommen Sie, Mr. Cairns, nun ist es aber genug!« Das war auch alles, was er sagte.

Bolitho überwachte die Ablösung, ließ einen Teil seiner Leute auf ihre verschiedenen Posten gehen, den Rest hinunter zum Essen. Er war noch immer der Meinung, daß Coutts' Versuch richtig gewesen war. Aber seiner Gründe dafür war er sich nicht mehr ganz so sicher.

Warum machte Pears sich die Mühe, die Marineinfanteristen wegen solch einer Nebensache zu landen? Aus verletztem Stolz? Oder erwartete er, sich auf Coutts' Betreiben vor einem Kriegsgericht wegen des Gefechtes mit der *Argonaute* verantworten zu müssen?

Er hörte Pears zu Bunce sagen: »Wir legen sofort wieder ab, sobald die Truppen gelandet sind. Ich kenne diese Gewässer und habe eine Idee – oder sogar zwei.«

Bunce ließ ein glucksendes Lachen hören. »Und ob Sie diese Gewässer hier kennen, Käpt'n! Ich denke, es ist Gottes Wille, daß wir heute hier sind.«

Pears zog eine Grimasse. »Höchstwahrscheinlich, Mr. Bunce. Wir müssen abwarten –«, er wandte sich ab, »– und beten.«

Bolitho blickte Cairns fragend an. »Was meint er?«

Cairns hob die Schultern. »Er kennt diesen Teil der Welt wirklich, genau wie der Weise. Ich habe die Karte studiert, aber außer einigen Riffen und Strömungen fand ich keinerlei Grund zur Aufregung.«

Pears kam über das Achterdeck auf sie zu. »Ich gehe jetzt essen. Am Nachmittag werden wir die gesamte Besatzung mustern und die Boote ausrüsten. Schwenkgeschütze kommen in die Kutter und in die Prähme. Nur ausgesuchte Leute gehen mit.« Er blickte Bolitho an. »Sie überwachen die Landevorbereitungen, Mr. Frowd wird Sie dabei unterstützen. Hauptmann d'Esterre übernimmt das Kommando über den Landungstrupp.« Er nickte kurz und schritt nach achtern, die Hände auf dem Rücken.

Cairns sagte leise: »Es freut mich für ihn, aber ich weiß nicht, ob sein Plan sehr klug ist.«

Brunce murmelte: »Meine Mutter hatte ein Sprichwort, Sir, über zu kluge Köpfe auf zu jungen Schultern. Das tut nicht gut, sagte sie.« Er kicherte in sich hinein und verschwand im Kartenraum.

Cairns schüttelte den Kopf. »Ich wußte gar nicht, daß der alte Kerl überhaupt je eine Mutter hatte!«

Die *Trojan* segelte bis auf etwa eine Meile an die nächste Insel heran und lag dann beigedreht, während die Boote zu Wasser gelassen und mit Marineinfanteristen besetzt wurden.

Die meisten Soldaten waren seit langem in Antigua gewesen und hatten nur durch einlaufende Schiffe von dem Krieg in Amerika gehört. Obgleich nur wenige von ihnen wußten, warum sie zu der Insel geschafft wurden, und diese wenigen es als eine Art Spaß auffaßten, waren sie doch alle willig und guter Stimmung.

Die aufgelockerte Atmosphäre veranlaßte Sergeant Shears zu dem ärgerlichen Ausruf: »Mein Gott, Sir, sie scheinen das für einen lächerlichen Sonntagsausflug zu halten!«

Die See war noch immer kabbelig, deshalb dauerte das Einschiffen und Ablegen länger als vorgesehen. Es wurde bereits dunkel, und der Sonnenuntergang vergoldete die Wellenkämme.

Bolitho stand im Heck des führenden Kutters, eine Hand auf Stockdales Schulter, der die Ruderpinne hielt und das Boot nach Bolithos Anweisungen steuerte. Es war schwierig, die Bucht zu finden, in der sie landen sollten, obgleich auf der Karte alles so klar und einfach ausgesehen hatte. Die grimmige Wahrheit war, daß niemand die genaue Position der Riffe und Sandbänke wußte. Sie hatten schon verschiedene schroffe Felszacken gesehen, die in der diffusen Beleuchtung seltsam glänzten und die jetzt schweigsamen Soldaten zu einigen ängstlichen Bemerkungen veranlaßten. In ihren schweren Stiefeln, über und über mit Waffen und Gepäck behangen, mußten sie wie Steine untergehen, wenn eins der Boote kentern sollte.

D'Esterre sagte: »Es steht fest, Dick, daß sie uns schon gesichtet haben. Sie werden sich nicht dem Kampf mit den vielen Soldaten stellen, aber wir werden sie auch nicht mehr vorfinden.«

Wieder zog ein Felsen in der kochenden Brandung dicht an ihren Steuerbord-Riemen vorbei, und Bolitho signalisierte mit einer weißen Flagge den Booten hinter ihnen: »Kurs genau halten.« Die *Trojan* war nur noch ein verschwommener Schatten und wollte offenbar den günstigen Wind nutzen, um in Lee der Insel zu warten.

»Land voraus, Sir!«

Das war Buller vorn im Bug. Ein guter Mann, wie sich verschiedentlich gezeigt hatte. Seine Verwundung hatte er anscheinend vergessen. Er war glücklich dran, es so leicht verwinden zu können, dachte Bolitho.

Wie Mönche in dunklen Kutten, so ragten einige schroffe Felsen auf beiden Seiten des Bootes auf, während genau vor dem Schwenkgeschütz im Bug ein Streifen leuchtenden Sandes sichtbar wurde.

»Auf Riemen! Riemen ein!«

Seeleute sprangen bereits über Bord und in die schäumende Brandung, um das Boot an Land zu schieben.

D'Esterre stand im hüfttiefen Wasser und rief seinem Sergeanten zu, als erstes die höher gelegenen Stellen besetzen zu lassen.

Es war eine kleine Insel, nicht mehr als eine Meile lang, ihre Nachbarn waren sogar noch kleiner. Aber es gab hier Gesteinsmulden, in denen sich Süßwasser sammelte, und auch genügend Brennstoff für kleine, genügsame Fahrzeuge.

Bolitho watete an Land und mußte plötzlich an Quinn denken. Er hatte gehört, wie dieser Cairns bat, an dem Landungsunternehmen teilnehmen zu dürfen.

Cairns war aber kalt und förmlich, beinahe grob gewesen. »Wir brauchen erfahrene, ausgesuchte Leute, Mr. Quinn.« Das letzte war wie ein Schlag ins Gesicht gewesen: »Und zuverlässige.«

Fähnrich Couzens kam mit dem nächsten Kutter, und diesem folgte die rotgestrichene Barkasse der *Trojan*. Bolitho lächelte ein wenig. Frowd und der andere Hauptmann waren darin. Sie sollten etwas zurückbleiben für den Fall, daß die ersten Boote überraschend Abwehrfeuer ausgesetzt wurden.

»Stellungen wie befohlen besetzt!«

Stockdale schritt aus der Brandung, sein großes Entermesser wie ein Schwert über der Schulter tragend.

Unter geflüsterten Befehlen und Drohungen ihrer Unteroffiziere formierten sich die Marineinfanteristen zu ordentlichen Zügen, und auf ein weiteres Kommando hin marschierten sie den Hang hinauf, mit zunächst auf dem Sand knirschenden Stiefeln, dann dröhnend auf sonnengehärteter Erde.

Eine Stunde später war es dunkel, die Luft feucht und schwer von den Gerüchen verrotteter Vegetation und dem Kot der Seevögel.

Während Späher auf beiden Seiten vorauseilten, standen Bolitho und d'Esterre auf einem schmalen Hügelrücken, vor und hinter sich die jetzt dunkle See, kenntlich nur an dem gelegentlichen Aufleuchten eines Wellenkamms.

Alles schien verlassen und tot. Das unbekannte Fahrzeug war wohl zu einer anderen Insel oder in nordwestlicher Richtung zu den Bahamas gesegelt. Wenn Sambell das Schiff nicht selbst gesehen hätte, wäre dem Ausguck ein Irrtum zuzutrauen gewesen, vielleicht hätte er eine Lichtspiegelung, ein Dunstgebilde für ein Segel halten können.«

»Die ist nicht Fort Exeter, Dick.« D'Esterre stützte sich auf seinen Degen, die Ohren gespitzt, und lauschte auf das Rauschen des Windes in den Büschen.

»Ich wünschte, wir hätten die Kanadier bei uns.« Bolitho sah ein paar Seeleute auf dem Rücken liegen und in den Himmel starren. Sie konnten alles den anderen überlassen, hatten nur zu gehorchen, notfalls auch zu sterben.

Da hörten sie den nervösen Anruf eines Postens, und dann kam Shears den Hügel herauf. Er trug ein Gewirr von Schlingpflanzen über seiner Uniform, weshalb der Posten so überrascht gewesen war. Es erinnerte Bolitho an Major Pagets kleines grünes Cape.

»Ja?« D'Esterre beugte sich vor.

Shears rang nach Luft. »Es liegt dort, Sir! Dicht unter Land geankert. Kleines Fahrzeug, dem Aussehen nach eine Yawl.«

D'Esterre fragte: »Irgendwelche Lebenszeichen?«

»Es ist eine Wache an Deck, aber kein Licht, Sir. Die haben nichts Gutes im Sinn, wenn Sie mich fragen.« Er sah d'Esterres Lächeln und fügte mit fester Stimme hinzu: »Ein Fischer aus Antigua meint, sie müßten jetzt eigentlich Lichter an Deck und Fangnetze außenbords haben, Sir. Es ist eine bestimmte Fischart, die sie hier auf diese Weise fangen. Kein echter Fischer würde jetzt daliegen und schlafen!«

D'Esterre nickte. »Das hat Hand und Fuß, Sergeant Shears. Ich werde sehen, daß der Mann eine Guinea bekommt, wenn wir wieder an Bord sind, und Sie auch.« Er wurde wieder dienstlich und knapp. »Holen Sie Mr. Frowd, wir werden dann entscheiden, was zu tun ist. Lassen Sie die Yawl beobachten, und melden Sie es sofort, wenn jemand dort an Land geht.«

Als der Sergeant davoneilte, sagte d'Esterre: »Na, Dick, denkst du dasselbe wie ich? Ein Überraschungsangriff auf die Yawl?«

»Aye.« Er versuchte, sich das vor Anker liegende Schiff vorzustellen. »Der Anblick all deiner Marineinfanteristen sollte genügen, aber zwei bewaffnete Kutter wären sicherer, falls sie von deiner kleinen Armee nicht sonderlich beeindruckt sein sollten.«

»Einverstanden. Du und Mr. Frowd, ihr nehmt die Kutter, ich behalte den Fähnrich hier und schicke ihn zu euch, wenn etwas schiefgehen sollte. Also macht euch auf den Weg um den Felsen herum, aber geht kein Risiko ein. Nicht für eine verdammte Yawl!«

Bolitho wartete auf Frowd und dachte dabei an Pears' beiläufige Erwähnung dieser kleinen Inseln. Für ihn war alles klar gewesen. Wenn das Schiff nichts Gutes im Schilde führte, mußte es beim ersten Warnzeichen sofort flüchten, wahrscheinlich unter Ausnutzung des günstigen Windes auf die offene See oder in ein anderes Versteck zwischen den Inseln. Sollte die Besatzung jedoch die Yawl verlassen und an Land fliehen, so liefen sie den Marineinfanteristen genau in die Arme. Auf alle Fälle würde die *Trojan* auf Lauer liegen wie ein Raubtier, würde den günstigen Strom und den ablandigen Wind geschickt ausnutzen und das kleine Fahrzeug in Blitzesschnelle überwältigen.

Auf offener See gab es kaum ein Schiff, das die langsame und schwerfällige *Trojan* nicht aussegeln konnte, aber in engen Gewässern, wo ein einziges falsches Ruderlegen Grundberührung oder

Schlimmeres bedeuten konnte, mußte die schwere Artillerie der *Trojan* jeden Fluchtversuch vereiteln.

Frowd erschien und bemerkte grämlich: »Also ein Bootsangriff!«

Bolitho betrachtete ihn neugierig. Frowd konnte wahrscheinlich an nichts anderes denken als an sein nächstes Kommando, konnte nicht schnell genug von dem Schiff wegkommen, wo so viele seinesgleichen dienten, deren Vorgesetzter er jetzt sein sollte.

»Ja. Suchen Sie Ihre Leute aus, und dann ab in die Boote!«

Er bemerkte selbst die Schärfe in seiner Stimme. Warum reagierte er so? Sah er Frowds Einstellung als eine Herausforderung, wie Quinn einst Rowhurst gesehen hatte?

Mit umwickelten Riemen pullten die beiden Kutter leise in die Dunkelheit hinaus, weg von den anderen Booten, nach Osten zum entfernteren Ende der Insel. Der widrige Wind und die kurze steile See machten jeden Schlag schwierig und anstrengend.

Aber Bolitho kannte seine Leute allmählich. Sie waren bestimmt wieder frisch, wenn es nachher erforderlich wurde. Das hatte sich schon bei früheren Gelegenheiten erwiesen. Er kämpfte sich durch die kabbelige See ohne den geringsten Zweifel an diesen schweigsamen, hart arbeitenden Männern und hoffte nur, daß sie ihm das gleiche Vertrauen entgegenbrachten.

Es wäre ein Witz, wenn sie nach dieser Schleichfahrt lediglich verängstigte Händler oder Fischer anträfen, die bei den rüden Weckrufen der Marineleute erschreckt auffuhren. Nicht so witzig wäre es allerdings, nachher dem Kommandanten davon Bericht zu erstatten.

»Da scheint jemand zu kommen, Sir!«

Bolitho kletterte nach vorn zum Ausgucksmann. Er sah die beiden Seeleute, die er an Land geschickt hatte, sich klar gegen den helleren Himmel abzeichnen. Einer von ihnen hob ganz langsam den Arm über den Kopf.

Wie laut alles schien – das um die verankerten Boote glucksende Wasser, das ferne Donnern der Brandung und das Zischen, mit dem sie aus einer verborgenen Höhle wieder ausströmte.

Sie hatten diesen winzigen Einschnitt vor ein paar Stunden erreicht und sich hier erst einmal vor Anker gelegt, um noch so viel Schlaf wie möglich nachzuholen. Die meisten Seeleute schienen sich keinerlei Sorgen zu machen. Sie konnten überall schlafen, unbeeindruckt vom Dümpeln der Boote oder dem Gischt, der gelegentlich über ihre ohnehin feuchte Kleidung sprühte.

Frowd im anderen Boot meinte: »Es ist anscheinend schiefgegangen.«

Bolitho wartete noch ab und stellte dabei fest, daß die Leute an Land jetzt besser zu sehen waren. Der Morgen würde bald anbrechen.

Stockdale bemerkte trocken: »Das ist Mr. Couzens, nicht der Feind!«

Couzens rutschte den sandigen Hang herunter, watete und schwamm dann zu den Kuttern.

Als er Bolitho sah, keuchte er: »Hauptmann d'Esterre läßt sagen, daß Sie in einer halben Stunde mit dem Angriff beginnen sollen.«

Es klang so erleichtert, daß Bolitho vermutete, Couzens habe sich auf dem Weg hierher verirrt.

»Gut.« Angriff, das klang endgültig. »Welches Signal?«

Stockdale hob den Fähnrich wie ein Kind völlig unzeremoniell über das Dollbord.

»Ein Pistolenschuß, Sir.« Couzens sank erschöpft auf eine Ducht, aus seinen Kleidern rieselte das Wasser auf die Bodenbretter.

»Gut. Ruf die beiden Leute zurück.« Bolitho stieg nach achtern und hielt seine Uhr an die abgeschirmte Lampe. Es blieb nicht mehr viel Zeit. »Weckt die Leute, klarmachen zum Ablegen.«

Die Männer rührten sich, husteten und blickten sich um, um sich zu orientieren.

Aus der Richtung des Stromes konnte Bolitho erraten, wie die Yawl verankert war. Ihm fiel plötzlich Sparke ein, wie er den Angriff geplant und Gefühle beiseite geschoben hatte, nachdem der blutige Kampf vorüber war.

»Ladet eure Pistolen, aber laßt euch Zeit dabei.«

Wenn er sie antrieb oder sie seine Besorgnis über den rasch heller werdenden Himmel spürten, konnte wohl einer durchdrehen und vorzeitig abdrücken. Ein einziger Schuß hätte genügt.

Stockdale schwankte einmal über das Boot und kehrte dann nach achtern zurück. »Alles bereit, Sir!«

»Mr. Frowd?«

Der Leutnant bestätigte: »Fertig, Sir!«

Trotz seiner angespannten Nerven mußte Bolitho fast lächeln.

Sir. Frowd würde ihn nie beim Vornamen nennen, nicht in hundert Jahren.

»Klar bei Riemen!« Er hob den Arm. »Leise, Männer, wie die Feldmäuse. Riemen bei!«

Stockdales Stimme klang beruhigend. »Absetzen vorn!« Laß laufen an Backbord, Steuerbordseite, Ruder an!«

Ganz langsam, nur auf einer Seite pullend, drehten sie das Boot wie eine Krabbe und entfernten sich dann von ihrem kleinen Hafen.

Frowd folgte ihnen, und Bolitho sah den Bugmann das Schwenkgeschütz von einer Seite zur anderen drehen, als sollte es den Feind wittern.

Couzens flüsterte: »Da ist die Ecke, Sir!«

Bolitho studierte den Felsvorsprung, Couzens' »Ecke«. Einmal um diese herum, waren sie in offenem Wasser und für jeden aufmerksamen Wachtposten sichtbar.

Es wurde so rasch hell, daß er das Grün an Land erkennen konnte, den aufsteigenden Gischt an einem Felsen am Strand, die Waffen im Bug, den Toppsgast Buller.

»Donnerwetter, da ist sie, Sir!«

Bolitho sah den schwankenden Großmast und den kleineren Besanmast der vor Anker liegenden Yawl klar gegen den Himmel, obwohl der Rumpf noch im Schatten lag.

Eine Yawl war genau das richtige Fahrzeug für diese Gewässer zwischen den Inseln.

Er hörte das Gurgeln des Wassers am Bug und von achtern das gleichmäßige, gedämpfte Geräusch der umwickelten Riemen von Frowds Boot.

Stockdale legte die Pinne hart über und drehte den Bug des Kutters seewärts, so daß die Yawl jetzt zwischen ihnen und d'Esterres Marineinfanteristen lag.

Gleich war es soweit, gleich würde es losgehen. Bolitho hielt den Atem an und zog vorsichtig seinen Degen, obgleich er aus Erfahrung wußte, daß ein müder Posten kaum etwas anderes hören würde als die Geräusche seines eigenen Schiffes. Ein Fahrzeug vor Anker war stets erfüllt mit Geräuschen verschiedenster Art.

Aber es war noch immer ein gutes Stück zu rudern, darum rief er gedämpft: »Los, Jungs, legt euch in die Riemen!«

Der Kutter bewegte sich jetzt rasch auf den Backbordbug der Yawl zu. Bolitho sah die Ankerkette unter dem schnittigen Bugsprit, die lässig festgemachten Segel.

Der Knall eines Pistolenschusses klang wie die Detonation eines Zwölfpfünders in der stillen Morgenluft. Ein erregter Ausruf war an Deck der Yawl zu hören, als eine wellenförmige Linie von Köpfen, Gewehren und aufgepflanzten Bajonetten auf dem Hügelkamm der Insel erschien. Dann wurde die Linie rot, als die Soldaten ihren Marsch hinab zum Wasser fortsetzten.

»*Pullt!* Mit allem, was ihr habt!« Bolitho beugte sich vor, als könne er durch die Gewichtsverlagerung noch zur Erhöhung der Geschwindigkeit beitragen.

Gestalten waren an Deck der Yawl erschienen, und ein einzelner Schuß erhellte den Großmast wie eine Flamme.

Über das Wasser hinweg hörten sie alle die Aufforderung d'Esterres an die Yawl, sich zu ergeben; die Reaktion war wirres Geschrei, gefolgt vom Quietschen der Blöcke, durch die Tauwerk mit aller Geschwindigkeit hindurchgeholt wurde.

Bolitho vergaß einen Augenblick seine eigene Rolle in diesem Geschehen, als die Linie der Marineinfanteristen mit Präzision und ohne jede Eile anhielt und dann eine Salve über das Deck des Schiffes feuerte.

Danach gab es drüben keinerlei Bewegung mehr, und Bolitho befahl laut: »Klar zum Entern! Enterhaken fertig!« Aus dem Augenwinkel sah er Frowds Boot vorbeischießen, sah den Enterhaken durch die Luft und über das Schanzkleid der Yawl fliegen und die hierfür ausgesuchten Männer mit gezücktem Entermesser oder Beil über die Reling springen.

Schreiend und hurrarufend kletterten die Seeleute auf beiden Seiten an Bord, während die Schiffsbesatzung sich vor dem Großmast zusammendrängte, zu erschrocken, um sich zu rühren, geschweige denn Widerstand zu leisten. Ein paar Gewehre waren an Deck geworfen worden, und Bolitho lief mit Stockdale nach achtern, um sicherzustellen, daß keine weiteren Leute unter Deck verborgen waren und jetzt womöglich versuchten, ihr Schiff zu versenken.

Nicht einen einzigen Mann hatten sie verloren, und an Land sah er die Soldaten ihre Hüte schwenken und jubeln.

Frowd knurrte: »Ein Freibeuter, ganz klar!« Er zerrte einen Mann aus der Menge heraus. Er hatte zwar seine Waffen weggeworfen, war aber so behängt mit Pulver- und Munitionsbeuteln, daß er wie ein Pirat aussah.

Bolitho steckte seinen Degen in die Scheide. »Gut gemacht, Jungs! Ich schicke jemanden hinüber zu den Soldaten und ...«

Es war Couzens, der den Alarmruf ausgestoßen hatte. Er deutete nach vorn, seine Stimme schnappte über: »Ein Schiff, Sir! Kommt dort um die Ecke!«

Gleichzeitig hörte er d'Esterre mit eindringlicher Stimme durch das Sprachrohr rufen: »Sofort von Bord! In die Boote!«

Frowd starrte noch immer auf die hübschen, rahgetakelten Masten und Segel des Ankömmlings, als dieser plötzlich Kurs änderte, wobei das leichte Schiff stark überholte.

Er fragte: »Wer, zum Teufel, ist das?«

Bolitho fühlte Finger auf seinem Arm und sah Buller, der die Augen nicht von dem schmucken Fahrzeug ließ.

»Das ist sie, Sir! Die Brigg, die ich gesehen habe und die dann abhaute, als die *Spite* entmastet wurde!«

Alles drehte sich in Bolithos Kopf wie ein Mühlrad: die Brigg, die Yawl, die darauf wartete, mehr Waffen und Munition zu laden oder zu löschen, d'Esterres letzter Befehl und seine eigene Entscheidung, die tief unter seinen rasenden Gedanken wartete.

Ein Blitz, gefolgt von einem dumpfen Knall, und eine Kanonenkugel orgelte über sie hinweg und schlug schwer auf der Insel ein. Die Marineinfanteristen marschierten in ungebrochener Ordnung zurück, und Bolitho spürte die Veränderung, die mit der Besatzung der Yawl vor sich ging. Furcht wandelte sich in Hoffnung, schlug sogar angesichts der unerwarteten Unterstützung in Jubel um.

»Was tun wir?« Frowd stand am Spill, den Degen noch in der Hand. »Die Brigg wird die Yawl durchsieben, wenn sie uns mit allen Geschützen beharkt!«

Bolitho dachte an Pears, an Coutts' Enttäuschung, an Quinns Gesicht bei der Verhandlung.

Er schrie: »Kappt die Kette! Klar bei Großfall! Mr. Frowd, übernehmen Sie hier die Aufsicht! Stockdale, ans Ruder!«

Eine weitere Kugel schoß aus dem Frühdunst und krachte in einen der Kutter, der neben dem Bug dümpelte. Bevor er sich überlegte und versank, explodierte das geladene Schwenkgeschütz, und der Schrotthagel riß den Seemann nieder, der gerade nach vorn lief, um die Ankerkette zu kappen.

Mit nur noch einem einzigen Boot bestand keinerlei Aussicht mehr, d'Esterres Befehl auszuführen. Bolitho starrte die Brigg an, sein Herz war eiskalt vor plötzlicher Wut und unerwartetem Haß.

Und er wußte tief in seinem Innern, daß er gar nicht die Absicht hatte zu gehorchen.

Das Großsegel schwang an seinem Baum nach außen und donnerte wild, als die Ankerkette gekappt war und die Yawl unkontrolliert abfiel.

»Stützruder!«

Die Männer rutschten und taumelten zu den Schoten, die verblüffte Besatzung völlig ignorierend, während sie darum kämpften, die Yawl unter Kontrolle zu bringen.

Bolitho hörte verwehtes Geschützfeuer und wandte sich gerade rechtzeitig, um den kleinen Besanmast über die Reling stürzen zu sehen, um Haaresbreite an Stockdale vorbei.

»Kappen!«

Ein weiterer Einschlag erschütterte den Rumpf, und Bolitho hörte die Kugel durch das untere Deck donnern. Viele von solchen Treffern konnten sie nicht vertragen.

»Schickt die Gefangenen an die Pumpen!« Er drückte Couzens seine Pistole in die Hand. »Schießen Sie, wenn sie versuchen sollten, Sie anzugreifen!«

»Schiff ist unter Kontrolle, Sir!« Stockdale stand stämmig wie eine Eiche am Ruder und blickte auf das sich blähende Großsegel und den jetzt auch gesetzten Klüver, während das Land am Bug vorbeiglitt.

Aber die Brigg holte auf, krängte stark beim Wenden, um auf dem neuen Kurs an ihrem Gegner vorbeizusegeln.

Die Yawl hatte zwei leichte Schwenkgeschütze, aber sie waren so nutzlos wie eine einzelne Lanze gegen eine Kavallerieattacke. Die Männer waren wertvoller an den Schoten als an den Geschützen.

Wieder eine Reihe von Blitzen, und diesmal schlugen die Kugeln unterhalb der Wasserlinie ein.

Bolitho sah die Flagge an der Gaffel der Brigg, von der er schon gehört hatte: rote und weiße Streifen und einen Kranz von Sternen auf blauem Grund. Die Brigg war ganz neu und wurde offenbar von einem Könner geführt.

»Wir machen stark Wasser, Sir!«

Bolitho wischte sich das Gesicht ab und lauschte auf das Kreischen der Pumpen. Aber es war vergeblich, sie konnten der Brigg nicht entkommen.

Bösartiges Pfeifen hinter dem Ruder sagte ihm, daß sie jetzt in

Reichweite der Gewehre waren.

Jemand schrie, dann sah er Frowd straucheln und gegen das Schanzkleid fallen, beide Hände um sein zerschmettertes Knie gekrallt.

Couzens erschien an der Luke, mit dem Rücken voran, die Pistole in den Niedergang gerichtet.

»Wir sinken, Sir! Das Wasser steht im Laderaum!«

Eine Kugel schlug durch das Großsegel und durchschnitt Wanten und Stagen wie ein unsichtbarer Säbel.

Frowd keuchte: »Setzen Sie sie auf den Strand, das ist unsre einzige Chance!«

Bolitho schüttelte den Kopf. Saßen sie erst einmal auf, so wäre die Ladung – und er zweifelte nicht daran, daß sie aus Waffen bestand – noch immer intakt.

Mit plötzlicher Wut kletterte er in die Wanten und schüttelte drohend die Faust.

Seine Stimme ging unter im Wind und erneutem Kanonendonner, aber es verschaffte ihm eine gewisse Genugtuung, als er nun schrie: »Ich werde sie versenken, ihr verdammten Hunde!«

Stockdale beobachtete ihn, während die Insel jenseits der vom Kugelhagel aufgewühlten See langsam zurückblieb.

Gebe Gott, daß die *Trojan* rechtzeitig kommt, dachte er verzweifelt. Für uns ist es dann zu spät, aber von denen würde wenigstens keiner am Leben bleiben.

XVI Ein eigenes Kommando

Als sie weiter aus dem Schutz der Insel ins offene Wasser trieb, wurde die Yawl rasch manövrierunfähig. Mit den schweren Schäden im Schiffskörper und dem Gewicht der Waffen und Munition ging sie mit jeder Welle ihrem sicheren Untergang entgegen.

Die Brigg hatte wieder gewendet und lag nun annähernd auf Parallelkurs, während ihre Geschützbedienungen weiter auf das kleinere Fahrzeug einhämmerten, um es zur Aufgabe zu zwingen. Da gab es keinen Gedanken an Schonung oder Rettung; selbst viele der entsetzten Gefangenen fielen unter dem mörderischen Feuer.

Bolitho fand immerhin noch so viel Zeit festzustellen, daß die Brigg, offensichtlich von einer hervorragenden Werft erst vor kurzem gebaut, nicht voll bewaffnet war, sonst wäre das Gefecht längst vorüber gewesen. Nur aus der Hälfte ihrer Stückpforten wurde gefeuert, und er nahm an, daß der Rest der Geschütze wohl noch im Laderaum seiner Yawl lag. Dies war der zweite Versuch: der erste hatte viele Menschenleben und den Verlust der *Spite* gekostet. Es schien, als sei die Brigg gefeit gegen alle Gefahren und würde auch jetzt wieder entkommen.

Es gab einen gewaltigen Ruck an Deck, der Großtopp stürzte mitsamt der Saling in einem Gewirr von Takelage und flatterndem Segeltuch herab. Sofort bekam das Schiff schwere Schlagseite, die Männer rutschten auf dem schiefliegenden Deck, und noch mehr abgetrennte Takelage kam von oben.

Aus der offenen Luke hörte Bolitho den heftigen Wassereinbruch und die Schreie der Gefangenen, als die See durch die zersplitterten Planken der Bordwand über sie hereinbrach. Er klammerte sich an die Reling und rief: »Entlassen Sie diese Männer, Mr. Couzens! Helft den Verwundeten!« Er starrte Stockdale an, der das nutzlos gewordene Ruder losließ. »Helfen Sie ihnen!« Er bückte sich, als weiteres Gewehrfeuer dicht über ihre Köpfe pfiff. »Wir müssen von Bord!«

Stockdale warf sich einen bewußtlosen Seemann über die Schulter und schritt dann an die Reling, um sich zu vergewissern, daß der übriggebliebene Kutter noch schwimmfähig war.

»Ins Boot! Reicht die Verwundeten hinunter!«

Bolitho spürte, wie das Schiff sich noch mehr überlegte, das schrägliegende Deck noch steiler wurde. Sie sackte über den Achtersteven ab, die Heckreling und der Stumpf des Besanmastes wurden schon überspült.

Wenn nur die Brigg mit dem verdammten Beschuß aufgehört hätte! Es bedurfte nur noch einer einzigen Kugel, und die Yawl mußte den Kutter mit sich in die Tiefe reißen. Er musterte die bewegte Wasserfläche mit ihren lebhaften, weißen Schaumkämmen. Sie hatten ohnehin nur eine geringe Überlebenschance. Auf der Insel, die Meilen entfernt schien, konnte er ein paar Rotröcke erkennen und vermutete, daß der größte Teil der Marineinfanteristen zurückrannte, um in die Boote zu gehen. Aber die Rotröcke waren keine Seeleute. Bis sie sie erreicht hatten, war vermutlich alles vorbei.

Couzens stolperte keuchend heran. »Der Bug ist noch aus dem Wasser, Sir!« Er duckte sich, als ein weiterer Schuß das Großsegel in Fetzen riß.

Stockdale versuchte, wieder an Deck zu klettern, aber Bolitho rief: »Bleiben Sie weg, sie sinkt rasch!«

Mit versteinertem Gesicht, das wie eine Maske wirkte, warf Stockdale die Fangleine los und ließ den Kutter mit der Strömung freitreiben. Bolitho sah Frowd mit seinem zerschmetterten Knie sich im Boot nach achtern kämpfen, um die sinkende Yawl im Auge zu behalten, sah ihn mit blutigen Fingern den hocherhobenen Degen über seinem Kopf schwenken.

Die Brigg kürzte Segel, die Fock verschwand ganz und gab den Blick auf den Rest ihres schnittigen Rumpfes frei.

Wollen sie uns retten oder umbringen? Bolitho sagte: »Wir müssen schwimmen, Mr. Couzens.«

Der Knabe nickte heftig, unfähig zu sprechen, schleuderte die Schuhe von den Füßen und zerrte krampfhaft an seinem nassen Hemd.

Ein Schatten bewegte sich in der offenen Luke, und Bolitho glaubte, ein Verwundeter sei noch unten, aber es war ein Leichnam, der in dem jetzt hochstehenden Wasser trieb.

Couzens starrte ins Wasser und murmelte: »Ich bin kein guter Schwimmer, Sir!« Er klapperte trotz der heißen Sonne mit den Zähnen.

Bolitho blickte ihn an. »Warum, in Dreiteufels Namen, sind Sie dann nicht in den Kutter gegangen?« Im selben Augenblick bereute er seine Worte und fügte ruhiger hinzu: »Wir werden zusammenbleiben. Ich sehe dort eine geeignete Spiere . . .«

Die Brigg feuerte wieder, die Kugel sprang über die Wellenkämme, an dem schwankenden Kutter vorbei und schlug wie ein angreifender Schwertfisch zwischen einige zappelnde Schwimmer.

Das war also der Grund des Segelkürzens! Sie wollten sichergehen, daß die britischen Streitkräfte auch wirklich vollständig vernichtet wurden, so daß jeder Offizier es sich künftig überlegen würde, wenn er ihnen den dringend benötigten Nachschub wegnehmen wollte.

Die Yawl legte sich jetzt ganz auf die Seite, wobei sie loses Gerät und Leichen in die Wassergänge und Speigatten kippte.

Bolitho behielt die Brigg im Auge. Ohne Couzens wäre er an Bord geblieben und hier gestorben, das war ihm klar. Wenn er ohnehin sterben mußte, war es besser, dem Gegner sein Gesicht zu zeigen. Aber Couzens verdiente einen solchen Tod nicht. Für ihn mußte es noch eine Chance geben.

Die Brigg legte das Ruder hart über, ihre Rahen gerieten in Unordnung, als sie von dem treibenden Wrack abdrehte. Er konnte den Namen lesen, als sie ihm das Heck zuwandte: *White Hills*. Aus dem Heckfenster starrte ihn ein entsetztes Gesicht an.

»Er dreht ab! Was denkt sich dieser Verbrecher?« Bolitho sprach laut mit sich selbst, ohne es zu wissen. »Gleich wird er sich festsegeln!«

Der Wind war zu stark für die wenigen noch stehenden Segel der Brigg. In kürzester Zeit war sie hilflos, ihre Segel standen alle back, ein einziger chaotischer Protest.

Dann gab es einen halberstickten Knall, und im ersten Augenblick glaubte Bolitho, ein Mast oder eine der großen Rahen sei gebrochen. Dann sah er mit ungläubigen Augen ein riesiges Loch im Vormarssegel der Brigg klaffen, das nun vom Wind in Streifen gerissen und an den Mast geklatscht wurde.

Er fühlte, wie Couzens ihn am Arm packte: »Das war die *Trojan*, Sir! Sie ist gekommen!«

Bolitho wandte sich um und sah den Zweidecker scheinbar bewegungslos im Dunst stehen, starr wie eine Fortsetzung der Inselkette.

Pears mußte es auf die Sekunde genau berechnet, mußte abgewartet haben, bis der die Brigg behindernde Wind ihn langsam quer vor deren einzigen Fluchtweg trieb.

Zwei leuchtende Zungen zuckten aus der Back, Bolitho sah im Geiste die Geschützführer vor sich, als sei er mitten unter ihnen. Wahrscheinlich überwachte Bill Chimmo, der Stückmeister der *Trojan,* selbst jeden sorgfältig gezielten Schuß.

Er hörte den splitternden Krach, mit dem die beiden Achtzehnpfundkugeln sich ihren Weg ins Innere der Brigg bohrten.

Dann begann das Deck unter seinen Füßen wegzusacken, und während Couzens sich wie eine Riesenschnecke an ihn klammerte, sprang er über das Schanzkleid, aber nicht bevor er ein wildes Jubelrufen vom Kutter gehört und gesehen hatte, wie die leuchtende neue Flagge an der Gaffel der Brigg niedergeholt wurde!

Selbst auf diese Entfernung hätte die *Trojan* mit ihrer Steuerbordbreitseite die Brigg in wenigen Minuten zerschmettern können, und ihr Kapitän wußte es. Ein bitterer Augenblick für ihn, aber viele seiner Leute würden ihm dafür danken.

Keuchend und spuckend erreichte Bolitho mit Couzens die treibende Spiere und klammerte sich daran fest.

Er brachte es fertig zu sagen: »Ich denke, Sie haben *mich* gerettet!« Denn im Gegensatz zu Couzens hatte er vergessen, sich seiner Sachen zu entledigen oder wenigstens seinen Degen abzuschnallen; jetzt war er dankbar für den Halt, den die Spiere ihnen gab.

Als er den Kopf über die steilen Wellenkämme zu heben versuchte, sah er den Kutter wenden und auf sie zukommen; die Seeleute lehnten sich über Bord, um einige der Schwimmer aufzunehmen oder ihnen zu gestatten, sich außen am Boot anzuklammern, da es total überfüllt war. Weiter entfernt näherten sich jetzt auch die anderen Boote: die Marineinfanteristen und die kleine, zurückgelassene Bootswache, die aus Seeleuten bestand, schafften es besser und schneller, als Bolitho erwartet hatte.

Er rief: »Was macht die Brigg?«

Couzens starrte hinüber und antwortete: »Sie hat beigedreht, Sir! Sie läßt die Boote unbehelligt.«

Bolitho nickte, außerstande mehr zu sagen. Die *White Hills* hatte keine andere Wahl, besonders da d'Esterres Bootsgruppe es vermied, zwischen sie und die schreckliche Artillerie der *Trojan* zu geraten.

Die Kaperung der Brigg wog nicht all die Toten auf, aber sie bewies der Besatzung der *Trojan*, was sie zu leisten vermochte, und gab ihr einen Teil ihres Stolzes zurück.

Die restlichen Boote der *Trojan* waren ebenfalls zu Wasser gelassen worden und kamen rasch herbei, um sich an der Rettungsarbeit zu beteiligen. Bolitho sah die beiden Jollen und sogar die Gig über das Wasser tänzeln. Dennoch dauerte es noch eine volle Stunde, bis er und Couzens von dem über das ganze Gesicht grinsenden Fähnrich Pullen an Bord der Gig genommen wurden.

Bolitho konnte wohl ermessen, was die Verzögerung für Stockdale bedeutet hatte. Der aber kannte ihn gut genug, um sich mit seinem von Verwundeten und halb Ertrunkenen überladenen Boot fernzuhalten, anstatt einem gesunden, unverletzten Leutnant den Vorzug zu geben, der noch dazu in vorläufiger Sicherheit war.

Ihre schließliche Rückkehr auf die *Trojan* war von gemischten Gefühlen begleitet: Trauer darüber, daß einige der älteren und erfahreneren Seeleute gefallen oder verwundet worden waren, gleichzeitig aber eine wilde Freude, weil sie allein gehandelt und gewonnen hatten.

Als die hübsch angestrichene Brigg unter das Kommando einer

Prisenbesatzung gestellt worden war und die Seeleute auf beiden Seiten des Fallreeps der *Trojan* die zurückkehrenden Sieger mit Jubel begrüßten, hatten sie das Gefühl eines ungeheuren Triumphes.

Aber solche Augenblicke hielten niemals lange vor.

Als ein Seemann im Boot seinen Freund wachzurütteln versuchte, um ihm zu sagen, daß sie jetzt längsseits ihres eigenen Schiffes seien, stellte er mit ungläubigem Entsetzen fest, daß dieser tot war.

Die Jubelrufe wichen Gelächter, als Couzens nackt wie am Tage seiner Geburt durch die Pforte stieg mit aller Würde, derer er fähig war, während zwei grinsende Marineinfanteristen vor ihm das Gewehr präsentierten. Und als Stockdale Bolitho entgegenschritt, um ihn zu begrüßen, wobei sein schiefes, glückliches Willkommenslächeln mehr aussagte, als alle Worte es vermocht hätten.

Aber trotz allem war es Pears' großer Tag. Breit und massig wie seine geliebte *Trojan* selbst, so stand er und beobachtete alles schweigend.

Als Couzens versuchte, sich möglichst schnell zu verstecken, rief er barsch: »Das ist keine Art, sich zur Schau zu stellen, nicht für einen Offizier des Königs, Sir! Wirklich, ich weiß nicht, was Sie sich dabei denken, Mr. Couzens!« Als der Junge mit hochrotem Kopf zum nächsten Niedergang rannte, fügte er hinzu: »Bin trotzdem stolz auf Sie!«

Bolitho überquerte das Achterdeck, seine nassen Stiefel quietschten laut.

Pears blickte ihn grimmig an. »Die Yawl verloren, eh? Beladen war sie wohl auch noch?«

»Aye, Sir, ich glaube, sie sollte die Brigg ausrüsten.« Er sah seine Leute vorbeihinken, teerige Hände klopften ihnen auf die Schultern, und fügte leise hinzu: »Unsere Leute haben sich tapfer geschlagen, Sir.«

Er beobachtete, wie die Brigg wieder Segel setzte, das zerschossene Marssegel bestand nur noch aus Fetzen. Er vermutete, daß Pears einen Steuermannsmaaten hinübergeschickt hatte, während die Marineinfanteristen die gefangene Besatzung durchsuchten. Frowd wurde möglicherweise als Prisenkommandant eingesetzt, das mochte ihn etwas aussöhnen mit seinem schlimm zugerichteten Knie, denn was Thorndike und später vielleicht ein Krankenhaus auch für ihn tun konnten, hinken würde er wohl bis an sein

Lebensende. Er hatte den Rang eines Leutnants erreicht, wußte aber wohl selbst am besten, daß diese Verwundung jeden weiteren Aufstieg verhindern würde.

Es war später Nachmittag, bis beide Schiffe die Inseln und, zu ihrer Erleichterung, auch die Riffe und Wirbel hinter sich gelassen und freien Seeraum gewonnen hatten.

Als d'Esterre auf die *Trojan* zurückkehrte, hatte er einen weiteren wichtigen Fund zu melden.

Der Kapitän der *White Hills* war kein anderer als Jonas Tracy, der Bruder des Mannes, der beim Kapern des Schoners *Faithful* getötet worden war. Er hatte die feste Absicht gehabt, sich auch unter dem Beschuß der *Trojan* einen Weg freizukämpfen, ob hoffnungslos oder nicht. Aber das Glück war ihm nicht hold gewesen. Seine Besatzung war zum größten Teil neu und noch nicht auf einem Kriegsschiff ausgebildet, ein Umstand, der dazu beigetragen hatte, daß man einem alten Fuchs wie Tracy dieses Kommando übertragen hatte. Sein Ruf und die Liste seiner Erfolge hatten den Ausschlag gegeben. Tracy hatte gerade den Befehl zum Wenden gegeben, um eine unbekannte, schmale Durchfahrt zwischen den Inseln, von der er einmal gehört hatte, zu suchen. Seine Leute, ohnehin schon völlig verängstigt durch das plötzliche Auftauchen der *Trojan,* waren am Ende, als die zweite, sorgfältig gezielte Salve in den Rumpf der Brigg schlug. Eine Kugel war auf eine Lafette geprallt und zersplittert, ein Metallstück hatte Tracys Arm an der Schulter abgerissen. Der Anblick ihres zähen, stets fluchenden Kommandanten, der jetzt vor ihren Augen niedergerissen und verstümmelt worden war, hatte ihnen den Rest gegeben und sie bewogen, rasch die Flagge niederzuholen.

Bolitho wußte nicht, ob Tracy noch lebte. Es war eine Ironie des Schicksals, daß er mit seinen Kanonen auf den Mann gefeuert hatte, der mitverantwortlich war für den Tod seines Bruders.

Bolitho wusch sich in seiner kleinen Kabine, als er eine Bewegung an Deck hörte und den fernen Ruf eines Ausgucks vom Mast, daß ein Segel in Sicht sei.

Das andere Schiff erwies sich bald als eine Fregatte, die sich rasch näherte, dann beidrehte und ohne viel Umstände ein Boot zu Wasser ließ, das den Kommandanten herüberbrachte.

Bolitho warf sein Hemd über und eilte an Deck. Die Fregatte war die *Kittiwake,* die er schon in Antigua gesehen hatte.

Mit einem Zeremoniell, als läge sie sicher verankert auf der

Reede in Plymouth, empfing die *Trojan* den Besucher. Während die Wachen das Gewehr präsentierten und die Bootsmannspfeifen schrillten, schritt Pears herbei, um den anderen Kommandanten zu begrüßen. Bolitho erkannte ihn, es war einer der Beisitzer des Untersuchungsausschusses bei Quinns Verhandlung gewesen, nicht der dünnlippige, sondern der andere, der, soweit sich Bolitho erinnerte, überhaupt nichts gesagt hatte.

Der Sonnenuntergang stand kurz bevor, als der Kapitän der *Kittiwake* sich verabschiedete, wobei sein Schritt nicht mehr ganz so fest war wie beim Anbordkommen.

Die Fregatte setzte wieder volle Segel, ihr Tuch glänzte wie goldene Seide in den letzten Strahlen der Sonne. Bald würde sie außer Sicht und ihr Kommandant frei sein von Admiralen und sonstigen Obrigkeiten. Bolitho seufzte.

Cairns gesellte sich zu ihm, beobachtete dabei die Wache, die das Segelsetzen vorbereitete.

»Sie kam mit Depeschen von Antigua«, sagte er. »Ist von ihrem Geschwader entlassen worden, um vor uns her nach Jamaika zu segeln. Wir sind also doch keine Ausgestoßenen mehr.« Seine Stimme klang, als sei er in Gedanken ganz woanders.

»Ist irgend etwas los?«

Cairns blickte ihn an, sein Gesicht glühte im letzten Sonnenlicht. »Kapitän Pears denkt, daß der Seekrieg im karibischen Raum beendet wird.«

»Nicht in Amerika?« Bolitho verstand das nicht.

»Wie ich ist auch er der Ansicht, daß der Krieg schon vorbei ist. Siege wird es geben, muß es geben, wenn wir auf die Franzosen treffen und sie sich stellen. Aber einen Krieg zu gewinnen, dazu gehört mehr als das, Dick.« Er klopfte ihm auf die Schulter und lächelte traurig. »Ich halte dich auf, der Kommandant möchte dich sprechen.« Damit ging er weiter und rief: »Mr. Dalyell, was ist das für ein wüstes Durcheinander? Schicken Sie die Toppsgasten nach oben und pfeifen Sie die Leute an die Brassen. Das ist hier ja der reinste Fischmarkt!«

Bolitho tastete sich durch den bereits in tiefem Dunkel liegenden Gang zu Pears' Kabine.

Der saß an seinem Tisch und betrachtete mit grimmiger Konzentration eine vor ihm stehende Weinflasche.

»Setzen Sie sich!« befahl er.

Bolitho hörte das Stampfen nackter Füße über seinem Kopf und fragte sich, wie sie wohl mit dem Manöver zurechtkamen, ohne daß der Kommandant an seinem gewohnten Platz an der Querreling stand.

Er setzte sich.

Die Kajüte wirkte behaglich. Bolitho fühlte sich plötzlich müde, als sei alle Kraft aus ihm gerieselt wie Sand aus einem Stundenglas.

Pears verkündete langsam: »Wir bekommen gleich neuen Bordeaux.«

Bolitho leckte sich die Lippen. »Danke, Sir.« Er wartete ratlos. Erst Cairns, jetzt Pears, was hatten sie bloß?

»Kapitän Viney von der *Kittiwake* brachte Befehle vom Flaggschiff aus Antigua. Mr. Frowd ist mit sofortiger Wirkung auf die *Maid of Norfolk* versetzt worden. Ein bewaffneter Transporter.«

»Aber sein Bein, Sir?«

»Ich weiß. Der Arzt hat ihn notdürftig wieder zurechtgeflickt.« Sein Blick traf den Bolithos. »Was wünscht er sich am meisten?«

»Ein Schiff, Sir. Vielleicht eines Tages ein eigenes Kommando.«

Er sah im Geiste Frowds Gesicht an Bord der Yawl vor sich. Wahrscheinlich hatte er sogar dort an nichts anderes gedacht: ein Schiff, selbst ein bewaffneter Transporter, würde ihm für den Anfang genügen.

»Ich stimme mit Ihnen überein. Wenn er hier herumliegt, wird es zu spät. Wenn er dann nach Antigua zurückkommt –«, er hob die Schultern, »– kann sich sein Glück vielleicht schon gewendet haben.«

Bolitho blickte Pears an, fasziniert von seinem Sachverstand und Einfühlungsvermögen. Er hatte in Schlachten gekämpft, fuhr mit seinem Schiff jetzt Gott weiß welchen Unternehmungen in Jamaika entgegen und fand doch die Zeit, sich über Frowds Verwendung Gedanken zu machen.

»Dann ist da noch Mr. Quinn.« Pears öffnete die Flasche, wobei er sich zur Seite neigte, um die Bewegung des Schiffes auszugleichen. »Er ist nicht vergessen worden.«

Bolitho wartete und versuchte, Pears' wahre Gefühle zu erraten.

»Er wird nach Antigua zurückkehren und dort eine Passage nach England bekommen. Den Rest wissen wir schon. Ich habe einen Brief an seinen Vater geschrieben, auch wenn das nicht viel helfen wird. Er soll aber verstehen, daß sein Sohn nur eine bestimmte Menge Mut besaß, und als ihn dieser verließ, war er hilflos wie Frowd mit seinem Bein.« Pears schob mit der Flasche einen dicken Briefumschlag in die Mitte des Tisches. »Aber er hat es *versucht*, und wenn mehr junge Leute wenigstens das täten, statt bequem zu Hause zu sitzen, sähe es besser bei uns aus.«

Bolitho blickte auf den dicken Brief: Quinns Leben.

Pears wurde beinahe lebhaft. »Aber genug jetzt davon. Ich habe anderes zu tun, Befehle zu diktieren.«

Er schenkte zwei große Gläser Bordeaux ein und schob sie über den Tisch, bis Bolitho eines davon nahm. Das Schiff holte so stark über, daß sie beinahe vom Tisch gerutscht wären.

Seltsam, daß sonst niemand anwesend war. Bolitho hatte d'Esterre erwartet oder vielleicht Cairns, sobald dieser mit dem Manöver an Deck fertig war.

Pears hob sein Glas und sagte: »Ich nehme an, dies wird eine lange Nacht für Sie werden. Aber glauben Sie mir, es gibt noch längere.«

Das erhobene Glas wirkte in seiner gewaltigen Faust wie ein Fingerhut.

»Ich wünsche Ihnen Glück, Mr. Bolitho, und, wie unser Master sagen würde, segeln Sie mit Gott.«

Bolitho starrte ihn an, sein Wein war noch unberührt.

»Ich übertrage Ihnen hiermit das Kommando über die *White Hills*. Wir werden die Prisenbesatzung morgen früh einteilen, wenn es hell genug ist, und die Verwundeten hinüberbringen.«

Bolitho versuchte, seines Erstaunens Herr zu werden. Er stotterte: »Der Erste Offizier, Sir, mit allem Respekt . . .«

Pears hielt sein Glas hoch. Es war leer, wie Probyns einst zu sein pflegte.

»Ich wollte ihn hinüberschicken. Zwar brauche ich ihn hier an Bord, mehr denn je, aber er verdient längst ein eigenes Kommando, und wenn es auch erst nur eine Prise wäre. Aber er tat dasselbe wie Sie bei Konteradmiral Coutts und wies meinen Vorschlag zurück.« Er lächelte ernst. »So liegen also die Dinge.«

Bolitho sah, daß auch sein Glas wieder gefüllt wurde, und sagte verwirrt: »Ich danke Ihnen, Sir!«

Pears zog eine Grimasse. »Also kippen Sie Ihren Bordeaux hinunter und gehen Sie sich verabschieden. Von nun an können Sie jemand anderem Ihre Meinung sagen!«

Bolitho stand draußen vor der Kajüte neben dem bewegungslosen Posten, als wäre alles nur ein Traum gewesen.

Er fand Cairns noch an Deck, gegen das Luvwant gelehnt und zu den Lichtern der Brigg hinüberblickend.

Bevor Bolitho den Mund öffnen konnte, sagte Cairns energisch: »Du gehst morgen als Prisenkommandant hinüber, das ist beschlossene Sache, und wenn ich dich in Eisen hinschaffen lassen muß.«

Bolitho stand neben ihm und nahm fast unbewußt die verschiedenen Geräusche wahr, das Knarren des Ruders, das Schlagen des Tauwerks gegen Mast, Stagen und Segel.

Ich nehme an, dies wird eine lange Nacht für Sie werden.

»Was war denn los, Neil?«

Er fühlte sich diesem ruhigen Schotten mit seiner weichen Sprache sehr nahe.

»Der Kommandant hat einen Brief bekommen. Ich weiß nicht, von wem, es ist nicht sein Stil, sich zu beklagen. Es war eine ›freundliche‹ Mitteilung, wenn man es so nennen will, aus der Kapitän Pears erfuhr, daß er bei der Beförderung zum Flaggoffizier übergangen wurde. Kapitän wird er bleiben.« Er blickte zu den Sternen über der dunklen Takelage auf. »Und wenn die *Trojan* einmal außer Dienst gestellt wird, dann ist das das Ende seiner Laufbahn. Coutts ist nach London zur Admiralität beordert worden, um sich dort zu verantworten.« Cairns konnte seinen Ärger, seinen Schmerz nicht verbergen. »Aber er hat Vermögen und eine gesellschaftliche Stellung. Pears dagegen hat nur sein Schiff.«

»Ich danke dir, daß du mir das alles erzählt hast.«

Cairns' Zähne leuchteten sehr weiß in dem schwachen Licht. »Weg mit dir, Mann! Los, pack deine Kiste!«

Als Bolitho sich zum Gehen wandte, fügte er leise hinzu: »Aber du verstehst? Ich konnte ihn doch jetzt nicht verlassen.«

Früh am nächsten Morgen lagen beide Schiffe beigedreht, und die Boote der *Trojan* begannen, die Verwundeten auf die Brigg hinüberzuschaffen. Auf der Rückfahrt brachten sie nach und nach die Besatzung der *White Hills* herüber in Gefangenschaft. Es mußte eines der kürzesten Kommandos der Seegeschichte gewesen sein, dachte Bolitho.

Noch immer erschien ihm alles unwirklich, und er ertappte sich dabei, verschiedene wichtige Dinge vergessen, andere dafür mehrmals getan zu haben.

Jedes Mal, wenn er an Deck ging, mußte er zu der Brigg hinüberblicken, die in der steilen See heftig stampfte. Einmal unter Segel, konnte sie jedoch fliegen, wenn es erforderlich wurde. Der Anblick war noch zu frisch in seiner Erinnerung.

Cairns hatte ihm mitgeteilt, daß Pears ihm gestatte, seine Prisenbesatzung selbst auszuwählen, und zwar genug Leute, um die Brigg in Sicherheit zu bringen oder einem schweren Sturm oder mächtigen Gegner davonzusegeln.

Stockdale brauchte er nicht erst zu fragen, der wartete bereits mit einem gepackten kleinen Seesack, seiner weltlichen Habe. Pears hatte Bolitho auch aufgetragen, den schwerverwundeten Kapitän Tracy nach Antigua mitzunehmen. Sein Zustand war so ernst, daß man ihn nicht mit den anderen Gefangenen zusammen abtransportieren konnte; andererseits würde er wenig Mühe verursachen.

Als die Zeit der Trennung näher rückte, spürte Bolitho, wie bewegt er war. Kleine Ereignisse aus den letzten zweieinhalb Jahren kamen ihm schlagartig in den Sinn. Es schien unglaubhaft, daß er die *Trojan* jetzt verlassen und sich zur Verfügung des Kommandierenden Admirals in Antigua halten sollte. Es war wie der Beginn eines neuen Lebens mit anderen Gesichtern, unbekannter Umgebung.

Er war überrascht und nicht wenig bewegt über die Anzahl der Leute, die freiwillig mit ihm gehen wollten.

Carlsson, der Schwede, der ausgepeitscht worden war; Dunwoody, der Müllerssohn; Moffitt, der Amerikaner; Rabbett, der ehemalige Dieb aus Liverpool, und der alte Buller, der Toppsgast, der die Brigg als erster wiedererkannt hatte. Er war zum Unteroffizier befördert worden, und das war ihm so unglaubhaft erschienen, daß er immer wieder erstaunt den Kopf schüttelte, als es ihm offiziell mitgeteilt wurde.

Da waren noch andere, ebenso feste Bestandteile der *Trojan* wie ihr Kommandant oder wie die Galionsfigur.

Er beobachtete, daß Frowd auf einem Bootsmannstuhl in den Kutter gefiert wurde, sein geschientes, bandagiertes Knie ragte hervor wie ein Elefantenzahn. Er schien wütend zu sein über die Würdelosigkeit, mit der er sein Schiff verlassen mußte.

Quinn hatte schon hinübergesetzt. Es würde schwierig sein, zwischen den beiden zu stehen, dachte Bolitho. Er hatte gesehen, daß Frowd Quinn voller Bitterkeit betrachtete. Wahrscheinlich sagte er sich, ob es gerecht war, daß Quinn, der von der Marine Ausgestoßene, verschont geblieben war, während er selbst zum Krüppel geschossen wurde.

Die meisten Verabschiedungen hatte Bolitho im Lauf der Nacht und des Morgens schon hinter sich gebracht: rauhes Händeschütteln vom Stückmeister und vom Bootsmann, verlegenes Grinsen von anderen, die er vom Knaben zum Mann hatte reifen sehen.

D'Esterre hatte schon einen Teil seines privaten, vorzüglichen Weinvorrats auf die Brigg hinübergeschickt; Sergeant Shears überreichte ihm eine kleine, aus Silberstücken selbstgefertigte Kanone zum Abschied.

Cairns überprüfte die Liste der Gegenstände und der Tätigkeiten, die notwendig waren, und sagte dann: »Der Weise sagt, daß es aufbrisen wird, Dick. Du gehst jetzt besser hinüber.« Er streckte ihm die Hand hin. »Ich sage dir hier Lebewohl.« Dann blickte er sich in der Offiziersmesse um, wo sie so viele gemeinsame Stunden verlebt hatten. »Es wird hier einsamer werden, wenn du weg bist.«

»Ich werde dich nicht vergessen, Neil.« Bolitho ergriff fest die dargebotene Hand. »Niemals!«

Sie schritten gemeinsam zur Niedergangstreppe, als Cairns plötzlich sagte: »Noch etwas. Kapitän Pears ist der Meinung, daß du noch einen Offizier mitnehmen solltest, der dich beim Wachegehen unterstützt. Einen Steuermannsmaaten können wir nicht entbehren, und Leutnants sind so rar wie Nächstenliebe, bis der Ersatz eintrifft. Es kommt also nur ein Fähnrich in Frage.«

Bolitho überlegte.

Cairns fuhr fort: »Weston wird jetzt kommissarischer Leutnant, Lunn und Burslem bleiben besser hier, um ihre Ausbildung zu beenden, also kommen nur Forbes und Couzens in Frage, die jung genug sind, wieder neu anzufangen.«

Bolitho lächelte. »Ich werde es ihnen selbst überlassen.«

Während die Offiziere zusahen, rief Erasmus Bunce, der Master, die beiden dreizehnjährigen Fähnriche herbei.

»Ein Freiwilliger wird gesucht, Gentlemen –«, Bunce betrachtete sie verächtlich, »– obgleich mir nicht klar ist, welchen Nutzen Mr. Bolitho von eurer Anwesenheit haben sollte.«

Beide traten vor, Couzens mit derart flehentlichem Blick in seinem runden Kindergesicht, daß Bunce ihn fragte: »Sind Ihre Sachen gepackt?«

Couzens nickte eifrig, aber Forbes war den Tränen nahe, während er den Kopf schüttelte.

»Los«, sagte Bunce, »laufen Sie, Mr. Couzens, lebhaft! Dem Herrn sei Dank, daß das Schiff endlich von Ihrem Übermut und Unfug befreit wird!« Er blinzelte Bolitho an. »Zufrieden?«

»Aye.«

Bolitho schüttelte die letzten Hände und versuchte, seine Bewegung zu verbergen.

D'Esterre war der allerletzte. »Viel Glück, Dick. Wir werden uns wieder begegnen. Du wirst mir fehlen.«

Bolitho blickte zur *White Hills* hinüber, sah, wie die Schaumkämme ihren Rumpf streichelten.

Die Segelorder war in seiner Tasche verstaut, in einem mehrfach versiegelten Umschlag. Er ging zur Pforte, sah die längsseits liegende Gig steigen und fallen. Es wird auffrischen, hatte Bunce gesagt. Vielleicht war das ganz gut, es würde ihn in Trab halten, ihm keine Zeit für Abschiedsschmerz lassen.

Cairns schaltete sich ein: »Hier ist der Kommandant.«

Pears kam gemächlich über das Achterdeck, seine Rockschöße blähten sich auf beiden Seiten wie Leesegel, während er seinen goldverbrämten Hut mit einer Hand festhielt.

»Wir wollen segeln, Mr. Cairns. Ich möchte diesen günstigen Wind ausnutzen.« Bolitho schien er zum ersten Mal zu sehen: »Noch immer hier, Sir?« Seine Augenbrauen hoben sich. »Bei meiner Seele . . .« Er vollendete den Satz jedoch nicht, sondern hielt Bolitho seine große Hand hin.

»Ab mit Ihnen. Grüßen Sie Ihren Vater, wenn Sie ihn das nächste Mal sehen.« Dann wandte er sich um und ging zum Kompaß.

Bolitho grüßte die Flagge, hielt seinen Degen an die Hüfte gepreßt und stieg eilig in das wartende Boot.

Die Riemen tauchten ins Wasser, und sofort blieb die *Trojan* achteraus; die Leute traten von der Reling zurück, um mit ihrer Arbeit fortzufahren, während andere aufenterten, um die Marssegel loszumachen.

Couzens starrte zum Schiff zurück, der Wind trieb ihm Tränen in die Augen. Es sah so aus, als ob er weinte. Was Bolitho nicht wußte: Es war der glücklichste Tag in des Fähnrichs bisherigem kurzem Leben.

Bolitho hob noch einmal grüßend die Hand und sah Cairns dasselbe tun. Von Pears war nichts zu sehen. Wie die *Trojan*, blieb auch er achteraus.

Bolitho wandte sich um und studierte die *White Hills*. Sie war sein, für kurze Zeit nur, aber immerhin.

Wie Bunce vorausgesagt hatte, wuchs der Wind rasch zum Sturm an, und damit verwandelten sich auch die weißen Schaumkämme in lange, tiefe Wellentäler mit gelblichem, verwehtem Gischt.

Die Prisenbesatzung ging mit grimmigem Ernst an die Arbeit. Sie wandten das Schiff nach Süden, während der Wind schralte, und braßten es so hart an, daß die Rahen keinen Finger breit zu bewegen waren.

Bolitho legte Rock und Hut ab und stand neben dem ungeschützten Ruder; seine Ohren dröhnten vom Brausen des Windes und der See, sein Körper triefte von Gischt.

Es war ein Glück, daß die *White Hills* ein Ersatzsegel für das zerschossene Vormarssegel an Bord hatte. Das zerrissene konnte nur noch zum Flicken verwandt werden.

Nur unter gerefften Marssegeln und Klüver, hart am Wind, jagte die *White Hills* nach Süden, weg von den Inseln und Riffen.

Quinn arbeitete mit steinernem Gesicht und fast wortlos an Deck, und Bolitho fragte sich, was er ohne ihn hätte tun sollen. Couzens hatte die Entschlossenheit und den Eifer von zehn Männern, aber Erfahrung mit der Takelage in einem ausgewachsenen Sturm, die besaß er nicht.

Stockdale kam nach achtern und verstärkte die beiden Männer am Ruder. Wie Bolitho, so war auch er bis auf die Haut durchnäßt, seine Kleidung schmutzig von Teer und Salz. Er lächelte Bolitho durch die peitschenden Gischtschwaden zu.

»Feine kleine Dame, nicht?«

Den größten Teil des Tages fuhren sie nach Süden, aber gegen Sonnenuntergang flaute der Wind etwas ab, und die zerschundenen, atemlosen Seeleute konnten aufentern, um Großsegel und Fock zu setzen. Das zusätzliche Tuch gab der Brigg zwar noch mehr Schlagseite, aber sie lag jetzt stetiger und ließ sich besser steuern.

Bolitho rief Quinn zu: »Übernimm die Wache, ich gehe nach unten!«

Nach dem Lärm und dem Gewühl an Deck schien es unten beinahe ruhig zu sein, sobald er sich durch den engen Niedergang gezwängt hatte.

Wie klein sie wirkte nach den gewaltigen Ausmaßen der *Trojan*. Er tastete sich nach achtern zur Kajüte, einer Miniaturausgabe von Pears' geräumigem Quartier. Sie wäre kaum groß genug gewesen, um Pears mächtigen Tisch aufzunehmen, dachte er. Aber es wirkte alles einladend und zu neu, um Spuren des vorherigen Bewohners zu zeigen.

Er wirbelte herum, als eine kochende See am Achterschiff vorbeidonnerte, dann trat er an die beiden Heckfenster. Nirgends konnte er aufrecht stehen, nur unter dem geschlossenen Oberlicht. Wie es dann in den Messen aussah, konnte er sich gut vorstellen. Als Fähnrich hatte er einst auf einer ähnlichen Brigg Dienst getan. Auch sie war schnell, lebhaft und fast niemals ruhig gewesen.

Er überlegte, was wohl aus Tracys anderem Schiff, der gekaperten Brigg geworden war, die er *Revenge* genannt hatte. Ob sie noch immer britische Geleitzüge angriff, reiche Ladung für willig angebotenes Prisengeld erbeutete?

Die Kabinentür flog auf, und Moffitt kam herein, einen Krug mit Rum und ein Glas in der Hand.

Er sagte: »Mr. Frowd meint, Sie könnten jetzt einen Schluck vertragen.«

Bolitho verabscheute Rum, aber er brauchte etwas Belebendes. Also trank er das gefüllte Glas auf einmal leer, obwohl er beinahe daran erstickte.

»Ist bei Mr. Frowd alles in Ordnung?« Er mußte ihn bald besuchen gehen, aber vorläufig wurde er noch an Deck benötigt.

Moffitt nahm das geleerte Glas und grinste bewundernd. »Aye, Sir. Ich habe ihn in seiner Koje festgelascht, dort ist er sicher.«

»Gut. Schicken Sie Buller zu mir.«

Bolitho lehnte sich zurück und fühlte, wie das Heck unter ihm erst hochstieg, dann wegsackte, während die See das Ruder wie ein Stück Treibholz schüttelte.

Buller kam in die Kajüte, den Kopf wegen der Decksbalken gesenkt.

»Sir?«

»Sie übernehmen die Aufsicht über die Lebensmittel. Suchen Sie sich jemanden, der kochen kann. Wenn es weiter abflaut, machen Sie das Kombüsenfeuer wieder an und sehen zu, daß die Leute etwas Heißes in den Magen bekommen.«

Buller zeigte seine starken Zähne. »Allright, Sir.« Dann war er auch schon wieder draußen.

Bolitho seufzte, das Aroma des Rums umwehte ihn wie eine Droge. Kommandokette. Er mußte sie aufbauen, niemand sonst war hier, der ihn hätte ermutigen oder tadeln können.

Sein Kopf fiel zur Seite, aber er schnellte mit plötzlichem Widerwillen hoch. Wie George Probyn, das war ein feiner Anfang! Er sprang auf und fluchte, als sein Kopf gegen einen Decksbalken krachte. Aber das machte ihn sofort wieder nüchtern.

Er ging weiter nach vorn, schwankend und sich bei den heftigen Bewegungen der Brigg festhaltend.

Winzige Kabinen auf beiden Seiten eines kleinen, quadratischen Raumes: die Messe. Vorräte, Schießpulver, dann weiter vorn im Gang schwankende Hängematten. Alles roch neu, bis hinunter zu den Messetischen, den großen Rollen aufgeschossenen, starken Tauwerks im Vorschiff.

Er fand den verwundeten Tracy in einer winzigen, noch nicht ganz fertiggestellten Kammer. Ein Seemann mit rotgeränderten Augen saß in einer Ecke, die Pistole in den Händen.

Bolitho betrachtete die Gestalt in der Koje: ein mächtiger, hartgesichtiger Mann von etwa dreißig Jahren, der trotz seiner fürchterlichen Wunden und des Blutverlustes sehr lebendig aussah. Aber mit dem an der Schulter abgerissenen Arm stellte er keine große Gefahr mehr dar.

Die anderen Verwundeten waren einigermaßen gut untergekommen und verhielten sich ruhig. Sie waren alle verbunden und mit Kissen, freien Hängematten, Decken und Kleidungsstücken einigermaßen gegen die heftigen Schiffsbewegungen abgestützt.

Bolitho hielt unter einer wild hin und her schwingenden Lampe inne und fühlte den Schmerz der Verwundeten, ihr fehlendes Verständnis der Situation. Er schämte sich, an seinen eigenen Vorteil zu denken. Die armen Teufel wußten nur, daß sie von ihrem Schiff weggeschafft wurden, das – gut oder schlecht – ihr Heim gewesen war. Wohin ging es jetzt? Mit irgendeinem heimkehrenden Schiff nach England, und dann was weiter? An Land geworfen, ein weiterer Haufen verkrüppelter Seeleute. Helden für die einen, Witzfiguren für die anderen.

»Bald bekommt ihr etwas Heißes zu essen, Jungs.«

Ein paar Köpfe wandten sich ihm zu. Einen Mann erkannte er als Gallimore, einen Seemann, der auf der *Trojan* als Anstreicher eingesetzt gewesen war. Er war durch Kartätschentreffer schwer verwundet, hatte den größten Teil der rechten Hand verloren und war von großen Holzsplittern im Gesicht getroffen worden.

Es gelang ihm zu flüstern: »Wo segeln wir hin, Sir?«

Bolitho kniete neben ihm nieder. Der Mann würde sterben. Er wußte nicht, wieso, aber es war ihm klar. Andere hier waren schwerer verwundet, trugen aber ihren Schmerz mit Trotz, mit wütender Resignation. Sie würden überleben.

Er antwortete: »Nach English Harbour. Die Ärzte dort können Ihnen helfen. Das werden Sie sehen.«

Der Mann faßte nach Bolithos Hand. »Ich will nicht sterben, Sir. Ich habe Frau und Kinder in Plymouth.« Er versuchte, den Kopf zu schütteln. »Ich muß doch nicht sterben, Sir?«

Bolitho fühlte einen Klumpen in seiner Kehle. Plymouth. Genausogut hätte es Rußland sein können.

»Ruhen Sie sich aus, Gallimore.« Er entzog ihm vorsichtig die Hand. »Sie sind unter Freunden.«

Er ging wieder nach achtern zum Niedergang, tief gebeugt wegen der Decksbalken.

Wind und Gischt waren ihm jetzt beinahe willkommen. Er fand Couzens mit Stockdale am Ruder, während Quinn sich mit zwei Seeleuten nach vorn hangelte.

Stockdale sagte mit seiner rauhen Stimme: »Alles hält gut, Sir. Mr. Quinn sieht nach den Luvbrassen.« Dann blickte er zum dunklen Himmel auf. »Der Wind hat noch einen Strich weiter geschralt, auch etwas abgeflaut.«

Der Bug hob sich himmelwärts und stürzte dann mit Donnern und Beben in ein Wellental. Es hätte genügt, einen Mann von den Rahen zu schleudern, wäre einer oben gewesen.

Stockdale murmelte: »Muß schlimm sein für die Verwundeten unten, Sir.«

Bolitho nickte. »Gallimore wird sterben, glaube ich.«

»Ich weiß, Sir.«

Stockdale drehte das Rad ein paar Speichen weiter und sah das vibrierende Großmarssegel an, das prall wie ein Ballon an seiner Rah zerrte, als wolle es sich selbständig machen.

Bolitho musterte ihn. Natürlich wußte es Stockdale. Er hatte den größten Teil seines Lebens mit Leidenden und Sterbenden verbracht, erkannte den nahenden Tod mit sicherem Blick.

Quinn kam über das Deck nach achtern, taumelnd und strauchelnd bei jedem Sturz des Bugs in ein neues Wellental, der das ganze Schiff erzittern ließ.

Er rief: »Der Backbordanker hatte sich freigearbeitet, wir haben ihn wieder gekattet.«

Bolitho erwiderte: »Geh hinunter, stell zwei Wachen auf, nachher sprechen wir darüber.«

Quinn schüttelte den Kopf. »Ich möchte nicht allein sein, ich muß etwas zu tun haben.«

Bolitho dachte an den Mann aus Plymouth. »Geh zu den Verwundeten, James, nimm etwas Rum oder sonst etwas mit, was du unten findest, und gib es an die armen Teufel aus.«

Es wäre sinnlos gewesen, ihm von Gallimore zu erzählen, besser war es, den Sterbenden bis zuletzt am Trost, den die Flasche den Seeleuten spendet, teilhaben zu lassen.

Ein kleiner dunkler Italiener namens Borga schlüpfte mit Buller zusammen den Niedergang hinab. Also schien dieser bereits einen Koch gefunden zu haben. Hoffentlich war es eine gute Wahl. Heißes Essen nach einem harten Tag, das war etwas Gutes, konnte aber einen Aufruhr hervorrufen, wenn es nichts taugte. Er sah Stockdale an und mußte lächeln. Wenn sich das letztere einstellte, so würde es rasch erledigt werden.

Noch eine Stunde, und die Sterne schauten hervor, die rasenden Wolken waren vertrieben wie eine Bande Landstreicher.

Bolitho fühlte, daß die Brigg jetzt ruhig lag, und fragte sich, ob es wohl eintreten würde, was Bunce vorausgesagt hatte: zwei Tage Sturm, dann wieder Flaute.

Wie versprochen, wurde eine warme Mahlzeit fertiggestellt und zuerst an die Verwundeten ausgegeben, dann an die Seeleute, die in kleinen Gruppen zum Essenholen hinuntergingen.

Bolitho aß seinen Anteil mit großem Wohlbehagen, obgleich er nicht wußte, was es war. Es entpuppte sich dann als ein Gemisch aus gekochtem Fleisch, Hafermehl, gemahlenem Schiffszwieback, das Ganze mit etwas Rum abgeschmeckt. Er hatte noch nie etwas Derartiges gegessen, aber im Augenblick hätte das Mahl an der Tafel eines Admirals bestehen können.

Zu Couzens sagte er: »Tut es Ihnen jetzt leid, daß Sie unbedingt auf die *White Hills* wollten?«

Couzens schüttelte den Kopf, den Magen bis zum Bersten gefüllt mit Borgas erstem Produkt.

»Warten Sie, bis ich nach Hause komme, Sir. Die werden es mir nicht glauben!«

Bolitho dachte an Quinn, der unten allein bei den Verwundeten arbeitete, und dachte auch an den Brief, den Pears an Quinns Vater geschrieben hatte: *Er hatte es versucht.*

Weiter dachte er an die Post, die er für den Admiral in Antigua bei sich führte. Es war vielleicht besser, nicht zu wissen, was Pears über ihn geschrieben hatte, obwohl dies zweifellos seine nächste Zukunft beeinflussen würde. Aber er verstand Pears noch immer nicht so richtig, wenn er sich auch eingestand, daß er unter dessen Kommando mehr gelernt hatte, als er zuerst wahrhaben wollte.

Bolitho blickte zum Himmel auf. »Ich denke, das Schlimmste haben wir hinter uns. Sie holen jetzt besser Mr. Quinn an Deck.«

Couzens platzte heraus: »Aber ich kann allein Wache gehen, Sir!«

Stockdale grinste ein wenig. »Aye, Sir, er kann das jetzt. Ich werde an Deck bleiben.« Vor dem Fähnrich verbarg er sein Grinsen. »Obgleich ich sicherlich nicht benötigt werde.«

»Gut.« Bolitho lächelte. »Rufen Sie mich, wenn Sie Zweifel haben.«

Er zwängte sich durch den Niedergang, froh darüber, daß er Couzens Gelegenheit gegeben hatte, Verantwortung zu übernehmen, und überrascht, daß er es ohne Zögern getan hatte.

Auf dem Weg zu seiner Kabine hörte er aus Frowds Kammer lautes Schnarchen und das Hin- und Herrollen eines Glases auf dem Boden. Morgen würde es viel Arbeit geben. Erst einmal mußte ihr Standort und die Abdrift bestimmt werden, dann galt es, den neuen Kurs abzusetzen, der sie mit etwas Glück nach Antigua bringen sollte.

Auf der Karte erschien es nicht sehr weit, aber bei der jetzigen, widrigen Windrichtung mußten sie kreuzen; außerdem konnte es Tage dauern, bis sie die Strecke wieder wettgemacht hatten, die der Sturm sie nach Süden getrieben hatte.

Einmal in Antigua, was dann? Ob wohl der französische Leutnant noch dort war und einsame Spaziergänge in der Sonne unternahm, frei nur auf Grund seines Ehrenwortes?

Bolitho legte sich auf die Bank unter den beiden Heckfenstern, bereit, beim ersten ungewöhnlichen Geräusch an Deck zu eilen. Aber in wenigen Sekunden war er fest eingeschlafen.

Es war Mittag, zwei Tage nach ihrer Trennung von der *Trojan*. Was hatten diese Tage für eine Menge neuer Erfahrungen und

Probleme mit sich gebracht!

Das Wetter stellte keine hohen Anforderungen mehr, die *White Hills* lag schräg, aber stabil auf Backbordhalsen. Sogar der mächtige Besan war gesetzt und stand prall gefüllt über dem Achterdeck. Das Schiff war jetzt trocken und sauber nach dem Sturm, und die Behelfsroutine, die Bolitho zusammen mit Quinn und Frowd ausgearbeitet hatte, funktionierte gut.

Frowd saß auf der Ladeluke, sein Bein als ständige Mahnung ausgestreckt.

Couzens stand am Ruder, während Bolitho und Quinn ihre Sextanten ablasen und ihr Besteck verglichen.

Bolitho sah Dunwoody an die Leereling gehen und ein Gefäß mit Unrat auskippen. Er kam gerade aus dem Mannschaftsdeck, wahrscheinlich von Gallimore. Dieser war ins Kabelgatt verlegt worden, den einzigen Ort, wo der starke Teergeruch des Tauwerks den Gestank einer brandig gewordenen Wunde erträglich machte.

Quinn sagte müde: »Ich glaube, wir haben beide recht, Sir. Wenn der Wind so bleibt, sollten wir morgen Land sichten.«

Bolitho gab Couzens seinen Sextanten. Quinn war also wieder beim *Sir* angelangt, das letzte Bindeglied zerbrochen.

Er sagte: »Ja. Morgen müßten wir die Insel Nevis in Sicht bekommen, dann bis Antigua nichts mehr.«

Er spürte einen unerträglichen Schmerz bei dem Gedanken, die *White Hills* wieder abgeben zu müssen. Es war natürlich lächerlich nach den paar Tagen, aber welches Selbstvertrauen hatte sie ihm gegeben, welche neuen Erkenntnisse vermittelt! Er blickte über das sonnenbeschienene Deck, und auch dieses erschien ihm nicht mehr so klein und eng wie in den ersten Tagen, als er es noch mit den gewaltigen Decks der *Trojan* verglich.

Einige der Verwundeten ruhten im Schatten, gemütlich plaudernd und die Tätigkeit der anderen mit fachmännischen Blicken begutachtend.

Bolitho fragte Quinn: »Was wirst du später machen, James?«

Quinn wandte den Blick ab. »Wahrscheinlich das, was mein Vater möchte. Mir scheint, es ist mein Los, immer Befehlen gehorchen zu müssen.« Er blickte Bolitho plötzlich voll an. »Eines Tages, wenn du möchtest, ich – ich meine, wenn du nichts Besseres vorhast, würdest du mich dann mal in London besuchen?«

Bolitho nickte und versuchte, seine Verzweiflung abzuschütteln. Es brachte Quinn genauso um wie Gallimore seine Wunden.

»Ich komme gern, James –«, er lächelte, »– obwohl dein Vater nicht begeistert davon sein wird, einen kleinen Leutnant in seinem Haus zu empfangen. Ich rechne damit, daß du bereits ein reicher Mann bist, wenn ich nach London komme.«

Quinn blickte ihm forschend ins Gesicht. Irgend etwas in Bolithos Ton schien ihn zu trösten, und er sagte: »Ich danke dir dafür, und für vieles andere auch.«

»An Deck! Segel in Luv voraus!«

Bolitho starrte hinauf zum Ausguck, er sah die *White Hills* vor sich wie ein Kreuz auf der Karte. Es gab hier so viele Inseln, französische, britische, holländische. Das Segel gehörte möglicherweise zu einem Schiff einer dieser Nationen.

Seit die *Kittiwake* Antigua verlassen hatte, konnte sich alles mögliche ereignet haben: Frieden mit den amerikanischen Rebellen, Krieg mit Frankreich.

Plötzlich merkte er, daß alle ihn ansahen.

»Entern Sie auf, Mr. Quinn, nehmen Sie ein Glas und melden Sie, was Sie sehen«, sagte er.

Frowd stöhnte, als Quinn an ihm vorbeilief. »Das verdammte Bein! Ich wäre schon längst oben, wenn dieser . . .« Bis er sich eine passende Beleidigung für Quinn ausgedacht hatte, war dieser allerdings schon in den Wanten.

Bolitho schritt aufgeregt an Deck auf und ab, wenn er sich auch bemühte, äußerlich ruhig zu erscheinen. Vielleicht war es ja ein Spanier, südwestwärts zum Festland unterwegs mit all seinen Schätzen. Unter diesen Umständen würde er sicher die *White Hills* für einen Freibeuter halten und bald abdrehen. In diesen Gewässern konnte man unter einem Dutzend von Feinden wählen.

»An Deck! Es ist eine Brigg!«

Einer der Verwundeten rief mit dünner Stimme: »Hurra, Jungs, dann ist es eine von den unsrigen!«

Aber Frowd knurrte gequält: »Sie wissen, was ich denke, nicht wahr?«

Bolitho blickte ihn an, ihm lief es kalt über den Rücken.

Natürlich, die grausame Möglichkeit bestand. Dabei waren sie schon so weit gekommen, und, wie er glaubte, mit Erfolg.

Es gab noch eine Chance.

Er versuchte, seine Stimme zu beherrschen, als er nun rief: »Behalte sie im Auge!« Zu Couzens sagte er etwas ruhiger: »Wir werden sie bald näher zu Gesicht bekommen, denke ich.« Er sah, wie das Begreifen den Glanz von Couzens' Augen löschte.

»Alarm! Klar Schiff zum Gefecht! Laden, aber noch nicht ausfahren!«

Er beobachtete das Deck, die wenigen Geschütze, die ihnen zur Verfügung standen. Genug, um eine unbewaffnete Yawl zu versenken, aber wenn das herankommende Fahrzeug wirklich Tracys früheres Schiff sein sollte, dann waren sie nutzlos.

XVII Die Besten von allen

Bolitho wartete, bis das Schiff einigermaßen still lag, und richtete dann sein Teleskop auf die andere Brigg. Er sah ihre Bram- und Marssegel, die sich klar gegen den blauen Himmel abhoben, aber der untere Teil des Schiffes verschwamm im Dunst.

Wenn es die *Revenge* war, die alte *Mischief*, würde ihr Kapitän die *White Hills* sofort erkennen, sobald sie in entsprechender Entfernung war. Möglicherweise hatte er sie schon erkannt. Den Kurs zu ändern und vor den Wind zu gehen, würde ihm rascher verraten, was sich ereignet hatte, als wenn man es darauf ankommen ließe.

Bolitho blickte hinauf zum Wimpel. Der Wind hatte um einen weiteren Strich geschralt. Die Versuchung, abzudrehen, war groß. Aber ein Entkommen war bei den häufigen Kursänderungen trotzdem nicht möglich, denn die andere Brigg konnte sie bald einholen. Mit ihrer kleinen Prisencrew hatten sie keine Aussicht, die Manöver so rasch und exakt auszuführen wie die andere, wahrscheinlich vollzählige Besatzung.

Er sagte: »Fallen Sie einen Strich ab, Stockdale.«

Aus dem Mast hörte er Quinns Stimme: »Ich kann sie jetzt genau erkennen! Es ist die alte *Mischief*! Da bin ich ganz sicher!«

Frowd fluchte: »Verdammter Mist! Wir würden ihr besser die Hacken zeigen!«

Stockdale meldete vom Ruder: »Nordost zu Ost liegt an, Sir!«

Bolitho rief durch die hohlen Hände: »An die Brassen! Buller, mehr Leute an die Luvbrassen!«

Er paßte genau auf, wie die Rahen langsam herausschwangen, so daß sich jedes Segel bis an den Rand seiner Kapazität füllte. Die Kursänderung war jedoch zu geringfügig, um den Anschein einer Flucht zu erwecken.

Couzens kam nach achtern gerannt, die Hände schmutzig, das Hemd an mehreren Stellen zerrissen.

»Schiff ist klar zum Gefecht, Sir, alle Geschütze sind geladen!«

Bolitho lächelte dünn. Alle Geschütze, das bedeutete kümmerliche acht Sechspfünder. Die *White Hills* war für vierzehn Kanonen und für ein paar Schwenkgeschütze konstruiert, aber all diese Waffen waren wohl mit der Yawl auf den Grund des Meeres gesunken. Acht Geschütze, also lediglich vier auf jeder Seite. Der Versuch, alle Kanonen auf eine Seite zu bringen, würde zweifellos von der anderen Brigg bemerkt werden. Ihre Größe nahm überraschend schnell zu, und Bolitho sah das Sonnenlicht von Metall oder vielleicht auch von verschiedenen Ferngläsern reflektieren.

Sie steuerte einen konvergierenden Kurs mit der *White Hills* und lag jetzt mit dieser auf gleicher Höhe.

Ihr Kapitän kannte Tracy persönlich, sie mußten sich also bis zum Einbruch der Dunkelheit weit genug entfernt halten und sich irgendeinen Trick ausdenken, um Tracys Abwesenheit glaubhaft erscheinen zu lassen.

»Land in Lee, Sir!« Der Ausguck hatte die Augen offengehalten, während Quinn ausschließlich die Brigg beobachtete.

Bolitho sah Frowds Verzweiflung. Das Land war höchstwahrscheinlich eine oder mehrere der kleinen Inseln, die nach dem Passieren von Nevis ihren Kurs säumen sollten, fünfzig Meilen lang bis Antigua. So nah lag das Land, und doch so fern.

»Die Brigg ändert Kurs, Sir!« Dann noch ein Ruf: »Sie hat ihre Flagge gesetzt!«

Bolitho nickte grimmig. »Heißen Sie die gleiche Flagge, Mr. Couzens!« Er sah, wie die Flagge mit den roten und weißen Streifen an der Gaffel hochging und dann auswehte.

Frowd richtete sich mühsam auf. »Es ist zwecklos, verdammt! Sie schließt immer dichter auf und hat außerdem noch den Windvorteil.«

»Vielleicht wollen sie mit uns sprechen und feststellen, ob wir die Geschütze und Munition an Bord haben. Vielleicht sollten die beiden sich hier irgendwo treffen.« Bolitho dachte laut und sah Frowd zustimmend nicken.

Stockdale zog Couzens am Ärmel. »Halten Sie auch unsere Flagge bereit, Mr. Couzens. Ich kann mir nicht vorstellen, daß unser Kommandant unter falscher Flagge kämpfen will.«

Frowd knurrte verzweifelt: »Wie könnten wir kämpfen, Sie

Narr! Diese Kaperschiffe sind immer bis ans Schanzkleid bewaffnet! Sie müssen einen Feind so schnell wie möglich besiegen, bevor er Hilfe bekommt und sie vertreibt.« Er stöhnte: »Kämpfen? Sie müssen verrückt sein!«

Bolitho hatte sich jetzt entschieden. »Wir beginnen mit Segelkürzen, als ob wir mit ihnen sprechen wollten. Wenn wir nahe genug herankommen, ohne ihren Argwohn zu erregen, beharken wir ihr Achterdeck und erledigen so viele von ihren Offizieren wie möglich. Dann machen wir, daß wir wegkommen.«

Stockdale nickte. »Später können wir zwei Geschütze nach achtern schaffen, Sir. Eine Hecksalve ist besser als gar nichts.«

Bolitho stand ganz still, um in Ruhe zu überlegen. Er hatte keine andere Wahl, und auch dies war kein Ausweg. Aber es gab nur entweder einen raschen, tollkühnen Überraschungsangriff oder Übergabe.

»Gei auf Großsegel!«

Bolitho sah die paar überzähligen Leute aufentern, um das Großsegel zu bergen. Der andere Kapitän würde die geringe Besatzungszahl sehen und wohl daraus folgern, daß sie in einem Gefecht gewesen waren. Das klaffende Loch in der Bordwand, das vom Achtzehnpfünder der *Trojan* herrührte, sprach ebenfalls eine deutliche Sprache.

Er richtete sein Glas auf das andere Schiff, ohne sich um das Fluchen seiner Leute zu kümmern, die auf der Großrah mit dem störrischen Segeltuch kämpften. Frowd hatte recht, sie war schwer bewaffnet, und es wimmelte an Deck von Leuten.

Er überlegte, was wohl mit ihrem ursprünglichen Kommandanten geschehen war, nachdem die Freibeuter sie gekapert hatten. Vierzehn Kanonen und eine entschlossene Besatzung machten sie zu einem beachtlichen Gegner. Bolitho sah ihr Deck, als sie jetzt stark überholte. Die Geschütze auf der abgewandten Seite waren alle unbesetzt, auf der ihm zugekehrten Seite ragten ein paar Köpfe über die geschlossenen Geschützpforten, jedoch waren die Kanonen wohl geladen und schußbereit.

Moffitt kam über das Deck und sagte: »Sie werden mich brauchen, Sir, ich weiß schon, wie ich mit diesen Halunken sprechen muß!«

»Ja, halten Sie sich bereit.«

Er studierte ihre Segelstellung, ihre schäumende Bugwelle, als sie jetzt noch näher kam. Ihre Rahen schwangen so rasch und exakt herum wie bei einem Modell, das von einer einzigen Hand bedient wird.

Eine halbe Meile, nicht mehr.

Er wandte den Blick von der Brigg ab und binnenbords seinen eigenen Leuten zu, die sich aufgeregt und mit lebhaften Gesten unterhielten; selbst die Verwundeten reckten den Hals, um über die Reling zu sehen.

»Kommen Sie herunter, Mr. Quinn!« Er rief Stockdale und Buller zu: »Paßt auf, daß die Leute ihre Waffen nicht sehen lassen. Sobald ich das Kommando gebe, fahrt ihr diese vier Geschütze so schnell aus und feuert, was ihr könnt. Wenn es uns gelingt, ihre Offiziere zu dezimieren, werden wir die Verwirrung ausnutzen und zu verschwinden versuchen.«

Quinn erschien atemlos neben ihm, den Blick auf den Gegner gerichtet.

»Denkst du, sie werden uns angreifen?«

»Nein.« Bolitho verschränkte die Arme und hoffte, daß er jenseits des glitzernden Wasserstreifens so entspannt wirkte, wie er sich den Anschein gab, in Wirklichkeit aber keineswegs fühlte. »Sie hätten sonst schon längst gefeuert, sie haben alle Vorteile auf ihrer Seite.«

Wenn der Wind jetzt drehte . . . Er schloß diese Möglichkeit aus, fixierte die Segel und den Wimpel an der Mastspitze. Es blies frisch und gleichmäßig aus Nordwest. Die Rahen standen richtig, an Backbord bei fast halbem Wind angebraßt. Wenn sie nur den Argwohn des anderen Kommandanten weiterhin zerstreuen und ihn bis zur Dunkelheit hinhalten konnten, dann schafften sie es vielleicht, ihn im Lauf der Nacht abzuschütteln und zwischen den Inseln zu verschwinden.

Selbst wenn der feindliche Kapitän sie dann nach Tagesanbruch wiederfand, konnten sie ihm möglicherweise in dem engen Fahrwasser zwischen Nevis und St. Christophers entkommen oder ihn gar auf Grund locken.

Ihr einziger Verbündeter in dieser gefährlichen Lage war der Wind. Beide Schiffe hatten den größten Teil ihrer Segel noch stehen, so konnte jeder von ihnen ohne Schwierigkeit wenden oder halsen, wenn es erforderlich werden sollte.

Stockdale bemerkte: »Sie muß beinahe Südost steuern, Sir, mit achterlichem Wind.«

Bolitho nickte. Er wußte, daß Stockdale ihm helfen wollte, und wenn es auch nur durch einen solchen Kommentar war.

Der Abstand hatte sich jetzt auf eine Viertelmeile verringert, man sah deutlich die beobachtenden Gestalten auf dem anderen Schiff.

»Wenn der Kapitän uns anruft, Moffitt, sagen Sie ihm, daß Tracy nach einem Gefecht mit den Briten schwer verwundet ist.« Er sah, wie Moffitt die Lippen zusammenkniff. »Es ist keine Lüge, also machen Sie's so glaubhaft wie möglich, klar?«

Moffitt entgegnete kalt: »Ich werde denen die Wahrheit geigen, Sir, aber nur die halbe, und wenn sie uns entern sollten, werde ich dafür sorgen, daß Tracy sich nicht wieder erholt!«

In Luv krochen die Seeleute auf allen vieren wie seltsame Anbeter um die vier Kanonen herum. Sie schafften weitere Munition und Pulver dorthin. Ein stattlicher Zweidecker wie die *Trojan* hätte ihre Schüsse kaum gespürt, aber eine gutsitzende Salve quer über das Achterdeck der Brigg konnte allerhand Schaden anrichten. Zeit, Zeit, Zeit. Es war wie der Schlag eines Hammers auf den Amboß.

Zwei Schatten bewegten sich auf der Bordwand der *Revenge*, und Bolitho hörte erregtes Gemurmel von einem Verwundeten. Die *Revenge* hatte zwei ihrer Geschützpforten geöffnet, und beim genauen Hinsehen entdeckte er zwei schwarze Rohre, die rasch ins Sonnenlicht vorstießen.

Frowd murmelte unsicher: »Der Halunke weiß Bescheid!«

Bolitho schüttelte den Kopf. »Ich glaube nicht. Wenn er mit einem Feind rechnete, würde er die gesamte Breitseite ausfahren und wahrscheinlich versuchen, unser Heck zu kreuzen.« Wieder war es, als teile er seine Gedanken mit allen rings um ihn her. »Er wird uns die ganze Zeit ebenso beobachtet haben wie wir ihn. Tracys Abwesenheit wird schon bemerkt worden sein. Wenn der Kapitän der *Revenge* erst vor kurzem ernannt worden ist, wird er zögern, etwas zu unternehmen, andererseits aber vor seinen Leuten keine Unsicherheit zeigen wollen. Der Nachfolger eines Mannes wie Tracy hat es bestimmt nicht leicht.«

Er sah, wie einige seiner Seeleute sich ansahen, als suchten sie beim anderen Unterstützung, neue Hoffnung.

Der Kapitän der *Revenge* war möglicherweise noch erfahrener als Tracy. In diesem Augenblick hielt er vielleicht nur Kurs, um gleich aus den ebenfalls geladenen und schußfertigen anderen Geschützen eine fürchterliche Breitseite in die *White Hills* zu feuern.

Moffitt ergriff das Sprachrohr und kletterte lässig in die Luvwanten. Es war noch viel zu früh, konnte aber dazu beitragen, einen eventuell keimenden Verdacht beim Gegner zu zerstreuen.

Wenn nicht, dann würde auf diesem Deck in spätestens fünfzehn Minuten der Kampf toben.

Bolitho sagte beiläufig: »Tragt Mr. Frowd und die anderen Verwundeten nach unten. Wenn wir von Bord müssen, steht das achtere Boot zu ihrer ausschließlichen Verfügung.«

Frowd fuhr auf seinem Lukendeckel wie ein wütender Terrier herum.

»Verdammt, ich will nicht sterben wie ein krankes Weib!« Er verzog das Gesicht, als der Schmerz der heftigen Bewegung ihn durchfuhr, und sprach dann in gemäßigterem Ton weiter: »Ich wollte nicht undiszipliniert sein, Sir, aber versuchen Sie, meinen Standpunkt zu verstehen.«

»Und der wäre?«

Frowd schwankte wie ein Busch im Wind, als die Brigg sich in dem groben Seegang hob und senkte.

»Wenn Ihr Plan funktioniert, Sir, und ich bete zu Gott, daß er es tut, dann wird es eine Jagd, die nur Glück und überlegene Seemannschaft entscheiden.«

Bolitho lächelte. »Möglich.«

»Aber da ich vermute, daß wir kämpfen müssen, lassen Sie mich um Gottes willen mitmachen. Ich bin in der Marine, seit ich denken kann. Zu enden, indem ich mich unten verstecke, während oben Metall durch die Luft fliegt, würde mein Leben so nutzlos machen wie das eines Galgenvogels.«

»Gut.« Bolitho sah Couzens an. »Helfen Sie dem Leutnant nach achtern, und sehen Sie zu, daß er genügend Munition bekommt, um die Pistolen und Musketen nachzuladen, damit wir den Eindruck von Stärke und größerer Zahl vermitteln.«

Frowd rief aus: »Genau das ist es, Sir, nichts weiter erbitte ich. Diese Teufel sind mindestens viermal stärker als wir. Ein paar von ihnen werden wir bestimmt mit ins Jenseits nehmen, wenn wir rasches Feuer beibehalten können.«

Es war unglaublich, dachte Bolitho. Die Aussicht auf sicheren Tod klang aus Frowds Worten und doch war die vorherige Angst und Besorgnis verschwunden. Das Warten war das schlimmste, die einfache Aufgabe des Kämpfens und Sterbens dagegen verstanden sie alle. Ihm war, als hörte er Sparke sprechen: »Halte sie in Trab, keine Zeit zum Klagen und Schwachwerden.«

Er wandte sich wieder der *Revenge* zu, deren killender Klüver und Stagsegel anzeigten, daß sie ein wenig abfiel, um noch dichter heranzuschließen. Nun wirkte sie noch imponierender und stärker bewaffnet.

Ihr Rumpf war vom Wetter mitgenommen, ihre Segel ausgeblichen und verschiedentlich geflickt. Sie war zum Kämpfen gebaut, dachte Bolitho grimmig, jetzt sogar gegen ihre früheren Eigentümer.

»Wir halten noch ein paar Minuten durch, Stockdale, dann gehen Sie auf Ostkurs. Das wird am natürlichsten erscheinen, wenn wir zum Sprechen dicht genug heran sind.«

Er zuckte zusammen, als eine Handspake an Deck polterte und ein Mann sie unter einem Strom von Flüchen und Drohungen aus Bullers Mund wieder aufhob.

Er sah die Entermesser und Pistolen, die jeder bereithielt, sah, wie sie ihre Muskeln und Sehnen geschmeidig zu halten versuchten, während sie die qualvoll verstreichenden Minuten durchlebten.

»An die Brassen!« Bolitho trat näher und zischte: »Langsam Leute, laßt euch Zeit!« Er bemerkte die verdutzten Gesichter einiger. Nach Jahren des Dienstes in des Königs Marine erschien es ihnen fast wie Blasphemie, wenn ihnen gesagt wurde, sie sollten sich Zeit lassen. Aber Bolitho fügte hinzu: »Denkt daran, ihr seid *Landratten*, keine Seeleute!« Es war unglaublich in dieser Situation, aber die meisten grinsten und kicherten über diesen billigen Witz. »Vergeßt, daß ihr erstklassige Matrosen seid!«

Buller rief: »Aber nicht für lange, Sir!« Auch er lachte.

»Jetzt, Stockdale!«

Ruder und Rahen bewegten sich in schwerfälligem Gleichklang, die kleine Brigg fiel drei Strich ab, die Masten der *Revenge* schienen achteraus zu wandern, bis beide auf parallelem Kurs lagen. Bugsprit und Klüverbaum der *Revenge* überlappten die Heckreling der *White Hills*, der Abstand war jetzt etwa eine halbe Kabellänge*.

Gehorsam, so schien es, folgte das andere Fahrzeug, es schloß bis auf fünfzig Yards** heran, lag aber noch ein wenig zurück. Jede Kursänderung hatte der *White Hills* ein paar kostbare Minuten

* ca. 90 m
** ca. 46 m

Zeitgewinn verschafft und ein klein wenig Vorsprung vor ihrem unerwünschten Gefährten.

Frowd zischte durch zusammengepreßte Zähne: »Gott sei Dank haben sie kein verabredetes Erkennungssignal.«

»Sie reden schon wie der Weise.«

Aber Frowd hatte recht. Der Feind hätte sie in sicherer Entfernung auf die Probe stellen können, wenn er ein einwandfrei funktionierendes Signalsystem gehabt hätte, wie es die älteren Seemächte besaßen. Aber dazu hatte den Amerikanern wohl bisher die Zeit gefehlt.

Abgesehen vom Rauschen des Wassers und dem gelegentlichen Klatschen eines Segels war es vollkommen still an Deck.

Moffitt bemerkte leise: »Ich kann einen sehen, der eine Flüstertüte in der Hand hat, Sir.« Ruhig blickte er Bolitho an: »Ich weiß, was ich zu sagen habe. Ich werde Sie nicht enttäuschen.«

Rabbett fuhr auf: »Das läßt du auch besser bleiben, Kumpel. Ich bin schon in zu vielen Gefängnissen gewesen, als daß ich jetzt in einem von denen verrotten möchte!«

Moffitt grinste und winkte dann mit seinem Sprachrohr zur anderen Brigg hinüber. Beide Schiffe blieben mit verhältnismäßig hoher Fahrt auf gleichem Kurs; zu jeder anderen Zeit wäre es ein prächtiger, erfreulicher Anblick gewesen. Jetzt hatten sie beide etwas Drohendes an sich, wie zwei sich argwöhnisch belauernde Tiere, die keine Furcht zeigen möchten.

In diesem Augenblick – es winkte gerade jemand vom Achterdeck der *Revenge* zurück – wurde die spannungsgeladene Stille durch einen markerschütternden Schrei zerrissen. Es klang unmenschlich, wie in höchster Todesangst.

Die Seeleute an den Brassen und an den Geschützen blickten sich unruhig um, entsetzt und dann wütend, als der Schrei anhielt und sogar noch lauter wurde.

Quinn keuchte: »Was ist das, um Gottes willen?«

Stockdale sagte: »Gallimore, Sir. Seine Wunden müssen aufgeplatzt sein.«

Bolitho nickte, Galle auf der Zunge schmeckend, als er sich das brandige Fleisch vorstellte, dessen Gestank so unerträglich geworden war, daß er den armen Gallimore ins Kabelgatt hatte verlegen müssen.

»Sagt Borga, er soll ihn zum Schweigen bringen.«

Er versuchte, seine Ohren vor dem Schreien zu verschließen, das

Bild des gemarterten Mannes aus seinem Kopf zu vertreiben.

Eine Stimme ertönte von drüben über das Wasser, sie brachte Bolitho in die gefährliche Wirklichkeit zurück.

»*White Hills* ahoi! Was, zum Teufel, war das?«

Bolitho schluckte. Des armen Gallimores Todesschrei hatte sowohl den Feind wie seine Kameraden völlig entnervt.

Moffitt schrie zurück: »Ein Verwundeter!« Er schwankte ein wenig, als die Brigg in ein steiles Wellental glitt, aber Bolitho wußte, daß es fingiert war. Moffitt war so gewandt wie eine Katze, es verschaffte ihm nur etwas Zeit. »Hatten einen Zusammenstoß mit den Briten! Verloren ein paar gute Leute!«

Das Schreien erstarb mit so dramatischer Plötzlichkeit, als sei der Mann enthauptet worden.

Über das Wasser fragte die andere Stimme: »Und Kapitän Tracy? Ist er gesund? Ich habe Order für ihn!«

»Er ist auch verwundet.« Moffitt griff mit der freien Hand ins Want und flüsterte über die Schulter: »Die zwei Kanonen, Sir. Ihre Bedienung ist nach unten gegangen.«

Bolitho wollte sich die Lippen lecken, den Schweiß aus den Augen wischen, irgend etwas tun, um das entsetzliche Warten und Beobachten zu unterbrechen. Moffitt hatte gesehen, was er selbst nicht einmal zu hoffen gewagt hatte. Vielleicht war es Gallimores Schreien gewesen, zusammen mit Moffitts zur Schau gestellter Ruhe und Zuversicht, dazu die Tatsache, daß die *White Hills* das richtige Schiff beinahe an der richtigen Stelle war, was den Kapitän der *Revenge* überzeugte, daß alles mit rechten Dingen zuging.

Aber da war immer noch die Sache mit Tracys neuer Order: vielleicht Einzelheiten über das nächste Rendezvous oder über einen anzugreifenden Geleitzug?

Im nächsten Augenblick würde der Kapitän der *Revenge,* nach Tracys jetzt bekanntem Ausfall in der Position des älteren Kommandanten, entscheiden müssen, was zu tun sei.

Bolitho sagte leise: »Er wird vorschlagen, daß wir beide beidrehen, damit er herüberkommen und Tracy sprechen kann.«

Quinn starrte ihn an, das Gesicht wie eine Maske. »Wir werden also abdrehen, Sir?«

»Aye.« Bolitho warf einen raschen Blick auf den Wimpel. »Sobald er Segel kürzt und in den Wind dreht, nutzen wir unsere Chance.« Er rief der nächsten Geschützbedienung zu: »Fertig, Jungs!« Sofort sah er einen übereifrigen Seemann aufstehen und nach einer Lunte greifen. »Belege das! Wartet auf mein Kommando!«

Der Kapitän der *Revenge* rief jetzt herüber: »Wir drehen bei. Ich komme hinüber, sobald . . .«

Weiter kam er nicht. Wie ein Gespenst, das einem Sarg entsteigt, kam Kapitän Jonas Tracy durch den vorderen Niedergang an Deck getaumelt; die Augen quollen ihm vor Wut und Anstrengung fast aus dem Kopf.

Er trug eine Pistole, die er auf einen herbeieilenden Seemann abfeuerte. Der Schuß traf diesen in die Stirn und warf ihn hintüber aufs Deck, wo er in einer rasch größer werdenden Blutlache liegenblieb.

Und die ganze Zeit über brüllte Tracy mit lauter Stimme, die alle anderen weit übertönte:

»Behark diese Hunde! Es ist ein Trick, du verdammter Narr!«

Von der anderen Brigg ertönten lautes Rufen und verwirrte Kommandos, und dann brachen auf der ganzen Länge der Bordwand die Kanonen aus den Pforten hervor.

Ein anderer Seemann stürzte auf die schwankende Gestalt am Niedergang zu, aber nur, um mit dem Pistolenknauf besinnungslos geschlagen zu werden. Diese letzte Anstrengung war jedoch zu viel für den Verwundeten. Das Blut schoß aus dem Polster von Bandagen um seine Achselhöhle, und das von Bartstoppeln bedeckte Gesicht wurde kreideweiß, als er jetzt versuchte, sich zum nächsten Geschütz hin zu hangeln. Es sah aus, als ströme das letzte Leben aus ihm heraus.

Bolitho sah das alles wie in einem wilden Traum, die einzelnen Ereignisse zwar im selben Zeitablauf, aber völlig getrennt von einander. Gallimores plötzliche Schreie hatten Tracys Wachposten also bewogen, seinen Platz zu verlassen; wer konnte es ihm verdenken? Tracys furchtbare Wunde hätte jeden anderen Mann längst umgebracht.

Als dann die ihm bekannte Stimme des Kapitäns der *Revenge* herüberklang, mußte sie Tracy aus seinem Dahindämmern aufgeschreckt und zu einer plötzlichen Anstrengung befähigt haben.

Was die Ereignisse auch ausgelöst hatte, Bolitho wußte, daß für die Ausführung seines ziemlich dürftigen Plans keine Möglichkeit mehr bestand.

Er schrie: *»Geschütze ausfahren!«*

Die Leute stürzten sich auf die Taljen, die vier Kanonen bewegten sich kreischend zu den offenen Pforten, Verzweiflung und Wut verlieh den Männern doppelte Kräfte.

»Feuer!«

Während die Kanonen in einer unordentlichen Salve losdonnerten, rief Bolitho: »Stockdale! Hart Backbord!«

Stockdale und der andere Rudergänger legten das Rad über, Bolitho zog seinen Degen und war sich klar, daß nichts auf Erden den Ablauf des Geschehens noch einmal ändern konnte.

Er hörte überraschte Rufe seiner eigenen Leute und Gewehrfeuer von der *Revenge*, als die *White Hills* auf das Ruder reagierte und mit voller Fahrt und wild schlagenden Segeln in den Wind schoß, auf die jetzt durch die Drehung quer vor ihrem Bug liegende *Revenge* zu.

Ein paar vereinzelte Gewehrschüsse waren zu hören, eigene oder feindliche, das wußte Bolitho nicht, während er, so schnell er konnte, nach vorn rannte, zum Ort des zu erwartenden Rammstoßes, wobei er in Tracys Blutlache fast ausrutschte.

Wie der Stoßzahn eines riesigen Elefanten, so schmetterte ihr Klüverbaum durch Wanten und Takelage der *Revenge* in den Schiffsrumpf hinein. Die Wucht des Aufpralls erschütterte beide Fahrzeuge so, als seien sie mit äußerster Geschwindigkeit auf einen Felsen gelaufen.

Wind und Fahrtmoment der *White Hills* trieben diese noch tiefer in das andere Schiff hinein, bis Rahen oder Masten der Spannung nachgaben und mit ohrenbetäubendem Krachen barsten. Beide waren jetzt unlösbar ineinander verkeilt.

In Bolithos Ohren dröhnte der Lärm herabstürzender Takelage und des Zerreißens von Segeln, als die Marsstenge der *Revenge* mitsamt dem Marssegel und einer Masse weiteren Segeltuchs von oben kam und noch zu der allgemeinen Zerstörung und Verwirrung beitrug.

Aber er war wütend, stürmte mit geschwungenem Degen durch den ziehenden Geschützqualm und schrie: »Los, Jungs, *auf sie*!«

Er sah, wie die verblüfften Gesichter sich jählings wandelten, wie sie Wut, Erregung und äußerste Entschlossenheit widerspiegelten. In einer nicht sehr großen Angriffswelle fluteten sie über die Back auf das Deck der *Revenge*, während vom Achterdeck das Gewehrfeuer von Frowd und seiner Krüppelgarde zu hören war.

Und hier war der Feind, genau unter ihnen: starrende Augen, verzweifeltes Bemühen, aus dem Gewirr der Takelage und Holztrümmer freizukommen.

Ein Bajonett schnellte vor und schleuderte einen angreifenden Seemann schreiend in den schwelenden Qualm, aber Bolitho und seine Leute rechts und links hatten jetzt auf dem Deck der *Revenge* Fuß gefaßt und stürmten weiter vor. Der Mann mit dem Bajonett wirbelte herum und stieß nach Bolitho, aber Stockdale ergriff ihn und schlug ihm mit voller Wucht den Griff seines schweren Entermessers in den Mund. Als der Mann zurücktaumelte, hieb ihm Stockdale ins Genick, so daß er tot zusammenbrach.

Die erste Überraschung würde bald der Wut und dem Verteidigungswillen des Gegners weichen, das war Bolitho klar, aber irgendwie schien es ihn nicht zu berühren.

Einmal, als er sich unter einer herabgestürzten Rah durchwand, um einem Mann, der eine Pistole auf einen der Ihren anlegte, den Arm abzuschlagen, konnte er einen Blick auf die *White Hills* werfen, sein einst so stolzes Schiff. Die Großrah war wie der Bogen eines Riesen in zwei Hälften zerbrochen, und auf der Back türmte sich so viel herabgestürzte Takelage, Segel und Trümmer, daß die Brigg wie ein Wrack aussah.

Über diesem Gewirr und Rauch sah er einen scharlachroten Klecks, und es wurde ihm klar, daß er trotz der sich überstürzenden Ereignisse wohl doch noch den Befehl zum Setzen der britischen Flagge gegeben haben mußte, aber er konnte sich nicht daran erinnern.

»Hier entlang, Jungs!« Es war Buller, der Enterbeil und Pistole schwang. »Kämpft euch nach achtern durch!« Dann fiel er, einen Ausdruck völliger Überraschung im Gesicht.

Bolitho knirschte mit den Zähnen. Die wertvolle Zeit, die sie mit so viel Mühe gewonnen hatten, war verstrichen.

Vom Achterdeck der *Revenge* kam jetzt das Bellen eines leichten Schwenkgeschützes, und Bolitho hörte über den Kampflärm hinweg, daß auch die Kanonen der *White Hills* noch feuerten. Er stellte sich Frowd vor, wie er trotzig den Widerstand organisierte, bereit zu sterben.

Irgendwie hatten sie sich bis zur Mitte des Decks durchgekämpft, wo die aufgehäuften Trümmer jede Bewegung doppelt schwer machten, aber wo ein Verweilen sicheren Tod bedeutete.

Er sah Dunwoody, der auf dem blutüberströmten Deck mit einem Seemann der *Revenge* kämpfte. Sie rollten am Boden, Dunwoodys Hand war bereits zerfetzt von dem Versuch, des Mannes Entermesser abzuwehren, während er nach seinem eigenen suchte, das ihm entfallen war. Ein weiterer Mann kam aus dem Qualm, in der Hand eine Pike, mit der er Dunwoodys Hals durchbohrte und den zuckenden Körper an Deck festspießte, bis das Entermesser ihn erlöste.

Bolitho sah das alles, und als er über ein umgestürztes Boot sprang, fand er sich Auge in Auge mit dem Kapitän der *Revenge*. Neben ihm sah er das verlassene Ruder, die aufgerissenen Splitter, die aus dem Achterdeck ragten wie Federn, die verstreuten Körper der Toten, die den doppelten Ladungen der vier Sechspfünder zum Opfer gefallen waren.

Bolitho duckte sich, als des Mannes Klinge über seinen Kopf zischte, verfing sich in einer Tauschlinge und stürzte schwer zur Seite. Er beobachtete, wie die Klinge wieder hochgerissen wurde und dann auf ihn niederfuhr. Mit seinem Degen parierte er den Schlag, spürte aber die Wucht des Hiebes wie einen schmerzhaften Treffer in seiner Schulter. Der Kapitän sprang zurück und lief nach achtern, um einen Zusammenstoß mit den jetzt heranjagenden Enterern zu vermeiden. Da kamen sie gerannt, Rabbett, sein Entermesser blutig bis zum Griff, Carlsson, der Schwede, in der Hand eine Muskete mit aufgepflanztem Bajonett, die er einem sterbenden Gegner entrissen haben mußte, und sogar Borga, der römische Koch, bewaffnet mit einem Schwert wie einst seine Vorfahren in der Gladiatorenarena. Sie alle waren noch am Leben und voller Kampfeswut.

Auf der anderen Seite des Decks sah er Quinn mit der zweiten Gruppe der Enterer, blaß und mit einer Stirnwunde, aus der das Blut strömte. Sie waren in einem Kampf mit mindestens der doppelten Anzahl von Gegnern verwickelt.

Bolitho entdeckte plötzlich Couzens und schrie heiser: »Zurück an Bord! Ich hatte Ihnen gesagt, Sie sollten bei Mr. Frowd bleiben!«

Er duckte sich keuchend, als ein Schatten vor ihm auftauchte. Mit einem scharfen Ruck seines Handgelenks riß er rechtzeitig den Degen hoch, um den Stoß eines Entermessers aufzufangen.

Der Angreifer war ein Unteroffizier und bestimmt so englisch wie Bolitho selbst.

»Diesmal haben Sie ein zu großes Stück abgebissen, *Sir*!«

Bolitho fühlte des Gegners Kräfte, er wurde zurückgedrängt, die

Klinge war nur noch fingerbreit von seiner Brust entfernt. Der Dialekt des Mannes war Cornish, wahrscheinlich stammte er aus Bolithos engerer Heimat.

Moffitt hob jetzt den Kopf wie ein Preisboxer, das Blut troff noch von seinem Dolch.

»Aber *du auch*!«

Bolitho brach unter dem Gewicht des sterbenden Unteroffiziers zusammen. Moffitts Klinge war mit solcher Wucht in dessen Rücken gedrungen, daß sie nur durch ein Wunder nicht alle beide aufspießte.

Couzens duckte sich und sprang immer wieder rasch zur Seite, wenn die Gestalten um ihn herum nach ihm schlugen und stachen. Stahl prallte auf Stahl, und von achtern erscholl jetzt ein Chor entsetzter Schreie, als ein Schwenkgeschütz inmitten seiner eigenen Bedienungsmannschaft explodierte.

Couzens keuchte atemlos: »Ich will nur helfen, Sir!«

Bolitho schüttelte ihn am Arm und fühlte, wie Couzens bei seinem Anblick zusammenzuckte. »Nehmen Sie zwei Mann und gehen Sie nach unten. Sagen Sie ihnen, ich möchte, daß diese Brigg in Brand gesetzt wird!« Er spürte, daß der Junge entsetzt war über seine Wildheit und Wut. »Los, tun Sie, wie Ihnen befohlen!«

Schüsse schlugen ins Deck ringsum, trafen die Leichen, die zusammenzuckten wie Lebende. Der Kapitän der *Revenge* hatte Scharfschützen in die Takelage geschickt, die Frowds kleine Gruppe und alles, was wie ein Offizier oder zumindest ein Anführer aussah, aufs Korn nehmen sollten.

Stockdale brüllte: »Vorsicht, Sir!« Er warf sich nach vorn, als ein Mann mit einem Entermesser Bolitho ansprang, war aber nicht schnell genug. Bolitho sah das wutverzerrte Gesicht des Gegners und fragte sich, ob auch er so aussah und Couzens sich deshalb so vor ihm geängstigt hatte.

Das schwere Entermesser knirschte gegen Bolithos Degengurt und verbeulte die starke Messingplatte wie der Einschlag einer Gewehrkugel.

Er sah den Ausdruck des Gesichts sich wandeln von Wut in Furcht, dann zu völliger Leere, als Bolithos Degen es vom Auge bis zum Kinn aufriß und den röchelnden Mann hintenüber warf.

Bolitho fühlte sich elend, erschöpft und wie gelähmt durch die Wildheit des Kampfes. Couzens hatte es wohl nicht geschafft, die Brigg in Brand zu setzen, denn im Vorschiff fingen die Gegner jetzt an mit Hurrarufen. Der Kampf schien zu Ende zu sein. Wie Quinn hatte er es immerhin versucht.

Da war es wieder, laut und wild: »Hurra, Hurra!«

Bolitho starrte Stockdale an. »Das ist nicht der Feind!«

Er wirbelte herum, ließ zum ersten Mal seinen Degen sinken und sah verblüfft, wie aus dem vorderen Niedergang eine Schar schmutziger, unrasierter Gestalten hervorbrach.

Couzens rannte mit ihnen. Völlig außer sich vor Aufregung rief er: »Gefangene, Sir!«

Dann wurde er von den Befreiten beiseite gefegt, die vorbeistürmten wie ein Wasserfall, bewaffnet mit allem, was sie packen konnten: heruntergefallenen Entermessern, Beilen, eisernen Belegnägeln, irgend etwas, womit sie ihre alten Gegner treffen, umbringen oder jene zu Krüppeln schlagen konnten, die sie so lange gefangengehalten hatten.

Bolitho glaubte, einem Wahn zu erliegen, aber das Ganze erwies sich als Wirklichkeit. Offensichtlich handelte es sich um englische Seeleute, die man in früheren Kämpfen gefangengenommen hatte, vielleicht war es sogar die ursprüngliche Besatzung dieser Brigg. Sie fegten durch die stark gelichteten Reihen wie eine Flutwelle, alles niederschlagend oder über Bord werfend, was sich ihnen in den Weg stellte. Unaufhaltsam drangen sie zum Achterschiff vor.

Bolitho schrie: »Kommt, Jungs, eine letzte Anstrengung!«

Dann rannte er hurrarufend und sinnlose Worte brüllend mit den anderen nach achtern. Sein Arm war schwer wie Blei, als er jetzt hackte, schlug und parierte, schnitt und niederstieß, was ihm in den Weg kam.

Ein paar Schüsse schlugen noch im Deck ein, und ohne Warnung rutschte ein Mann ein Stag herab und zog eine Pistole aus dem Gürtel. Sein Gesicht war erstarrt vor Konzentration, als er auf die heranstürmenden Gestalten zielte.

Er mußte längst wissen, daß nichts mehr zu retten war, aber ein letzter Funke von Wut oder Stolz ließ ihn ausharren.

Couzens fand sich plötzlich Auge in Auge mit diesem Mann. Bolitho sah, was sich abspielte, war aber mehrere Schritte entfernt, und Stockdale noch weiter weg.

Bolitho schrie, so laut er konnte: »Wenn du schießt, bringe ich dich um!«

Des Gegners Blick irrte keinen Zoll breit ab, und Bolitho wußte, daß er feuern würde; er sah sogar den Abzugshahn sich bewegen, als der Besessene den Finger krümmte.

Plötzlich flog eine Gestalt wie ein Pfeil über den Haufen von Tauwerk und Segeln und warf sich zwischen die Pistole und den wie gelähmt dastehenden Couzens, genau im Augenblick des Schusses.

Bolitho rannte weiter und fing Quinn, denn dieser war es, noch im Fallen auf. Er sah nicht mehr, wie Stockdales gewaltiges Entermesser zuschlug, aber er hörte das erstickte Grunzen, als der Mann starb.

Bolitho hielt Quinn in seinen Armen und ließ ihn langsam an Deck gleiten. Er sah, daß nichts mehr zu retten war. Die Kugel hatte Quinns Magen durchschlagen, alles schwamm in Blut.

Quinn keuchte: »Tut mir – leid . . . Sie zu – verlassen, Sir!«

Bolitho hielt ihn fest, er wußte, daß Stockdale ihm den Rücken deckte und daß Couzens auf der anderen Seite von Quinn hemmungslos schluchzend auf dem Deck kniete.

»Dick«, sagte er, »nicht ›Sir‹!«

Er fühlte sich selbst den Tränen nahe. Was alles noch schlimmer machte, waren die Hurrarufe. Achtern – in einer anderen Welt – holten seine jubelnden Seeleute und die befreiten Gefangenen die Flagge herunter, beobachtet vom Kapitän der *Revenge*, der im letzten Ansturm noch schwer verwundet worden war.

Bolitho sagte zu Quinn: »Wir haben gesiegt, James. Es ist geschafft!«

Quinn lächelte, sein Blick richtete sich nach oben auf die zerrissene Takelage und die zerfetzte Flagge.

»*Du* hast gesiegt!«

Es fiel ihm schwer zu sprechen, seine Haut sah aus wie feuchtes Wachs. Er knöpfte Quinns Hemd auf und sah die ungeheure, grauenhafte Narbe von dessen erster Verwundung.

Mit seiner freien Hand löste er Quinns Gürtel und sagte sanft: »Und du solltest als Passagier mitfahren. Aber ohne dich wäre der junge Couzens jetzt tot. Ich werde dafür sorgen, daß sie in England von deiner Tapferkeit hören!«

Quinns Augen wandten sich Bolitho zu. »Ich habe keine Angst mehr –«, er hustete, etwas Blut floß über sein Kinn –, »Dick.«

Bolitho wollte noch etwas sagen, aber im selben Augenblick sah er das Licht in Quinns Augen verlöschen wie eine Kerze, die ausgeblasen wird.

Sehr vorsichtig ließ er den leblosen Körper auf das Deck gleiten und stand auf.

Stockdale berührte ihn am Ellbogen. »Sir, die Leute blicken Sie an.«

Bolitho nickte, seine Augen waren beinahe blind vor Anstrengung und innerer Bewegung.

»Danke, Stockdale. Ja.«

Er trat den abgekämpften, aber strahlenden Seeleuten gegenüber. Der Sieg war wirklich sehr knapp gewesen, aber diese Männer hatten ihr Allerletztes gegeben. Sie verdienten jetzt auch seine letzte, äußerste Anstrengung, ohne Rücksicht darauf, was er im Augenblick empfand.

Ruhig sagte er zu ihnen: »Das habt ihr gut gemacht! Eine so kleine Besatzung, aber *die beste von allen*!«

Drei Tage danach liefen die beiden Prisen unter den Blicken des gesamten Geschwaders in English Harbour ein.

Es waren drei harte Tage gewesen: Sie mußten den Schaden gerade so weit ausbessern, daß sie bis Antigua kommen konnten, die befreiten Gefangenen registrieren und zwischen den beiden Schiffen aufteilen.

Es hätte ein stolzer Augenblick für Bolitho sein sollen, aber die Trauer über Quinns Tod überwog noch alles andere in seinem Inneren, als der Ausgucksmann »Land in Sicht« meldete.

Er selbst hatte das Kommando auf der *Revenge* übernommen, und eine der ersten Tätigkeiten, der er nach dem Riggen eines Behelfsmastes und der Bestattung der Toten befohlen hatte, war die Entfernung des neuen Namens.

Als das Land allmählich aus dem Dunst wuchs und die beiden Briggs Kurs auf die Einfahrt nahmen, kam ihnen eine dort patrouillierende Fregatte entgegen.

Couzens fragte: »Was soll ich melden, Sir?«

Stockdale blickte Bolitho an und glaubte, verstanden zu haben.

Er sagte: »Ich mache das, Mr. Couzens.«

Dann rief er durch das Sprachrohr, so daß alle es hören konnten:

»Seiner Majestät Brigg *Mieschief* meldet sich zur Flotte zurück!« Und nun kam ein ganz besonderer Augenblick für ihn, als er stolz hinzufügte: »*Kommandant* ist Leutnant Richard Bolitho!«

Die Biographie
des Seehelden

Richard Bolitho

Historische Romanserie
von Alexander Kent

1756: Geboren in Falmouth, Cornwall, als Sohn des James Bolitho aus einer alten Seefahrer-Familie.

1768: Erstmals im Dienste des Königs auf der *Manxman*.

1772: Midshipman auf der *Gorgon*. Siehe *Die Feuertaufe* und *Strandwölfe*.

1774: Beförderung zum Leutnant auf der *Destiny*. Siehe *Kanonenfutter*.

1775/77: Leutnant auf der *Trojan* während der amerikanischen Revolution. Siehe *Zerfetzte Flaggen*.

1778: Ernennung zum Kommandanten der *Sparrow*. Siehe *Klar Schiff zum Gefecht* und *Die Entscheidung*.
Schlacht in der Chesapeake Bay.

1782: Als Kommandant der *Phalarope* in Westindien. Battle of the Saintes. Siehe *Bruderkampf*.

1784: Kommandant der *Undine*. Indien und Java. Siehe *Der Piratenfürst*.

1787: Kommandant der *Tempest*. Australien und Tahiti. Siehe *Fieber an Bord*.

1792: Heimataufenthalt, Kapitän in der Themseflotte.

1793: Kommandant der *Hyperion*. Mittelmeer, Biskaya, Westindien. Siehe *Nahkampf der Giganten* und *Feind in Sicht*.

1795: Beförderung zum Kommandanten des Flaggschiffs *Euryalus*. Verwickelt in die Große Meuterei. Mittelmeer. Beförderung zum Kommodore. Battle of the Nile 1798. Siehe *Der Stolz der Flotte* und *Eine letzte Breitseite*.

1800: Beförderung zum Konteradmiral. Schlacht von Kopenhagen. Ostsee. Siehe *Galeeren in der Ostsee*.

1802: Beförderung zum Vizeadmiral. Westindien.

1805: Schlacht von Trafalgar.

1812: Beförderung zum Admiral. Der Zweite Krieg mit Amerika.

1815: Auf See gefallen.

ein Ullstein Buch